CB048281

Podem o amor e o desejo sobreviver ao tempo? Neste romance repleto de alusões filosóficas e literárias originalmente publicado em 1996, Doris Lessing investiga as raízes profundas dessas emoções na psicanálise, partindo do princípio de que os desejos e anseios de uma pessoa apaixonada têm suas raízes nas necessidades de amor da primeira infância.

Sarah Durham tem sessenta e cinco anos e há mais de vinte suspendeu voluntária e serenamente sua vida amorosa. Após a morte do marido, que não deixou nenhum seguro ou herança para o recomeço de sua vida com os filhos, ela é obrigada a se lançar numa incerta carreira de freelancer. O acaso e a paixão pela arte dramática acabam conduzindo-a ao posto de diretora-gerente do Green Bird, respeitado teatro do circuito de vanguarda de Londres que ela e seus amigos fundaram na década de 1970. À espera da velhice, Sarah focaliza sua ainda vasta energia no trabalho, que inclui a direção de algumas peças. No entanto, ao escrever um drama sobre a vida de Julie Vairon — jovem pintora e musicista da Martinica que na década de 1880 emigrou para o sul da França, onde viveu trágicos amores —, ela passa pelo intenso tumulto de ver ressurgir sua capacidade de se apaixonar. No decorrer dos ensaios e da temporada da peça, todo o elenco envolvido se vê influenciado pelo enredo, e Sarah encontra o amor, de novo, primeiro em Bill, um belo ator andrógino, em seguida no diretor do espetáculo, Henry, ambos muito mais jovens que ela.

Explicitando sua dívida com diversos autores que já se detiveram sobre a natureza do amor — Stendhal, Goethe, Safo de Lesbos, Bob Dylan —, Doris Lessing analisa as dificuldades que os hábitos sociais impõem à plenitude amorosa da mulher com foco nas afinidades entre o amor romântico, a depressão e a dor psíquica. A autora examina com lúcida atenção as privações emocionais da infância e suas marcas na mulher adulta. Quando recebeu o prêmio Nobel de literatura, em 2007, sua arte narrativa foi saudada pela Academia Sueca como "um épico da experiência feminina, cujo ceticismo, paixão e poder visionário investigam em profundidade uma civilização fragmentada".

AMOR, DE NOVO

TRADUÇÃO
JOSÉ RUBENS SIQUEIRA

AMOR, DE NOVO

DORIS LESSING

Com respeitosos salamaleques aos grandes cartógrafos dessa região, particularmente Stendhal, em Amor, *e Marcel Proust. E com carinhosos, talvez envergonhados acenos a alguns dos famosos viajantes que passaram por ela: Goethe, Richardson, em* Clarissa, *Henry Handel Richardson (uma mulher), em* Maurice Guest, *Christina Stead, em* For love alone, *e a incomparável Colette, em* Chéri.

AGRADECIMENTOS

D. H. Lawrence, Gerard Manley Hopkins, Shakespeare, Elizabeth Barrett Browning, Edward Thomas, Publilius Syrus, Byron, Browning, Alfred Lord Tennyson, Louis MacNeice, Plauto, George Eliot, Charles Dickens, *Eclesiastes*, T. S. Eliot, Safo, Bob Dylan, François Villon, John Vanbrugh, Aphra Behn, John Dryden, Andrew Marvell, Cecil Spring Rice, arcebispo Whately, de Dublin, Harry Graham.

Memória

Uma tinha beleza
E duas ou três tinham charme,
Mas charme e beleza eram nada
Porque a erva da montanha
Não mantém a sua forma
Onde a lebre esteve deitada.

W. B. YEATS

Estou amando outra vez,
Coisa que nunca quis...

Fácil pensar que aquilo era um quarto de despejo, silencioso e abafado numa cálida penumbra, mas uma sombra se moveu, alguém veio à tona para afastar as cortinas e abrir as janelas. Era uma mulher, que em passos rápidos saiu por uma porta, que deixou aberta. Assim revelado, o quarto estava sem dúvida cheio demais. Junto a uma parede, todas as evidências de evolução técnica — um aparelho de fax, uma copiadora, um computador, telefones —, quanto ao resto, porém, aquele lugar podia facilmente ser tomado por um depósito de teatro, com o busto dourado de uma mulher romana, muito maior que o natural, máscaras, uma cortina de veludo carmesim, pôsteres e pilhas de partituras, ou melhor, cópias que reproduziam fielmente originais amarelecidos e desbeiçados.

Na parede acima do computador, uma grande reprodução do *Mardi Gras*, de Cézanne, também desgastada: rasgada ao meio e remendada com fita colante.

A mulher na sala ao lado se dedicava com energia a alguma coisa: objetos eram deslocados. Então ressurgiu e ficou olhando a sala.

Não era jovem, como seria fácil imaginar pelo vigor de seus movimentos quando ainda entrevista nas sombras. Uma mulher de certa idade, como diriam os franceses, ou mesmo um tanto mais velha, e pouco apresentável no momento, vestindo calça velha e camisa.

Era uma mulher alerta, cheia de energia, mas não parecia contente com o que via. Mesmo assim, afastou esse pensamento e foi para o computador, sentou-se, estendeu a mão e pôs uma fita para tocar. Instantaneamente a sala se encheu com a voz da Condessa Dié, vinda de oito séculos antes (ou pelo menos uma voz capaz de convencer o ouvinte de que era a Condessa), cantando os seus eternos lamentos:

Devo cantar; queira ou não:
Quanta mágoa por aquele de quem me fiz amiga,
Pois o amo mais que tudo neste mundo...

A mulher, sentada, mãos prontas para atacar as teclas, tinha consciência de sentir-se superior a essa irmã antiga, para não dizer que a condenava. Não gostava disso em si mesma. Estaria ficando intolerante?

Ontem, Mary ligara do teatro dizendo que Patrick estava

em pleno turbilhão emocional por ter se apaixonado de novo, e ela respondera com um comentário cortante.

"Ora, Sarah", Mary ralhara com ela.

E Sarah, concordando, rira de si mesma.

Estava inquieta, porém. Parece ser uma regra que aquilo que se condena nos outros acabe mais cedo ou mais tarde acontecendo com a gente e tendo de ser vivido. Forçada a comer o próprio vômito — sim, Sarah sabia disso muito bem. Em algum ponto do passado havia gravado mentalmente: evite condenar os outros, e cuide de si mesma.

A Condessa Dié era muito perturbadora e Sarah desligou o seu lamento.

Silêncio. Ficou ali sentada, respirando o silêncio. Aquela velha música trovadoresca a perturbava demais. Quase não ouvia outra coisa esses dias, para dar o tom ao que estava escrevendo. Não apenas a Condessa, mas Bernard de Ventadour, Pierre Vidal, Giraut de Bornelh, e outros velhos cantores, para se colocar num estado de... estava inquieta, estava febril. Quando a música a teria afetado assim, antes? Achava que nunca. Mas espere um pouco. Uma vez tinha escutado jazz, principalmente blues, dia e noite ao que parece, durante meses. Mas isso foi quando o marido morreu e a música alimentava sua melancolia. Mas não se lembrava... sim, primeiro tinha sido tomada pela dor, depois tinha escolhido a música adequada a seu estado. Agora era completamente diferente.

O trabalho dessa noite não era difícil. O tom das anotações para o programa estava um tanto duro: isso porque, ao escrever, tinha ficado com medo de se deixar seduzir demais pelo assunto. E estava cedendo à sedução da voz sensual da Condessa — ou da jovem Alicia de la Haye.

Não precisava fazer as anotações agora. Na verdade, tinha se imposto a regra de não trabalhar em casa de noite:

regra que não vinha obedecendo nos últimos tempos. Francamente, não vinha mantendo suas próprias normas de equilíbrio e saúde mental.

Ficou sentada, ouvindo o silêncio. Um pardal trilou.

Pensou: vou dar uma olhada naquele poema provençal de Pound; isso, afinal, não se pode chamar de trabalho.

Em cima da mesa havia pilhas de livros de referência, pastas de recortes e, de um dos lados, estantes que subiam até o teto. O livro estava aberto, ao lado do computador.

> Envelhecer com graça... é só seguir os marcos do caminho. Pode-se dizer que as instruções estão contidas num roteiro invisível que pouco a pouco vai se tornando legível, à medida que a vida o vai expondo. Então, é só dizer as palavras adequadas. No fim das contas os velhos não se dão mal. O orgulho é uma grande coisa, e as atitudes e estoicismos necessários vêm fáceis, porque os jovens não sabem — isso lhes é ocultado — que a carne murcha em torno de um cerne imutável. Os velhos compartilham ironias próprias a fantasmas num festim, em que um enxerga o outro, invisíveis para os outros convidados, cujas posturas e expressões observam, sorrindo, recordando.

A maioria das pessoas em vias de envelhecimento assinaria embaixo desse conjunto de frases plácidas, cheias de autorrespeito, sentindo-se bem representada e até mesmo defendida por elas.

É, concordo com isso, pensou Sarah. Sarah Durham. Um nome bem sensato para uma mulher sensata.

O livro onde encontrou essas frases fora comprado na banca de uma feira ao ar livre, memórias de uma moça da sociedade antes famosa pela beleza, escrito em sua velhice e publicado quando a autora era quase centenária, vinte anos atrás. Estranho ter escolhido esse livro, pensou Sarah. Houve tempo em que nem abriria um livro escrito por um velho: nada a ver com ela, pensaria. Mas existe algo mais estranho do que o modo como os livros que refletem nossa condição ou estágio da vida acabam se insinuando em nossas mãos?

Afastou o livro, pensou que os versos de Pound podiam ficar para depois, e resolveu gozar uma noite em que nada se devia esperar de sua parte. Uma noite de abril, o céu ainda claro. Aquela sala era calma, geralmente calmante e, assim como os três outros cômodos do apartamento, guardava trinta anos de memórias. Salas onde se viveu muito tempo acabam parecendo praias sujas: difícil saber de onde veio este ou aquele caco.

Ela sabia exatamente de onde provinha cada tralha teatral: de que peça ou de que ator. Mas no parapeito da janela havia uma tigela cheia de pedrinhas coloridas que havia apanhado às portas de uma cidade na Provença, onde fora passear com os dois filhos, então com doze e treze anos. Como era o nome daquela cidade? Visitara a mesma região diversas vezes, e sempre colhera pedras para trazer para casa. Cordões de contas em todos os tons de vermelho presos em forma de leque numa prancha que ocupava boa parte de uma parede. Por que guardava aquilo? Pilhas de livros sobre teatro subiam junto às paredes: fazia anos que não abria alguns deles. E também o pôster do *Mardi Gras*. Estava ali, olhando para ela, havia décadas, aquele jovem arrogante, sexy, com a roupa de losangos vermelhos e pretos e aquele ar de não me toques. Parecia-se com seu filho — bem, quer dizer, há muito tempo. George era agora um cientista quase de meia-idade. Atualmente, quando de fato olhava a reprodução (afinal, não olhamos muito para as coisas que temos nas paredes), seus olhos examinavam o outro jovem do quadro, inseguro, com seus pensativos olhos escuros, na roupa folgada de Pierrô. Sua filha, aos quinze anos, havia pedido uma fantasia de Pierrô, e ela, mãe de Cathie, entendera que era uma espécie de afirmação. *Sou como ele. Preciso de um disfarce. Queria não ser insegura, mas sim como o Arlequim, que sabe que é lindo.* Cathie agora não tinha nada de insegura, uma bem-sucedida matrona, com filhos, emprego e um marido satisfatório.

Sarah sabia que via aquele quadro como retrato de seus próprios filhos. Por que o mantinha ali? Muitas vezes, os pais sentem um carinho secreto por fotos de suas crias que já não têm nada a ver com a idade delas, e elas nem sempre são crianças atraentemente desamparadas.

Tinha de se livrar de toda aquela tralha... então, de repente, sentou-se ereta na cadeira, depois se levantou e começou a caminhar pela sala. Não era a primeira vez que lhe vinha a ideia. Anos antes, olhara em torno daquela sala, cheia de coisas que acabaram indo parar ali por uma razão ou outra, e pensara: Tenho de me livrar disso tudo.

O pôster estava ali porque sua filha, Cathie, o trouxera para casa. *Não tinha nada a ver com ela, Sarah.* O que podia chamar de seu? Os livros, os livros de referência: instrumentos de trabalho. E o resto da casa? Uma prolongada ronda, na época, repetida agora, a fizera repassar pratos com conchas apanhadas pelas crianças décadas antes, um armário que ainda guardava as roupas velhas delas, cartões-postais presos com percevejos num quadro de cortiça, enviados por pessoas em férias. Suas roupas? Podia afirmar que eram suas porque as tinha escolhido? Até que sim, mas haviam sido ditadas pela moda.

Naquela noite, anos antes, tinha chegado à inquietante conclusão de que muito pouco daqueles quatro grandes cômodos se achava ali por uma ponderada escolha sua. Escolha daquela parte de si própria que considerava como sendo *ela mesma*. Não, e decidira vasculhar as salas e jogar tudo fora... bom, quase tudo: ali estava uma coisa que ficaria, mesmo que todo o resto fosse para a lata de lixo. Era uma fotografia de verdade, que se levava a sério. Um homem agradável, um tanto preocupado talvez, ou cansado? — uma rede de finas rugas em torno de olhos azuis francos e camaradas, fios brancos entre os cabelos louros (cuja maciez de seda ainda podia sentir nos dedos), provavelmente um primeiro sinal do ataque do coração que o mataria tão jovem, aos quarenta anos. Sentado com os braços em torno de duas crianças, um menino e uma menina, de oito e nove anos. Os três sorrindo para Sarah. A foto estava numa moldura de prata, art déco, não do gosto de Sarah, mas que lhe tinha sido dada pelo marido, que a ganhara da mãe. Será que devia jogar fora a moldura, já que nunca gostara dela?

Por que não tinha feito uma faxina completa? Porque havia estado ocupada demais. Alguma peça nova no teatro, provavelmente. Trabalhava tanto, sempre.

Sarah parou diante de um espelho. Viu uma mulher bonita, aparentando meia-idade, com um bom corpo. Os cabelos, sempre presos por questão de conveniência — não podia se dar ao trabalho de ir a cabeleireiros —, eram descritos no passaporte como louros, mas eram, antes, de um amarelo sem graça, como latão sem polir. Com toda a certeza ela já devia ter pelo menos um ou outro fio branco. Mas essa tonalidade quase nunca fica grisalha, nem branca, pelo menos até a velhice propriamente dita. Enquanto jovens, aqueles que têm os cabelos dessa cor almejam tonalidades mais vivas e podem tingi-los. Quando mais velhos, agradecidos, deixam-nos em paz e são acusados de tingi-los. Ela quase nunca se olhava no espelho: não se preocupava com a aparência. Por que deveria? Consideravam-na sempre vinte anos mais nova que sua idade real. Num outro espelho, além da porta aberta de seu quarto, parecia ainda mais nova. Torcendo o corpo conseguia ver-se refletida nele. Tinha as costas eretas e era cheia de vitalidade. O osteopata com quem se tratara por causa de dores nas costas (que agora pareciam voltar a se manifestar) perguntara se havia sido bailarina. Os dois espelhos estavam ali porque décadas antes seu marido dissera: "Sarah, essas salas são muito escuras. Não dá para deixá-las mais claras?". As paredes foram então pintadas de um branco brilhante, mas tinham esmaecido, e as cortinas que haviam sido brancas eram agora cor-de-creme escuro. Quando o sol entrava, o quarto se enchia de luz, sombra, reflexos em movimento, um espaço de sugestões e possibilidades. Sem sol, os espelhos mostravam a mobília pairando numa luz imóvel como água. Uma luz perolada. Repousante. Gostava desses cômodos, não podia imaginar nada pior do que ter de deixá-los. Podiam ser criticados por estarem em mau estado. Era o que seu irmão dizia, mas ela achava a casa dele chique e horrenda. Fazia anos que nada mudava ali. As salas se fundiam suavemente em aceitação: do fato de ela estar sempre tão ocupada e, no fundo, não muito interessada, e do modo como os anos se acumulavam, deixando depositados sedimentos, livros e fotografias, cartões-postais e coisas do teatro.

Aquele lixo todo tinha de ser jogado fora... Ali na parede de seu quarto havia um grupo de fotos. Algumas eram de sua avó e seu avô na Índia, posadas e formais, cumprindo seu dever, às quais havia acrescentado um recorte de revista, com uma moça vestida de acordo com a moda do ano em que Sarah Anstruther partira para se casar com o noivo, que ia muito bem no Serviço Civil Indiano. Essa moça não era a avó de Sarah Durham, mas todas as fotos que Sarah guardava dessa mulher que jamais conhecera mostravam uma jovem matrona encarando o mundo com competência, e a desconhecida tímida e medrosa era — Sarah Durham tinha quase certeza — muito mais relevante. Uma moça de dezoito anos, viajando para um país de que nada sabia, onde iria se casar com um jovem que mal conhecia, para tornar-se uma *memsahib*... bastante comum, naquela época, mas que coragem.

A vida de Sarah Durham não havia tido nenhuma escolha tão dramática. Uma biografia reduzida, do tipo que se lê nas orelhas dos livros ou em notas de programas teatrais, diria assim:

Sarah Durham nasceu em 1924 em Colchester. Dois filhos. O irmão estudou medicina. Frequentou algumas escolas bastante conceituadas para moças. Na universidade estudou francês e italiano, depois passou um ano na Universidade de Montpellier estudando música, morando com uma tia casada com um francês. Durante a guerra, foi motorista para o movimento França Livre, em Londres. Em 1946, casou-se com Alan Durham e tiveram dois filhos. Ele faleceu, deixando-a viúva aos trinta e poucos anos. Ela continuou vivendo em Londres, com os filhos.

Uma mulher calma e razoável... verdade que a morte de Alan a havia lançado na infelicidade por algum tempo, mas isso acabara passando. Era assim que via as coisas agora, sabendo que estava escolhendo não lembrar a miséria daquela época. Hipócrita memória... *gentil* memória que lhe permitia evocar uma vida tranquila.

Voltou à sala de trabalho e leu outra vez aquela passagem exemplar do livro, aquela que começava com "Envelhecer com graça...". O trecho concluía um capítulo e o seguinte começava assim: "Aquilo de que mais gostei em minha viagem à Índia foram as manhãs, antes de o calor piorar e termos de ficar dentro de casa. Quando afinal resolvi não me casar com Rupert, tenho hoje certeza de que era o calor e não a ele que recusava. Não o amava, mas não sabia disso então. Ainda não havia aprendido o que era amar".

Pela terceira vez, leu "Envelhecer com graça..." até o fim do capítulo. É, aquilo servia bem. Aos sessenta e cinco anos, via-se dizendo a amigos mais jovens que envelhecer não era nada, bastante agradável até, pois, ainda que se perca uma coisa ou outra, outros prazeres dos quais os jovens nem suspeitam acabam surgindo, e nos surpreendemos muitas vezes nos perguntando qual será a próxima surpresa. Dizia essas coisas de boa-fé, e, quando observava os torvelinhos emocionais de quem era até uma só década mais jovem do que ela, permitia-se ficar arrepiada diante da ideia de passar por tudo aquilo de novo — fórmula que incluía o amor. Quanto a amar, ocorreu-lhe que fazia vinte anos que se apaixonara pela última vez, ela que se apaixonava com tanta facilidade e — tinha de admitir — até com certa avidez. Não conseguia acreditar que pudesse amar de novo. Também isso ela dizia com complacência, esquecendo a dura lei segundo a qual acabamos passando por aquilo que desprezamos.

Não ia sentar-se e trabalhar... ocorreu-lhe que uma das razões para aquele exagerado *não* a mais uma noite trabalhando naquilo que fazia o dia inteiro era seu — sim, não havia outra palavra — medo daquela música. Aqueles lamentos de outros tempos eram como uma droga. Será que o jazz realmente a dominara como a Condessa Dié e Bernard, Pierre e Giraut? E aquela mulher que agora a ocupava — Julie Vairon, cuja música jazia ali naquelas pilhas amarelecidas sobre a mesa? Não, ela desconfiava da música. Estava em boa companhia, afinal; muitos dos grandes e sábios consideravam a música um amigo dúbio. Sempre escutara música com um certo espírito de: você não vai me dominar, nem pense nisso!

Não: nada de trabalho e nada de música. Estava tão inquieta que podia... subir uma montanha, andar vinte quilômetros. Sarah descobriu que estava arrumando a sala, que sem dúvida precisava de arrumação. Podia aproveitar e passar o aspirador... por que não nos quatro cômodos? Na cozinha. No banheiro. Por volta da meia-noite, o apartamento era um modelo de perfeição. Qualquer um pensaria que aquela mulher se orgulhava de suas virtudes de dona de casa. Em vez disso, tinha uma faxineira que vinha uma vez por semana, e só.

Com toda a certeza não estava nervosa por ter de se encontrar — como teria de fazer amanhã — com Stephen Ellington-Smith, chamado de brincadeira na companhia de Nosso Anjo. Não se lembrava de ter jamais ficado nervosa com esse tipo de encontro. Afinal, era sua função encontrar-se com patrocinadores, benfeitores e anjos e abrandá-los, era o que fazia o tempo todo.

As memórias de Sarah dividiam sua vida em duas eras, ou paisagens diferentes, uma ensolarada e sem problemas, outra toda esforço e dificuldade. (E no entanto a guerra com todas as suas ansiedades se acomodava na primeira parte ensolarada. Como era possível? E todas aquelas dificuldades da família com dinheiro? Bobagens, bagatelas, comparadas ao que viera em seguida.) A morte do marido, aí é que esta Sarah Durham começava, pobre e desesperada. Seus pais não tinham muito dinheiro. Não houvera nenhum seguro. Na verdade não tinha condições de manter aquele apartamento, mas decidira manter, para preservar alguma continuidade para os filhos já traumatizados. Ganhava a vida, sua e deles, com todo tipo de trabalho freelance mal pago para jornais e revistas, editoras e teatro, um teatro principalmente, o Green Bird, na época não muito mais que um grupo que, com elenco pequeno, encenava peças onde fosse possível, às vezes em pubs. Nos anos setenta, havia muitas dessas valentes pequenas companhias, tentando a sorte. Uma certa peça italiana, que traduzira para eles, e cujos direitos de encenação julgavam possuir, acabou cancelada e, para preencher o vazio, ela adaptou de um romance alguns esquetes sobre a vida contemporânea. Foi um sucesso e ela acabou se tornando uma das encarregadas do teatro: havia, em primeiro lugar, o fato de estar lá o dia inteiro, primeiro escalando atores, depois dirigindo; veio então um salário fixo. E um teatro fixo também. Foi uma das quatro pessoas a decidir arriscar um aluguel mais prolongado. Os outros três eram seus amigos mais próximos, pois sem dúvida é isso que devem ser aqueles com quem se passa o dia inteiro e a maioria das noites. Durante dez anos, haviam sobrevivido precariamente, depois, cinco anos atrás, uma peça deles passou para o West End,* saiu-se bem e prometia ficar em cartaz para sempre. O Green Bird agora já estava bem estabelecido como um dos melhores teatros fora do circuito,

*Bairro dos teatros e casas noturnas em Londres, equivalente à Broadway em Nova York. (N. T.)

e os críticos frequentavam as estreias. De quase amadora, de ajudante mal paga à margem do teatro de verdade, passara a ser conhecida no mundo teatral como a influente diretora-gerente do Green Bird e, às vezes, diretora de peças. O fato é que os quatro faziam tudo, e assim fora desde o começo. O sucesso despertara também inveja, e eles eram conhecidos — inevitavelmente — como A Gangue dos Quatro. Essas mudanças levaram anos para ocorrer e em nenhum momento ela solicitou coisas para si. Às vezes, sem nada dizer, ficava maravilhada ao ver como o trabalho duro e — é claro — a sorte tinham dado tão certo: mas não era uma mulher deslumbrada consigo mesma, nem ambiciosa.

Quem eram esses colegas com quem repartia tanta coisa? Mary Ford fora uma coitadinha com vastos olhos azuis enevoados e uma carinha trêmula e teimosa, mas os anos transformaram a criança desamparada em mulher sólida, calma e competente, de uns quarenta anos, cuja função principal no teatro era publicidade e promoção. Roy Strether, outro paradigma de competência, era em princípio diretor de cena. Um homem sólido, aparentemente lento, que nunca se permitia nenhuma excitação, por maior que fosse a crise. Ele caçoava de si mesmo, dizendo que parecia um jogador de futebol desleixado. Era grande, desarrumado, até caótico. Lembravam-se dele quando jovem, um drop-out dos anos sessenta, que ganhava a vida, como tantos futuros sucessos, pintando casas. O quarto membro do grupo permanente era Patrick Steele. Todos brincavam, na frente dele ou não, dizendo que os três podiam muito bem ser tão maçantes, controlados e confiáveis, pois tinham a ele, volúvel, estridente e temperamental; um menino magro e meio pássaro (ele continuava um menino enquanto os anos iam transformando os outros), cabelos negros macios como plumas e olhos negros excitados. Era homossexual e, atualmente, andava bem apavorado. Não fazia o exame de sangue, dizendo que se fosse HIV positivo não queria saber, mas era responsável e não apresentava perigo para ninguém. Chorava com frequência, pois sua vida emocional lhe dava razões frequentes para lágrimas. Era brilhante, um mágico: podia criar um luar, um lago, uma montanha, com luzes e papel prateado e sombras. Outros teatros tentaram atraí-lo mas fracassaram, pois aqueles quatro acreditavam que seus talentos eram maiores juntos do que jamais seriam separados. Patrick era tão versátil quanto os outros. Escrevera o libreto de um musical que chegara tão perto do sucesso a ponto de todos brincarem dizendo que, da próxima vez, ele ia decolar para a fama e abandoná-los para sempre.

Essas eram as suas personas públicas, suas "imagens" — como as pessoas de fora os viam, talvez, quando se sentavam para a reunião diária, num pequeno escritório que podiam comparar a uma cabine de comando ou a uma sala de máquinas. Havia ali a mistura habitual de elegante tecnologia, cada máquina já obsoleta quase antes mesmo de ser instalada, e velhas mesas e cadeiras de que não tinham intenção de se desfazer.

Quatro pessoas, energizadas pela própria competência e sucesso. Atrás de cada uma, aquela hinterlândia chamada vida pessoal, que nem de longe ficava separada das horas de trabalho.

Mary não era casada — não tinha um homem —, porque tinha de cuidar da mãe, que sofria de esclerose múltipla e era bastante desamparada. Quando não conseguia arranjar alguém que cuidasse dela, algumas vezes a velha senhora de mãos trêmulas ficava em sua cadeira de rodas num corredor, assistindo aos ensaios.

Roy Strether era casado, e tinha um filho. O casamento não era um sucesso. Algumas vezes, o menino era instalado numa poltrona ao lado do pai durante os ensaios e todos recomendavam que se comportasse bem. Cansado ou desejando atenção, acabava indo se acomodar no colo da velha, deliciada de ter ao menos alguma limitada utilidade.

As responsabilidades de Sarah eram autoimpostas. Fazia agora dez anos que suas energias vitais — emocionais — eram mobilizadas não por seus próprios filhos e netos, muito bem estabelecidos em outros continentes (Índia e Estados Unidos), mas por Joyce, a filha mais nova de seu irmão. Hal e Anne tinham três filhas, as duas mais velhas normais e iguais aos filhos de todo mundo. Joyce fora um problema desde o nascimento. Por quê? Vá saber! Fora um bebê chorão, uma criança lamuriosa, uma menina desagradável. Mandada à escola, caiu doente na mesma hora e teve de voltar para casa. Simplesmente não conseguia lidar com a escola e com outras crianças. Sendo os pais ambos médicos, nunca faltou diagnóstico a seu estado. Seus prontuários eram volumosos, em diversos hospitais. Um psiquiatra recomendou que a deixassem ficar em casa. Apelaram para Sarah, e Joyce passava os dias com ela, no quarto que havia sido das crianças. Naquela época, Sarah quase sempre trabalhava em casa, e quando tinha compromissos Joyce ficava bem contente sozinha. O que fazia? Nada. Preparava xícaras de chá, assistia televisão e às vezes discava números de telefone ao acaso até achar alguém disposto a conversar, e ficava então falando às vezes por uma ou duas horas. As contas de telefone eram enormes e Hal e Anne não se ofereciam para pagá-las.

Joyce ficou anoréxica e foi de novo para o hospital. "Estabilizada", foi despachada de volta para Sarah, que protestou, não era justo, não podia mais cuidar de Joyce. Hal respondeu com seu jeito gentil e judicioso que devia ser bom para Sarah ter Joyce por perto, uma vez que os filhos dela viviam tão longe. Mas quando seu inseguro e sofredor Pierrô, hoje eficiente mãe de dois filhos na Califórnia, ou o belo menino arrogante, hoje biólogo marítimo com dois filhos, traziam os netos para visitar a avó, Joyce ia para casa, sem discussão. Joyce completou quinze, dezesseis, dezessete anos, e as coisas iam de mal a pior. Tentativas de suicídio, crises, pedidos de socorro. Era Sarah quem a levava ao hospital e conversava com os médicos, já instruídos, claro, pelos pais. Tia Sarah é quem era sempre chamada. Chegando em casa, Joyce ia para a cama. Sarah brigava com ela e quase sempre sucumbia ao penoso estado depressivo que ameaça quem assume o fardo psicológico daqueles que — como se diz — não conseguem lidar com a vida cotidiana. Houve momentos em que ela sentiu que também ia para a cama e lá ficaria, mas os colegas lhe davam forças. E então, de repente, tudo mudou. Uma das pessoas com quem Joyce conversou pelo telefone, uma garota, sugeriu que se encontrassem. Sarah telefonou para seu irmão, contando que fazia dias que não via Joyce, e que agora era a vez dele, dos pais de Joyce, tomarem providências. Quando Hal disse que talvez Joyce considerasse ela, Sarah, sua mãe efetiva ("Você é que é a mãe de verdade dela, Sarah, você devia saber disso"), Sarah disse que sentia muito, mas que já havia feito sua parte. Claro, a coisa não acabou aí. Ela ficara tremendamente preocupada com Joyce: era sempre perda de tempo preocupar-se com Joyce. Depois de ver um programa de televisão sobre pessoas que viviam na marginalidade, ela foi à polícia, que sugeriu um certo café em King's Cross. O nome de Joyce era conhecido entre aqueles viciados, traficantes e prostitutas. Sarah tornou a ligar para o irmão, que disse: "Ela já tem idade para ser responsável por seus atos", e acrescentou com alegre perversidade, com aquele seu jeito especial de mostrar que, como adorava uma maldade, achava que o interlocutor também devia gostar: "Faz tempo que estamos querendo lhe dizer. Você devia se cuidar. Está precisando de pintura nova".

Deixando a pintura para mais tarde, Sarah foi falar com o psiquiatra consultado com maior frequência sobre o caso de Joyce, de quem ouviu que o voo de Joyce para o vasto mundo podia ser considerado um primeiro passo em direção à maturidade. Ideia interessante aquela, de que o desenvolvimento de uma mocinha desequilibrada pudesse ser favorecido pela companhia de viciados, traficantes e prostitutas, mais que pelo refúgio na família. Mas não havia nada que ela, Sarah, pudesse fazer. Ia afinal viver sua própria vida. Não, não esperava sentir-se imediatamente aliviada sem os infindáveis labores e dissabores com Joyce. Mas no fim acabou ocupando-se de si mesma. Examinou-se nos espelhos sombrios, acendendo todas as luzes. Nada mal, pensou. Olhou a bela matrona de meia-idade. Um cabeleireiro tinha melhorado seu corte de cabelo: uma cabeça pequena e harmônica que combinava com as roupas caras que comprara, depois de tantos anos sem gastar muito com roupa. No teatro, os colegas a elogiaram. Também acabaram revelando que achavam que ela estava sendo explorada e que devia cuidar mais de si mesma.

Além disso, todos precisavam da totalidade de suas energias. Trabalhavam na produção mais ambiciosa que já tinham feito até então. Um ano antes, *Julie Vairon* era uma mera possibilidade, agora era uma grande coprodução, com dinheiro norte-americano, francês e inglês. Sabiam que iam ter de contratar mais gente, expandir-se, mas deixavam essa parte para depois. Confessavam que havia algo perturbador no irresistível fascínio de *Julie Vairon*, e Mary Ford uma vez meditou em voz alta se teriam escolhido *Julie* caso soubessem da revolução que provocaria, porém Patrick respondeu que não era *Julie Vairon* o problema, mas sim Julie Vairon; e disse isso com aquela autossatisfação que é, devido a uma secreta identificação, sentida como um elogio.

Na década de 1880, na Martinica, uma bela moça — mestiça, como a Josephine de Napoleão — fascinou um jovem oficial francês. Nesse ponto começava *Julie Vairon*, a peça — ou, como foi classificada depois, "um Divertimento". Era filha de uma mulata, amante do filho branco do dono de uma plantação. Ao herdar a propriedade, ele fez um casamento de conveniência com uma moça francesa pobre, mas aristocrata, porém continuou sendo o protetor de Sylvie Vairon, enquanto se comentava que era muito mais que isso. Concordou que a criança devia receber instrução, pelo menos no mesmo nível das filhas das famílias ricas vizinhas, também proprietárias de terras. Talvez sua consciência o incomodasse, mas conta-se, também, que tinha ideias esclarecidas que só se expressaram aí, na educação de Julie. Ela recebia lições de música e desenho, lia uma grande quantidade de livros recomendados pelos tutores que encaixavam as aulas dela nos intervalos das aulas mais formais que davam às moças ricas em suas grandes casas, a mais de cinco quilômetros de distância. Os tutores eram jovens ardorosos que lamentavam não terem nascido a tempo para a Revolução, ou pelo menos para lutar nos exércitos de Napoleão, exatamente como em nossos dias jovens de ambos os sexos lamentam não terem estado em Paris em 1968. "Mas 68 foi um fiasco", alguém mais velho e mais prático pode protestar, recebendo olhares apaixonados e desdenhosos: "E daí? Imagine como deve ter sido *emocionante* estar lá!"

Uma das jovens damas, mais empreendedora que suas iguais, resolveu satisfazer sua curiosidade sobre a misteriosa Julie e arquitetou uma visita secreta à casa na floresta onde Julie vivia com a mãe. Vangloriou-se de sua expedição, prova de valente indiferença às convenções, e alimentou ainda mais os rumores já ruidosos. A visita foi inestimável para Julie, que antes não tinha nenhum ponto de referência para avaliar a si mesma. Serviu para descobrir que era mais inteligente que essas moças respeitáveis — a visitante era considerada a mais inteligente de todas elas —, mas descobriu também a desvantagem social em que vivia, pois fora educada acima do que podia esperar e mesmo acima de suas possibilidades. Compreendeu também por que os tutores estavam sempre dispostos a dar-lhe aulas. Podiam estar todos apaixonados por ela, mas com ela também podiam conversar.

Menos de dez anos depois, descreveu a si mesma naquela época: *Dentro daquela cabecinha, que mistura de ideias incompatíveis. Mas invejo a inocência daquela moça.* Leu os enciclopedistas, era devota de Voltaire, mas Rousseau, tão atraente para os que dependem da justiça natural, tinha de predominar. Podia debater (e debatia, infindavelmente, com seus tutores) a respeito dos atos e discursos de todos os personagens do grande palco da Revolução, como se a tivesse vivido. Sabia outro tanto sobre os heróis da Guerra de Independência dos Estados Unidos. Adorava Tom Paine, venerava Benjamin Franklin, estava convencida de que ela e Jefferson tinham sido feitos um para o outro. Sabia que, se tivesse idade suficiente na época, teria embarcado num navio para os Estados Unidos para cuidar das vítimas da Guerra Civil. Mas na verdade vivia na plantação de bananas de seu pai, mulata (era marrom-claro, como uma francesa do Sul ou uma italiana), filha ilegítima de uma senhora negra cuja casa na floresta quente e úmida era o local onde levas sucessivas de jovens oficiais loucamente entediados com aquela ilha bela mas sem graça iam buscar entretenimento, dança, bebida, comida e o delicioso canto da bela Julie. Um oficial muito jovem, Paul Imbert, apaixonou-se por ela. Adorava Julie, mas será que a adorava o suficiente para casar-se com ela ou levá-la com ele para a França? Provavelmente não, se ela não tivesse ignorado as dificuldades e insistido para que fugissem juntos. A família dele era de gente respeitável, moravam perto de Marselha; o pai, um magistrado. Recusaram-se a receber Julie. Paul achou para ela uma casinha de pedra no campo, numa região montanhosa e romântica, e durante um ano a visitou diariamente, cavalgando pelos bosques de pinheiros aromáticos, choupos e oliveiras. Os pais tomaram providências, o exército perdoou o lapso do jovem e o mandou para a Indochina francesa. E agora Julie estava sozinha na floresta, sem meios de sobrevivência. O magistrado enviava-lhe dinheiro. Tinha visto a moça passeando com o filho pelas colinas. Sentiu inveja de Paul. Não era por isso que mandava dinheiro. Paul confessara, com todo o devido remorso, que Julie estava grávida. Por algum tempo ela acreditara estar. Contando apenas com alguns francos a separá-la da pobreza, devolveu o dinheiro ao pai de Paul, dizendo que era verdade que havia estado grávida, mas que a natureza tinha agido em seu favor — em favor de todos. E apelou para ele, para seu senso de responsabilidade. Agradeceu o interesse e pediu que a ajudasse a conseguir emprego nas casas de classe média da pequena cidade vizinha, Belles Rivières. Desenhava bem e pintava aquarelas — infelizmente as tintas a óleo eram caras demais. Tocava piano. Cantava. "Acredito que nessas disciplinas não ficarei nada a dever aos tutores atualmente empregados neste distrito." O que pedia era muito mais que a generosa soma de dinheiro que ele oferecera. Mas agora todos já sabiam da bela mas dúbia moça que tentara envolver o filho de uma das mais respeitadas famílias locais e que vivia sozinha como uma selvagem na floresta. O pai de seu amante pensou durante longo tempo. Talvez nem respondesse caso não a tivesse visto ao lado de Paul. Foi visitá-la e descobriu que era uma jovem dotada, inteligente e adorável, com as maneiras mais encantadoras do mundo. Em resumo, apaixonou-se por ela, como todo mundo. Não conseguiu dizer não ao pedido dela, disse que ia recomendá-la a famílias seletas, mas tomou medidas de precaução pedindo-lhe que se comprometesse a jamais entrar em contato, daquele dia em diante, com os membros de sua família. Ela replicou com um rápido e impaciente desdém que ele teve de reconhecer genuíno: "Imaginei, *monsieur*, que isso já estava entendido".

Durante quatro anos, ela deu aulas às filhas de um médico, dois advogados, três farmacêuticos e um próspero comerciante. Todas imploraram que se mudasse para a pequena cidade, "onde você vai ficar muito mais confortável". Querendo dizer que se sentiam incomodadas com o fato de essa moça, tão bem-criada e inteligente, estar vivendo a uns bons cinco quilômetros de Belles Rivières. Ela recusou, grata, mas com firmeza, falando das grandes florestas da Martinica, com suas flores e borboletas e seus pássaros coloridos, onde costumava passear, absolutamente sozinha.

Não seria feliz vivendo em ruas calçadas, dissera ela, apesar de, na verdade, sonhar com as ruas de Paris e com uma maneira de chegar a elas sem piorar sua situação já nada boa. Se ia tentar a sorte numa cidade grande, tinha de ser agora, enquanto ainda era jovem e bonita, mas ainda sonhava com Paul. Logo compreendera que estava fadada a perdê-lo, e sabia que se ele voltasse do exército ela jamais o teria. O fato de insistir em viver livre, mas sozinha, revelava a todos que esperava por ele, e todos — pai, mãe, irmãs — contavam isso a ele, em cartas. Longe de atraí-lo, isso faria com que se afastasse, como lhe diziam o instinto e o conhecimento do mundo que a mãe lhe transmitira. Mas não podia sair dali. Liberdade! Independência!, gritava para si mesma, perambulando por sua floresta.

Que aparência tinha nessa época? Que perspectivas via para si mesma? Como era vista pelas boas pessoas cujas filhas ensinava? Como ela via essas pessoas? Nós sabemos. Sabemos de tudo. A vida toda ela desenhou autorretratos, não porque não tivesse outro modelo, mas porque estava empenhada em descobrir sua natureza real, oculta: temos um trecho sobre essa busca. Desde que chegou à França, manteve diários. E existe sua música, que nos revela tudo, mesmo sem os diários. O retrato que emerge não é o de uma mulher apenas inteligente e atraente, mas de alguém que perturbava e desafiava mesmo quando não tinha essa intenção, que durante toda a vida alimentou línguas maliciosas, que teve sempre homens apaixonados, mesmo sem esperar isso deles ou tentar atraí-los. Quando foi aceita para ensinar nessas boas casas, comportou-se como um modelo de adequação, mas sabia que um pequeno erro bastaria para que as portas se fechassem. Vivia no fio da navalha, pois acima de tudo tinha charme, esse dom de dois gumes, que desperta mais expectativas do que é capaz de satisfazer. Decerto desapontou as jovens que ensinava, que a chamavam de melhor amiga e a defendiam de mães e pais desconfiados, e que entretanto esperavam mais do que o prudente conselho que lhes dava: "Você quer mesmo ser como eu?", indagava suavemente, quando alguma filha superprotegida pedia sua ajuda em algum modesto ato de rebeldia. "Faça o que seu pai manda e quando casar poderá fazer o que quiser." Aprendera isso nas cartas de Stendhal para a irmã.

Em seus diários escreveu que preferia ser ela mesma, "uma proscrita", a ser qualquer daquelas moças privilegiadas.

Aos vinte e cinco anos, deu um grande passo na escala social. Era professora de duas filhas de um conde Rostand. Os Rostand eram a família mais importante da região. Viviam num grande e antigo castelo e mandavam uma carruagem buscá-la duas vezes por semana. Foi quando deu aulas tanto nas horas escuras como nas claras, pois antes da carruagem insistia que, como tinha de andar vários quilômetros para vir de sua casinha e em seguida para voltar, só trabalharia na cidade durante o dia. Isso despertou comentários sarcásticos. Todo mundo sabia que ela perambulava inteiramente sozinha de noite pela floresta. E era delicada demais para voltar da cidade no escuro? E aquela história de dançar sozinha no meio das pedras, tocando um tamborim, ou algo semelhante — alguma coisa primitiva, provavelmente daquele país primitivo de onde vinha. Dançava nua — alguns diziam ter visto.

Dançava? Não existe nenhuma menção a isso nos diários — se bem que, quando começou a registrar tudo, eram só anotações e apontamentos insignificantes, que só mais tarde se desenvolveram, transformando-se em comentários discursivos sobre sua vida. Existe, porém, um desenho de uma mulher dançando num cenário de árvores e pedras. Uma lua cheia. Nua. Desenho tão diferente de todos os outros que fez de si mesma que chega a ser chocante. Interessante observar quando algum fã de Julie olha uma pilha de desenhos seus. O rosto se congela, há um aspirar e — depois — uma risada. A risada é de choque. Mas quantas vezes um choque não passa de um momento de revelação semiesperada? Uma porta se abre (talvez literalmente) para uma cena que é bela, ou feia, algo feroz ou chocante — de qualquer forma, para o outro lado do mundo bem iluminado e ordenado que conhecemos: ali está ela, a verdade. Mas por que não havia nenhuma menção à dança em seus diários? Talvez tenha acontecido apenas uma vez e ela tenha sentido medo. Coisa bastante arriscada, dançar daquele jeito. Ela sabia que era espionada. Pelos *gendarmes* com certeza, mas, se um deles olhasse pela janela sem cortinas nem venezianas — detestava sentir-se presa, dissera —, veria a jovem comportada das salas de estudo diante de seu cavalete ou tocando sua harpa, ou escrevendo numa pequena mesa à luz da lamparina que mostrava o caderno aberto, sua mão com anéis segurando a pena, as ondas de seus cabelos negros, o busto liso num vestido que subia até o pescoço, onde havia uma pequena gola branca.

Os *gendarmes* relatariam também que havia muitos livros. Se dessem uma boa olhada enquanto ela estava fora, na cidade, mais tarde não poderiam revelar nada consistentemente sedicioso ou perturbador. Pois, mesmo amando as revoluções como questão de princípio — não poderia considerar-se uma pessoa séria se assim não fosse —, suas estantes demonstravam agora uma dieta mais equilibrada. Montaigne ao lado de madame Roland, madame de Sévigné com *Émile*. *Clarissa* — romance cuja influência na literatura europeia foi e continua sendo tão forte — estava numa pilha junto com as Confessions de Rousseau, enquanto Victor Hugo e Maupassant, Balzac e Zola não viam razões para não compartilhar espaço com Voltaire. Ao lado de sua cama — pequena e estreita, com um único travesseiro — via-se a prova de que estava tomando posse daquela parte da França onde se achava, porque andava lendo tudo o que encontrava de literatura regional, apaixonada pelos velhos poetas provençais, os quais, assim como o mais recente deles, Mistral, ficavam junto do pequeno candelabro de esmalte azul, com sua modesta vela branca, na mesa de cabeceira.

Uma jovem cultivada, até erudita, diziam os comentários, ao lado de outros rumores, mais apetitosos, e quando o castelo mandava a carruagem buscar Julie — e ficar esperando a uma boa distância da casa, porque então só havia uma trilha de carroças — isso queria dizer que os Rostand não sabiam de suas atividades noturnas, ou talvez não se importassem com elas, e respeitassem sua insistência em ser considerada por eles, pelo menos formalmente, como uma igual.

O filho mais novo, Rémy, logo se apaixonou fatalmente por ela. Se Paul era a essência do herói romântico, moreno, bonito, impetuoso, cheio de personalidade, Rémy era o amor maduro, sóbrio, paciente, obsequioso, com aquele humor breve e seco de que as mulheres gostam como sinal de seriedade, de experiência.

Quando começou a sentir amor por ele foi contrariando o bom senso, e acabou abandonando toda cautela, como já havia feito na Martinica com Paul, e o amou de maneira absoluta. A carruagem não esperava mais ali onde terminava a trilha de carroças, pois ela parou de dar lições no castelo. E ele agora a visitava na casa da floresta e às vezes passava ali dias seguidos. A família sabia que acabaria superando aquilo e esperou. Rémy implorou à família para casar-se com ela. Ela sonhava casar-se com ele, mas o bom senso lhe dizia que não. Tudo isso se estendeu por meses — na verdade três anos — de felicidade, angústia ou desespero, altos e baixos de todo tipo. Ela continuou dando aulas na cidade, enquanto Rémy implorava que contasse com ele. Os cidadãos podiam ignorar os boatos horrendos porque a família aristocrática mantinha a frieza, e porque o par era muito discreto. Jamais foram vistos juntos. Além disso, a jovem era tão boa professora. E, acima de tudo, seus preços eram tão módicos.

Dessa vez, Julie acabou mesmo grávida, e os amantes ficaram felizes, sonhando com a vida que levariam com o filho. O bebê nasceu, uma criança saudável, mas morreu de algum mal menor, como era comum com as crianças então. Os dois adoeceram de dor, mas logo descobriram que os rumores na cidade eram mais do que feios — eram perigosos. As críticas a Julie, havia muito reprimidas por sua firmeza, suas habilidades e porque parecia ter sempre protetores poderosos, expressavam-se agora no rumor de que tinha matado a criança. Sabia-se onde e como. A oitocentos metros da casa, um rio descia rápido a encosta, sobre pedras, formando um poço frio. A morte do filho acabou com a paciência da família. Rémy foi forçado a retirar-se para o exército. Tinha vinte e três anos. Julie tinha então vinte e oito. Os dois se separaram numa agonia dolorosa, quase imobilizados, como que ralentados por um frio mortal, um gelo invisível. Disseram um ao outro que jamais superariam a separação, e de certa forma não superaram.

Ela não pôde dar aulas na cidade desde que a gravidez começara a aparecer. O que havia economizado, e o que Rémy lhe dera antes de partir, era o suficiente para viver durante um ano. Enquanto ela mais uma vez se recuperava, e seus diários revelam quão penoso foi esse processo, ela retornou ao antigo comportamento. Numa carta que começa com "Não existe ser mais desprotegido e infeliz do que uma jovem sem família, sem um protetor...", ela pediu ao conde Rostand que lhe conseguisse trabalho como copista de partituras. Ele concordou. Sabia que era mais do que capaz para esse tipo de trabalho. A família era muito musical. Músicos bem conhecidos e músicos amadores tocavam em seus salões em dias festivos, e a música da própria Julie foi executada nessas noites, às vezes por ela mesma. Era uma música estranha — mas, claro, ela vinha de uma ilha exótica. A família sabia que era uma musicista de verdade, que escrevia música séria.

Durante anos, viveu sossegada, sozinha, ganhando o sustento de diversas maneiras. Copiava partituras e até compunha, sob encomenda, peças para ocasiões especiais. Cantava nas mais respeitadas festas e festivais públicos, sempre tomando o cuidado de recusar convites que pudessem rebaixar o seu status de mulher respeitável. Desenhava e pintava, com pastéis e aquarela, as paisagens pitorescas em que vivia, e fazia estudos de pássaros e animais. Esses trabalhos eram vendidos na loja de um impressor da cidade.Ela jamais ganhou bem, mas também não era pobre. Seus diários registram, diversas vezes, eventuais presentes em dinheiro dos Rostand, provavelmente a pedido de Rémy.

Era sozinha? Era, sim, sempre. Não conseguia esquecer Rémy e ele não se esquecia dela. Ocasionalmente escrevia longas cartas. Três anos depois de ter sido banido para o exército na África Equatorial Francesa, voltou de licença e foi visitá-la, mas ficaram ambos tão perturbados que decidiram nunca mais se encontrar. Ele já estava noivo, ia se casar com uma moça de família condizente.

Essa história romântica, o leitor provavelmente já concluiu há muito, não é nada incomum. Mulheres jovens e bonitas sem suporte familiar e desfavorecidas — neste caso duplamente, por ser ilegítima e mestiça — têm esse tipo de história. Nas partes ricas do mundo. Nos países pobres do Terceiro Mundo mais acentuadamente. E, mesmo no Segundo Mundo (mas onde é que fica isso?), moças pobres e bonitas juntam sonhos a expectativas, mas com o coração, não com a cabeça.

A cabeça de Julie estava longe de ser mais fraca que seu coração. Como demonstram seus diários. E seus autorretratos. E nada menos que sua música. Enquanto se desenrolava sua história infeliz, mas não incomum, sua mente se mantinha — para azar dela — acima de tudo isso, como se Jane Austen reescrevesse *Jane Eyre*, ou Stendhal refizesse um romance de George Sand. É incômodo ler seus diários, porque não há como não sentir que já era muito doloroso ter de sofrer toda aquela dor e solidão, sem ter de suportar a severidade de sua visão de si mesma. Deve ter adorado seu amante Paul, e mais que adorado Rémy, mas muitas vezes descreveu essas paixões como um médico ocupado que fizesse anotações sobre uma doença calamitosa. Não que ela desprezasse essas calamidades como inúteis ou sem sentido: ao contrário, atribuía-lhes todo o peso e sentido que de fato tinham em sua vida.

Cinco anos depois de perder seu amante Rémy, foi pedida em casamento por um homem de cinquenta anos, Philippe Angers, o mestre impressor da gráfica onde vendia seus quadros. Era um viúvo bem de vida, com filhos já crescidos. Ela gostava dele. Escreveu que conversar com ele era a melhor coisa de sua vida, depois da música. Ele a visitava em sua casa abertamente, deixando seu cavalo e, às vezes, a carruagem amarrados debaixo dos pinheiros e cedros ao fim da trilha. Passaram um dia juntos numa feira em Nice. Era a maneira de dizer ao mundo que ele aprovava Julie e seu modo de vida, e propunha-se aceitá-la a despeito da opinião pública. Só que agora as pessoas ficaram satisfeitas ao ver essa mulher errante, perturbadora, ser, afinal, domada.

Ela escreveu: *Gosto tanto dele, e toda essa proposta é sensata. Por que então falta convicção?* Ela prossegue, ponderando que a palavra convicção era interessante naquele contexto. Paul tinha convicção, e Rémy também, com toda certeza. O que ela queria dizer com aquilo, então?

Durante um longo e sóbrio ano, Julie e o mestre impressor planejaram o casamento. Os filhos dele a conheceram e presume-se que a aprovaram. Um deles era fazendeiro, Robert. Ela descreve como foi seu jantar com Robert e o impressor. *Esse eu podia amar,* observa. *E ele decerto poderia me amar. Entendemos isso assim que nos vimos. Aí, sim, haveria convicção! Mas não importa. Ele mora com a mulher e quatro filhos perto de Béziers. Provavelmente nunca nos veremos.*

As observações sobre seu futuro marido continuam, e são calmas, sensatas, pode-se dizer até respeitosas. Existe, porém, um texto descrevendo um dia de sua vida de casada. *Acordarei naquela cama confortável ao lado dele, quando a criada entrar para acender o fogo. Como a mulher dele fazia. Depois lhe dou um beijo e me levanto para fazer o café, ele gosta do meu café. Depois lhe dou um beijo enquanto ele desce para a loja. E dou ordens à moça. Depois irei para a sala que ele diz que pode ser só minha e pinto. A óleo se eu quiser. Vou poder comprar o que quiser nesse departamento. Ele em geral não vem para a refeição do meio-dia, então eu a ignoro e vou passear nos jardins, conversar com os moradores da cidade, loucos para me perdoar. Depois tocarei um pouco de piano, ou de flauta. Ele ainda não ouviu a música que tenho escrito esses dias. Acho que não vai gostar. Querido Philippe, ele tem um coração tão bom. Tinha os olhos cheios d'água quando o cachorro ficou doente. Ele virá para o jantar e tomaremos sopa. Gosta de minha sopa, gosta do que eu cozinho. Depois comentaremos como foi seu dia. É interessante, o trabalho dele. Depois falaremos dos jornais. Vamos discordar muitas vezes. Ele com certeza não admira Napoleão! Ele vai cedo para a cama. Isso vai ser o mais difícil, ficar fechada em casa a noite toda.*

Não há a menor sugestão de cálculo financeiro. E, no entanto, ela estava sozinha no mundo. Sua mãe morrera no terremoto do monte Pelée, quando em visita a uma irmã que vivia em St.-Pierre, que foi destruída. Não há nenhum registro de que Julie tenha pedido ajuda ao pai.

Uma semana antes do dia em que o prefeito, velho amigo de Phillipe, ia casá-los na prefeitura, ela se afogou no poço onde se dizia que ela havia matado o bebê. Ninguém acreditou que tivesse se suicidado. Por que o faria, agora que todos os seus problemas estavam resolvidos? Tampouco tinha escorregado e caído, como a polícia concluiu. Absurdo! — ela, que pulava feito uma cabrita por aquelas florestas havia anos. Não, ela fora assassinada, e provavelmente por algum amante desprezado de que ninguém tinha conhecimento. Vivendo sozinha, a quilômetros de qualquer pessoa decente, havia pedido por algo desse gênero.

Houve as adequadas condolências para o morador que tinha perdido seu amor, pois ninguém duvidava que ele a adorava, mas diziam que era melhor assim. Os *gendarmes* recolheram os papéis, esboços e pinturas dela, um grande número de partituras e, na falta de ideia melhor, embalaram tudo numa grande caixa que foi parar no porão do museu provincial. Mais tarde, na década de 1970, os descendentes de Rémy encontraram algumas de suas músicas entre os papéis da família, gostaram delas, lembraram que havia a caixa no museu, encontraram nela mais músicas, que fizeram executar num festival de verão local. Foi aí que o inglês Stephen Ellington-Smith as ouviu. Como bem sabem os amantes da música, Julie Vairon foi logo reconhecida como uma compositora única em sua época, artista original, e existe quem já use a palavra *grande*.

Mas ela não era apenas uma musicista. O mundo artístico a admira. "Um pequeno mas nítido nicho...": é como se avalia hoje o lugar ocupado por ela. Alguns acham que será lembrada por seus diários. Alguns excertos surgiram tanto na França quanto na Inglaterra, e foram imediatamente celebrados: bem ao gosto desta nossa época. Três volumes dos diários foram publicados na França, e um volume (condensado dos três), na Grã-Bretanha, onde ninguém discorda que ela merece ficar na mesma estante que madame de Sévigné. Algumas pessoas, porém, têm talentos demais para seu próprio bem. Talvez fosse melhor se tivesse sido uma artista com aquele modesto talento sensível e despretensioso tão adequado às mulheres. O que nos traz às feministas, para quem ela constitui uma controvertida irmã. Para algumas, é o arquétipo da vítima feminina, enquanto outras se identificam com sua independência. E como musicista, um crítico reclamou, "o problema é que não se sabe em que categoria encaixá-la". Tudo bem dizer agora o quanto era moderna, mas sua música não é do seu tempo. Era uma nativa das Índias Ocidentais, as pessoas dizem umas às outras, onde se faz toda aquela música ruidosa e perturbadora e isso estava em "seu sangue". Ninguém esquece esse "sangue", hoje um ponto a favor, apesar de não ter sido na época. Não é de admirar que seus ritmos não sejam europeus. Porém, tampouco são africanos. Para complicar ainda mais, sua música teve duas fases distintas. O primeiro tipo não é difícil de entender, apesar de ser impossível dizer de onde provém: está mais próximo da música dos trovadores dos séculos XII, XIII e XIV. Só que no tempo de Julie essa música não estava disponível, como hoje, em gravações de arranjos que utilizam instrumentos da época, recriadas a partir de manuscritos difíceis de decifrar. Existem maneiras de trazer essa velha música de volta à vida. Uma determinada tradição da música árabe mudou muito pouco ao longo de todos esses séculos, desde que foi levada à Espanha, de onde passou para o Sul da França e inspirou cantores e músicos que vagavam de castelo em castelo, de corte em corte, com instrumentos que eram os ancestrais dos que hoje conhecemos. Porém, quando a música tem de ser imaginada, recriada, "ouvida", a interpretação de um indivíduo tem de ser, ao menos em parte, uma inspiração original. As palavras da Condessa Dié são como ela as canta, mas como exatamente ela as canta? Teria Julie visto velhos manuscritos em algum lugar? Todos sabemos que as coisas menos prováveis podem acontecer. Onde? Será que a família Rostand possuía manuscritos antigos? O problema dessa interessante teoria — que afirma que esse clã amante da música e do passado era tão displicente com um tesouro do passado a ponto de nem chegar a reconhecer sua influência sobre Julie — é que Julie escreveu esse tipo de música antes de conhecer a família, pois suas canções desse período se alimentavam da dor pela perda de Paul. Pode-se especular que entre aquelas sólidas famílias de classe média, cujas filhas ela ensinava, alguma possuísse uma arca antiga cheia de... impossível. Muito bem, então, como esse tipo de canto chegou até ela, vivendo, como vivia, em sua montanhosa solidão? O que ela ouvia, o que escutava? Com certeza havia os sons da água correndo e espirrando, o ruído das cigarras e dos grilos, corujas e curiangos, e o pio agudo do falcão em seus picos rochosos, e os ventos daquela região, zunindo secos nas colinas que os trovadores atravessavam, com sua música singular. Há os que afirmam fantasiosamente que ela era visitada pelos espíritos deles durante aquelas longas noites solitárias, compondo suas canções. Um amante da música as acabou executando num concerto de música trovadoresca e todos ficaram maravilhados, pois ela até podia ser um deles. Essa foi, pois, a sua "primeira fase", difícil de explicar, mas fácil de escutar. A "segunda fase" foi diferente, apesar de ter havido um breve período em que os dois tipos de música estiveram incomodamente aliados. Óleo e água. Nada de africano na nova fase. Longos ritmos fluidos se estendem, e de vez em quando um tema primitivo aparece, se assim se podem explicar sons que lembram dança, movimento físico. Que no entanto se torna apenas um dentre vários temas que vão e voltam, mais como as vozes da música do final da Idade Média, formando padrões em que nenhuma voz é mais importante que outra. Impessoal. Talvez seja isso que perturbe. A música de sua fase "trovadoresca" é um lamento, sim, mas formalmente, dentro dos limites de uma forma (como o fado, ou como o blues) que sempre estabelece limites para o lamento de um pequeno indivíduo clamando por compaixão, por alívio — por amor. A música de sua última fase, impassível e cristalina, podia ter sido escrita por um anjo, como disse um crítico francês, rebatido por um outro: Não, por um demônio.

É difícil relacionar suas últimas canções ao que ela diz de si mesma em seu diário, e aos seus autorretratos. Pouco antes de atirar-se no poço, porque "faltava convicção" àquele casamento sensato, ela desenhou em pastéis uma guirlanda de retratos de si mesma, um eco satírico daquelas guirlandas de pequenos anjos ou querubins que se veem nos cartões-postais. A sequência começa no alto, à esquerda, com um bebê frágil e bonito, os olhos negros e inteligentes encarando diretamente o observador — que, não se deve esquecer, era a própria Julie. Em seguida, uma garotinha adorável, vestido branco de musselina, fitas cor-de-rosa, vigorosos cachos negros, e um sorriso que seduz e ao mesmo tempo caçoa do observador. Depois uma adolescente, a única que não olha diretamente para fora do quadro. Meio virada de lado, um perfil orgulhoso, como um filhote de águia. Nada de confortável nessa moça, e nos sentimos aliviados por não vermos seus olhos, exigentes talvez de reações e simpatias fortes. Na parte de baixo, um punhado de folhas convencionais para combinar com o laço de fita branca do alto. À direita, embaixo, do lado oposto ao filhote de águia, uma mulher jovem, vista como o apogeu desta vida, a sua conquista; não difere muito da duquesa de Alba de Goya, mas é mais bonita, com cachos negros, uma figura fresca e vigorosa, olhos negros ousados e divertidos, que forçam o observador a encará-los. Do lado oposto à adolescente, de certa forma como um comentário ou complemento, uma mulher dos seus trinta anos, sorrindo serenamente, bonita e composta, nada de especial a não ser o olhar pensativo, que prende o observador: *Muito bem, o que é que você está querendo dizer?* Há uma linha negra separando este retrato e os dois seguintes: dois estágios da vida que ela escolheu não viver. Uma bem fornida mulher de meia-idade sentada com as mãos juntas no colo, olhos baixos. Toda a energia da figura está no lenço amarelo sobre o cabelo grisalho: pode ser qualquer mulher de cinquenta e cinco anos.

E a velha é apenas uma velha. Nenhuma individualidade ali, como se Julie não pudesse imaginar a si mesma velha ou não se desse ao trabalho de pensar em envelhecer. E depois de desenhar a enfática linha negra ela saiu de casa, caminhou por entre as árvores e ficou — por quanto tempo? — na beirada do rio, saltando depois para o poço cheio de pedras cortantes.

Isso foi pouco antes da Primeira Guerra Mundial, que tão rápida e drasticamente transformou a vida das mulheres. Suponhamos que não tivesse saltado, tivesse decidido viver?

Antes de pular, arrumou seus desenhos, suas músicas, seus diários em pilhas bem organizadas. Parece não ter destruído nada, pensando provavelmente: é tudo ou nada. Escreveu, sim, uma nota útil para a polícia, contando onde procurar seu corpo.

E o esquecimento, por três quartos de século. E então, o recital de verão em Belles Rivières, onde sua música foi tocada pela primeira vez. Pouco depois disso, seu trabalho foi incluído numa exposição em Paris a respeito de mulheres artistas, que visitou Londres com sucesso. Foi realizado um documentário para a televisão. Uma biografia romântica foi escrita por alguém que ou não leu os diários ou decidiu não levá-los em conta.

Nesse ponto é que Sarah Durham entrou na história. Ela leu a tradução inglesa dos diários, achou-a insatisfatória, mandou buscar em Paris a edição francesa, e viu-se cativada por Julie, a ponto de começar um esboço de peça antes mesmo de discutir com os outros três. Eles ficaram tão intrigados quanto ela. Depois, nenhum deles conseguia lembrar quem havia sugerido usar a música de Julie; esse tipo de conversa criativa entre pessoas que trabalham juntas resulta em muito mais do que a soma de suas partes.

Não conseguiam parar de falar de Julie. Ela tomou conta do Green Bird. Sarah fez uma segunda versão, com música. Esta foi mostrada aos possíveis patrocinadores, e imediatamente *Julie Vairon* começou a decolar. Então chegou uma outra peça, escrita por Stephen Ellington-Smith, que tanto fizera para "descobrir" e "promover" Julie Vairon: o *"Anjo de Julie"*.

Todos leram a nova peça, que era romântica, para não dizer sentimental, e ninguém voltaria a pensar nela não fosse Patrick pedir uma reunião especial. Estavam presentes Sarah, Mary Ford, Roy Strether, Patrick Steele — os Quatro Fundadores. E, também, Sonia Rogers, uma ruiva dinâmica que estava "em fase de experiência". Todos ainda diziam que ela estava em fase de experiência quando era evidente que já fazia parte do grupo, só que nenhum deles estava disposto a admitir que se tratava do fim de uma era. Por que Sonia? Por que nenhuma das outras promessas que trabalharam no e em torno do teatro, às vezes sem ganhar nada ou por muito pouco? Bem, porque ela estava presente. Estava em toda parte, para dizer a verdade. "Levante uma pedra e ela estará debaixo", brincava Patrick. Sonia havia começado como "temporária" e se tornara imediatamente indispensável. Simples. Estava naquela reunião porque entrara no escritório por alguma razão e tinham pedido que ficasse. Encarapitou-se sobre o arquivo, pronta para fugir à menor palavra atravessada.

Patrick abriu fogo: "Qual é o problema com a peça desse Stephen Não-sei-o-quê? Só precisa de um ajuste, mais nada".

Mary cantarolou: "'Ela era pobre, mas era honesta, vítima dos caprichos de um ricaço'".

Roy disse: "Dois ricaços, para ser exato".

Sarah disse: "Patrick, hoje em dia simplesmente não se

pode fazer uma peça que tenha uma mulher como vítima — é só isso".

Patrick disse, como tantas vezes, encurralado, traído, isolado: "Por que não? É o que ela foi. Como a pobre Judy. Como a pobre Marilyn".

"Concordo com Sarah", disse Sonia. "Nós não podemos fazer uma peça sobre Judy. Nós não podemos fazer a Marilyn — não como meras vítimas e mais nada. Hoje não pega."

Houve uma pausa considerável, do tipo em que correntes e equilíbrios invisíveis se alteram. Sonia falou com autoridade. Disse *Nós*. Não se considerava temporária, nem em fase de experiência. Certo, os Quatro Fundadores estavam pensando. Agora é assim. Temos de aceitar.

Todos sabiam o que cada um dos outros estava pensando. Como conseguiam? Não precisavam nem trocar olhares, ou caretas. Estavam se sentindo, sendo forçados a se sentirem esmaecidos, gastos — superados. Ali estava aquela Sonia, brilhante e lisa como um filhote de leão, e eles se enxergavam através dos olhos dela.

"Concordo inteiramente", disse Mary, afinal, assumindo temporariamente a responsabilidade. E sorriu para Sonia de tal modo que a jovem demonstrou sua satisfação com uma risada curta, triunfante, sacudindo a cabeleira incendiada. "Ninguém faria uma ópera sobre madame Butterfly hoje", continuou Mary.

"Todo mundo vai assistir *Madame Butterfly*", disse Patrick.

"Todo mundo?", Sonia perguntou, levantando uma questão que eles deviam entender como política.

"Que tal *Miss Saigon*?", disse Patrick. "Eu li o roteiro."

"É a respeito do quê?", perguntou Sonia.

"É a mesma trama de *Madame Butterfly*", disse Patrick. "Vamos ver como você se sai dessa, Sarah Durham."

"É um musical", disse Sarah. "Não é o nosso público."

"É uma desgraça", disse Sonia. "Tem certeza, Patrick?"

"Absoluta."

Patrick pressionou o ataque: "Então, que tal a peça do Zimbábue? Não me lembro de ninguém ter dito que devia ser um musical."

A peça do Zimbábue, escrita por feministas negras, era sobre uma menina de aldeia que sonhava viver na cidade, como todo mundo no Zimbábue, porém existe o desemprego. A tia dela em Harare diz não, que já tem a casa supercheia. Isso precipita uma tempestade moral na aldeia, porque a recusa da tia significa um rompimento da velha norma de que os membros mais afortunados de uma família devem sustentar qualquer parente pobre que peça ajuda. Mas a tia diz: Já tenho vinte pessoas em minha casa, com meus filhos e meus pais, e estou sustentando todo mundo. Ela é enfermeira. A menina da aldeia cai nas graças de um homem rico local, dono de uma frota de caminhões. Fica grávida. Mata a criança. Todo mundo sabe, mas ela não é processada. Torna-se prostituta amadora. Mas não se considera como tal: "Desta vez o homem vai me amar e se casar comigo". Um segundo bebê é abandonado na escadaria da missão católica. Ela pega aids. Morre.

"Eu assisti", disse Sonia. "Era boa."

"Mas aí tudo bem, porque ela era preta?", disse Patrick, rindo em voz alta do campo minado da política para o qual estava arrastando todo mundo.

"Não vamos começar", disse Mary. "Vamos acabar passando a noite inteira aqui."

"Certo", concordou Patrick, tendo dito o que queria.

"De qualquer forma já é tarde demais", disse Roy, conciliador como sempre. Calmo, grande, imperturbável, um dos árbitros naturais do mundo. "Já concordamos com a peça de Sarah."

"Mas acho", continuou Sonia, "que devemos ao menos lembrar que essa é a história de qualquer garota, em qualquer parte do mundo. Enquanto estamos aqui sentados. Centenas de milhares. Milhões."

"Mas é tarde demais", disse Roy.

Mary observou: "Não acho que os franceses tenham entrado no projeto porque gostem de lágrimas. Eles não consideram a peça um melodrama. Quando falei com Jean-Pierre pelo telefone ontem, a respeito da publicidade, ele disse que Julie tinha nascido fora da sua época".

"Bom, é claro", disse Sarah.

"Jean-Pierre diz que eles a consideram uma intelectual, na tradição francesa das literatas."

"Em outras palavras", disse Roy, levantando-se e encerrando a reunião, "nem devíamos estar tendo esta conversa."

"E os patrocinadores americanos?", perguntou Patrick. "O que é que eles esperam? Aposto que não uma literata francesa."

"Eles compraram o pacote", disse Sarah.

"Vou dizer uma coisa", continuou Patrick. "Se fizerem a peça desse Stephen Não-sei-o-que não vai haver um olho seco na plateia."

Enquanto desciam a escada de madeira, Mary e Roy foram cantando "'Ela era pobre, mas era honesta'", e Patrick tinha, de fato, lágrimas nos olhos. "Pelo amor de Deus!", disse Sarah, passando o braço em torno dele. Como as pessoas sempre faziam: Pronto, pronto! Ele protestava dizendo que o protegiam demais, e eles respondiam: Mas você precisa disso, sempre com seu coração ferido. Tudo isso se arrastava havia anos. Mas as coisas tinham mudado... Sonia não ia mimá-lo. Ao pé da escada, olhou criticamente para Patrick, que — sempre ornamental, até bizarro — parecia hoje um besouro, de paletó verde brilhante, os cabelos negros espetados. Sonia, na última moda, vestia calças largas, pretas, de menino holandês, camiseta estampada de camuflagem, sucata do exército, e por cima um bolero de renda preta de algum mercado das pulgas, botas de camurça, gargantilha vitoriana de azeviche, muitos anéis e brincos. Os cabelos, numa variedade do corte curto dos anos 1920, faziam uma ponta atrás e grandes ondas na frente, como as orelhas de um cachorro spaniel. Mas seu penteado raramente era o mesmo por mais de um ou dois dias. Sua aparência não agradava Patrick. Estridente, ele já havia criticado o mau gosto dela. "Essa esquisitice não é nada chique, meu bem", dissera. Ao que ela respondera: "Olha quem está falando!".

Sarah não se deitou na véspera do encontro com Stephen Ellington-Smith. Primeiro, porque não terminou a limpeza antes das três da manhã. Depois resolveu fazer as anotações para o programa, afinal. Depois releu os diários de Julie, preparando-se para o que achava que ia ser uma luta com o Anjo de Julie.

"Olhe", ela se imaginou dizendo, "Julie nunca se viu como uma vítima. Ela acreditava que podia escolher. Até 1902, quando morreu sua mãe, podia ter voltado para a Martinica. A mãe chegou a escrever, dizendo que seria bem-vinda quando quisesse voltar. Existe até uma carta boba do meio-irmão dela, que assumiu a propriedade quando o pai morreu, fazendo piadas sobre o parentesco deles; ofensiva em seu tom colegial. Ele dizia que o pai tinha mandado "cuidar" de Julie. Mas ela não respondeu. Imaginava se não devia se tornar prostituta — não se esqueça que era a época de *les grandes horizontales*. Mas ela disse que não tinha gosto pelo luxo, e isso parecia essencial para uma puta de alta classe. Ofereceram-lhe emprego como *chanteuse* numa casa noturna em Marselha, mas ela respondeu que seria um trabalho muito exigente do ponto de vista emocional, que não teria tempo para a música e a pintura. De qualquer forma, detestava cidades provincianas. Teve, de fato, uma oportunidade de ir a Paris como cantora de uma companhia em excursão. Mas não era esse o seu sonho de Paris. Escreveu em seu diário: *Se Rémy me convidasse para ir a Paris, viver com ele lá... viveríamos discretamente, poderíamos ter amigos* de verdade... O trecho destacado diz tudo, eu acho. E ela prossegue. *Claro que está fora de questão, mas eu o vi com a mulher na feira. É claro que não se amam.* Foi convidada para ser governanta na casa de um advogado de Avignon: ele era viúvo. Vários homens quiseram instalá-la em Nice ou Marselha como amante. Essas ofertas eram meramente registradas, da mesma forma como podia escrever: o dia hoje estava quente, ou: estava frio.

"Podemos com toda a facilidade entender Julie a partir daquilo que ela recusava. E o que ela de fato escolheu? Uma casinha de pedra na floresta. 'O estábulo da vaca', como diziam com desdém os moradores locais. Escolheu viver sozinha, pintar e desenhar e compor a sua música e, todas as noites de sua vida, escrever um comentário a respeito.

"Sim, concordo que não é fácil fazer disso um drama vibrante. Nada fácil, mesmo que se mantenha a forma que você escolheu. Primeiro ato: Paul. Segundo ato: Rémy. Terceiro ato: Philippe. Claro, você pode dizer que ela escreveu: *Acho que não suportaria me mudar da minha casinha, onde tudo me fala de amor.* Como George Sand poderia ter escrito. Mas não se esqueça de que ela continua: *Vivo aqui exatamente como minha mãe vivia na casa dela. A diferença é que ela foi sustentada a vida inteira. Por um homem — meu pai. Ela sempre o amou e nunca teve escolha. Não podia deixar a propriedade porque se o fizesse só poderia ganhar a vida como dona de bordel (como a mãe dela e a avó dela, pelo menos foi o que me insinuou). Ou como uma prostituta comum, talvez empregada doméstica. Quais eram as suas qualidades? Sabia cozinhar. Sabia se vestir. Conhecia plantas e ervas. Acho que devia saber muito sobre o amor, mas nunca discutimos a respeito do amor, quer dizer, o fazer amor, porque ela decidiu que eu seria uma dama e não queria despertar em mim ideias a respeito dela, sobre o que era de verdade (e só isso já é em si tão tocante que me parte o coração, porque de que outra forma eu poderia me definir a mim mesma, definir o que sou, a não ser a entendendo?). Mas temo que, se sentássemos para conversar como mulheres, eu a ouviria dizer assim: Vivo aqui nesta casa porque tudo nela e em torno dela me recorda o amor. E nesse amor estariam incluídas as lembranças das sombras das grandes árvores nas paredes, e no espelho da sala de estar e nos tetos de seu quarto, e a umidade, a eterna umidade, e o cheiro pesado das flores e da vegetação molhada, e um cheiro como que de pelo de bicho molhado que enchia a casa quando chovia. Mas o fato é que minha mãe não podia deixar sua casa e sua vida, nem que quisesse, enquanto eu posso partir daqui quando quiser.*

"Onde, nisso tudo, se pode ver uma vítima?"

Ela não tinha medo das possíveis consequências financeiras caso recusassem a peça dele, porque Stephen escrevera: "Com toda certeza não preciso dizer que meu patrocínio à peça não será de forma alguma alterado se vocês decidirem que minha pequena tentativa não serve".

Ele já estava à mesa em um restaurante que ela descobriu, aliviada, não ser nenhum dos restaurantes da moda. Um salão grande, bastante escuro, antiquado, e tranquilo. Tratava-se, à primeira vista, de um fidalgo de província. Indo até ele, pensou que ia ser incrível, ao voltar para o escritório, responder à pergunta de Mary Ford — "Como é ele?" — com a expressão "Um fidalgo de província, do velho estilo" — e saber que Mary entenderia imediatamente. Os pais dela, ou os de Mary Ford, seus avós ou os de Mary, não seriam capazes de "situar" de imediato muita gente na Grã-Bretanha de hoje, mas saberiam à primeira vista quem era aquele Stephen Ellington-Smith. Era um homem de uns cinquenta anos, grande, mas não gordo. Forte, parecia ocupar, com autoridade mas descontraído, muito espaço. Seu rosto era claro e aberto: olhos verdes, pálpebras ruivas; e os cabelos, antes louros, estavam ficando grisalhos. As roupas eram exatamente o que se podia esperar: e Sarah descobriu-se automaticamente fazendo anotações mentais para a próxima vez que tivessem de caracterizar uma personagem dessas numa peça. Em essência, concluiu, era o tipo de gente que fica invisível quando está de tocaia, caçando um gamo. O paletó de um xadrez muito tênue, marrom-amarelado, era como a pele de uma zebra, que se funde na paisagem.

Ele ficou olhando enquanto ela se aproximava, levantou-se, puxou uma cadeira. A inspeção, ela sabia, era aguda, mas não defensiva. Sentiu que ele havia gostado dela, como todo mundo sempre tendia a gostar.

"Cá estamos", disse ele. "Devo confessar que estou aliviado. Não sei bem o que é que eu esperava." E aí, antes mesmo de se sentarem, disse: "Quero deixar bem claro que não vou me importar se vocês decidirem recusar minha peça. Não sou dramaturgo. Foi um trabalho feito por amor".

Disse isso como alguém que quer limpar o terreno antes de atacar outro problema — o problema real. E ela se lembrou de uma conversa no teatro. Mary havia dito: "É esquisito. Ele estar envolvido assim, de uma forma ou de outra, com Julie Vairon durante mais de dez anos. O que será que ele quer?". Verdade. Por que aquele homem, "um amador das artes, do velho estilo, entende?" — conforme fora descrito pelo funcionário do Conselho de Artes que sugerira que ele fosse consultado como possível patrocinador —, estaria envolvido com uma francesa problemática durante uma década ou mais? A razão haveria de ser, quase com certeza, algum daqueles caprichos irracionais que tantas vezes constitui a força real a impulsionar pessoas e eventos, muitas vezes não mencionada, ou nem percebida. Era isso que Mary Ford havia insinuado. Mais que insinuado. Dissera: "Se é para termos problemas com ele, vamos jogar limpo desde o começo". "Que tipo de problemas você está esperando?", Sarah perguntou, porque respeitava a intuição de Mary. "Não sei." E ela cantou, com a melodia de "Who is Sylvia", "Quem é Julie, o que ela...".

Começaram a falar de coisas práticas. Havia a dificuldade que dera início à carreira de *Julie Vairon*. A peça devia estrear em Londres, no Green Bird, um dos três espetáculos planejados para a temporada de verão. Por acaso, Jean-Pierre le Brun, funcionário da prefeitura de Belles Rivières, soube, pela família Rostand, que havia sido muito cooperativa, que uma peça de teatro estava prestes a estrear, e tomou um avião para Londres para protestar. Por que Belles Rivières não fora consultada? Na verdade, os Quatro Fundadores nem tinham pensado nisso, mas só porque não viam a peça como um projeto tão ambicioso a ponto de envolver os franceses. Além disso, Belles Rivières não possuía um teatro. E, também, *Julie Vairon* era falada em inglês. Jean-Pierre admitiu que os ingleses tinham sido mais rápidos em perceber as possibilidades de Julie, e ninguém pretendia negar a eles essa honra. Não se tratava de tirar Julie Vairon do Green Bird. O que seria praticamente impossível, naquele estágio. Mas ficou sincera e amargamente magoado de Belles Rivières ter sido esquecida. O que fazer? Muito bem, a versão inglesa podia fazer uma temporada na França. Infelizmente era preciso admitir que se a peça ia atrair turistas o mais provável era que falassem inglês e não francês. E, além disso, havia tantos ingleses vivendo naquela região... e ele encolheu os ombros, deixando que os quatro encontrassem uma solução para esse estado de coisas.

Então ficou decidido. E o dinheiro? Porque o Green Bird não podia financiar a temporada francesa. Nenhum problema, disse Jean-Pierre; a cidade forneceria o local, usando a própria casinha de Julie na floresta — ou o que restava dela. Mas Belles Rivières não tinha recursos para manter toda a companhia durante uma temporada de duas semanas. Foi nesse ponto que entrou um patrocinador norte-americano, para ampliar o apoio. E ele, afinal, como tinha ficado sabendo dessa proposta tão arriscada? Alguém no Conselho de Artes havia recomendado a ideia, e isso devido à reputação de Stephen.

Nesse ponto, a ajuda e o apoio mútuos se expressavam principalmente em fotografias para lá e para cá, de Londres para Belles Rivières, de Londres para a Califórnia, de Belles Rivières para a Califórnia. E acontece que já havia um Museu Julie Vairon em Belles Rivières. Sua casa era visitada por peregrinos.

Stephen perturbava-se: "Imagino o que ela iria achar de tanta gente na floresta *dela*. Na casa *dela*".

"A gente não contou que ia usar a casa dela para a temporada na França? Você não viu o material promocional?"

"Acho que não prestei atenção." Ele parecia estar ponderando se devia confiar nela ou não. "Eu me senti mal até de escrever essa peça — de invadir a privacidade dela, entende?" Então, como ela não conseguiu achar uma resposta para aquilo, porque era uma observação nova, e inesperada, ele acrescentou de repente, projetando o queixo para a frente como um menino: "Você deve ter entendido, com toda certeza, que estou desesperadamente apaixonado por Julie". E fez uma cara dolorida, desamparada, encostando-se na cadeira, empurrando o prato, olhando para ela, à espera de um veredicto.

Sarah adotou uma expressão intrigada, mas o gesto dele foi de impaciência. "É, estou enfeitiçado por ela. Desde que ouvi sua música pela primeira vez naquele festival. Em Belles Rivières. É a mulher perfeita para mim. Entendi isso na mesma hora."

Estava tentando parecer extravagante, mas não estava conseguindo.

"Entendo", disse ela.

"Espero que sim. Porque essa é a questão."

"Você não está esperando que eu diga alguma coisa chata, do tipo: Ela morreu faz mais de oitenta anos, está?"

"Pode dizer, se quiser."

O silêncio que se seguiu teve de acomodar muita coisa. Não que a paixão dele fosse "louca" — essa palavra tão abrangente —, mas ele estava ali sentado com toda a franqueza, formidável, decidido a fazer com que ela não achasse isso. Esperou, aparentemente à vontade, porque tinha feito seu ultimato, e até deu uma olhada na cena em torno, normal, com outros comensais, garçons e tudo, mas ela sabia que ali, naquele ponto específico, estava o que ele esperava como retorno de seu investimento bem considerável. Tinha de aceitá-lo, aceitar sua carência.

Depois de um tempo ouviu a si mesma observando: "Você não gosta muito dos diários dela, gosta?".

Ele expirou de repente. Teria sido um suspiro se não estivesse se controlando, reprimindo-se mesmo, para não revelar demais. Brusco, mexeu as pernas. Desviou o olhar, como se pudesse levantar e fugir, mas forçou-se a encará-la de novo. Ela gostou muito dele então. Gostava cada vez mais. Porque sentia-se à vontade ao seu lado, capaz de dizer absolutamente qualquer coisa.

"Você colocou o dedo na... não, não. Quando leio os diários eu me sinto... de fora. Ela bate a porta na minha cara. Não é por isso que..."

"Que você está apaixonado?"

"Acho que não gostaria daquela inteligência fria dela voltada sobre mim."

"Mas quando se está apaixonado a inteligência continua, não continua? Examinando tudo o que..."

"Tudo o *quê?*", ele interrompeu. "Não, se ela fosse feliz não teria escrito nada daquilo. Tudo aquilo é só... autodefesa."

Ela teve de rir da intensidade com que ele recusava aquilo que — pelo menos na opinião dela — era o aspecto mais interessante de Julie.

"Tudo bem, pode rir", ele resmungou, mas sorrindo. Sarah percebeu que ele não se importava que risse. Talvez até gostasse. Havia nele algo como uma expansão, um relaxamento, como se tivesse ficado muito tempo prendendo a respiração e agora pudesse finalmente soltar o ar. "Você não entende, Sarah — posso te chamar de Sarah? Aqueles diários são uma acusação tão grande."

"Mas não a você."

"Não sei. Não sei mesmo. O que eu teria feito? Talvez ela escrevesse sobre mim a mesma coisa que escreveu sobre Rémy. *Eu era para ele tudo aquilo com que um dia sonhara quando desejou ser maior que sua família, mas no fim ele não era mais do que a essência de sua família.*"

"E é isso que ela significa para você? Uma fuga de suas origens?"

"Ah, não", ele respondeu logo. "Para mim, ela significa... bom, tudo."

Ela sentiu todo o seu ser rejeitando aquele louco exagero. Seu corpo, até seu rosto estava assumindo uma expressão crítica, sem nenhuma intenção orientadora da inteligência. Baixou os olhos. Mas ele estava olhando — sim, ela já conhecia aquele olhar perscrutador, inteligente — e devia estar adivinhando o que ela estava sentindo, porque disse: "Por favor, não me diga que não entende o que estou dizendo".

"Talvez", ela disse, cautelosa, "eu tenha resolvido esquecer essas coisas."

"Por quê?", perguntou ele, sem intenção de elogiar. "Você é uma mulher bonita."

"Sou uma mulher bonita *ainda*", ela respondeu. "*Ainda* sou uma mulher bonita. É verdade. É isso. Faz vinte anos que não me apaixono. Há pouco estava pensando nisso — vinte anos." Ficou perplexa de estar dizendo a um estranho (mas sabia que ele não era um estranho) coisas que nunca dissera aos bons e queridos amigos, à sua *família* — isso é que eles eram — do teatro. Ela vestiu o estilo maternal e humorado que parecia cada vez mais ser o seu estilo: "E a troco de quê, me pergunto agora, todo aquele... absurdo?".

"Absurdo?" Ele grunhiu numa risada que indicava isolamento em face da incompreensão deliberada.

"Toda aquela angústia e aquelas noites em claro", ela insistiu, forçando-se a relembrar que de fato tinha feito *tudo aquilo*. (Ocorreu-lhe que durante anos não tinha nem mesmo admitido que tinha feito *tudo aquilo*.) "Graças a Deus não vai me acontecer de novo. Vou te dizer uma coisa, envelhecer tem suas compensações." Ela se deteve nesse ponto. Por causa da agudeza com que ele a examinava. Sentiu na hora que sua voz soara falsa. Estava corando — sentia calor, pelo menos. Ele era, sem dúvida nenhuma, um homem bonito. Ou tinha sido. Era um bom partido mesmo agora. Vinte anos antes talvez... e então sorriu ironicamente para ele, pois sabia que suas faces quentes equivaliam a uma confissão. Continuou, no entanto, pensando de fato que, se ele podia ser tão valente, ela também podia. "O que acho agora é que me apaixonei vezes demais."

"Não estou falando de pequenos ardores."

Mais uma vez, ela teve de rir. "Bem, talvez tenha razão." Razão sobre o quê? — percebeu que ele achava aquela frase, como ela mesma achou assim que a disse, um lugar-comum desonesto. "Mas por que achamos que estar apaixonado significa sempre a mesma coisa para todo mundo? Talvez 'pequenos ardores' seja mais exato, para uma porção de gente. Às vezes, quando vejo alguém apaixonado penso que uma boa trepada resolvia." E recebeu dele, conforme esperava, um olhar surpreso e até duro diante do termo feio, que usara deliberadamente. Mulheres que estão "amadurecendo" quase sempre têm necessidade de fazer isso. Num minuto (ao menos é o que se sente) estão usando a linguagem de seu tempo (feia, crua, direta), no momento seguinte se transformam, ou sentem que logo se transformarão, se não tomarem providências, em "velhinhas", porque as gerações mais jovens começam a censurar seu discurso, como se faz com as crianças. Mas, pensou, criticando a si mesma: Não é preciso fazer pose para este homem.

Depois de uma longa pausa, em que a examinou, ele disse: "Você simplesmente decidiu esquecer, só isso".

Ela concordou: "É, decidi. Talvez não queira me lembrar. Se alguma vez um homem significou tudo para mim — foi o que você disse, *tudo*... Meu casamento foi muito bom. Mas *tudo*... Vamos falar de sua peça, Stephen". E deliberadamente (desonestamente) fez com que isso desse a impressão de que não queria falar do marido morto.

"Tudo bem", ele concordou, depois de uma pausa. "A peça não é importante. Para mim não significa tanto assim. Pode jogar fora."

"Espere aí. Quero conservar uma boa parte do texto. O diálogo é bom." Não era gentileza. O diálogo dele, em algumas partes, era melhor que o dela. E agora entendia por quê. "Você percebe que fez de Rémy o foco de tudo? O amor verdadeiro? E Paul? Afinal, foi com ele que ela fugiu para a França."

"Rémy foi o amor da vida dela. Ela mesma disse isso. Está nos diários."

"Mas ela só encontrou o tom dos diários depois que Paul a abandonou. Imagine se tivéssemos um registro dia a dia de seus sentimentos por Paul, como temos de Rémy." Ele definitivamente não gostou daquilo. "Você se identifica com Rémy — ele tem a mesma origem que você. Pequena aristocracia?"

"É, talvez."

"E você praticamente não mencionou o filho de seu digno mestre impressor. Julie e Robert se olharam e, citando, *Se você tem um talento para o impossível, então pelo menos o reconheça.* Depois disso, ela se matou. Parece que o filho do impressor podia facilmente ter sido tão importante quanto Rémy."

"Pois a *mim* parece que você quer fazer dela uma espécie de libertina, que se apaixona por um homem atrás do outro."

Ela não podia acreditar no que estava ouvindo. "Por quantas mulheres você já se apaixonou?"

Evidentemente, ele não podia acreditar naquilo. "Não vejo nenhum sentido em discutir essa questão de dois pesos e duas medidas."

Os dois estavam se olhando com desagrado. Não havia nada a fazer, senão rir.

Depois, ele insistiu: "Eu me apaixonei, a sério, por uma única mulher".

Ela esperou que ele dissesse "minha mulher" — era casado — ou alguma outra, mas estava falando de Julie. Ela disse: "É minha vez de dizer que você decidiu esquecer. Mas não é essa a questão. Correndo o risco de ser chata, a arte *é* uma coisa e a vida, outra. Você parece não perceber o problema. Na sua versão, a ocupação principal dela era estar apaixonada".

"E estar apaixonada não era a ocupação principal dela?"

"Ela estava apaixonada boa parte do tempo. Não era sua ocupação principal. Só que hoje em dia não podemos fazer uma peça sobre uma mulher abandonada por dois amantes que em seguida comete suicídio. Não podemos fazer uma heroína romântica."

Evidentemente, não conseguia evitar aquela conversa: lembrou-se que provavelmente era a décima vez em um mês.

"Não vejo por que não. Existem moças passando por isso o tempo todo. Sempre foi assim."

"Olhe. Vamos deixar isso para gente que escreve teses? Trata-se de uma questão estética. Estou simplesmente lhe dizendo o que sei. Por experiência teatral. Afinal de contas, até os vitorianos fizeram uma canção cômica dizendo 'Ela era pobre, mas era honesta'. Mas acho que sei como resolver isso." Seu jogo duplo limitar-se-ia a não revelar que já havia solucionado a questão. "Podemos deixar a história exatamente como você a construiu. Mas o que vai dar um toque especial... tem uma coisa; espero que você pergunte o quê."

"Muito bem", ele disse, e Sarah percebeu que foi naquele momento em que ele finalmente desistiu da própria peça. Com graça. Como era de se esperar de alguém como ele.

"Vamos usar o que ela própria pensava sobre tudo isso..."

"Os diários!"

"Em parte. Os diários. Porém, mais ainda, a sua música. Existem as canções, e muitas de suas músicas se prestam — podemos usar frases dos diários como letra das músicas. A história de Julie terá um comentário — feito por ela mesma."

Ele pensou a respeito durante um tempo incomodamente longo. "É inacreditável — é, de fato, incrível — como Julie é sempre arrancada de mim." Pareceu embaraçado e disse: "Tudo bem, sei que parece loucura".

Ela disse: "É, somos todos loucos", mas, ouvindo sua confortável voz maternal, compreendeu imediatamente que não ia conseguir se safar. Mais uma vez achou difícil aguentar o olhar agudo. "Imagino o que pode te deixar louca", ele observou, com mais do que uma chispa de malícia.

"Ah, mas já cheguei àquele ápice do senso comum. Você sabe, os planaltos uniformemente iluminados e sem problemas onde não há surpresas."

"Não acredito em você."

Pode-se dizer que os sorrisos que trocaram, companheiros mas satíricos, marcaram o fim de um estágio.

O restaurante estava esvaziando. Tinham terminado de dizer o que tinham a dizer, pelo menos por ora. Ambos faziam os pequenos movimentos que indicam uma necessidade de se separar.

"Não quer ouvir mais nenhuma de minhas ideias sobre a peça?"

"Não, fica por sua conta."

"Mas o seu nome vai estar nela, junto com o meu, como coautores."

"Seria mais do que generoso de sua parte."

Saíram do restaurante devagar. No último momento, parecia que não queriam se separar. Despediram-se e se afastaram. Só então se lembraram que tinham estado juntos durante quase três horas, conversando, íntimos, trocando informações que não revelavam nem para os íntimos. Essa ideia deteve ambos, e fez com que se voltassem ao mesmo tempo, na calçada de St. Martin's Lane. Ali ficaram, um examinando o rosto do outro, cheios de curiosidade, simplesmente como se não tivessem estado tão próximos, por tanto tempo, conversando. Os sorrisos confessaram surpresa, prazer e certa descrença, emoção — ou a recusa dela — que se confirmou quando ele deu de ombros e ela abriu os braços num gesto que dizia, Bom, é demais para mim! Então, riram ambos da maneira como repercutiam, ou espelhavam, um ao outro. Voltaram-se e caminharam decididos, ele para a vida dele, ela para a dela.

No escritório, Sarah encontrou Mary Ford fazendo uma colagem de fotos para publicidade, enquanto Sonia olhava por cima de seu ombro, mãos na cintura, na verdade aprendendo, mas dando a impressão de estar só casualmente interessada.

Sarah contou a Mary que Stephen Ellington-Smith era um fidalgo de província, no velho estilo. Que era magnânimo demais para ser mesquinho com a própria peça. Que era, de fato, um encanto. Mary disse: "Então que ótimo, não é?". Sonia observou a conversa com seu arzinho de desentendida.

Sarah sentou-se de costas para as duas jovens, fingindo trabalhar, escutando... não, uma mulher jovem e uma de meia-idade: tinha de aceitar esse fato sobre Mary, mesmo que doesse um pouco. Estavam tão acostumados uns com os outros... Sonia estava ali naquele escritório — não estritamente seu território — não só para aprender, mas para cobrar seu espaço. Queria ser a responsável pela próxima montagem, *Hedda Gabler*. "Vocês vão estar ocupados com a sua Julie", disse. As duas sócias mais velhas não precisavam discutir: uma sabia o que a outra achava. E por que não? Provavelmente não iam encontrar ninguém mais firme, mais inteligente — e mais ambiciosa — do que Sonia. "Por que não?", disse Mary, e sem se virar Sarah repetiu: "Por que não?", confirmando assim a posição de Sonia e um salário muito mais alto. Sonia saiu da sala. "Por que não?", Mary disse de novo, baixinho, e Sarah voltou-se em sua direção e sorriu, confirmando o sentido real da mensagem de Mary, de que não restava dúvida — com efeito, uma época havia acabado.

Sarah não precisava de uma semana para encaixar o diálogo de Stephen onde cabia, mas resolveu fingir que precisava desse tempo, para ele não achar que sua contribuição era pouco importante. Porém, sentada ali em sua sala, a confusão de papéis que já chamava de roteiro espalhada em torno dela, uma semana pareceu pouco tempo. Por um lado, estava descontente com a tradução dos diários já existente. Decidiu traduzir ela mesma algumas passagens que iam ser encaixadas nas músicas. Tinha de pedir a permissão dos Rostand. "Afinal, são apenas algumas páginas", escreveu a eles. "Não estou me propondo a fazer uma nova tradução de todos os escritos de Julie." Na verdade, era o que ela desejava. Acreditava em segredo que, ao lerem a sua tradução, os amantes da literatura seriam capazes de perceber de imediato que sua linguagem era muito melhor, mais viva, muito mais próxima da própria Julie. Talvez algum dia viesse a fazer uma nova tradução, escolhendo passagens diferentes: nem sempre concordava com a escolha do tradutor inglês. Entendia Julie muito melhor do que... Sentada ali, o teclado do computador empurrado de lado, pois ainda estava no estágio do texto rabiscado em longas folhas de papel com uma esferográfica — é, bem antiquado, ela sabia disso —, pensou: É uma espécie de cobrança que estou fazendo... pretensiosa? Talvez. Mas acho que é verdade. Essa jovem não entendeu nada de Julie... Sua tradução é plana, não tem efervescência, e isso para mim é muito importante. *Muito*. Estou envolvida demais nessa história. Claro, a gente sempre está inteiramente mergulhada no que está fazendo, mesmo que uma semana depois tenha esquecido tudo... O que é que essa bendita Julie tem: ela se entranha nas pessoas, entranhou-se em mim. Olhe como essa coisa avança, se espalha — ela está explodindo a nós todos, e nós sabemos disso. Estou mesmo intoxicada — talvez por causa desses meses todos ouvindo a música. Bom, vou ter de ouvir mais esta semana... Estou complicando tudo: passei anos e anos amarrada pelo Dever, trabalhando como uma maluca, e se não me cuidar vou sair voando pelo céu como um balão de hidrogênio.

Ficou sentada, hora após hora, escolhendo palavras, ouvindo palavras: sedutoras. Como música, principalmente escolhendo palavras congruentes com a música. As letras, que ela já ouvia cantadas, corriam dentro de sua cabeça. É como uma espécie de doença dos que usam e fabricam palavras. As palavras aparecem em suas cabeças e ficam dançando ao som de ritmos de que você, conscientemente, não tem a menor noção.

Retalhos de palavras: eles podem indicar um estado de espírito oculto. Soam e ressoam até te deixar louco. Como uma película invisível, um plástico de embalagem, entre você e a realidade. Ela não era nem de longe a primeira pessoa a perceber isso. D. H. Lawrence, por exemplo: "Ela estava brava com ele, porque transformava tudo em palavras. Violetas eram as pálpebras de Juno, anêmonas eram noivas não violadas. Como odiava as palavras, sempre se colocando entre ela e a vida — elas sim é que violavam — frases feitas sugando a vida de tudo o que era vivo". É, isso ilustrava exatamente o que sentia: a citação, pura e simples, colonizando sua mente. Bom, quando acabasse esse trabalho, as palavras de Julie, para não falar das da Condessa Dié, permaneceriam com ela um pouco, depois mergulhariam naquele vasto e invisível Livro das Grandes Citações, e a deixariam em paz... há muito criara uma imagem mental salvadora para usar no momento em que sua cabeça ficava tão cheia de palavras que sentia o corpo todo pinicar com sua energia.

O que imaginou foi um menino, um pastor de uma época bem remota — de centenas de anos atrás, pois era mais repousante que essa cena se desse num ar antigo, como se tivesse saído de uma pintura mural ou de um vaso. Essa jovem criatura é analfabeta, jamais viu palavras sobre uma página, ou sobre um pergaminho. Em sua cabeça existem lendas pois jamais houve um país ou uma cultura sem elas. Mas sentado em sua encosta, debaixo de uma árvore, observando — o quê? ovelhas, provavelmente —, sua mente está vazia, e as lembranças ou pensamentos lhe vêm como imagens. Sarah não permitia que esse pobre jovem tivesse nem mesmo a tradicional flauta dos pastores. Tinha de haver silêncio. Só uma brisa soprando na árvore sob a qual se sentava. Um grilo. Os carneiros pastando a grama. A figura tinha de ser um rapaz. Uma moça — não. Uma moça provavelmente estaria imaginando com quem iria se casar. E quase nunca deixavam garotas ficarem sozinhas, mas isso não importava, uma moça ou um rapaz — e silêncio. Sarah tentava imaginar como seria ter uma mente não formada pela palavra impressa. Nada fácil.

Quando a semana se esgotou, Sarah telefonou para Stephen dizendo achar que o roteiro — libreto? Como descrever aquela coisa híbrida? — estava pronto. Sem nenhuma dúvida, ele ficou contente ao ouvir a voz dela, e ela ficou desproporcionalmente contente ao ouvir a voz dele se aquecer e se animar. E ele disse: "Mas olhe, você realmente não precisava ter...", como alguém que não esperava muita consideração. O que era sem dúvida excepcional.

"Mas é claro", disse Sarah. "Afinal, somos coautores."

"Eu não vou reclamar. Amanhã?"

E começou então um período que, quando depois pensava nele, parecia um país em que havia aportado por acaso, que nem sabia que existia, um lugar de encantamento, uma paisagem como de sonho, com sua atmosfera própria, forte, com uma língua que se conhece apenas em parte ou que foi esquecida. Antes de encontrar-se com Stephen em algum lugar — um restaurante, um jardim, um parque —, ela dizia a si mesma: Ah, o que é isso?, você está imaginando coisas. Na hora de ir relutava, inventando desculpas para evitar o encontro. Sabia que ele estaria fazendo a mesma coisa. Ele também devia pensar, antes de se encontrar com ela, ou depois de se separarem, "Bobagem, imaginação minha". Mas não havia como duvidar, quando estavam juntos havia um prazer, um bem-estar, um ar diferente da vida cotidiana. Um lugar encantado onde tudo podia ser dito. E não era o caso de duas pessoas com grandes curiosidades uma pela vida da outra. Se ela não estava muito interessada na dele é porque não conhecia nada semelhante: ele era rico, dono de uma grande casa, histórica. Quando ele perguntou sobre sua vida, forneceu-lhe fatos: casara-se jovem, enviuvara jovem, conseguira criar muito bem dois filhos sozinha. Quase por acaso — parecia, agora — tinha ficado bem conhecida no meio teatral. Ah, sim, durante algum tempo fora responsável pela filha do irmão. Ele ouviu, pensou, e observou: "Quando as pessoas contam a própria vida — quer dizer, a própria história —, geralmente não revelam muito de si mesmas. Não de fato". E como se temesse que ela fosse discordar, continuou: "Quer dizer, no caso de pessoas interessantes. O que é interessante nas pessoas não é o que a vida lhes oferece. Isso é inevitável, não é?".

Estava inventando alguma desculpa para si mesmo, ou uma explicação, foi o que ela concluiu. Mas por que precisava daquilo? Parecia estar sempre se desculpando. De quê?

Prosseguiram, porém — e, claro, estavam se divertindo.

"Gosto de estar com você", ele disse, e a frase tinha não só a franqueza — a generosidade — que ela esperava dele, como parecia surpreender também a ele. Será que diversão era algo que ele não esperava? Bem, esse tipo de prazer não era algo a que ela também estivesse acostumada. Tivera sempre de trabalhar tanto, tão cheia de responsabilidades... mas com toda a certeza a um homem tão privilegiado não faltaria ocasião de... eram os dois, o fato de estarem juntos, como se ambos possuíssem a chave desse lugar cuja atmosfera fosse a felicidade.

E podiam ambos sacudir a cabeça, dedicando um ao outro sorrisos irônicos pela improbabilidade dessa afinidade. Encantamento. Como abrir um pacote muito bem embrulhado e descobrir dentro dele um presente secretamente desejado durante anos, e nunca realmente esperado. A vida dela tinha ficado encantada por causa daquele Stephen Não-sei-o-quê, que estava apaixonado por uma mulher que já morrera. Paixão essa que discutiram muito, ele com perfeito bom humor porque, como informou, tinha instalado a *sua* Julie numa fortaleza onde ela, Sarah, jamais penetraria. "Simplesmente tenho de salvá-la de você", disse. Tinham adquirido o hábito de falar à vontade sobre a loucura dele — ela podia usar a palavra porque ele a usava. "Você é louco, Stephen." "Sou, admito abertamente, Sarah." Mas dizer que alguém é louco é quase como torná-lo inofensivo. Uma palavrinha brincalhona.

E no entanto ela acreditava que aquele homem realmente estava se machucando. Às vezes, quando se fazia um silêncio, ela via seu rosto sombrio, abstrato: é, de fato a "sua" Julie estava em algum lugar lá no fundo dele mesmo, onde a visitava. Mas não estava lhe fazendo bem, a julgar pelo ar sombrio e dolorido que adquiria então. Às vezes, quando via aquela expressão, ela resolvia não pensar sobre o que significava, temendo que ele também sucumbisse. Tinha aprendido esse método de autoproteção com Joyce: num determinado ponto, decidia não permitir que sua imaginação penetrasse no estado de espírito da pobre menina, temendo deixar-se levar. Com toda a certeza havia ali algo que contradizia a vida exterior daquele homem que era tudo o que devia ser: voltado para o social, sadio, generoso, aberto a qualquer olhar ou julgamento. Brincar com sua "paixão" por Julie, tirando voluntariamente da cabeça o que podia significar de fato, era uma maneira de proteger de Julie a amizade deles. Pois Sarah — e ela se sentia envergonhada diante da irracionalidade daquilo — imaginava mais e mais que aquela mulher devia ser possuída de bruxaria para influenciar tão fortemente as pessoas, depois de sua morte. Podia-se até imaginá-la como Orfeu, atraindo suas vítimas para lugares escuros, pelo poder da música e das palavras.

Quanto à peça — ou roteiro — de Sarah, Stephen disse: "Você conseguiu captá-la muito bem. Sei que estava sendo parcial — quer dizer, na minha peça. E fico contente de você ter me mostrado uma Julie mais... completa. Estranho como eu ficava bloqueado ao ler os pensamentos dela. Mas não mudou o que sinto por ela. Você sabe, fomos feitos um para o outro, Julie e eu. Bom, Sarah, seu rosto não se adapta muito bem ao objetivo de esconder o que você está pensando... será que é porque você não acredita que possa haver alguém feito para você? Lembro-me de ter pensado isso uma vez. Mas a verdade é que... essa pessoa pode existir. Engraçado, não?, como existem poucas pessoas que... pode-se ter essa sensação em relação a alguém de quem menos se espera. Lembro-me de uma vez — eu estava no Quênia, servindo o exército. Todo mundo esqueceu o Quênia. Guerras demais, talvez. Conheci uma mulher. Uma indiana. Mais velha do que eu. E aconteceu... nos reconhecemos imediatamente. A gente tem de confiar nesse tipo de coisa. Se não confia, você nega o melhor da vida. Conosco aconteceu algo desse tipo — bom, nós dois sabemos disso. Não tem nada a ver com idade, sexo, cor, nada dessas coisas".

Sarah estava dizendo a si mesma, sobre "essa coisa que eu tenho com Stephen", que, se tivesse um irmão — um irmão de verdade, não um palhaço como Hal —, seria uma coisa assim. Incrível como nunca havia lhe ocorrido que ter um irmão podia ser uma coisa gostosa.

Sarah e Mary foram juntas de avião para Nice. Quando voavam sobre a Europa, Sarah observou que Mary movia os lábios, de olhos fechados. Não, Mary não estava rezando. Tinha decidido repetir várias vezes por dia seu mantra de relações públicas: "Dezenas de festivais vão disputar as atenções este verão. O festival Julie Vairon será apenas um deles. Tenho de garantir que vai ser o melhor, o mais notado e que todo mundo vai querer conferir".

No aeroporto, foram recebidas por Jean-Pierre le Brun, que sentiram como se já conhecessem, depois de tantas conversas por telefone. Era moreno, bonito, bem vestido, combinando daquela maneira exclusivamente francesa a correção, as boas maneiras e um bem vivido ceticismo, como se Anarquia e Direito tivessem sido suas matérias principais na universidade, e houvessem se fundido numa só, transformadas em estilo. Ao encontrar aquelas inglesas, que também eram de certa forma autoridades, ele conseguiu expressar um alto grau de respeitosa polidez, conjugado a uma propensão a ofender-se. Não tinha consciência de que irradiava ressentimento também, mas logo esqueceu tudo aquilo, pois tinha decidido que gostava das duas. O almoço foi muito agradável, no Les Collines Rouges, o melhor café-restaurante de Belles Rivières. Como já era tarde para tratar de negócios na prefeitura, ele as levou em seu carro até a floresta que ficava junto aos montes atrás da cidade, primeiro correndo por uma estrada asfaltada, depois não muito mais devagar pela trilha irregular em que a pista se transformava. Era a estrada que Julie seguia para ir e voltar a pé de Belles Rivières. "E com qualquer tempo, *la pauvre*", disse Jean-Pierre. E as duas inglesas nada sentimentais sorriram do francês tão formalmente sentimental, exatamente como era de se esperar. E de fato ele tinha lágrimas nos olhos.

Ao fim da trilha, subiram a pé por um caminho rochoso até chegarem a um espaço aberto entre árvores e pedras. O chão era vermelho brilhante ao sol do final da tarde. O verde das árvores era intenso. O ar estava cheio de um murmúrio como de abelhas, mas era o rio e a cachoeira: parecia ter chovido muito. Não restava muito do "estábulo da vaca" de que os moradores reclamavam. Citando o texto publicitário de Mary Ford: *Uma pequena casa de pedra, fria, incômoda, era onde vivia Julie Vairon no Sul da França, desde o dia em que desembarcara sem vintém do navio até sua morte. Aquela havia sido a casa de um carvoeiro.* "E por que não?", Mary perguntara. "Alguém deve ter morado ali antes dela." *Depois da morte de Julie, ficou muitos anos vazia. O fazendeiro Leyvecque, cujos netos ainda hoje trabalham na região, usou-a como estábulo. Uma tempestade pôs abaixo o telhado de pedras. Se a prefeitura de Belles Rivières não a tivesse preservado, nada restaria dela além de um monte de ruínas. O local abriga hoje um teatro encantador; onde, no verão deste ano...*

Não restava muito da casa. A longa parede dos fundos ainda estava de pé, agora recoberta de cimento para que não acabasse de desabar. Atrás da casa, a terra vermelha subia até as árvores. Pinheiros. Carvalhos. Oliveiras e castanheiras. Algumas daquelas árvores tinham conhecido Julie. O ar estava impregnado de aromas saudáveis. Os três passearam pelo local onde a vida de Julie logo seria encenada. Isto é, a vida dela editada segundo as necessidades de produção. A representação seria num espaço ao lado da casa. Os músicos ficariam sobre uma plataforma baixa, de pedra — Sarah e Mary puseram-se a explicar que a plataforma tinha de ser maior e mais próxima da área de representação, porque a música era importante. Jean-Pierre discutiu por obrigação dizendo não haver entendido que a música teria papel tão importante. Gentilmente cedeu, como já estava decidido a ceder desde o início. As negociações se davam numa mistura de francês e inglês — o inglês por gentileza a Mary. Durante o almoço, ela explicou que não conseguia aprender línguas, à maneira típica dos ingleses, que parecem afligidos por um gene defeituoso, ainda desconhecido da ciência. Como era Mary que ia trabalhar com Jean-Pierre na publicidade, Sarah escutou o que acabou sendo um choque de posições bem fundamental. Ele disse esperar uma plateia de cerca de duzentas pessoas por noite, durante as duas semanas de temporada. Mary protestou que planejava muito mais. Jean-Pierre disse que não se podiam esperar plateias grandes para uma peça nova, e de significação meramente local. Ainda discordando educadamente, os três chegaram à cidade. Jean-Pierre as deixou no hotel para voltar à sua família, o que lamentou. Mary e ele estavam fazendo uma brincadeira com a incapacidade dela de falar francês e se comunicavam em "franglês". Era evidente que ele estava saboreando a surpresa de descobrir aquela mulher grande, calma, aparentemente impassível, com seus serenos olhos azuis, embarcando em voos de linguagem cada vez mais surrealistas.

Havia três hotéis. A companhia seria distribuída por todos eles. Tudo isso foi arranjado por Sarah na manhã seguinte, antes da visita à prefeitura, mera formalidade, uma vez que já estava tudo combinado. Mary foi, então, entrevistar descendentes dos Imbert e dos Rostand, as famílias de Paul e de Rémy. Jean-Pierre foi com ela. Ambos os clãs tinham se mostrado extremamente dispostos a ajudar o Festival Julie Vairon, que traria tanto brilho à pequena cidade. Ela pretendia também visitar o Museu Julie Vairon, o arquivo e a casa — que ainda existia — onde Julie teria morado se tivesse se casado com Philippe, o mestre impressor. E a família de

Robert, o filho de Philippe? Talvez concordassem em falar — mas moravam bem longe dali. Tudo aquilo ia levar pelo menos três dias. Sarah voltou para Londres sozinha.

Telefonou para Stephen. Ao ouvirem as vozes um do outro, entraram imediatamente naquela região de privilegiada cumplicidade, como crianças que guardam segredos. Esse tom surgira no momento em que o roteiro foi considerado pronto pelos Quatro Fundadores. Quando adultos agem assim, em geral é porque estão sobrecarregados, ou mesmo ameaçados de alguma forma. Sim, a Julie de Stephen estava realmente ameaçada. "Julie agora é uma mulher pública...", dissera ele.

Ela contou que tinha visto a casa de Julie. Stephen a tinha visitado dez anos antes, quando as plantas cresciam entre as tábuas do soalho e as pedras das paredes. Contou dos três hotéis, dois deles novos, todos com nomes relacionados a Julie. Descreveu Jean-Pierre. Ouvindo o tom em que ela falava, ele perguntou: "E o que é que ele acha dela?", ao que Sarah respondeu num murmúrio: "*La pauvre... la pauvre...*", de forma que Stephen exclamou: "Bendito sentimentalismo...", e ela riu. Em resumo, comportaram-se exatamente como era de se esperar nessa velha história entre franceses e ingleses, de um achar o outro impossível, para satisfação de ambos. Mas talvez a necessidade de cada nação de identificar sempre os mesmos traços na outra imponha um estilo, de forma que tudo se perpetuava.

E então ela e todos do Green Bird que estivessem interessados foram convidados a ir até a casa dele em Oxfordshire, porque haveria uma noite de música e dança, um festival em miniatura, e cantariam a música de Julie. Sarah foi convidada a passar todo o fim de semana. Ela não queria muito vê-lo em sua casa, em sua outra vida — sua vida real? Temia que a amizade pudesse ser ameaçada. Sem dúvida era uma coisa vaga, baseada na imaginação, em fantasmas, não? Sabia muito bem o que temia: que a "mágica", o encantamento simplesmente se quebrasse. Mas claro que tinha de ir, e até queria ir. Na semana anterior, encontraram-se para jantar, por sugestão dele. Ela percebeu que ele também estava inquieto. Fornecia informações, fatos, um atrás do outro, semeando, pensou ela. E até disse isso a ele, ganhando um sorriso — como o de um irmão mais velho praticando boliche com a irmã, atento para que entenda o que diz da maneira certa. "Não, não", ela brincou, "não recue que vai pisar na bola! Cotovelos abertos, quando jogar."

A casa era de sua mulher, Elizabeth. Dele era o dinheiro. Não, com toda a certeza não foi por conveniência mútua que se casaram, mas a casa desempenhava um papel central em suas vidas: os dois a adoravam.

Havia três filhos, meninos, no colégio interno. Eles gostam do colégio interno, insistiu Stephen, de um jeito que revelava que sempre tinha de insistir no assunto. Ela achou interessante ver como gente como ele sentia o dever de defender a instituição sagrada. O colégio interno é o melhor para eles, disse Stephen. É, pena não terem uma filha. "Principalmente para mim", disse ele. "Talvez, se eu tivesse uma filha, Julie não tivesse me atingido do jeito que atingiu." Mas não haveria mais filhos. A pobre Elizabeth já tinha feito mais do que devia.

Eram bons amigos, ele e Elizabeth, afirmou, escolhendo as palavras, mas sem olhar nos olhos dela, encarando o prato. Não porque estivesse fugindo de alguma coisa, mas porque — foi o que ela sentiu — havia algo mais do que revelava, que estava deixando que ela descobrisse sozinha.

Ele ficava satisfeito em gerenciar produtivamente a propriedade. Elizabeth sem dúvida cuidava bem da casa. Todo verão realizavam um festival. "Metade do país vem assistir, e ficamos orgulhosos. Foi Elizabeth quem teve a ideia, mas só porque sabe que é o tipo de coisa de que gosto. Agora dedicamos aos festivais tudo o que temos." Isso foi dito com satisfação, até orgulho mesmo. Iam ampliar, até chegar a ser algo como Glyndebourne,* só que em escala bem menor. E só no verão. Sarah ia poder verificar tudo por si mesma quando fosse até lá.

Mais uma vez ela sentiu que havia outro sentido nessas palavras: e imaginou se ele tinha consciência de que tudo o que dizia parecia estar indicando: Preste bem atenção.

"Quero que veja tudo", insistiu ele, dessa vez olhando para ela. "Gosto da ideia de você estar lá. Não sou o tipo de homem que gosta de manter a vida em compartimentos separados — é, sei que muitos gostam, mas eu..." Seu sorriso estava cheio de energia, da suave excitação que parecia emanar dele quando falava de sua casa e de sua vida nela. "Não quero que pense que não tenho consciência da sorte que tive na vida", disse, enquanto caminhavam até o metrô. "Mas vai ver por si mesma. E posso lhe garantir que não estou exagerando."

Ela devia tomar o trem para Oxford no meio da tarde de sexta-feira. Às duas a campainha tocou e era Joyce. Como ela não aparecia fazia um bom tempo, Sarah a viu com novos olhos, mesmo que só por um momento. Imediatamente seu coração começou a sentir uma opressão bem familiar. Quando

* Glyndebourne é um tradicional e elegante festival de ópera ao ar livre, frequentado pelas classes privilegiadas. (N. T.)

Joyce entrou, parecia perdida, vagando em algum sonho particular. Era uma moça alta, agora muito magra. Quando as irmãs a maquiavam, ficava linda. Seus cabelos — e isso é que doía no coração — eram maravilhosos, cor de ouro claro e cheios de vitalidade, soltos em torno do rostinho sardento. "Faça um chá para você", disse Sarah, mas Joyce atirou-se numa cadeira. Parecia realmente doente. Os grandes olhos azuis estavam congestionados. O sorriso característico — com que encarava o mundo desde que deixara de ser uma criança — era brilhante, medroso, ansioso. É, estava doente. Sarah mediu sua temperatura e estava com 38 e meio.

"Quero ficar aqui", Joyce disse. "Quero morar aqui com você."

Ela colocava seu dilema da forma mais dramática possível. Sarah já temia por algo assim. Pressões de todo tipo, nada visíveis, nem mesmo prováveis, para ninguém a não ser ela mesma, faziam com que se sentisse tentada a ceder de imediato. Mas lembrou-se de uma coisa que Stephen dissera: "Cuidou dela por... — quanto tempo? Dez anos, você disse? Por que os pais não cuidam dela?". E quando Sarah não soube responder: "É, Sarah, para mim parece uma coisa esquisita".

"Na época pareceu muito natural."

Mas ele silenciou porque achara melhor não dizer o que pensava. E no entanto sempre diziam o que pensavam. Será que diria "Você é louca, Sarah", e a colocaria em companhia dos que se portam como se portam porque não podem consigo mesmos? E uma outra vez ele havia observado: "Se você não a tivesse aceitado, o que acha que teria acontecido?". Não era aquela voz quente e indignada que estava acostumada a ouvir de pessoas que se sentem ameaçadas porque pensam: Se assumiu essa carga, talvez ache que eu deva me sacrificar também. Não, ele pensara em tudo. Ela nunca havia imaginado o que poderia ter acontecido com Joyce se não tivesse cuidado dela. Será que Joyce teria se dado pior caso a tia a tivesse deixado com os pais? Não podia estar muito pior que agora, podia?

Então, forçou-se a dizer, o esforço colocando severidade em sua voz: "Joyce, eu estou de saída. Vou ficar fora o fim de semana, te levo para casa e te ponho na cama lá".

"Perdi a chave da porta", disse Joyce, os olhos se enchendo de lágrimas.

Sarah sabia que não tinha perdido a chave, mas para provar isso teria de revistar a patética e imunda bolsa de Joyce, que um dia tinha sido de tecido mexicano listrado, de cores brilhantes.

Disse a si mesma que era nesse terreno que ia ter de lutar, por pior que fosse. Senão... Telefonou para o hospital onde seu irmão trabalhava, disseram que à tarde estava em Harley Street,* ligou para Harley Street, disseram que estava atendendo um paciente. Sarah informou à recepcionista que era irmã do dr. Millgreen, e que estava ligando a respeito da filha dele, que estava doente. Que esperava na linha. Esperou uns bons dez minutos, enquanto Joyce chorava baixinho em sua cadeira.

Em determinado momento, disse numa voz fraquinha: "Mas quero ficar aqui com você, tia".

"Não dá para ficar aqui comigo agora. Você está doente, precisa de tratamento."

* Harley Street é uma rua do centro de Londres onde se concentram, há pelo menos cem anos, consultórios médicos de todas as especialidades para atendimento particular, fora do sistema público de saúde e, portanto, voltado para uma clientela financeiramente abastada. (N. T.)

"Mas ele vai me levar para o hospital. Não quero ir."

"Não, ele vai fazer você ficar na cama, como eu faria."

"Por que todo mundo tem de ser tão horrível comigo? Quero morar com você para sempre."

"Joyce, nenhum de nós tem notícia suas — meu Deus, deve fazer cinco meses. Procurei você por Londres inteira."

Nesse momento, a recepcionista disse que o dr. Millgreen não podia atender, que mrs. Durham ia ter de se arranjar sozinha. "Diga ao meu irmão que a filha dele está em meu apartamento. Que está doente. Que vou estar fora da cidade até segunda-feira."

Estava furiosa. Que estava cheia de culpa nem é preciso dizer. Não adiantava dizer a si mesma que não tinha razão para sentir culpa.

Disse a Joyce: "Acho que alguém deve vir te buscar. Se não, você devia simplesmente pegar um táxi e ir para casa". E enfiou algum dinheiro na bolsa mexicana.

Joyce choramingou: "Ah, tia, eu não entendo".

Como era uma criança falando, e não Joyce, a adolescente imprevisível, que de alguma forma conseguia lidar com a vida, Sarah não respondeu. Ao contrário, dirigiu-se a um adulto, lembrando-se que Joyce tinha vinte anos: "Escute, Joyce, você é perfeitamente capaz de entender. Aconteceu alguma coisa com você lá fora, mas evidentemente você não vai nunca contar o que foi...".

Joyce interrompeu, raivosa: "Se eu contar, você vai aproveitar para me castigar".

Sarah disse: "Não me lembro de ter castigado você por absolutamente nada, nunca".

"Mas meu pai vai. Ele é sempre horrível."

"Ele é seu pai. E você tem mãe; ela defende você." Joyce virou o rosto. Estava tremendo, em espasmos. "Você já é uma mulher adulta, Joyce. Não é uma menininha."

Uma menininha olhou vagamente na direção da tia com enormes olhos inundados. Uma boquinha vermelha abriu-se pateticamente.

"Não vou passar o resto da vida cuidando de você. Não me importo que você venha e fique aqui quando estou em casa. Mas não vou ficar servindo você. Se quiser, podemos tirar umas férias e viajar para algum lugar. Você bem que parece estar precisando. Bem, vamos falar disso, mas não agora. Tenho de pegar o trem. Telefono de Oxfordshire para ver se você já foi para casa."

Joyce não iria para casa. Tarde da noite, Hal iria mencionar à mulher, se lembrasse, que a menina estava doente e sozinha no apartamento de Sarah. Ou melhor: "Joyce apareceu na casa de Sarah e parece que Sarah acha que ela não está bem". Anne, exausta e irritada, daria instruções às duas meninas, Briony e Nell, para irem até a casa de Sarah. Elas ficariam furiosas com Joyce por ter desaparecido por tanto tempo. Ficariam furiosas com Sarah por não dar conta do recado. Todos ficariam furiosos com Sarah. Como sempre. E agora passou pela cabeça de Sarah que realmente era meio estranho.

Quando Sarah desembarcou do trem, foi Elizabeth quem veio se apresentar. As duas mulheres se inspecionaram francamente, Elizabeth de um jeito que fez Sarah se perguntar o que exatamente Stephen teria dito a seu respeito, pois Elizabeth tinha o ar de quem estava verificando se a informação recebida era correta: aparentemente, sim. Elizabeth era uma mulher pequena, com cabelos amarelos brilhantes amarrados por uma fita preta de veludo, o que a fazia parecer ao mesmo tempo eficiente e vigorosa. Tinha o rosto redondo e saudável, bochechas vermelho-campestre. Olhos de um inconfundível azul brilhante. Seu corpo era firme e arredondado: se tocado com o dedo, reagiria ao toque como uma bola cheia, pensou Sarah. Tudo naquela mulher parecia proclamar ao mundo, num tom direto: Pode contar comigo para tudo o que for razoável. Ela pareceu satisfeita com Sarah e devia estar pensando: Bom, não tenho de me preocupar, essa sabe se cuidar sozinha. Pois Elizabeth — igual a Sarah — era daquelas pessoas que se levantam toda manhã repassando na cabeça a lista de tarefas do dia. Sarah já tinha sido eliminada da lista.

Elizabeth caminhava agora para uma perua, mas diminuiu o passo esperando Sarah. A parte de trás do carro estava ocupada por grandes cachorros saudáveis. Elizabeth dirigia depressa e bem — o que mais? Comandava o carro com todos os músculos do corpo, como se fosse um cavalo em que não pudesse confiar totalmente. Enquanto rodavam pela alegre zona rural, ia informando Sarah sobre o que viam. No alto de uma subida parou o carro e disse: "Lá está, aquela é Queen's Gift". Mesmo tendo vivido naquela casa a vida inteira e estar já acostumada com a vista, parecia uma criança tentando não ficar muito contente consigo mesma. Sarah gostou dela a partir daquele momento.

A casa pousava, nítida, numa ligeira elevação, digna, mas vivaz, como se uma dança rural tivesse sido magicamente transformada em tijolos, mas não desprovida de sugestões (e aquelas oito janelas gradeadas no alto?) de que em seus longos séculos de vida devia ter testemunhado muitos dramas. Era uma tarde quente e parada naquele verão de 1989, em que os dias se sucederam sempre perfeitos. A casa parecia decidida a absorver a luz do sol e armazená-la para enfrentar o clima inglês, que logo acabaria voltando a dominar. Lá estava, reluzindo avermelhada entre seus gramados ingleses, arbustos e árvores judiciosamente distribuídos, era do tipo tudo ou nada, não uma casa em que se pudesse viver sem a ela se submeter, e era evidente que, ao apresentar a casa, Elizabeth sentia estar definindo a si mesma. Contou a Sarah que tinha nascido ali. Que seu pai tinha nascido ali. Queen's Gift pertencia à sua família, de uma forma ou de outra, desde que fora construída.

Ultrajaram devagar portões adequadamente portentosos, os cachorros latindo e ganindo por terem chegado em casa, depois atravessaram um bosque de faias e carvalhos, e abruptamente fizeram uma curva, dando para uma vista lateral da casa, onde, numa grande placa que apontava o caminho para uma trilha do bosque, estava o rosto de Julie — sorridente e impetuoso —, desenhado em preto e branco num pôster. Isso devolveu Sarah a seu próprio mundo, ou melhor, fundiu os dois mundos num só. Às vezes, tudo parece um cenário de teatro ou um estúdio de cinema, e a velha casa se transformara num pano de fundo para *Julie Vairon*, por mais estranho que parecesse.

Stephen apareceu nas grandes portas no alto de uma escadaria de pedra que era um convite (só que condicional, pois acima delas se lia uma placa discreta: *Vestiários*) ao público para subir. Stephen parecia preocupado. Desceu os degraus sorrindo para ela, mas parou no último, a mão grande pousada numa esfera de pedra ligeiramente desgastada que coroava um pilar, como se, por hábito do homem ocupado que era, estivesse avaliando a condição daquela bola que talvez já estivesse precisando de cuidados.

Pegou a maleta dela, colocou-a no primeiro degrau, e disse que queria mostrar-lhe o jardim. Elizabeth riu e disse: "Pobre Sarah, não pode nem tomar uma xícara de chá primeiro?", entregando, seu dever cumprido, a hóspede ao marido. Sarah esperou por um sinal ou olhar de reconhecimento da situação e ele veio: Elizabeth abriu-lhes um sorriso que dizia — neste caso com bem-humorada ironia —: "Eu sei o que está havendo e não me importo", e foi cuidar dos seus afazeres. Na verdade, estava tão pouco interessada naquele pequeno ato obrigatório que o sorriso se desfez antes de se virar. Não existem muitos casais, ou companheiros, seguros a ponto de renunciar àquele sorriso, ou risada, pois ele geralmente expressa uma reivindicação, às vezes até bem forte, de ciúmes ou raiva. Stephen espiou Sarah para ver se ela havia notado, e fez uma pequena careta que dizia, *Pena*, mas disse em voz alta: "Não ligue. Ela entendeu mal. Se algum dia tivesse me perguntado, eu teria...".

"Ora, mas é um elogio", Sarah falou.

Ele pousou a mão na curva do cotovelo dela. Aquela mão ao mesmo tempo tomava posse de Sarah e afirmava estar preparada a renunciar a ela ao menor sinal de que estivesse avançando demais. Sarah, que era do mundo do teatro, riu, passou os braços em torno dele e o beijou em ambas as faces, um, dois. Ele ficou muito vermelho. Mas contente.

"Sarah, estou tão contente por você estar aqui. Não pense nunca que não estou."

Por que ela haveria de pensar uma coisa dessas?

Aparentemente, ainda achava que ela precisava de instruções básicas. Mais uma vez pegou o seu braço, dessa vez com confiante possessividade masculina, do que ela gostou (estava pronta a admitir) talvez mais do que devia. Caminharam devagar pelos jardins e entre os arbustos, passando por grandes paredes de cálidos tijolos avermelhados de onde roseiras emitiam ondas de perfume. Fim de maio: as rosas estavam adiantadas.

Stephen disse esperar que ela, Sarah, e toda a companhia expressassem seu reconhecimento a Elizabeth por todo o trabalho que havia tido. Ela é quem havia convencido amigos artistas de Paris a expor os quadros de Julie Vairon. Ela é quem havia procurado o pessoal da televisão para fazer um documentário. Elizabeth era uma mulher generosa, insistiu.

Caminharam pelo gramado, entre duas alamedas de faias, cujo atributo, quando verdejantes, é relembrar que aguentarão longos invernos, suportando ventos, geadas, qualquer coisa que a natureza resolva usar para atacá-las, sem perder nem mesmo uma folha morta. Uma alameda de faias, queira ou não, é uma afirmação de confiança. Recusa compaixão.

"Ela é sempre generosa", repetiu, e Sarah, sentindo-se provocada, perguntou: "O que ela acha de... bom, de você e Julie?". Mas foi a pergunta errada, e a expressão dele revelou que já havia respondido. A decepção dela fez com que ele largasse seu braço, e Sarah insistiu: "Ela admite que alguém possa sentir ciúmes de uma...". Não conseguiu dizer a palavra *morta*, porque era muito brutal. Em seu lugar disse: "...de um fantasma?". Uma palavra tola, inofensiva.

"Acho que ela não admitiria uma coisa tão irracional."

Haviam passeado uns bons metros numa atmosfera que era uma mistura de cálidos aromas secos, todos despertando lembranças dentro dela, quando ela disse: "Tem uma coisa: não dá para competir com uma mulher... morta". Não era fácil usar aquela palavra.

Ele parou e a olhou de perto: "Você diz isso como alguém que é especialista em ciúmes".

"É? Pode ser." Ficou desconcertada ao se dar conta do tom que havia usado. Estava perdendo o equilíbrio. Enquanto isso, os olhos dele, verdes mas — vistos assim tão de perto — variegados como a superfície de uma pedra de olivina cortada, verdes salpicados de preto e cinza, estavam pregados em seu rosto. Tentando rir, ela disse: "Eu me lembro de ter dito a mim mesma: Agora chega, nunca mais, nunca mais vou sentir ciúmes de novo". Sabia que sua voz estava cheia de ressentimentos.

"Então você também era generosa?"

"Se quiser considerar como generosidade... Achava que era autopreservação. Uma coisa eu sei — engraçado que não penso nisso há anos: mas você pode se matar de ciúmes." Tentava fazer a voz soar leve e bem-humorada. Mas fracassou.

"Você alguma vez disse para alguém: Vá, querido, aproveite os seus pequenos divertimentos, o que nós temos é tão forte que não pode afetar nosso casamento?"

"Não foi meu casamento. Foi depois. E é claro que eu nunca disse: Pode ir! Ao contrário, ficou por ali — fim!" Ela própria estava surpresa com a raiva fria que havia em sua voz. "Nunca pude dizer que não afetaria o casamento ou outra coisa qualquer. Era uma questão de..."

"De?", ele exigiu, segurando seus braços com mãos grandes e confiantes. A força daquelas mãos a atingia fundo, recordando... Seus olhos, aquelas pedras interessantes, tão próximos dos dela, pareciam agora tingidos de... — seria ansiedade?

Desejos violentos entraram em conflito dentro dela. Um pediu consolação e carinho, pois sempre sentira que ele emanava um apelo, uma carência: nunca antes tivera tanta consciência de que ele tinha um ponto ferido. Mas parecia que sua própria carência era maior, pois o que disse foi: "Orgulho. Era orgulho". E ficou surpresa — se é que podia ficar mais surpresa do que já estava, vendo o quanto revelava de um passado esquecido — surpresa com a violência daquela palavra. O que está acontecendo comigo?, perguntava-se, suportando a pressão daqueles olhos intolerantes. "Claro que era orgulho. Acha que eu podia ficar com um homem que desejava outra?"

Ela, Sarah — isto é, a Sarah de hoje —, não tinha dito aquelas palavras. Alguma Sarah de muito tempo atrás as dissera. A cada segundo ficava mais difícil estar ali entre as mãos de Stephen, sustentando aquele exame íntimo, prolongado. Ficou envergonhada, sentiu o rosto queimar.

"Está falando como o tipo de mulher que parece decidida a não ser — a não parecer."

"Que tipo de mulher?"

"Uma mulher do amor", disse ele. "Uma mulher que se apoia no amor."

"Bom", disse ela, tentando a via do humor outra vez, mas sem sucesso, "parece que eu lembro mesmo algo no estilo." E estava pronta para dizer alguma coisa que a tirasse daquela situação quando ele apertou seus braços.

"Espere, você está sempre fugindo."

"Mas isso tudo foi há muito tempo... Tudo bem, vou tentar. Lembra-se dos diários de Julie — é, eu sei que não gosta deles. Quando escreveu sobre o seu mestre impressor ela disse: *E inevitavelmente chegará aquela noite em que saberei que não será a mim, Julie, que ele estará segurando entre os braços, mas a mulher do farmacêutico ou a filha do fazendeiro que trouxe os ovos à tarde. Prefiro morrer.* E, é claro, ela morreu." Sua voz soava cheia de desafio. "Imatura — isso é que Julie era. Uma mulher madura sabe que, se o marido resolve se engraçar com a mulher do farmacêutico ou com a garota que dirige o carrinho de entregas e trepa com elas esquecendo-se da esposa, bom, é assim que as coisas são."

"E vice-versa, acho." Ele sorriu. "O marido sabe que está com o menino do estábulo entre os braços porque a mulher está?"

"Isso é problema seu... dele."

"Sei, sei, sei", disse ele, cheio de prazer sardônico. Largou os braços dela. E, caminhando, as essências de flores e folhas roçando seus rostos: "E esse seu casamento? Estou muito curioso. Esse seu jeitinho, toda paixão superada, divirtam-se, crianças, enquanto fico olhando, benevolente". Não havia maldade, nem ressentimento: ele riu, um latido de riso cético, mas olhou para ela como amigo.

Sarah lutava para ser aquela Sarah que conseguia assistir, benevolente.

"Durou dez anos. Aí ele morreu." Agora ela achava que a Sarah mais jovem tinha se retirado, de volta para algum canto escuro. "Não vejo a minha busca de amor, daí em diante, com grande admiração por mim mesma. Eu era tão imatura... Jamais consegui me comportar com bom senso — sabe, uma viúva com dois filhos pequenos devia ter procurado um pai para as crianças."

Ele fez um ruído rouco, achando graça. Disse: "Uma verdadeira romântica. Quem podia imaginar? Bom, na verdade, eu achei que era, sim, achei mesmo."

"E estou passeando numa tarde deliciosa com um homem enfeitiçado — posso usar essa palavra? — por um fantasma."

"Ela não é nenhum fantasma", disse ele, grave.

À frente deles, os arbustos começaram a rarear: chegariam logo a um espaço aberto, já visível entre os galhos.

Ela ouviu a si mesma suspirando e ele suspirou também.

"Sarah! Acha que não sei como isso tudo soa? Não sou tão louco assim... mereço algum crédito." Estavam à beira de um vasto gramado que reverberava um verde intenso na luz amarela. "Por algum tempo achei que estava possuído. Cheguei a pensar em ser exorcizado — mas para esse tipo de coisa funcionar é preciso, sem dúvida, acreditar, não é? Acho que não acredito que algum padre Tom, Dick ou Harry possa lidar com... Uma pessoa que nem é melhor do que eu próprio. Besteira. Aí, comecei a ler muito, e descobri que Julie é aquele lado de mim mesmo que jamais teve licença para se manifestar. Os junguianos têm um nome para isso. A minha *anima*. Mas o que é uma palavra? O que parece é que tudo isso não passa de... não muito mais que os prazeres da definição. Qual a utilidade de uma palavra como essa quando se está vivendo...? O que sei é que se ela viesse andando em minha direção agora eu não ficaria nem um pouco surpreso."

O vasto gramado, plano como um lago, tinha ao fundo faias, castanheiras e carvalhos; e alguns arbustos floridos de rosa, branco e amarelo, que, apesar de bem crescidos, ficavam tão pequenos diante das árvores a ponto de parecerem flores à margem. No meio do grande espaço verde havia um palco de madeira, de um metro de altura. Ali os músicos e cantores se apresentariam no dia seguinte. Poucas cadeiras de madeira espalhadas pela grama: parecia tratar-se de uma plateia que gostava de caminhar enquanto ouvia. Lentamente se aproximaram do pequeno palco, como uma rocha plana sobre a água calma. Aquele lugar, o palco, o gramado, era um vasto "O" emoldurado por árvores, verdes altitudes em torno do verde plano. Agora os dois circundavam o palco. Em um de seus extremos um pôster de Julie, ou melhor, um autorretrato de Julie vestida de árabe, um véu transparente cobrindo a parte inferior do rosto, os olhos negros e — sim, a palavra *assombrosos* serviria. Stephen se deteve. Soltou um pequeno som — um protesto. "Elizabeth não me disse que ia usar esse desenho", falou. Não era o mesmo dos outros pôsteres. "Qual é o problema?", ela perguntou. Ele não respondeu. Ficou olhando, desamparado, como se encarasse um acidente, uma catástrofe. Estava pálido. Sarah pôs a mão em seu braço e o tirou dali. Ele foi andando rígido, até tropeçou. Escondeu dela o rosto, e Sarah quase deu aquela risada que diz: "Você está representando bem, parabéns". Nada de tudo o que ele havia dito, nada do que pensara sobre ele — e acreditara estar preparada para mergulhar fundo nos abismos de sua fantasia — a tinha preparado para o que via agora. O rosto dele era aquela máscara que ilustra a Tragédia — o outro lado da Comédia; os estereótipos teatrais. Parada, olhava para ele. Seu coração disparou. Premonição. Medo — sim, era isso. O que via era o rosto dele devastado; tinha dito a si mesma as palavras pasteurizadas que usamos nesta nossa época, que baniu esse tipo de coisa, que decidiu que é tudo questão de horóscopos, ou de "fantasmas" e, se eles guincham e resmungam, então são mais cômicos do que trágicos. Ela jamais tinha sequer começado a imaginar o que estava vendo agora, a trágica face assombrada com os cantos da boca voltados para baixo, parecendo que uma mão invisível os puxava, uma boca toda sofrimento. Estava chocada, como se tivesse aberto uma porta por engano e visto algo como um assassinato ou um ato de tortura, ou uma mulher num extremo de dor, sentada, oscilando, arrancando os cabelos com as mãos, depois arranhando o seio com as unhas até brotar sangue.

Ele está doente, pensou. Isso é uma agonia. O que estou vendo — é agonia. Sentiu vergonha de testemunhar aquilo e virou o rosto, pensando: Nunca, jamais senti algo semelhante.

Ele então se lembrou que ela estava ali, escondeu o rosto e disse, a voz áspera: "Olhe, você não faz a menor ideia, Sarah. Simplesmente não entende... e por que deveria? Espero que não entenda nunca".

Havia sete pessoas para jantar naquela noite. A refeição informal, numa sala com uma abertura para a cozinha, tinha sido preparada e servida por uma mulher agradável e maternal não muito diferente de um cão pastor de pelo avermelhado e olhos azuis. Era Norah Daniels, a governanta, ou algo no estilo, que se sentou à mesa junto com Stephen, Elizabeth, Sarah e os três meninos, James, de uns doze anos, George, de dez, talvez, e Edward, de sete. Crianças lindamente comportadas, num estilo a elas imposto pelos pais: uma leve simpatia impessoal — e divertida, cheia de conversas brincalhonas do tipo que Sarah lembrava dos seus dias de estudante. Era sobretudo Norah quem se encarregava. Stephen estava silencioso. Disse estar com dor de cabeça e que o desculpassem. *Não esperem muito de mim* foi o que quis dizer e o que todos entenderam. Era evidente que aquela mensagem era ouvida com frequência na família, da parte dele, e de Elizabeth, porque estava sempre tão ocupada. Era o que repetia o tempo todo, e por isso não tinha feito várias coisas que havia prometido — telefonar para a mãe de uma amiga, escrever uma carta sobre uma visita, comprar novas bolas de críquete. Mas faria tudo isso no dia seguinte. Os três meninos, louros, esguios, de olhos azuis, crianças angelicais, observavam cuidadosamente os rostos dos adultos, buscando indícios. Estavam habituados. Era uma necessidade. Tinham sido ensinados a não solicitar demais. Norah era a única que não seguia esse padrão, distribuindo sorrisos especiais para cada um deles, ajudando com a comida de maneira indulgente, lembrando-se de gostos pessoais. Deu a Edward, o menorzinho, uma porção extra de pudim, beijou-o carinhosamente, com um abraço, e em seguida, tendo acabado a própria refeição, pediu licença, dizendo que tinha coisas a fazer. Imediatamente os meninos pediram licença para deixar a mesa, e escaparam para o entardecer quente. Durante algum tempo suas vozes ecoaram no jardim. Logo uma música soou num andar superior da casa — algum grupo pop. Elizabeth observou que era hora de os meninos dormirem, e saiu, mas só por um momento, para se certificar de que estavam na cama.

Em seguida, Stephen e Elizabeth pediram licença a Sarah, dizendo que precisavam de umas duas horas para discutir os arranjos para o dia seguinte, pois ia chegar mais gente do que esperavam. "Essa Julie de vocês é uma grande atração", disse Elizabeth, mas não parecia insinuar nada de especial com a frase.

Sarah perambulou um pouco no anoitecer, até os pássaros pararem de comentar os acontecimentos do dia e a lua marcar sua brilhante presença. Telefonou para a casa do irmão. Anne atendeu. Sim, tinha mandado as meninas buscarem Joyce, que ao chegar em casa tornara a desaparecer. Anne não sugeriu que era culpa de Sarah, como Hal faria. Falou que deviam todos ter uma conversa séria sobre Joyce e sugeriu segunda-feira à noite. Sarah concordou, mas sabia que sua voz dizia a Anne, assim como Anne dizia a ela, que nada ia se resolver.

O quarto de Sarah, inundado de luar, dava para o grande gramado com as árvores ao fundo, um cenário cheio de glamour e mistério, como um cenário de teatro.

Deitou-se na cama, decidida a não pensar em Joyce, pois sentia não ter forças para lidar com a ansiedade que as lembranças de Joyce sempre traziam, estando ela própria já tão ansiosa. Pensava ficar perturbada com aquela visita, e estava. Não da maneira que temera. Fosse o que fosse, o que havia entre ela e Stephen ainda existia. Não, sentia agora que tinha sido egoísta pois não conseguia tirar da cabeça a expressão do rosto dele à tarde — tanta mágoa, tanta dor, um tal grau de sofrimento. Era uma coisa louca. Ele podia ser sadio em nove décimos de sua vida, naquela vida dele tão inteligente e ocupada, mas havia uma parte de sua vida que simplesmente não era normal. E daí? Parecia não estar prejudicando ninguém, certamente não a Elizabeth. Mas havia algo incomodando Sarah e ela não conseguia definir o quê. Adormeceu, contente de esquecer aquilo tudo, e acordou inteiramente alerta e tão de repente como se tivesse ouvido um trovão. A lua não brilhava mais no quarto. Ela se lembrou de uma cena à mesa: Norah entregando a Elizabeth um copo de vinho e o sorriso de Elizabeth para Norah. Então, claro, era aquilo. E fechou os olhos, repassando a cena. Stephen estava numa ponta da mesa, Elizabeth na outra, Norah ao lado de Elizabeth. Os corpos das duas mulheres tinham travado entre si uma conversa confortável, como corpos bem casados costumam fazer. E Stephen? Agora pareceu a Sarah que ele era um estranho em sua própria casa — não, pois aquela casa teria, ao longo dos séculos, abrigado um bom número de excentricidades e desvios. Seguramente não era a casa que excluía Stephen. Estaria de fato excluído? Segundo contara, ele e a mulher eram bons amigos, e evidentemente eram mesmo. Mas a imagem que guardava de Stephen — pelo menos essa noite, ali, semiadormecida — parecia estar se fundindo à de Joyce, a garota, ou criança, que estava sempre à margem de sua vida, rejeitada por ela, inaceitável. E isso só podia ser ridículo, pois Stephen estava profundamente enraizado naquela vida que era a dele, nascera para ela, não podia ser imaginado longe dela.

Sarah levantou-se de repente, tomou um longo banho, e ficou olhando a luz da madrugada filtrando-se entre as grandes árvores. Cinco da manhã. Desceu silenciosamente pela grande escadaria central, encontrou uma porta lateral, cujas trancas deslizaram suavemente, e saiu. Dois setters vieram correndo do canto da casa, em silêncio, graças a Deus, as orelhas peludas flutuando. Roçaram os focinhos úmidos em sua mão e seus corpos se retorceram de prazer. Não tinha avançado muito bosque adentro quando Stephen surgiu entre as árvores. Ele a tinha visto da janela de seu quarto. Nada, agora, podia parecer mais absurdo do que seus pensamentos anteriores sobre Stephen. Nada podia ser mais prazeroso que aquele passeio entre as árvores com cachorros animados, ouvindo o áspero diálogo dos corvos e o tagarelar dos passarinhos pondo suas conversas em dia. Houve um momento em que Stephen chegou a mencionar casualmente Elizabeth e Norah, dizendo: "Você deve ter notado, com toda a certeza...". Não parecia perturbado, e não havia sinal da máscara trágica que ela vira no dia anterior. Parecia bem-humorado e divertiu-a com uma cômica descrição de si mesmo como Mecenas. Quando jovem, contou ele, tinha sido um tanto esquerdista, "mas não a extremos inadequados para alguém de minha posição", e sentia apenas desprezo por patrões ricos. "'Sabemos o que somos, mas não sabemos o que seremos'", citou, acrescentando — e esse foi o único momento, naquela manhã, em que houve uma sugestão de algo mais sombrio: "Mas a verdade é que, se soubéssemos o que somos, saberíamos o que poderíamos ser. E não sei se existe muita gente capaz de aguentar uma coisa dessas".

Mais tarde, depois do café da manhã, os meninos, com a naturalidade de seus bons modos, fizeram amizade com ela e a levaram numa excursão pela propriedade. Dava para perceber que cumpriam ordens.

Depois do almoço, chegou o contingente teatral. Mary Ford tinha de tirar fotos de tudo e entrevistar Elizabeth;

Roy Strether e, inesperadamente, Henry Bisley, o americano escolhido para dirigir a peça por causa da parte norte-americana do dinheiro da produção. Além disso, ele era de longe o melhor que se podia encontrar. Estava em Munique dirigindo *Die Fledermaus* e tinha vindo ouvir a música durante o fim de semana. De início, Henry estava defensivo. Alguns homens levam consigo, igual a alguns peixes semicrescidos ainda ligados ao saco vitelino de onde provêm, a sombra de suas mães, imediatamente revelada pela atitude superdefensiva e pela presteza em desconfiar. Aconteceu de, logo ao chegar, ele entrar numa sala onde havia quatro mulheres, Elizabeth, Norah, Mary Ford e Sarah, e estava prestes a fugir quando Sarah o resgatou e o levou até os jardins. Tinham se conhecido durante a escalação de elenco, um mês antes. Ele tinha duas razões para se precaver contra ela: primeiro, era coautora da peça, e segundo, como um dos quatro que dirigiam o Green Bird, era ela quem o havia contratado. Mas logo se sentiu seguro. De um lado porque, por temperamento, não ficava muito tempo num mesmo lugar, tanto física quanto emocionalmente. Sendo um homem em seus trinta e cinco anos, sua inquietação parecia mais adequada a alguém mais jovem: ele dançava em vez de caminhar, como se o fato de ficar parado pudesse torná-lo vulnerável a algum ataque, e os olhos negros disparavam perguntas a respeito de um lugar, uma pessoa, passando logo para a coisa seguinte, que também seria vista como um desafio. Ela tentou tranquilizá-lo conversando sobre isto e aquilo, percebendo que estava usando a personagem maternal e sussurrante identificada e recusada por Stephen. Mostrou-lhe os jardins. Mostrou-lhe o amplo gramado — a área do teatro. Levou-o para ver o novo bloco de salas de ensaio em construção. Ele acabou seduzido pela beleza do lugar, e lisonjeado ao ser absorvido, como todos eram, por uma grandeza que era uma bênção. Ao retornarem para a casa, ele parou para admirar a fachada e perguntou por que aquelas janelas do alto tinham grades. Ela não sabia. Cruzando com Norah, que empurrava pelo hall um carrinho cheio de equipamentos de limpeza, como aqueles usados em hotéis, Sarah perguntou o porquê das janelas gradeadas, e Norah respondeu que talvez fossem por causa da primeira mrs. Rochester. "É, deve ter tido uma porção de malucos por aqui, naquela época."

A tarde passou agradável, com Mary Ford fotografando todos. O jantar foi servido em bufê numa sala muito maior e mais grandiosa, Elizabeth e Norah supervisionando Alison e Shirley, duas moças da cidade vizinha, cuja beleza saudável e forte lembrava a todos que pouco tempo antes ainda existiam jovens camponesas. Os convidados chegaram, pareciam muitos, mas aquele lugar podia acomodar um grande número de pessoas sem parecer superlotado. As pessoas passeavam, paravam no gramado, conversavam, sentavam-se na grama. Uma companhia profissional de Londres mostrou danças elisabetanas. Um grupo local interpretou canções compostas pelos Tudor. E chegou a vez da atração principal, a música de Julie, com as letras que Sarah havia posto. Eram as canções do último período, só vozes, sem acompanhamento, pois todos concordaram que aquela "música trovadoresca" exigia instrumentos antigos que lhe estivessem à altura e estes ainda não haviam sido encontrados. As cantoras ficaram de pé sobre o pequeno palco, debaixo de forte iluminação amarela, quatro moças com vestidos brancos, cabelos soltos, estilo apropriado, tinham chegado a essa conclusão, para aquela música que enchia os grandes espaços gramados entre as árvores, com incômodos padrões de som como cintilações que se repetiam, sem serem exatamente iguais, pois uma nota, ou um tom, sempre mudava, de forma que quando se pensava estar ouvindo a mesma sequência de notas, estas mudavam sutilmente, assumindo outro modo, o ouvido seguindo sempre um pouco atrasado. As palavras semiouvidas eram gritos, ou lamentos mesmo, mas de uma outra época, do futuro talvez, ou de outro lugar, porque se esses sons choravam não era por nenhuma pequena causa pessoal. A música flutuava no entardecer e o escuro tomava conta das árvores e a lua se erguia acima delas, as cantoras também parecendo flutuar em seus vestidos claros. Na casa, luzes foram acesas, mas não ali. As moças cantavam para uma plateia silenciosa.

Sarah assistia tensa, junto com seus colegas. Nenhum deles tinha ainda ouvido a música executada com letra. A sólida e perceptiva Mary, o sólido e confiável Roy, um de cada lado de Sarah, juízos suspensos, e depois, incapazes de se conter, exclamando que era maravilhoso, que era sensacional, e a própria Sarah mal podia acreditar que era ela quem havia feito aquilo — apesar de não ser ela coisa nenhuma, mas sim Julie Vairon. Os três ficaram juntos, uma parte de sua atenção passivamente enfeitiçada, ouvindo, enquanto outra parte, trabalhando energicamente sobre aquele material, imaginava vários cenários e tratamentos. Stephen veio até eles e disse: "Sarah, simplesmente não esperava o que estou ouvindo. Não fazia ideia...", e deslizou para a penumbra. Mary Ford resumiu, em tom profissional: "Sarah, vai dar certo". E Henry Bisley materializou-se na frente dela, os olhos escuros brilhando à luz das altas janelas da casa, dizendo numa voz cheia de surpresa e gratidão: "Sarah, é tão bonito, tão bonito, Sarah".

Todos tinham de voltar para Londres; Henry, para Munique. Sarah foi com eles. Disse que tinha de trabalhar, mas na verdade não queria estragar com o prosaísmo do dia o encanto sobrenatural daquela noite. Encantamento... o que é isso? De onde vem? Pode-se dizer charme, encantamento, sem dizer nada. Mas aquele lugar e aquele grupo de pessoas que iam trabalhar em conjunto para fazer *Julie Vairon* estavam impregnados de uma sutil fascinação, como a luz de um sonho que se apaga lentamente ao despertarmos.

Nessa noite, em casa, Sarah pensou que não se lembrava de nenhum outro momento em sua vida que tivesse essa qualidade de... fosse qual fosse a palavra. Ela se descobriu sorrindo, como se sorri para uma criança, ou para um amante, sem querer, ou sem saber. Mas não tinha ideia do que a fazia sorrir, ou mesmo rir.

Se encontrar um fantasma em seus braços, melhor não olhar seu rosto.

Diários de Julie Vairon, edição inglesa, página 43.

Mas Sarah tinha escolhido não se lembrar da máscara trágica de Stephen.

Era segunda-feira à noite. Enquanto esperava que a campainha tocasse, ocorreu a Sarah que sua excitação só se explicava por esperar que algum tipo de solução sensata acabasse encerrando aquela conversa. Está sonhando, disse a si mesma, e cantarolou "Living in a dream world with me". Mesmo assim, passeava pelas salas organizando na cabeça frases que pudessem ser convincentes para fazer Hal... fazer Hal o quê?

A campainha tocou. Peremptória. Lá estava Hal, dramático, aparentemente esperando um convite formal para entrar, enquanto Anne, com sorrisos e olhares que conseguiam ser ao mesmo tempo apologéticos e exasperados, simplesmente entrou e se sentou, de costas para os dois, perto da janela.

"Ah, entre logo, Hal", disse Sarah, já incomodada com ele. Deixou-o na entrada e foi se sentar. Hal não entrou logo. Antes, deu uma olhada na sala: fazia um bom tempo que não vinha até ali. Ao longo da história da família aquela sala tivera diversos usos. Fora uma vez o quarto das crianças, mas já era sala de visitas havia uns bons anos. Ela quase nunca a usava. Jamais convidaria o irmão para seu estúdio ou para seu quarto, onde ele veria fotografias, pilhas de livros, todo tipo de objetos que emanam aquele ar pessoal de uso contínuo, que ele acharia irritante e até impudente, como roupas de baixo dependuradas pela casa. Parado ali, olhou desconfiado um desenho de Julie pregado na porta. À janela, Anne não podia afirmar com maior clareza que não se considerava parte da cena. Era uma mulher alta, magra — magra demais, um feixe de ossos —, os cabelos muito louros e secos presos displicentemente na nuca. Como sempre, estava envolta num bafio de fumaça de cigarro, que parecia a própria essência da exaustão seca. Já tinha acendido um cigarro, mas furtivamente: fumava sempre com culpa, como se ainda estivesse no hospital, dando um mau exemplo a seus pacientes. Ao olhar para ela, o compungido coração de Sarah lembrou que a perene exaustão de Anne era a razão por que ela, Sarah, jamais conseguia "pôr os pés no chão" a respeito de Joyce. Não deixava de sentir pena da cunhada.

Então Hal entrou, lábios comprimidos e sobrancelhas levantadas — úteis talvez para indicar aos pacientes que não aprovava seu estilo de vida? —, demonstrando que já era hora de a irmã dar um jeito naquela sala. Avaliou uma poltrona colorida, apesar de um tanto desbotada, à frente de Sarah. Será que ele iria permitir-se sentar ali? Sentou-se.

Hal não era o irmão mais velho, como seu ar de mando poderia sugerir, mas sim três anos mais novo que Sarah. Homem grande e confortável, de maneiras afáveis, tudo à sua volta devia inspirar confiança a seus pacientes. Era um sucesso na vida profissional, e a vida familiar também não ia mal, apesar de ele ter sido sempre infiel a Anne. Ela o perdoava. Ou melhor, isso se deduzia, uma vez que não fazia confidências. Provavelmente não se importava, ou talvez fosse impossível não perdoá-lo. Sentado na cadeira dura, os braços cruzados no peito, pernas separadas e tensas, como se temesse cair. Parecia mesmo um grande bebê adorável, com seus fiapos de cabelos pretos, a barriguinha saliente, o queixo duplo. Tinha pequenos olhos negros como uvas-passas grandes.

Sarah ofereceu alguma coisa para beber, chá, café, essas coisas, e o impaciente aceno de cabeça do irmão deixou claro que tinha pouco tempo.

"Agora, olhe aqui", disse ele. "Nós sabemos que você foi sempre incrivelmente boa com Joyce."

Certas situações, que logo revelam como vão se desenrolar, têm um efeito essencialmente embriagador.

"É, eu também acho."

"Ora, Sarah, por favor", ele exclamou, exaltado, a reserva de paciência já esgotada.

E deu início então às afirmações retóricas (contrapartida dos raciocínios que ela preparara para ele) ensaiadas e aperfeiçoadas no caminho até ali. As frases tinham aquele tom teatral que acompanham as proposições inteiramente falsas.

"Você tem de entender que Joyce te vê como uma mãe", disse. "Você tem sido uma mãe para ela, nós dois sabemos disso." E olhou para a mãe de Joyce, ansiando por sua concordância, mas ela estava fumando furiosamente, de costas. "Realmente *você não pode* abandonar a menina desse jeito."

"Mas eu não abandonei Joyce mais do que vocês dois."

Ele registrou o golpe com um olhar hostil e um tremor de lábios que revelava achar que estava sendo tratado injustamente. "Você sabe muito bem do que estou falando."

"O que você está dizendo é que eu devia abandonar meu trabalho e ficar sentada aqui, esperando ela aparecer, mesmo que seja só uma vez a cada seis meses, para passar a noite. Porque a situação é essa."

"É isso mesmo", disse Anne, com raiva.

Hal contraiu os lábios, abraçando o corpo com ambos os braços: era um homem ameaçado; tinha duas mulheres contra ele. "Por que não pode levar a menina aos ensaios com você, ou algo assim?"

"Por que você não leva ela com você ao hospital e a Harley Street? Por que Anne não desiste do emprego e fica em casa esperando Joyce?"

Anne deu uma risada alta e teatral. "Isso mesmo", repetiu, entre espirais de fumaça. Abanou com a mão a fumaça, para demonstrar como lamentava a própria fraqueza.

"Olhe, Hal", disse Sarah, controlando a voz. "Você está falando como se continuasse tudo igual. Bom, as coisas mudaram. Joyce é uma jovem. Não é mais uma menininha."

"Não", disse Anne, "ele não entende isso. Ou não quer entender."

"Ora, por favor", Hal explodiu, e desistiu. Braços dependurados, ficou olhando fixo, o rosto todo em linhas desconsoladas.

Aquele homem que a vida toda tivera sorte e sucesso se deparava com algo indomável. O problema é que isso não tinha acontecido esta semana, mas anos antes. Era como se ele nunca tivesse assimilado a verdade. "É. É um horror mesmo", disse. "O que é que vamos fazer? Ela só anda com vagabundos, com malandros, esse tipo de gente."

"Bêbados, traficantes de drogas e prostitutas", disse Anne, voltando-se afinal. Estava com o rosto vermelho e disposta, com toda valentia, a dizer o que achava. "Hal, em algum momento você vai ter de encarar os fatos. A gente não pode fazer nada pela Joyce. A não ser amarrar e trancar. A única coisa que podemos fazer é receber a menina quando aparece e não passar sermão. Por que você sempre grita com ela? É claro que ela prefere vir para cá."

Algumas pessoas são o equivalente moral daqueles que nunca, jamais ficaram doentes na vida e que, quando por fim adoecem, são capazes até de morrer de choque. Hal não conseguia enfrentar a situação: se admitisse uma derrota, o que viria em seguida? Ficou sentado, quieto, respirando pesado, os braços caídos, sem olhar para elas. A boca pequena e rosada ligeiramente aberta — como a de Joyce, na verdade. "É horrível, horrível", suspirou afinal, e levantou-se. Internamente, tinha arquivado o problema, e pronto.

"É, meu bem, é horrível", disse a mulher com firmeza. "Sempre foi horrível e é provável que continue sendo."

"Temos de fazer alguma coisa", disse, como se a conversa estivesse começando, e Sarah suspirou: "Ah, meu Deus!", ao que Anne disse, com um sorriso tenso e irônico: "Vocês dois são tão engraçados".

Sarah sentiu toda a indignação que sentimos quando estamos certos, mas somos classificados ao lado de alguém que está errado.

Anne explicou, defensiva: "Vocês dois parecem pensar que, só porque chegaram a alguma conclusão, Joyce vai ficar normal". Encolheu os ombros e fez uma careta de desculpas para Sarah. Marido e mulher foram para a porta, o homem grande perdido ao lado de Anne, olhos abstraídos. Internamente ele já tinha se retirado. Sarah era capaz de visualizar cenas furiosas entre aqueles dois, Anne pressionando Hal, e Hal repetindo simplesmente: "É, precisamos fazer alguma coisa". Por anos e anos. E enquanto isso a boa e velha Sarah cuidava de Joyce. Absolutamente nada ia mudar com aquela conversa. Quer dizer, alguma coisa mudara. Nunca antes Sarah havia se dado conta de que, de uma forma ou de outra, acreditava mesmo que Joyce ia, de repente, voltar à normalidade se eles conseguissem encontrar a receita certa.

A porta se fechou, e ela ficou ouvindo os passos descendo as escadas, as vozes elevadas em discórdia conjugal.

Sarah sentou-se à mesa e olhou as profundezas aquáticas do espelho. Tinha de trabalhar mais nas canções, encaixar as palavras de Julie à música, e ia ter de inventar algumas frases. *Não sei por quê,* Julie escrevera, ao aceitar se casar com Philippe, o mestre impressor, *mas toda cena de que participo, quando há outras pessoas envolvidas, acaba me rejeitando. Se alguém estendesse a mão para mim e eu estendesse a mão também, sei que minha mão só encontraria uma nuvem, uma névoa, como a névoa que sobe do meu poço depois de uma chuva forte nas montanhas. Mas imagine se, apesar de tudo, meus dedos tocassem dedos cálidos?* Ela batizou a música que compôs naquela primavera de "Canções de uma praia de gelo".

Sarah começou a escrever: "Se estendo a mão a uma nuvem, à névoa do rio...". Ela, Sarah, havia encontrado uma mão em meio a uma nuvem ou névoa — pois Stephen era sem dúvida um desconhecido —, uma mão quente, gentil por hábito, forte, só que, ao pegá-la, sentira que seu toque se desesperava. Ajude-me, ajude-me, pedia a mão.

Os ensaios seriam em Londres, no salão de uma igreja, local de trabalho que conseguia ser tão escuro a ponto de precisar de luzes acesas mesmo quando o sol brilhava lá fora. A companhia não veio inteira para o primeiro ensaio. Os músicos e cantores viriam mais tarde. Henry Bisley estava em New Orleans para a estreia da sua encenação de *La Dame aux Camélias,* que ele situara nos bordéis daquela cidade, na virada do século. Roy Strether, Patrick Steele e Sandy Grears, o homem da iluminação e dos efeitos, estavam todos ocupados com os ensaios finais de *Abelardo e Heloisa,* que ia estrear no Green Bird antes de *Hedda Gabler.* Patrick declarou que estava contente de *Julie Vairon* exigir tão pouco em termos de cenário. Estava tão decepcionado: Sarah havia transformado sua Julie numa literata, e jamais a perdoaria por isso.

Julie chegou, uma jovem forte e saudável com nebulosos olhos azuis que só podiam ser irlandeses. Era Molly McGuire, de Boston. Philippe, o mestre impressor, era Richard Service, de Reading, homem de meia-idade, calado, do tipo que observa sem comentar: provavelmente parecido com Philippe Angers. Paul, ou Bill Collins, era um jovem atraente, de fato bonito, jovem, que imediatamente declarou ser todo cockney, o que provou cantando "She was poor but she was honest" —* canção que já então se tornara o tema

* "Ela era pobre, mas era honesta." Antiga canção de music-hall, geralmente cantada com pronúncia cockney. (N. T.)

dos ensaios. Na verdade, ele vinha de um próspero subúrbio de Londres, pelo menos em parte, pois passara metade da vida nos Estados Unidos, devido aos complicados casamentos de seus pais. Em inglês impecável disse: "Eu sou tudo para todos, é isso aí, companheiro, é isso aí, Bill, o ator cockney de Brixton,* cantor e bailarino, pau pra toda obra, chova ou faça sol". A fala arrastada de Noël Coward que usara para dizer isso se evaporou e ele assumiu um sotaque norte-americano, que teve o efeito de transformá-lo inteiro, rosto, voz, porte do corpo: "Não acreditem, não. Eu sou um cara bem limitado. 'Não sei dançar, por favor, não me obriguem, não sei cantar, por favor não me obriguem...'", cantando essa última frase até muito bem. "Limitações eu tenho..." Ele hesitou e podia ter parado ali, mas acrescentou, por compulsão, súbita e friamente implacável: "Mas sei como me vender". Deu uma olhada em torno, para avaliar o feito de tudo aquilo, viu que estavam todos desconcertados, percebeu que era por causa da última frase que dissera, ouviu com os ouvidos dos outros, e deu um sorriso nervoso de menino pequeno. Depois, com uma careta que queria dizer *Não sei por que faço esse tipo de coisa,* foi depressa para uma cadeira num canto e ficou sentado sozinho. Parecia tão infeliz que a mãe de Julie, madame Sylvie Vairon (Sally Soames, de Brixton — de Brixton mesmo, nascida lá), foi se sentar com ele, aparentemente por acaso. Era uma grande e bela negra majestosa que, já estava bem claro, ia dominar todas as cenas com sua presença, da mesma forma que Bill.

* Brixton é um bairro popular de Londres, à margem sul do Tâmisa, com numerosa população negra, originária das Índias Ocidentais Britânicas. (N. T.)

Rémy Rostand, ou Andrew Stead, era texano, cabelos cor de areia, sardas e pálidos olhos azuis circundados por rugas excessivas para sua idade, provavelmente quarenta anos. Tinha acabado de fazer um filme sobre velhos gaúchos, rodado nos pampas, no nordeste da Argentina. Andava como cavaleiro, parava como um pistoleiro de filme, e teria logo de se transformar em Rémy, com toda a timidez e a dificuldade de se impor de um filho mais novo. Será que Henry sabia o que estava fazendo ao escalar aquele bandido para o papel? Nos primeiros dias de qualquer produção essa pergunta não formulada paira no ar. George White, um jovem de aspecto comum, bonito mas não muito, faria o companheiro de armas de Paul na Martinica, e depois o irmão mais velho de Rémy, sem falar do assistente de Philippe na gráfica.

No primeiro dia, Sarah e Stephen se destacaram mais do que planejavam, dada a ausência de Henry, mas por sorte Mary Ford tinha marcado uma sessão de fotos e os atores e os dois autores foram fotografados, individualmente e em pares e em grupos, infindavelmente fotografados, os atores pelo menos posando com experiente naturalidade, obedientes à boa Publicidade. Mary tinha o rosto solene, concentrado, pois se dedicava por inteiro a sua devoção: tirar fotos. Os fotógrafos estão sempre em busca daquele perfeito, paradigmático, mas inatingível ápice da revelação. A próxima — é! —, a próxima vai ser... podia virar a cabeça um pouquinho... isso, não, não sorria... agora, desta vez, sorria... esta vai ser... só mais uma... mais uma... e agora... é, acho que agora peguei... mas vamos só acabar este rolo de filme... No mundo inteiro existem fotos dessas em pilhas, em pastas, em arquivos, em gavetas, em estantes, em paredes, registro visível dessa raça de perseguidores da transcendência, os fotógrafos em sua busca compulsiva.

E, enquanto Mary conversava com todos, segurava a câmera com dedos alertas, prontos para colocá-la em posição e captar aquela pose ou momento único e absolutamente "irrepetível" que transformaria uma biografia resumida — vinte linhas no programa — na verdade irresistível.

No primeiro dia, falou-se muito sobre a maravilha que era *Julie Vairon*, como era especial. Isso porque os atores estavam arriscando muito mais do que o usual com os azares do teatro. O texto era um jogo: nem peça, nem ópera. Eles ainda não tinham ouvido a música que acompanharia as palavras. Todos confessaram sua atração por *Julie Vairon*, mas não sabiam por quê, pois tudo o que haviam recebido — e isso era tudo o que dava para entregar — era um conjunto de cenas ainda apenas esboçadas a ponto de, às vezes, uma única frase indicar amor apaixonado ou renúncia. Estavam todos procurando se tranquilizar.

Primeiro, Molly veio até Sarah, que a fez sentar-se entre ela e Stephen, para dizer que os que tinham ido a Queen's Gift haviam lhe contado que a música era maravilhosa, e que mal podia esperar para ouvir as canções. Stephen não se permitiu mais do que um olhar na direção daquela garota perigosa e ficou observando os outros, enquanto Sarah falava em seu lugar. Molly afastou-se, e então Bill, que estava esperando uma oportunidade, apareceu ao lado deles, murmurando congratulações pelo roteiro e pelas letras. Foi um choque ouvir a palavra *letras* aplicada àquelas canções amargas, tristes, às vezes ásperas, do "primeiro período", e às frases quebradas do "segundo período" em que às vezes havia mais de uma frase repetida muitas vezes, ou uma palavra escolhida só pela sonoridade.

"Parece que já estou escutando", disse Bill, deslizando para a cadeira entre Sarah e Stephen, mas sorrindo só para

Sarah. Então, já estabelecido o seu direito de intimidade com Sarah — ela percebia que era esse o estilo, ou a necessidade dele —, olhou para Stephen. Mas Stephen não estava disposto a se render, pois tinha no rosto um ar agudo, para não dizer crítico, ao examinar o jovem ator. Bill levantou-se calado e se afastou, não, porém, sem antes dar a ela um lampejo de sorriso.

A caminho do metrô, ao lado de Sarah, Stephen observou: "Molly não tem nada de Julie, nem de longe".

"Ela vai te convencer quando chegar a hora."

"E Andrew podia ser um caubói."

"Rémy com certeza devia passar um bom tempo a cavalo."

"E aquele rapaz... Julie jamais se apaixonaria por aquela carinha bonita."

"Mas Julie se apaixonou por uma cara bonita. Paul tem de ser um jovem tenente romântico e não muito mais do que isso, entende? Precisamos do contraste dramático."

"Meu Deus."

"Nada do que ela escreveu indica que fosse mais do que um rapaz bonito."

Ficaram parados na calçada. Ela pensou que aquele tom contestador era novo nele. Mais, que nas primeiras semanas de seu relacionamento jamais teria pensado que ele fosse capaz daquilo. Ficou aliviada ao ver que ele agora parecia estar lutando para preservar um obstinado amor-próprio, enquanto os olhos estavam cheios de sofrimento.

Inesperadamente, ele disse: "Sarah... Estou fora do meu ambiente...". Fez uma careta, que transformou em sorriso, foi para a entrada do metrô, voltou-se para lhe fazer um pequeno aceno de desculpas — e sumiu.

Era a primeira leitura do primeiro ato. Estavam quase todos presentes agora, mas não parecia muita gente, espalhados pelo grande salão. Henry tinha avisado que ia posicioná-los já desde o começo, porque a maneira como ficavam, ou a localização, em relação aos outros alterava suas vozes, seus movimentos — tudo. Os atores trocaram aqueles sorrisos — *e o que mais?* —, querendo dizer que dele não podiam esperar outra coisa. Os sorrisos já eram afetuosos, eles ali parados como bailarinos esperando para dar o salto assim que ele ordenasse. Ele chegara de avião de New Orleans naquela manhã, mas já estava quase dançando suas instruções, entrando alguns segundos de cada vez nos personagens que cada um ia representar. Decerto teria sido ator? Sim, e bailarino também, mas isso antes de ficar velho, e tinha trabalhado no circo também: e aí virava um palhaço, arrastando-se sobre pés ineptos, recobrando-se miraculosamente e dando um salto para trás com um bater de palmas que pedia a todos que ocupassem suas posições. Devia ser de ascendência italiana, com aqueles olhos escuros e dramáticos. É comum ver, no Sul da Europa, uma mulher, um homem, encostado a uma parede, atrás de uma banca de mercado, todo exclamações e gestos, e no momento seguinte calado, olhos negros fixos em sombrio fatalismo: sol demais, sangue demais em suas histórias, tudo demais, e uma expectativa inata por mais excessos desse tipo. E ali estava Henry Bisley, vindo do Sul dos Estados Unidos, curvado, desligado, os olhos sombrios e abstratos, olhos sulinos, olhos mediterrâneos, que a um mero encostar-se à parede já parecia pronto para partir de novo para algum outro lugar. E a ideia de movimento era enfatizada por seus sapatos, próprios para uma maratona. Quanto a isso, os sapatos de todos pareciam feitos para uma corrida de cem metros rasos.

Stephen e Sarah sentaram-se lado a lado a uma mesa que era um prolongamento da de Henry — o diretor. Na mesa adiante estava Roy Strether, observando e anotando tudo. Mary Ford estava no teatro, fotografando.

A leitura começou com as cenas na casa da mãe de Julie, na Martinica, na noite da festa em que o jovem tenente Paul, trazido por seu camarada Jean, foi apresentado a Julie.

Como os músicos não estavam presentes, tratava-se de passar as cenas lendo as letras das canções, para que todos tivessem uma ideia do que ia acontecer. Roy lia, com a inflexão enfadonha de uma mensagem telefônica que diz: "Esse número não existe. Favor discar novamente".

Essa primeira cena colocava Julie sedutoramente ao lado de sua harpa, os ombros envoltos em musselina branca (na verdade, Molly usava jeans e uma camiseta roxa), vestido comprado por papá em sua última visita à distante Paris, por insistência de Sylvie, a mãe. Julie cantava (hoje só dizia) uma balada convencional, lendo a partitura (uma folha de papel datilografada) comprada por seu pai em Paris, junto com o vestido. Pois mesmo sendo a reputação dessa casa e dessas duas belas mulheres exatamente a que seria de se esperar, entre jovens oficiais obrigados a servir o exército naquela atraente mas tediosa ilha, Julie e sua mãe desmentiam as expectativas comportando-se com a mesma propriedade das mães e irmãs daqueles jovens, talvez maior ainda do que a delas. Tampouco eles esperavam encontrar ali modas parisienses.

Só depois que os oficiais iam embora é que as mulheres voltavam a elas mesmas e falavam com franqueza, em palavras registradas por Julie.

Para começar, a beleza não estava tanto nos olhos de quem via, porque naquela primeira noite tudo o que pensei foi: Que lindo herói! Não, foi mamã quem derreteu-se por Paul. Eu disse a ela: Ele é demais, é como um presente embrulhado num papel bonito, que não se quer desembrulhar para não desmanchar o pacote. Mamã disse: "Meu Deus, se eu fosse dez anos mais jovem". Mama tinha quarenta anos então. Ela disse: "Juro que, se ele me beijasse, seria como a minha primeira vez".

As duas mulheres cantariam um dueto, "Se ele me beijasse seria minha primeira vez", usando a música do primeiro período, como um blues.

Dificilmente seria a primeira vez para Julie, sobretudo com todos aqueles jovens oficiais por perto. Sarah passou um bilhete para Henry, dizendo que, se não tomassem cuidado, aquela canção ia despertar risos do tipo errado. Ele mostrou a ela a página em que já havia anotado, ao lado do trecho perigoso: *Risadas!*

"Mas eu não me importaria com um sorriso", disse, sorrindo para ela o tipo de sorriso que esperava.

Aquele elenco ria bastante. Durante o dueto, que, é claro, estava sendo falado e não cantado, caíram na risada várias vezes. Henry pediu que se controlassem, e imediatamente ficaram sérios. As palavras apaixonadas, lidas sem emoção, passaram a produzir um efeito de fatal desespero. A mudança foi tão brusca que houve um suspiro, aquela exalação prolongada e lenta que demonstra surpresa, e até choque.

"Certo", disse Henry, "é isso. Vamos ter de esperar a música."

Já eram um grupo, uma família, em parte devido a seu real interesse na peça, em parte devido à contagiante energia de Henry. Já estavam imersos naquela sensação de conspiração, tênue, mas inconfundível, do nós-contra-o-mundo que brota da vulnerabilidade dos atores diante da crítica tantas vezes arbitrária, ou preguiçosa, ou ignorante, ou desdenhosa — contra o mundo lá fora, que era *eles* e não *nós*, o mundo que iam conquistar. Já acreditavam que iam conquistar o mundo. Por causa da atmosfera especial de *Julie Vairon*.

Que facilidade, que inconsistência mostramos ao juntar grupos, religiosos, políticos, teatrais, intelectuais — qualquer tipo de grupo: essa potente poção de bruxa, carregada de possibilidades para o bem ou para o mal, mas no mais das vezes para a ilusão. Sarah não era exatamente estranha à atmosfera nebulosa criada pelo teatro, mas em geral, durante os ensaios, ficava entrando e saindo, fazia uma coisa e outra, e nunca antes havia escrito uma peça inteiramente baseada em diários e numa música absorvida ao longo de meses, participando depois da escalação do elenco e depois envolvendo-se com o que seriam dois meses ou mais de contato diário com os ensaios. Dessa vez não escaparia para outras produções, outros ensaios. Seria parte de *Julie Vairon* dia e noite, indefinidamente.

Ao mesmo tempo, pequenas contrariedades iam sendo absorvidas pela efervescência geral, o que sem dúvida era uma coisa bem rara no começo de uma produção. O fato de terem de esperar pela música incomodava a todos. Aquele lugar não era a sala de ensaios mais confortável do mundo. Era grande demais, as vozes reverberavam: não havia como descobrir um tom exato. Mesmo com o sol queimando lá fora, o velho salão vivia em penumbra, e um raio de luz que penetrava por uma janela alta mostrava a poeira dançando no ar, como uma coluna de água cheia de algas, ou os lampejos da mica.

"É tão sólida que dá para escalar", disse Henry, fingindo por meio da mímica que subia pela luz, protegendo-se contra possíveis reclamações pelo riso. E tornaram a rir com o efeito inesperado produzido pela coluna de luz que, se deslocando com o giro da terra, atingiu os atores bem no momento em que Paul e Julie escapavam da casa de mamã na noite escura. Ela fingia nada perceber, embora soubesse que estavam fugindo, enquanto o jato de luz brilhante caía sobre eles como o dedo de Deus.

Depois da leitura, Sarah e Stephen iam almoçar com Henry Bisley, pois tinham de se conhecer melhor, mas, parados na saída para o mundo exterior, Paul, o belo tenente, ou melhor, Bill Collins, juntou-se a eles, apesar de não ter sido convidado. Subiram juntos a escada e, quando entraram no pequeno restaurante local, Bill era o quarto conviva. No restaurante, o resto do elenco sentou-se a uma mesa, mas Bill ficou com eles. Sarah não prestou muita atenção a ele, porque estava interessada em conhecer Henry. Ia ser um bom diretor, pensava, e podia perceber que Stephen pensava a mesma coisa. Era arguto, competente, conhecia o assunto de dentro para fora e, como brinde extra, era muito engraçado. À volta dele as pessoas estavam sempre rindo. Sarah ria, e Stephen também, parecendo surpreso consigo próprio de estar rindo. No meio da refeição, Stephen foi embora. Elizabeth estava preparando outro recital de música Tudor, dessa vez com dança, dança moderna, atlética e vigorosa. Aparentemente a combinação "funcionava", apesar de ele não demonstrar muito interesse. Disse a Sarah: "Faz parte do trato. Ela não vai reclamar se eu não estiver presente, mas se não aparecer vai se sentir abandonada. E com razão". Ele não queria ir. Ela não queria que fosse. Estava surpresa com a intensidade do que sentia. Henry foi chamado à outra mesa: Andrew Stead queria conselhos. Isso a deixou sozinha com Bill. Ele comia com apetite — Henry tinha comido uma salada pequena; Stephen deixara a maior parte da comida no prato. Ela pensou que era assim que um jovem comia, ou um colegial — ou um jovem lobo. É, ele era bem jovem. Vinte e seis, calculou, e no fundo ainda menos. Os sorrisos sedutores e olhares simpáticos continuavam, mas sem dúvida estava com fome e era isso o que mais interessava. Ouviu risadas ao fundo, na outra mesa, e virou a cabeça para ouvir. Bill percebeu imediatamente e disse: "Eu tenho que te contar, Sarah, o que significa para mim ter conseguido este papel — quer dizer, um papel de verdade. Até agora tive de aceitar papéis que... bom, a gente tem de comer, não é?".

Mais risadas. Mary estava contando uma história sobre Sonia que terminava assim: "Para ele, duas facas". "Facas?", perguntou Richard. "É, bisturis de preferência", disse Mary. As risadas eram agora altas, e nervosas, e Richard disse: "Não se pode fazer alguém dar risada disso". E riu. "Pelo menos... serviu de lição para o sujeitinho."

"Sarah", disse Bill, inclinando-se para chamar sua atenção, os belos olhos fixos nos dela. "Me sinto tão à vontade com você. Desde a escalação do elenco, mas agora..." Ela sorriu e disse: "Agora eu tenho de ir". Ele ficou sinceramente embaraçado, sentiu-se rejeitado. Como um menino. Sarah passou pela outra mesa, sorriu para todos e disse a Mary que ia voltar para o teatro: "Pode me telefonar à noite?".

Bill já estava se acomodando ao lado de Mary. Sarah pagou a conta e deu uma olhada para trás. Bill estava sentado de costas eretas, a cabeça ligeiramente caída para trás. Parecia um adolescente arrogantemente emburrado, *não me toque* em guerra com *oh, por favor.* De lápis na mão, Henry ia marcar algum trecho do texto de Richard. Estava olhando para ela, olhos sombrios.

À noite, ela ficou pensando em seu irmão Hal, por causa do que estava sentindo por Stephen. Não lhe ocorria nenhuma ideia nova. Hal tinha sido o favorito da mãe, coisa que ela sempre soubera e aceitara. Pelo menos, não se lembrava de jamais ter rejeitado o fato. Era o menino mais querido e adorado, e ela passara para segundo plano desde o momento em que ele nascera. Preferências injustas não são nada raras nas famílias. Jamais gostara de Hal, e muito menos o amara. E agora, pela primeira vez, estava percebendo o quanto perdera na vida. Em vez de algo como um buraco negro — está bem, vá lá, um buraco cinza — poderia ter havido em sua vida... o quê? Calor, doçura. Em vez de ter de ficar na defensiva sempre que ia se encontrar com Hal, podia ter sorrido, como fazia ao pensar em Stephen. Sabia disso porque tinha se surpreendido com um sorriso no rosto.

Tarde da noite, Mary ligou. Contou primeiro que a mãe não estava bem, uma perna paralisada, talvez só temporariamente. Coisa que era de se esperar devido à esclerose múltipla. Ia ter de contratar alguém para vir duas vezes por dia enquanto ela, Mary, estivesse tão ocupada. Não disse que estaria em dificuldades financeiras. Sarah não disse que arranjariam algum dinheiro extra. Os salários de todos eles iam subir: os quatro tinham sempre aceitado receber menos do que pediam. Mas agora, com *Julie Vairon*, havia, de repente, muito mais dinheiro... e, mesmo sem dizer nada, isso estava subentendido.

Então Mary contou a Sarah a história de Sonia com as facas.

Em Londres, de quando em quando, algum jovem que quer chamar a atenção proclama que Shakespeare não tinha talento. Isso é garantia de algumas semanas de indignação. (Geralmente quem não tem talento é o atacante — mas Bernard Shaw, que tinha, tornou permissível esse modo de chocar a burguesia.) Havia sido anunciado recentemente que Shakespeare não tinha talento, e era preciso armar uma nova manobra. O que podia haver de melhor, num país que tem gênio para o teatro, do que dizer que o próprio teatro é uma estupidez desnecessária? Um certo jovem que criara para si mesmo e sua turma um estilo perverso de atacar quase tudo com exceção de si próprios passara a ocupar o lugar de editor em um conhecido periódico. Um colega dos tempos de escola, Roger Stent, encontrando o amigo, perguntou se não tinha emprego para ele na *New Talents*. "Você gosta de teatro?" "Não sei nada de teatro." "Perfeito", bradou o editor. "É exatamente o que eu preciso. Quero alguém que não seja da velha turma." (Os recém-chegados à cena literária sempre imaginam cabalas, gangues e grupos.) Roger Stent foi fazer sua primeira visita a um teatro, o National, e na verdade se divertiu bastante. Seu comentário seria favorável, mas ele inseriu algumas críticas. O editor disse que estava decepcionado. "Meu ideal de um crítico teatral seria alguém que abomina o teatro." "Vamos tentar outra vez", disse Roger Stent. Suas críticas acabaram famosas pelo veneno — mas esse foi o estilo dos novos integrantes, os Young Turks,* da cena literária do começo dos anos oitenta. Ele cultivou um desprezo sardônico, quase preguiçoso, por tudo o que criticava.

Abelardo e Heloisa tinha estreado e sua crítica começava assim: "É uma peça grandiloquente sobre uma freira fanática por sexo e a perseguição que moveu a vida inteira a um sábio de Paris. Não contente de ter sido a causa da castração dele, ela nunca teve vergonha de entediá-lo com cartas esclarecedoras sobre as próprias emoções...".

A política do Green Bird era ignorar críticas desagradáveis ou até maliciosas, mas Sonia disse: "Por quê? Eu não vou deixar passar uma dessas". Escreveu-lhe uma carta, com uma cópia ao editor, começando assim: "Seu merdinha

* "Young Turks" é a expressão usada no meio artístico para designar jovens profissionais, principalmente diretores e produtores, ambiciosos demais, cuja sede de sucesso vem antes do talento. (N. T.)

ignorante e iletrado, se tornar a aparecer no Green Bird outra vez, melhor se cuidar".

Ele respondeu com uma carta graciosa, quase lânguida, dizendo que talvez tivesse se enganado e que estava disposto a assistir a peça outra vez e que "tinha certeza de que haveria um ingresso para ele na bilheteria" na noite do dia tal. Essa última impertinência era bem o estilo dessa encarnação latente dos Young Turks.

Sonia mandou um recado, dizendo que haveria um ingresso para ele, conforme solicitado. Quando ele chegou à poltrona, encontrou dois bisturis cruzados sobre ela. Eram tão afiados que cortou os dedos ao pegá-los e teve de sair do teatro, sangrando profusamente. E Sonia forneceu todos os detalhes para uma coluna de fofocas.

Sarah riu e disse esperar que Sonia não fosse reagir assim a todas as críticas desfavoráveis.

Mary disse, rindo, que para Sonia essa gente só entendia coice. "Ela falou que o novo brutalismo é isso. E que nós todos vivemos nas nuvens."

"Ela disse 'vocês todos'?"

"Bom, ela falou 'nós', outro dia."

"É, falou. Não percamos as esperanças."

Nos ensaios dessa semana ela sentiu falta de Stephen, mas telefonou para ele ou ele ligou para ela para saberem como iam indo. Enquanto isso, sentava-se ao lado de Henry, ou melhor, ao lado de sua cadeira vazia, enquanto ele trabalhava com os atores. Quando Henry se sentava por um momento, era para se levantar em seguida, depois de sussurrar-lhe uma ou duas palavras, geralmente uma piada. Aquilo estava se tornando o estilo deles: os dois brincavam.

Mesmo assim se sentia ameaçado. E com razão: ela via a si mesma, aquela presença vigilante (e maternal), fazendo anotações. E ainda estava trabalhando nas letras, se é que se podia usar aquela palavra, pois os atores muitas vezes diziam alguma coisa, improvisavam, sugeriam alterações. Ela era necessária ali: tinha de se reassegurar disso porque sabia o quanto lamentaria ir embora. Julie a tinha escravizado. O ar que respirava parecia ser uma doce, insidiosa ilusão, e se aquilo era um veneno ela não se importava.

Os atores todos vinham sentar-se ao lado dela, na cadeira vazia de Henry, ou na de Stephen, mas ela logo percebeu que Bill era o que mais ficava ali. Aquele seu dom de estabelecer instantânea intimidade — ela sentia que conhecia aquele jovem havia anos. Mas não era a única a ser brindada com seu charme. Ele parecia agora estar se dando de presente a todo mundo. Durante essa primeira semana, dedicada inteira ao primeiro ato, o belo tenente Paul tinha de dominar: estava em praticamente todas as cenas. E seu papel era tão simpático porque estava tão inocente quanto loucamente apaixonado por Julie. Desde o momento em que vira Julie ao lado da harpa, entrara num estado febril, não só de amor, mas de embriaguez com a descoberta da própria ternura. Os amores aprendizes de homens jovens tendem a ser brutais. Ele estava realmente convencido de que seriam felizes quando chegassem à França, e não sabia que se tratava de um idílio só possível na Martinica, naquele cenário artificial e romântico, com borboletas enormes, pássaros brilhantes, flores langorosas e brisas sutis. Esquecera que não tinha sido sua, mas de Julie, a ideia de fugir, levando com eles o idílio. O jovem simplesmente reluzia com a confiança do amor, seus triunfos, suas descobertas, e isso não só durante as cenas de Paul com Molly, em que os dois eram inteiramente profissionais, fazendo piadas sobre a paixão para amenizar aquelas tempestuosas cenas de amor. E no entanto, mais de uma vez, Sarah o pegou olhando para ela enquanto acariciava Molly, um rápido olhar calculista vindo de um mundo muito distante da simplicidade da simpatia que partilhavam quando ele vinha sentar-se a seu lado para conversar. Ele queria saber se a atingia. E atingia, sim. Como a todo mundo. Sally, aquela bela dama negra, que sempre exibia um ar de cética sabedoria mundana e um doce sorriso mundanamente condescendente, uma mulher que chamava a atenção mesmo quando sentada tricotando numa cadeira fora do palco (não era das que perdem tempo, e tricotava não só para a própria família, mas também para vender em certa loja muito cara), Sally olhava para Bill Collins com a mesma risada breve e o mesmo encolher de ombros fatalista que exibia como mãe de Julie ao perceber a paixão da filha por Paul. Ela e Sarah trocavam olhares numa apreciação feminina daquele jovem, mas eram críticas também, por ele ser tão consciente da própria beleza e tão habilidoso em usá-la. Sorte dele, diziam esses olhares. Com as outras mulheres presentes era a mesma coisa. Mary Ford e Molly (como Molly mesmo) trocavam olhares e caretas: não, ele era mesmo demais.

Sarah continuou recebendo dele uma atenção muito mais que profissional. Várias vezes Henry, voltando a seu posto para conferir anotações ou descansar um momento, tinha de pedir sorrindo que ele desocupasse sua cadeira. Bill então se levantava, gentil e modestamente, trazia a cadeira de Stephen para mais perto de Sarah e se sentava.

Não havia dúvida de que gostava dela de verdade. Talvez um pouco mais que isso? Quando ela não estava olhando para ele, Bill a observava de um jeito que ela ainda lembrava bem (tinha de fazer certo esforço para se lembrar, tão completamente havia afastado de si aquilo tudo). Ele inventava desculpas para tocá-la. Ela se divertia, ficava lisonjeada, curiosa. Se resolvesse ser cínica, suas possibilidades de favorecê-lo profissionalmente eram reduzidas. O Green Bird não significava tanto assim para um ator que — como ele próprio informara a todos, sem se vangloriar — era muito solicitado. Se bem que nem sempre para papéis que respeitasse.

Ao final da primeira semana ocorreu um incidente: Bill estava sentado ao lado de Sarah, e conversavam com a tranquila intimidade que haviam desenvolvido, quando Henry o chamou para repetir determinada cena. Sarah ficou olhando como ele se colocava ao lado de Molly para ensaiar o momento em que por fim decidiam fugir. Tinham — é claro — de se abraçar. Primeiro, olharam-se longamente nos olhos, enfrentando o futuro. Depois, Paul deslizou a mão do ombro de Molly para suas nádegas. E esse rápido movimento não foi nada impessoal, nem profissional, mas íntimo e sexual, com um toque brutal. A carícia sinuosa e insinuante fora calculada. Sarah viu como ele enviava a ela, Sarah, um rápido olhar investigativo para ver se estava observando, se tinha olhado, se tinha sido afetada. Tinha, sim, da mesma forma que Molly, que ficou rígida ao receber aquela hábil carícia, deu um passo para trás e depois, já como Julie, retornou para o abraço agora novamente profissional. Mas o olhar de Molly para Bill era tudo menos profissional. Ela se apaixonou, ou se excitou, instantaneamente, por causa daquela carícia infinitamente hábil e promissora. Seu corpo tinha se incendiado, se enchido de desejo e, ao afastar-se do abraço, seu rosto, olhando o jovem triunfante (ele não conseguia esconder isso), confessava: Sim, aqui estou.

Sarah não gostou do que sentiu.

Não perdeu tempo dizendo que era absurdo, porque isso nem era preciso dizer. Naquele fim de semana, foi forçada a admitir que tinha se apaixonado um pouquinho pelo jovem. Ele, sem dúvida, havia se empenhado bastante para que tal coisa acontecesse. Essa talvez fosse sua maneira de lidar com a vida. Agora ela já sabia bem qual era sua história. A mãe era o centro da vida dele, eram muito próximos. O pai era... "Bom, é vendedor", Bill contara, rindo. "Vendedor é o que a gente é, todos nós, só vendedores afinal de contas", cantou Bill com a melodia de "I'm a dreamer", usando seu personagem cockney, que parecia servir para os momentos em que se sentia ameaçado. Então, vendo que ela entendia mais do que pretendera, disse, irônico, íntimo, atrevido. "É isso aí, né?, isso é que é, certo?" E dançou alguns passos, as pernas longas, de jeans claros, o corpo todo tão satírico quanto o rosto. Mas numa fração de segundo seu rosto murchou e ela pode ver os pontos em que, dentro de trinta ou quarenta anos (talvez antes, uma vez que os indícios já estavam ali), aquela cara bonita ia ganhar rugas e traços. A norte-americana Molly, o norte-americano Henry, admirados com aquela pequena cena cockney, aplaudiram e pediram mais, e Bill os brindou com um repertório de canções cockney, primeiro — claro — "Ela era pobre, mas era honesta", fazendo Molly cantar com ele, os dois fazendo palhaçadas.

A Sarah parecia quase certo que aquele jovem tinha tido de sobreviver à infância — mas afinal quem não tinha? — e havia descoberto muito cedo que possuía esse afortunado dom da beleza e — ainda mais potente — da simpatia instantânea. As dúvidas, as fraquezas, os desânimos podiam ser silenciados porque era capaz de fazer as pessoas se apaixonarem por ele.

Talvez o prazer que se encontra num grupo novo de pessoas, em especial no teatro, seja simplesmente esse: que as famílias, as mães e os pais, os maridos e as mulheres e namoradas e namorados, os irmãos e os filhos, são deixados em outro lugar, em uma outra vida. Cada indivíduo assume uma identidade mais definida, simplesmente está presente. Aquele sorvedouro, aquela teia, aquela caixa de espelhos deformantes não está mais lá. Os cordões que nos fazem dançar são invisíveis. Mas dois daqueles homens já — em tão poucos dias — não eram inteiramente eles próprios. Ela conseguia enxergar as cordinhas das marionetes com muita clareza, mesmo não querendo. E Stephen? Ocorreu-lhe que conhecia Stephen fazia apenas algumas semanas, mas podia chamá-lo de amigo, podia dizer que eram íntimos, e no entanto, ao observar como era puxado e sacudido por algo mortal, não conseguia enxergar os cordões.

Joyce chegou no sábado à noite, e Sarah ficou contente ao vê-la, porque isso tiraria de sua cabeça o fato de estar apaixonada e a raiva que sentia por isso. Joyce brindou Sarah com seu sorriso doce e pouco convincente, mas não pediu nada. Disse que tinha estado com Betty. Quem era Betty? "Ah, alguém." Estava claro que a menina precisava de comida, de sono e, provavelmente, de remédios. Não comeu do prato que Sarah colocou à sua frente, mas foi com satisfação que tomou banho e colocou as roupas imundas na máquina de lavar. Sarah ficou contente ao ver que Joyce ainda mantinha alguma ligação com a vida normal a ponto de desejar manter-se limpa. Foi se deitar sabendo que Joyce estava assistindo televisão e provavelmente não iria para a cama. Pensou que no caso de Joyce não era nada fácil dizer: Aqui estão as cordinhas do boneco. Seu pai estava longe do ideal, mas era possível imaginar outros piores. Tinha casa e família adequadas, o que se comprovava pelo fato de as duas irmãs serem, por assim dizer, "viáveis". Joyce não era viável. Talvez um dia, logo, "eles" (quer dizer, os cientistas) conseguissem formular uma explicação. Joyce tinha um gene de "não aguento", ou faltava-lhe o gene do "eu aguento", ou tinha algum gene fora do lugar que governava toda a sua vida. Os cordões do boneco não precisam necessariamente ser psicológicos, apesar de termos sempre a tendência de achar que são.

Sarah, porém, estava com os pensamentos voltados para Stephen. Estava começando a ter por ele um sentimento de camaradagem inteiramente indesejável. Tentou o humor: "Pelo menos não estou apaixonada por ninguém morto". Tentou a consolação: "De qualquer forma não é nada sério, só uma paixonite". Refletiu também que em relação a Stephen e à aflição dele havia na atitude dela, Sarah, uma condescendência de que agora se envergonhava. Apesar de só ter tomado consciência disso quando fez a comparação.

Joyce ficou até domingo à noite. Em algum momento tomou uma dose de alguma coisa. Injetável, provavelmente, porque ficou um bom tempo no banheiro, que exalava, depois, um cheiro químico. Os olhos fixos, tristonhos, as pupilas enormes, rindo sem razão, chorando em seguida. Assim que Sarah foi ao banheiro, ela tornou a ir embora.

Quando se sente dor no coração, raras vezes é por uma única razão, principalmente quando já se amadureceu um pouco, porque qualquer tristeza pode apelar para as reservas do passado. Mais uma vez, Sarah resolveu que ia recusar a dor de coração. Porém bastava pensar em Joyce e, pior ainda, sentar-se com ela na mesma sala para sentir um punho de ferro cerrando seu coração.

A segunda semana de ensaios seria dedicada ao segundo ato. Isso significava que Bill Collins cedia lugar a Andrew Stead, ou Rémy. Impossível para Bill ficar invisível, por mais que modestamente tentasse, sentando-se sozinho num canto, ou ao lado de Sarah. Por um ou dois dias pareceu que a beleza e sensualidade de Bill iam tornar improvável o segundo, o grande amor. Mas então, aos poucos, foi ficando claro que Andrew sabia o que estava fazendo.

Sarah ligou para Stephen e disse: "Você devia vir dar uma olhada no gaúcho; ele é ótimo".

Ouviu a respiração dele, um som íntimo, como se estivessem abraçados. "Verdade, ele pegou tudo. No começo, achei que era muito duro e muito macho, mas ele estava agindo assim de propósito. Ele é filho caçula, não esqueça. Agora está se tornando ligeiramente petulante — ah, desculpe!" Mas ele não riu, só soltou uma espécie de grunhido. "Sabe, um jovem tentando compensar. Uma autoafirmação sexual — Paul é isso. Mas Rémy tem algo mais profundo que isso. Estar apaixonado por Julie é como provar para si mesmo e para a família que já se é adulto. Ele tem uma masculinidade maravilhosa, muito diferente do belo tenente, mas não chegou até ela com facilidade. Vê Julie andando entre as árvores no parque Rostand, e percebe-se claramente que ele se torna um adulto naquele momento. Você se dá conta de que ainda não disse uma palavra? Está tudo bem, Stephen?"

"Bom, Sarah, a não ser pela loucura, sim, está tudo bem. E obrigado por não dizer: Loucos somos todos."

"Mas pensei." Nesse momento ela entendeu que ia ser difícil contar a Stephen que estava apaixonada. Por mais breve e ligeiramente que fosse.

"Descobri qual é o meu problema — por que é que acho

o ensaio uma coisa tão difícil. É essa história de misturar ilusão e realidade que me deixa inseguro."

Ela ficou perplexa e não conseguiu dizer nada.

"Ainda está aí, Sarah?"

"Estou, estou aqui."

"Tenho certeza que você não entende o que estou dizendo, sensata como é."

"Está me dizendo que sua paixão por Julie é real, e que uma peça sobre ela é ilusão?"

Silêncio. E depois: "É assim tão difícil de entender?". E, como ela não respondeu, continuou: "É a música também. Me vira do avesso, não sei por quê. Fico aterrorizado quando começam a ensaiar com os cantores."

"Não vai assistir mais nenhum ensaio? Sinto saudades de você."

"Sente, Sarah? Eu agradeço por isso. Claro que vou; não se pode simplesmente desistir."

A cadeira de Stephen continuou vazia. Bill a ocupou a maior parte da semana. Aquela intimidade deles, como era agradável. Intimidade instantânea, ela também tinha esse dom. Pode-se dizer que isso constitui o grande talento moderno. Ficar assistindo àqueles personagens de cem anos atrás elaborarem suas vidas era como uma pequena dança de pássaros. Pássaros ornamentais, claro. Formalidade. Mas a formalidade nos deixa inquietos; nós a vemos como um insulto à sinceridade.

Não ia ser fácil fazer aquelas pessoas soltas e descontraídas de hoje se conterem, andarem, sentarem, levantarem da maneira certa. Henry convocou um ensaio especial. "Vocês todos parecem estar usando jeans", disse. "Mas estamos de jeans", responderam, argumentando que enquanto não colocassem as roupas antigas não se podia esperar que se portassem da maneira certa. Mas Henry não aceitou o argumento. "Você, Molly, sua mãe passou a vida inteira te enchendo para endireitar as costas, sentar direito, *comme il faut*. Faça isso." E Molly, de jeans e camiseta, ombros e pescoço nus, o cabelo preso num nó para não esquentar o rosto, tentava se mover como se estivesse usando espartilho e saia comprida. Durante duas horas, Henry insistiu com eles: paravam, sentavam, andavam, levantando-se várias vezes da cadeira — aquela companhia em seus jeans, suas camisetas, sapatos esporte, com seu instinto natural para relaxar. "Quando chegarmos ao ensaio geral vai ser tarde demais", disse Henry. "Temos de descobrir agora." Uns eram melhores que outros. O gaúcho se desculpou, disse que ia praticar em casa, e se retirou para ficar assistindo. Bill Collins logo estava mostrando a todos como fazer. Modestamente explicou que tinha sido bailarino, e que a primeira coisa que havia aprendido era não andar sentado sobre os quadris. Sarah ficou olhando — junto com os outros — Bill atravessar aquelas tábuas nuas e empoeiradas ereto como se estivesse vestindo uma rígida farda. Cada linha do seu corpo parecia ter consciência de si mesma, e, quando virava a cabeça com um sorriso, ou se curvava diante de uma cadeira vazia para beijar uma mão invisível, dava-se de presente aos outros. Que arrogância maravilhosa, Sarah protestou para si mesma, o coração batendo, sabendo que, sem dúvida, as outras mulheres sentiam a mesma coisa. Ser tão bonito daquele jeito não era nenhuma brincadeira, certamente impunha algumas obrigações, a primeira delas era não usar a si mesmo como ele fazia. Bem, pensou Sarah, e quem é que está falando? Teria esse direito? Ela própria não tinha sido nada melhor... Ah, sim, lembrava-se muito bem de atravessar uma sala sabendo que todo mundo olhava para ela, portando-se como se estivesse cheia até a borda com um precioso e perigoso fluido. Mulheres jovens fazem isso, quando descobrem o poder que têm: felizmente a maioria não sabe o quanto tem. O que pode ser mais divertido do que assistir à perplexidade de uma mulher ainda em germe, nos seus treze anos, diante de um homem (sempre velho em relação a ela) que começa a gaguejar e ficar vermelho, revelando toda a agressividade que acompanha uma atração involuntária. O que é isso?, ela pensa, e é tomada por uma iluminação. Suas asas se desdobram, e ela atravessa uma sala, arrogante com seu poder. E esse estado pode perdurar até que a meia-idade o esvazie. Sarah não queria pensar naquilo tudo. Tinha fechado as portas havia muito tempo. Por quê? Podia resumir tudo com a frase de Stephen: "Você é uma romântica, Sarah!"... E tinha havido também Joyce, fazendo as vezes de um bom cinto de castidade. Mas tinha decidido havia muito tempo pela perda de "tudo aquilo". Fora atraente e, como Julie, tinha sempre gente apaixonada por ela. *Basta.* Não podia mais se permitir essa sensação de perda, de angústia. Olhou o antebraço, nu por causa do calor, ainda bem formado, mas ressecado, e conseguia enxergá-lo ao mesmo tempo como era agora e como fora antes. Este corpo dela, no qual vivia bem confortável, parecia acompanhado de um outro, de seu corpo quando jovem, moldado numa espécie de ectoplasma. *Não* ia se lembrar, nem pensar no assunto, e fim.

Mas em Bill ela pensou. Quando ele se sentou a seu lado e conversou confiadamente sobre as mais variadas coisas, mas em especial sobre si mesmo. Sobre sua infância, passada em grande parte numa boa escola inglesa: conforme Sarah havia imaginado, ele era de uma sólida família de classe média. Mas falou também sobre esta ou aquela escola que havia frequentado nos Estados Unidos: boas escolas, pois era privilegiado tanto econômica quanto emocionalmente. Passara, às vezes, as férias com o pai e a mãe, planejadas em função dele, uma vez que eram divorciados. Nem sempre foram bem-sucedidas. E falava muito sobre a mãe.

Refletindo, Sarah concluiu que aquele entendimento fácil era igual ao que se tem com uma criança, até, digamos, os onze anos. Crianças que você conheceu a vida inteira — como as filhas de seu irmão. (Não Joyce, que sempre funcionara num comprimento de onda diferente: com ela não era possível ter nenhum relacionamento além do sorriso tímido e ansioso.) O prazer dos relacionamentos, da simples amizade, da doçura. O começo da adolescência pode fazer desaparecer tudo isso da noite para o dia e, enquanto o adulto lamenta, a criança esquece, pois ela, ou ele, lutando por autodefinição, não pode se permitir essa confiança absoluta, essa abertura. E com quem ela estava vivendo isso de novo? Com Bill Collins, um homem de seus vinte e seis anos, que tanto amava a mãe.

Mas o entendimento especial estava submergindo numa alegria grupal que era como uma Jacuzzi, correntes de sentimentos circulando, picando, batendo, borbulhando. A temperatura do grupo estava subindo rapidamente, como era de se esperar, para culminar na euforia da *estreia*, que afinal não estava tão longe assim.

Quando Henry se sentava, ou melhor, se atirava na cadeira ao lado de Sarah, tudo era piada. Ele gostava daquela peça — se é que se podia chamar de peça. Gostava do elenco — que ele próprio tinha escolhido, afinal. Adorava a música e as palavras que Sarah havia escolhido para preenchê-la. E achava ótimo a própria Julie não estar presente, porque temia acabar adorando-a também. E ao dizer isso virava os olhos e, por um momento, se tornava um palhaço apaixonado.

Richard Service, que fazia Philippe, sentava-se muitas vezes ao lado de Sarah. Era um homem modesto, sério, cheio de surpresas. Como não conseguia ganhar a vida apenas com o teatro, trabalhava também como orientador numa faculdade agrícola: seu pai, fazendeiro, insistira para que não confiasse só no teatro. Sarah brincava afirmando que ele via Julie como uma garota de fazenda, pois ele dizia que Julie havia crescido numa floresta e vivido até o fim da vida em outra. Por que teria se suicidado? Assim como não queria viver numa cidade, tinha também medo da domesticidade. Ele discutia isso com Sally também, pois os dois estavam sempre sentados juntos, conversando. Sally dizia que naquela época todo mundo ainda estava próximo da terra de uma forma ou de outra, e que o que doía para Julie era o fato de ser mulher. Pelo menos, dizia Sally, a moça tivera o bom senso de não ser atriz. "Olhe o meu caso. Não existem muitos papéis para uma preta gorda", dizia, rindo e suspirando. "Não mesmo." O assunto mais frequente de Richard e Sally eram os filhos. Ambos tinham três. A filha mais velha de Sally cuidava dos dois mais novos enquanto a mãe estava trabalhando. Sally nunca mencionou um marido. Ela queria que a filha continuasse estudando e fizesse uma faculdade, mas a menina estava ameaçando largar a escola e cair na vida. "É uma boba", disse Sally. "Eu digo a ela: Você é uma boba, menina. Daqui a dez anos vai entender que foi a pior coisa que podia ter feito na vida. Mas é impossível conversar com elas nessa idade. Como a mãe de Julie que também não conseguia nada com ela." O filho de quinze anos de Richard tinha resolvido "dar um tempo" em tudo, mas fora convencido a tentar outra vez. "Dar um tempo", para um menino rico como aquele, era bem diferente do caso da filha de Sally. A amizade daqueles dois era infinitamente tocante, com todas as diferenças que havia entre eles. Tinham um com o outro uma bem-humorada gentileza — um respeito? seria curiosidade também? —, exatamente por causa das diferenças.

Naquela segunda semana, "a semana de Rémy", Andrew Stead não teve muito tempo para ficar sentado. Estava ocupado demais tentando se transformar de um homem que não se pode imaginar sem um cavalo em Rémy, numa daquelas transformações emocionantes que se vê quando um ator renuncia à própria personalidade usando algo parecido com uma feroz disciplina (apesar de ser talvez mais uma submissão, toda paciência sensível, um tipo de escuta talvez?), assumindo outra personalidade, que pode até ser oposta à sua. Andrew disse que gostava de ser Rémy, pois era sempre escolhido pelo tipo físico, e filme após filme fazia sempre o gângster, o bandido, o caubói, o policial, o fazendeiro. E isso só porque no primeiro filme que fizera fora o bandido, ladrão de cavalos. E o que estava fazendo ali? Dez anos antes, tinha ido ao festival de cinema de Cannes, onde um filme de que participou ganhou um prêmio, e resolvera passar um dia no campo, próximo ao litoral, visitando as antigas cidades das montanhas. Por acaso se viu numa cidade, Belles Rivières, onde estava havendo um festival de música. Ouviu a música de Julie Vairon e não achou nada especial. Só que, mais tarde, não conseguia tirá-la da cabeça. A música "trovadoresca" é que o tinha conquistado. Seu agente lhe mandara o texto de *Julie Vairon* e ele recusara um filme para fazer a peça. Estava muito longe de sua linha usual e talvez não estivesse à altura... mas havia uma vantagem extra — se é que podia chamar de vantagem. Estava virando tudo de pernas para o ar. Pensava agora o quanto teria sido "escolhido pelo tipo" também na própria vida. Achava difícil lembrar como era antes dos dezenove anos e do primeiro filme: tinha se atirado ao tipo, sua única chance de ser ator. Claro, era texano, mas isso não significava necessariamente que ia ter de passar a vida como caubói. "'Cavalos e cachorros *não* são comida e bebida para mim'", citou, contente de ter de dizer que a frase era do *David Copperfield*, coisa que ela não sabia, mesmo tendo adivinhado que era de Dickens. "Apesar das aparências, não tem de ser assim."

Não parecia ser um homem que precisasse de incentivo, e, quando se sentou ao lado de Sarah, ela não lhe ofereceu nenhum apoio. Como era diferente o jeito de cada um sentar-se ali. Bill se encostava, equilibrado, alerta, as palmas das mãos sobre as coxas, e conversava com ela com aquele seu belo rosto sempre pronto a distribuir a quem quer que olhasse em sua direção aqueles sorrisos em que era tão bom.

Henry, não se pode dizer que de fato se sentasse, se por essa palavra se entende abandono e relaxamento.

Sally ocupava com seu grande corpo todo o espaço disponível, calma como um monumento.

Molly quase nunca vinha, porque raramente estava fora de cena. Se chegava perto de Sarah por um momento, era para expressar vigorosa reprovação a Julie, que, segundo ela, precisava mesmo era fazer um exame da cabeça. "Ela estragou a vida dela por amor" — e aquela violência fazia Sarah acompanhar o olhar de Molly até Bill, aquele olhar geralmente límpido, cândido, até inocente mesmo, agora turvado pela dúvida. Graças a Deus, dizia Molly McGuire, estar vivendo hoje e não naquela época.

Quanto a Andrew, sentava-se solto, as mãos musculosas relaxadas no braço da cadeira, exatamente da mesma forma que aquele seu corpo esguio e duro, sempre relaxado, por princípio e por treino. Olhava calmo para ela, com aqueles pálidos olhos azuis não mais inflamados pelas altitudes do Noroeste da Argentina. Parecia esperar dela alguma coisa. O quê? Ele a deixava incomodada, forçada a examinar seu papel ali, em sua cadeira, sempre pronta a servir quem precisasse com elogios e apoio. Estaria sendo insincera? Achava que não. Achava mesmo o grupo muito bom e Henry admirável. E seu próprio trabalho não era nada mau. Mas às vezes Andrew a fazia lembrar-se de Stephen, que agia da mesma maneira quando tinha de fazer uma avaliação. Uma avaliação masculina: ambos eram homens que jamais se entregariam a demonstrações de charme ou pedidos de carinho. Lembrou-se também que os dois, por acaso, tinham estado no mesmo festival no Sul da França, dez anos antes, e ambos tinham ficado "caídos" pela música de Julie.

Mas a música ainda não havia chegado e a cada hora que passava ela fazia mais falta. Sarah viu quando Andrew, no meio de uma cena com Molly, de repente interrompeu, pedindo a Henry para fazer a cena de novo, e de novo, até parar tudo, encolhendo os ombros e sacudindo a cabeça. Henry e Andrew foram para um canto conferenciar. Enquanto conversavam a cena ficou suspensa, como um filme parado no meio, sublinhando a animação daqueles dois homens. Henry veio até Sarah e explicou que Andrew não conseguia encontrar o "tom" da cena, não achava o seu lugar. E não era o único a reclamar. "Ninguém vai conseguir enquanto não tivermos a música." "Eu sei, mas você vai ter de resolver, Sarah. Venha e mostre como é."

Sarah concordou. Afinal, ensaiava peças e "divertimentos" havia anos. Ao avançar para seu posto, viu-se pensando que era ótimo ter tomado um cuidado especial com a própria aparência nesse dia. Estava vestindo um conjunto de trabalho, mas de material sedoso, e por alguma razão resolvera colocar grandes brincos de prata e sapatos elegantes.

Naquela cena, os músicos pegavam as palavras ditas pelos dois amantes e cantavam, quase como num recitativo, palavras faladas e palavras cantadas em contraponto.

Meu amante me abandona,
o mundo aplaude sua escolha.

Mas você é meu amigo e devia ficar.
Um amigo não pode seu amigo atraiçoar.

Magoar é para o amante,
Um amigo não pode um amigo atraiçoar.

As frases eram dos diários de Julie. *Esse homem me ama e portanto está destinado a me apunhalar o coração. E, se ele efetivamente me apunhalar ou me der um tiro, será facilmente absolvido pela lei francesa; seria um* crime passionnel. *Mas ele é meu amigo. Meu único amigo. Não tenho outro amigo. Amigos não recebem aplausos quando traem seus amigos.*

A canção seria cantada pelas três moças, com o tenorino sustentando as palavras *amante* e *amigo* em notas longas, semelhante ao lamento da charamela, sublinhando as vozes jovens e frescas no convencionalismo de sua censura.

Isso enquanto Julie dizia a Rémy: "Você me ama, é meu amante, mas ninguém no mundo jamais o condenará por obedecer seu pai e me abandonar. Porém, se fosse meu amigo e me traísse, todo mundo o condenaria".

Rémy respondia: "Mas eu sou seu amigo. Vai ver como sou seu amigo. Vou provar. Acha que vou te abandonar, mas não te abandonarei nunca".

Julie dizia: "Ah, você é meu amante, e isso cancela a amizade".

A voz de Sarah era miúda, mas doce e verdadeira. Muito tempo antes, quando era estudante em Montpellier, alguém havia falado em educar sua voz, mas em vez disso ela estudou música durante um ano. Estava segura de que não ia fazer feio. Quando começou a cantar "Meu amante me abandona..." sentiu que tinha saído da sombra para a luz, do seu papel passivo, ali sentada, sempre observando, para o de intérprete. Nada de novo para ela, assumir o comando, mostrar como papéis deviam ser representados ou como canções deviam ser cantadas, mas ainda não havia feito nada desse tipo ali, naquele grupo. Tinha consciência do silêncio na sala, e de como todos a observavam, surpresos com a revelação, Sarah tão segura e tão dotada. Sentiu-se cheia de energia e prazer. Ah, sim, ela gostava daquilo, estava gostando demais, ser admirada por aquele grupo específico de pessoas.

Quando terminou houve um ligeiro aplauso, e Bill gritou "Bravo", aplaudindo de pé, só para ser notado. Ela se curvou num agradecimento brincalhão para ele, e num outro extensivo a todos. Depois os chamou de volta ao trabalho batendo palmas.

Henry avançou, porque sentiu que faltava alguma coisa.

Ela então cantou os versos de novo, Henry suprindo as palavras *amigo* e *amante* do tenorino. Ele não resistiu à tentação de exagerar ligeiramente, de forma que sua voz soou como um gemido baixo, como algum instrumento estranho de uma terra exótica, e ficou muito engraçado. Ninguém resistiu e todos deram risada. Os quatro, Sarah, Henry, Andrew e Molly, tiveram um ataque de riso, apoiando-se uns nos braços do outro e terminando num abraço. Controlaram-se quando Henry bateu palmas.

Dessa vez "funcionou". O contraponto de *amigo* e *amante* não ficou engraçado, mas acrescentou profundidade e sombras aos versos.

Molly, então, começou sua fala: "Você me ama, é meu amante, mas ninguém no mundo jamais...", e Henry entrou com o *amante*. Sarah acompanhou, cantando "Meu amante me abandona...", e quando Molly chegou em "Porém, se fosse meu amigo...", Henry cantou, ou talvez gemeu, *amigo*, e Sarah cantou os dois últimos versos em cima da fala de Molly e os repetiu quando Andrew entrou com "Mas eu sou seu amigo...", e assim por diante.

Timing. Tudo se encaixava. Andrew agora tinha se convencido, mas o que todos viram então aparecer nele foi uma teimosia que ninguém havia percebido antes, uma persistência mortal. Ele precisava não só se convencer, mas para ter certeza precisava fazer de novo. E de novo. Os quatro passaram a cena diversas vezes, até que Andrew disse: "Certo. E obrigado. Desculpem, mas eu precisava disso".

E Henry disse: "Bom. Almoço".

Na sexta-feira da semana de Rémy, Stephen veio sentar-se em sua cadeira ao lado de Sarah, para assistir a um ensaio do segundo ato. Molly vestiu uma saia comprida para ajudar a postura, e parecia que num passe de mágica ficara mais magra, flexível, ardente, vulnerável. Era de partir o coração ver aquela mulher valente lutando contra o destino. O jovem aristocrata, filho do castelo Rostand, era tocante em seu amor por uma mulher que jamais poderia desposar.

Ainda não havia música, e Molly recitava as palavras de sua canção, que seriam cantadas depois pelo tenorino.

Se é triste esta minha canção,
Amor, que tenho entre os braços,

Nossa alegria é selvagem como o falcão,
Pense que, quando vier o verão
E para longe de mim te mandarem,
Há de lembrar estes dias
E esta minha triste canção.
Você partindo, de mim serei eu exilada.

Stephen disse: “Não me lembro disso. Será que você não inventou?”.

“Achei que era bem no estilo de uma canção trovadoresca.” E colocou na frente dele o que Julie escrevera de fato, traduzido por ela.

Está tudo muito bem! Amor; amor; amor; dizemos, chorando de alegria a noite inteira. No verão estaremos cantando outra canção. Vi como seu pai me olhou hoje. Acabou, dizia aquele olhar.

“Está certo”, disse ele, sentado de cabeça baixa, sem olhar os atores. Longe de rir, ou ao menos sorrir — pois ela achava que a transmutação de um modo em outro merecia ao menos um pequeno sorriso —, parecia um pobre velho. E no entanto, um dia (um dia! fazia poucas semanas), o humor que partilhavam havia sido a melhor parte de sua amizade. Ela disse a si mesma que tinha de aceitar — *ti nha* — que uma fase da amizade deles havia se encerrado. Esse não era o mesmo homem com que tivera aquelas semanas de companheirismo. E, ao pensar nisso, a mão de ferro que associava a Joyce ameaçou apertar seu coração. Ela saltou, alerta. Não, pare, pare *imediatamente*. E levantou-se, afastando-se da cadeira ao lado de Stephen, de pé, de costas para os atores, fingindo examinar alguns objetos de cena que eram, por acaso, flores e frutas brilhantes da Martinica, ali trazidas para dar um “ar” local. Murmurou:

"Não, não me banquetearei em ti, putrefato consolador Desespero; não cederei, por fáceis que sejam...". E ficou furiosa consigo mesma. Maldita tolice melodramática!, gritou em silêncio para aquela parte de sua memória que tão prontamente fez aflorarem essas palavras, colocando-as em sua boca, enquanto sua cabeça as recusava. Percebendo alguém atrás de si, recompôs o rosto para se voltar, sorrindo para Henry, mas não o suficiente, pois ele ficou chocado com sua expressão. "O que é que houve, Sarah, não gostou?", ele meio que gaguejou, e ela teve de lembrar a si mesma que até o mais confiante dos diretores precisa de apoio, e este estava longe de ser um deles. Por cima do ombro de Henry, viu Sonia (sua sucessora no Green Bird — não se lembrava de jamais ter percebido isso tão claramente) indo na direção de Bill com alguma carta ou telegrama que havia chegado para ele. Bill pegou o papel, fazendo uma piada, e todos riram, a ruiva atraente, o belo menino — não, não, *não* um menino, era um homem... Ela disse a Henry: "Gosto, gosto, sim, muito", e viu que o corpo dele relaxou, desaparecendo a tensão provocada pela ansiedade. A memória traiçoeira colocou-lhe palavras na boca ao ver Sonia e Bill caminhando pelo salão, com o mesmo passo: "...beleza, beleza, beleza, não desapareça... Oh, não, não há nenhuma, nenhuma, nenhuma, oh, não, nenhuma...", e pousou a mão no braço de Henry, empurrando-o com uma risada, desmanchando sua pose de suplicante, pois não queria se sentir maternal. E ficou ao lado dele assistindo Rémy e Julie se juntarem num abraço que continha em si toda a tristeza e disciplina de uma despedida.

"Achei que não tinha gostado, quando me olhou assim... Stephen não está gostando, não é?"

"Está, está sim. Está gostando muito."

"De verdade?"

"De verdade." E descartou várias frases, todas pretendendo explicar que a peça tocava Stephen muito profundamente.

Quando chegou a hora do almoço, foi com Stephen para um restaurante diferente daquele que o grupo frequentava sempre. Era óbvio que ele não queria ficar junto com os outros. Ao chegarem, ele disse que não tinha fome. Sentou-se, todo desânimo, enquanto ela mexia a comida no prato. Ele não respirava bem: suspirava e depois parecia esquecer de respirar. Mudava de posição sem parar, para a frente, para trás, chegando a pousar a mão no antebraço num gesto que era puro teatro: Estou sofrendo. A maneira como olhou para ela, quando afinal tomou consciência de sua presença, era um exame atento, aparentemente esperando descobrir alguma coisa em seu rosto, sem sucesso. E havia vergonha nele, como se quisesse observá-la sem ser observado.

Ao se despedirem, ele disse: "Tudo bem, mas se eu sou louco não sou o único. Ouvi aquele galinho dizer a Andrew Stead que estava apaixonado por uma mulher que tem idade para ser sua avó. Você, evidentemente". E deu uma risada raivosa, a primeira do dia. E aquilo não era uma acusação a ela, mas sim à loucura do mundo. Ele se foi, ia pegar o trem, e ela voltou para casa, derretendo de amor. É, sabia que Bill estava apaixonado por ela. "Apaixonado" — uma palavra simples, que diz tudo para todos os homens. E mulheres. É possível estar apaixonado em matizes tão variados quanto as amostras de cores das lojas de tintas. Tudo bem, então ele estava caído por ela. Por que não? Tivera pessoas interessadas nela a vida inteira — pelo menos era assim que se lembrava. (Acrescentou depressa essa última cláusula, defensivamente.) Mas o interessante era sentir aquele ardor ao ouvir as palavras sendo pronunciadas. Bill devia ter falado sabendo que ia chegar a seus ouvidos. Imediatamente seu corpo se encheu do mais terrível desejo. Um desejo indomável. Durante todo o fim de semana, sentava-se e levantava-se de um salto, atirava-se na cama e tornava a levantar, porque não podia, não *ia* sucumbir. Andou pelo quarto durante horas, em tal estado de confusão, de sonho, que não era capaz de dizer o que era sonho ou não, porém, por mais que sonhasse, detinha-se sempre e sempre diante da palavra *impossível*. Que significava apenas isso. Pensou na paixão de Aschenbach, já maduro, pelo garoto, em Veneza. Será que tínhamos todos de sofrer o fado de nos apaixonarmos, na velhice, por alguém jovem e belo? Por quê? O que significava isso? A gente se apaixona pelo próprio jovem que foi — é, era possível: narcisistas, todos nós, gente-espelho —, mas certamente não teria nada a ver com alguma função ou necessidade biológica. Que necessidade, então? Que tipo de renovação, de exercício de memória a Natureza exigiria de nós?... E tudo isso ela exclamou e protestou, e logo se viu murmurando — em transe, hipnotizada —, falando coisas pelas quais não podia se responsabilizar porque não sabia o que queriam dizer. "*Quem? Quem é?*" Aceitando o fato de haver dito ou pronunciado essas palavras, respondeu dizendo que não era possível estar apaixonada por um belo jovem com quem não tinha nada em comum, exceto a simpatia instantânea que o amor dele pela mãe despertara nela. Talvez quando ele tivesse setenta anos, bem curtido pela vida, os dois pudessem usar as palavras para dizer a mesma coisa — sim, talvez então, mas ela já estaria morta. Ele era inocente como um gatinho. Como podia dizer uma coisa dessas? Era terrivelmente calculista. Inocente, sim, pois só um homem inseguro de si mesmo, como um adolescente ou alguém inexperiente, precisaria recorrer ao tipo de truques e seduções que ele usava. (Aquela longa, sinuosa, sedutora e calculista carícia, inocente?)

Lembranças que se recusara a admitir durante anos estavam agora à sua volta em atitude acusadora ou enganosa, forçando-a a prestar atenção. Estava sendo forçada a lembrar amores passados. E lembrava-se do marido. Mas as lembranças dele tinham sido colocadas numa série de molduras, como fotografias, ou cenas de um romance — um romance curto, já que ele tinha morrido moço, aos quarenta anos. (Houve um tempo, não muito distante, em que viver até os quarenta anos na Europa era uma grande coisa, uma conquista.) Não um romance triste, nem fotos tristes. Não, pois mal podia se lembrar do triste final, a jovem viúva com dois filhos pequenos, e todas aquelas lágrimas — chorou muito? — podiam ter sido choradas por outra pessoa, era o que sentia agora. Teria alguma vez sentido pelo marido, seu grande amor, esse amor tórrido, esfomeado? Não, fora um amor gradual, levando ao casamento satisfatório que tiveram. E quando moça, antes do marido? Mais retratos no álbum? Não, este amor estava fazendo com que sentisse velhos amores, com que se lembrasse, com que encarasse amores que tinha o hábito de descartar dizendo: Entusiasmos de adolescente, só isso. Mas na verdade este amor, e aquele, e aquele, tinham sido intensos e terríveis, com a mesmíssima característica de impossibilidade deste que sentia agora. E antes disso? Que tolice dizer que crianças não amam, não sofrem: é tão difícil para elas quanto para os adultos. Não, não ia pensar nisso, recusava-se. Ia se forçar a sarar daquela doença. Era isso.

Mandou um fax para Stephen:

O amor é meramente uma loucura e, garanto a você, merece o mesmo quarto escuro e o mesmo chicote que merecem os loucos, que só não são assim punidos e curados porque esse tipo de maluquice é tão comum que até os chicoteadores também se apaixonam.

Ele respondeu:

"Quem ama assim acredita no impossível". O fax é ótimo, mas prefiro ouvir sua voz.

Logo cedo, no domingo de manhã, havia um cartão embaixo da porta. Era o cartão mais encantador e descarado, com um friso de veadinhos cor-de-rosa, bambis mesmo, com os narizes encostados — se beijando. Não podia ser pior em termos de gosto — a não ser para uma criança pequena. A pessoa que mandou aquele cartão (teria pedido para alguém enfiá-lo debaixo da porta?) era uma criança. (O que poderia ter em comum com o jovem brutal que havia feito aquela carícia insinuante nas costas e nádegas de Molly?) O cartão era uma declaração: sou um menininho. Um balde de água fria, mas só para sua mente. Suas emoções não foram afetadas. Seu corpo queimava ainda mais, se é que isso era possível. ("Tenho de lhe dizer o que significou para mim conhecer você. Todo meu amor, Bill.") Queimar, a palavra que usamos, abreviação daqueles sintomas físicos vergonhosos, agônicos. Bem poética, de fato, a palavra *queimar*.

Como administradora do teatro, tinha o telefone dele. Seu hotel não ficava longe. Esperou meia hora e telefonou. Exatamente como teria feito quando era "sexualmente viável" — expressão que tinha encontrado num artigo sociológico que a fizera rir, uma expressão seca e segura, que colocava tudo em seu devido lugar. (Como *queimar*.) Agradeceu o cartão e sugeriu que viesse à sua casa. Parecia impossível ele não vir imediatamente e direto para sua cama. Tais são os efeitos colaterais do inchaço, da umidade, das dores físicas contidas na abreviação *queimar*. Ela registrou o resguardo que ele colocava na voz. E não estava tão tomada a ponto de não perceber que aquela voz (ouvida assim, sem o benefício de sua presença) era um tanto vulgar, por causa da autossatisfação, da complacência. Ficou furiosa: não conseguira convencê-lo! Nunca tinha ido sentar ao lado dele, procurado falar com ele, iniciado coisa alguma. E o que queria dizer com *Todo meu amor*? (Sua mente lhe informou que ela também havia feito isso mil anos antes, achar que uma frase dizia tudo o que *ela* estava sentindo: fazia-se isso, quando se estava apaixonado.) Ele ia aparecer, dentro de uma hora, mais ou menos. Seu corpo entrou em turbilhão, mas sua cabeça, tão ameaçada quanto a chama de uma vela sob vento forte, tecia comentários irônicos.

Lembrou-se de um incidente de infância que, com o sorriso adequado, havia colocado numa moldura muito tempo atrás. Tinha seis anos de idade. Debaixo de uma grande árvore, sobre a qual havia uma casa de brinquedo, um menininho — parecia-lhe pequeno porque era um ano mais novo do que ela — lhe dissera que amava Mary Templeton. Ele tinha acabado de abraçá-la, os bracinhos gordos em volta de seu pescoço, um beijo molhado na bochecha, e um impulsivo "Eu te amo". Por causa do beijo, do abraço e do "Eu te amo" ela dissera — ultrajada, indignada, derretida de amor — que ele não podia amar Mary porque esta era velha demais para ele; que tinha de amar a ela. E quando ele teimou em dizer que amava Mary de verdade, ela achou que ele era injusto. Ele a tinha beijado, tinha dito que a amava, podia ainda sentir os bracinhos quentes à sua volta. Mary Templeton era a mais glamourosa das meninas, porque ia toda semana à escola de balé e tinha nove anos de idade. (Decerto, como criatura feminina, ela, Sarah, devia ter entendido que era inevitável que ele amasse Mary, uma vez que era inalcançável.) Sarah disse que ele e ela, Sarah, deviam viver juntos na casa da árvore acima de suas cabeças, um paraíso arbóreo, pois já tinha planejado mentalmente o queijo e a lata de presunto que ia pegar da despensa, e o velho edredom que traria do armário do andar de cima. O menininho hesitou, pois adorava a casa da árvore, mas repetiu que amava Mary.

Esse incidente, congelado todos esses anos, um pequeno mamute conservado em gelo, encheu-a das emoções de então. Havia adorado aquele menino gordinho com seus cabelos escuros cacheados e vastos olhos azuis. Seu beijo molhado na bochecha e o "Eu te amo" a tinham derretido inteira. Era inconcebível que não a adorasse. Mas ele tinha resolvido sonhar com Mary Templeton. Muito tempo atrás, debaixo daquela árvore de um jardim já destruído para a construção de um conjunto habitacional, a desolação de uma perda a havia devorado. Amor de criança. E por isso ela o tinha arquivado: um amor infantil, que não merecia ser levado a sério.

Quando Bill chegou, trazia com ele Molly, Mary Ford e Sandy Grears, o iluminador. Sarah pensou, enquanto sentia facas quentes penetrarem em suas costas: Claro, Bill e Molly estão no mesmo hotel. E Sandy? Era um jovem capaz, forte, com uma saudável boa aparência, recém-contratado por causa das exigências de *Julie Vairon*. Sarah não tivera tempo de prestar muita atenção nele. Bill tinha convidado os atores para almoçar com ele, todos haviam aceitado e, depois, tinham ido para o quarto de Bill, quando Sarah tão gentilmente telefonou convidando-o para vir à sua casa. Sarah olhou calmamente (esperava que sim) enquanto Bill explicava tudo isso, mas ele estava só sorrindo, sem olhar para ela. Os quatro jovens sorriam ao entrar. Nesse contexto, Mary Ford era um deles. Um grupo do qual Sarah estava absolutamente excluída como se estivesse sonhando com eles, e fossem desaparecer assim que acordasse. E num momento que para eles era curto, mas para ela estava congelado na intensidade da observação, viu-os todos numa moldura: Bill ali parado em sua sala, rindo, a mão na cintura, e os corpos das duas jovens voltados para ele, passivos de desejo. Seus rostos eram todos esperançosa expectativa. (Mary Ford também? Interessante.) Sandy quebrou o clima, sentando-se numa poltrona e dizendo, ao ver o retrato de Julie dependurado: "O lar dos lares".

E agora estavam todos na camaradagem do teatro. Mas só aparentemente, pois Sarah estava na outra margem, excluída, assistindo. Via como Bill se distribuía em olhares e sorrisos e como as mulheres sofriam. Não conseguiam tirar os olhos dele, como ela também não conseguia. Era como um jovem animal lustroso, um gamo talvez? Pensou na cena bíblica em que as mulheres, todas hipnotizadas por José, cortam as mãos nas facas de frutas, sem saber o que faziam, cena reinterpretada por Thomas Mann — aplicável, sempre, a milhares de contextos, na vida. A cena tinha o mesmo ritmo de uma fantasia erótica ou de um sonho erótico, lenta, submarina.

A conversa continuou, divertida. Outras mensagens eram transmitidas naquela outra língua que tantas vezes acompanha o intercâmbio visível. Bill estava contando uma longa história bem-humorada de uma fase em Nova York em que tinha havido um longo intervalo entre um compromisso e outro. "Semanas sem trabalho. O telefone não tocava nem uma vez. Aí, de repente, não parava. Me ofereceram quatro papéis em uma semana. Não sabia o que fazer." Enquanto falava, não olhava para as mulheres, mas para Sandy. Mudando para cockney, disse: "Não sabia mesmo, quem havia de imaginar, eu, Bill Collins". E, depois, no tom padrão da BBC: "O foco de todas as atenções". Mary Ford murmurou: "Nossa, por que seria?". No mesmo instante, ele disparou um olhar genuinamente ferido na direção dela, depois ficou vermelho, riu com gosto, e logo se recuperou: "Quatro! De uma vez! Demais!". E qual era o quarto, Sonia? Ele inclinou a cabeça e riu, expondo o pescoço forte e talvez grosso demais, e nessa posição — arrogante, altivo — se defendeu da inspeção de todos. "Escolhi este, claro. Escolhi Julie. Não pude resistir a ela. Além disso, nunca estive na França, sem falar do trabalho aqui. Da miséria para a riqueza", resmungou, com sotaque norte-americano, malicioso e muito longe do menininho querido. Molly percebeu a mensagem real e sorriu. Um sorriso pequeno, contido. Mary Ford até balançou a cabeça ao sorrir. Sarah podia sentir o mesmo sorriso em sua própria boca. Bill então sorriu para Sandy e uma lâmina de entendimento penetrou em Sarah e, ao mesmo tempo — sem dúvida? —, nas duas outras mulheres. Claro. Aquele jovem excessivamente bonito... o teatro... Nova York. Claro, tinha uma namorada, ele mesmo dissera. Todo jovem tem namoradas ou mesmo esposas, quando se sentem suficientemente ameaçados. Esses pensamentos passavam pela cabeça de Sarah enquanto ela gritava em silêncio para si mesma: Pelo amor de Deus, pare com isso!

O telefone tocou. Era Stephen. Tinha chorado. Provavelmente ainda estava chorando, porque sua voz estava incerta.

"Quero que fale comigo. Não diga nada sensato, só fale. Estou ficando louco, Sarah."

Não era uma ocasião em que pudesse dizer Telefono depois. Mentiu para os jovens (Mary, quase na meia-idade, ainda contava entre eles?) dizendo que era um chamado de Nova York, a respeito de *Abélard and Héloïse.* Sabia que Mary Ford sabia que não era verdade. Mary levantou-se imediatamente, e os outros a seguiram — Bill, ela viu com um prazer quase excessivo, demonstrou óbvia relutância. "Vamos te deixar sozinha", disse Mary. "Espero que não sejam más notícias. Não é o patrocinador americano, é?"

"Não, não é."

Mary Ford desceu a escada, aquela sólida mulher que parecia uma pastora vestindo jeans — piada dela mesma. Sandy pediu para usar o banheiro. Molly foi para a porta, Bill logo atrás dela. Sarah, voltando depois de mostrar a Sandy onde era o banheiro, viu que Bill, incapaz de resistir às ondas de desejo de Molly, tinha se dado de presente a ela num abraço. Molly dissolveu-se nele, olhos fechados. Por cima da cabeça de Molly, Bill viu Sarah. Afastou Molly, que desceu a escada às cegas. Bill veio até Sarah, deslizou a mão pelas costas dela, e beijou-a. Na boca. Nada de fraterno naquele beijo. E murmurou no ouvido dela: "Até mais, Sarah", roçando sua face quente na dela. Ouviram os passos de Sandy saindo do banheiro e, antes que ele aparecesse, Bill recuou depressa, esquivando-se do abraço, e saiu. Sarah ficou olhando os dois jovens descerem a escada.

Voltou ao quarto e sentou-se na beira da cama, ouvindo Stephen. Ele falava em frases desconexas. "O que significa tudo isso, Sarah? O quê? Não entendo. Se eu entendesse..." Fazia talvez meia hora que estava do outro lado da linha. Silêncio. Ela ouvia sua respiração, prolongada, suspirada, quase aos soluços. Houve um momento em que achou que tinha desligado, mas quando disse: "Stephen?", ele respondeu: "Não desligue, Sarah".

Depois disse: "Acho que vou ajudar Elizabeth agora. Eu prometi que iria. Ela precisa de mim, sabe? Às vezes, acho que sou irrelevante, mas aí percebo que ela conta comigo. Já é alguma coisa, acho". E então: "*Sarah?*".

"Estou aqui."

"E eu conto com você. Nem imagino o que você está pensando. Sinto que alguma coisa emergiu das profundezas e me agarrou pelo tornozelo."

"Eu entendo, muito bem."

"Entende?" Ele estava inquieto: a sólida e estável Sarah, esse era o papel dela.

O segundo ato terminava quando Julie abortava o bebê de Rémy, algo teatralmente muito mais fácil que a morte de uma criança pequena, que, sabiam, iria dominar a peça, deixando a plateia inundada em lágrimas. Além disso, uma criança era sempre um problema durante os ensaios e, se a levassem à França, iriam precisar de responsáveis e babás. Interessante quanta discussão houve a esse respeito. Alguns achavam a decisão cínica. Henry principalmente. Ele disse: "É muito mais fácil acreditar que essa criança não significava muito para ela, não, que foi só um acaso, ficou grávida e teve o aborto, que pena". Henry tinha um filho pequeno, bem ao estilo norte-americano levava fotos da família na carteira, que mostrava para as pessoas, e telefonava para a mulher toda noite. Andrew Stead também não gostava nem um pouco daquilo. Protestava que tinham se livrado brutalmente do filho dele. Na vida real, observou, Rémy costumava ir à casa da floresta para brincar com a criança, e suplicou à família que reconhecesse que um filho era razão suficiente para o casamento. Bill então lembrou que Julie tinha tido um aborto de verdade, do filho dele. Todo mundo havia se esquecido disso, reclamou. Paul tinha ficado abalado com o aborto, ele tinha certeza. Julie dizia que sim. Consultaram-se os diários. Todo mundo lia os diários. Sarah se posicionou pelo que "funcionava" melhor. A questão era o efeito do fato sobre as pessoas da cidade. Disseram que Julie tinha matado a criança. Mas na peça diziam que Julie tinha provocado o aborto nadando na água gelada do poço da floresta. A questão essencial é que ela tem de ser responsabilizada pela morte do filho. "E não podemos colocar dois abortos — duas mortes." Buscando ressonância em Oscar Wilde, disse: "Perder um filho é triste, perder dois é simplesmente descuido". E notou que os norte-americanos não acharam graça, mas os ingleses, sim. Os ingleses, nesse contexto, incluíam também Bill Collins. Sandy e Bill, numa inspiração simultânea, deram início a "Versos perversos", em interpretação exuberante.

Como não aguentava mais a choradeira
joguei meu bebê dentro da geladeira.
Jamais teria cometido esse ato impensado
se soubesse que ele ia ficar congelado.
"George, estou tão triste!", me disse a mulher.
"Nosso bebezinho virou picolé!",

cantou Bill.

Billy, vestido com seu terno mais novinho,
caiu dentro do fogo e queimou inteirinho.

Agora, a sala está que é uma geladeira,
mas tenho dó de atiçar o pobre Billy na lareira,

cantou e dançou Sandy, junto com Bill. Os norte-americanos pareceram ligeiramente chocados. Henry, até reprovador. A cara de Andrew demonstrava que estava bem acostumado a se ajustar a diferentes graus de choque cultural. Sarah, Mary Ford, Sonia, Roy Strether, George White, todos, como se diz — com toda a precisão, nesse caso —, rolaram de rir. Tinham de rir e brincar por causa dos filhos de Julie, tão cruelmente eliminados por razões teatrais.

É preciso rir de coisas que estão longe de ser simples. Todos os jovens rolaram de rir, tanto no teatro quanto nos ensaios, porque o crítico Roger Stent mandara uma carta a Sonia: "Vocês devem estar muito orgulhosos. Aquelas espertas faquinhas de vocês cortaram meus dedos e tive de levar dois pontos". Sonia respondera com duas rosas vermelhas e um cartão que dizia apenas: "Fofinho". Sarah ficou um pouco chocada. Mary também, segundo confessou. "Estou começando a pensar", observou Mary, "que talvez não esteja mais sintonizada com nosso tempo."

O terceiro ato começava com Julie sozinha na casa de pedra, sem ver ninguém a não ser quando ia à loja da gráfica levar seus desenhos e quadros para vender, ou devolvia as partituras que havia acabado de copiar. Era a parte mais complicada da peça, pois não acontecia nada durante muitos minutos, e a música adquiria uma função muito útil.

Julie acreditava que era visitada pela inspiração: sua música lhe era "dada": mas de uma fonte muito diferente da música do "primeiro período".

Esse presente... que mãos o trazem, que boca o canta? Acordo de noite e ouço vozes nas árvores, mas não são os anjos de Deus, disso tenho certeza. Os anjos de Deus jamais viriam a mim, porque eles não perdoam o desespero. Segundo as ideias antigas o que sinto é um pecado. Esta floresta está cheia de presenças do passado. Um dia os trovadores passaram por aqui indo de um castelo a outro ou de uma cidade murada a outra. Cantavam o amor; e cantavam Deus, porque por mais triste que estivessem jamais se esqueciam de Deus. A música que escuto agora por certo não pode ser deles. Mas talvez seja, pois onde está Deus está também o Diabo. As ideias que escrevo agora não são minhas, de Julie Vairon, sou só uma recém-chegada à floresta, somos todos novos hoje em dia, com ideias que dispensam Deus e o Diabo. Se voltasse à Martinica, encontraria na floresta aquilo que sentia em menina — o demônio Vaval. Mas o diabo lá é diferente, é primitivo e cheio de truques. Nunca tive medo dessas presenças, porque minha mãe sabia como aquietá-las. Além disso, em minha cabeça eu já estava na Europa, não pertencia mais a eles. Sabia que viria para cá algum dia. Não acho que a música que escrevia antes possa soar estranha para qualquer pessoa do mundo — todo mundo tem o coração partido pelo amor em algum momento da vida. Não, esta nova música que surge agora em minha mente é como jorros de um doce veneno, mas tenho de tomá-lo. Sinto-a correndo em minhas veias como uma febre fria. Nesses momentos, não posso levantar a cabeça do travesseiro e minhas mãos e pés ficam de chumbo. Talvez seja minha menina quem canta essas canções para mim? Ela não podia viver. Levou sua vida não vivida consigo para algum lugar. Para onde? Não acreditamos em inferno, nem em purgatório ou em céu. Porque é tão fácil para nós não acreditar em todas as coisas em que as pessoas acreditavam até recentemente — em que acreditaram por milhares de anos? Todos aqueles livros da biblioteca de meu pai... não,

não devo chamá-lo de pai, porque ele não me reconheceu, nem disse perante o mundo que era sua filha. Ele me dava presentes e pagava tutores. Eu tinha mãe, mas não tinha pai.

Minha mãe me disse: Venho de uma longa linhagem de mães solteiras, e não quero que siga o mesmo caminho. (*Ela achava que isso era uma piada. Na época, eu me recusava a rir, mas rio agora.*) *Mas sou igual e minha menina também seria, se não tivesse morrido. Mas talvez durante o tempo de vida dela as coisas já tivessem mudado e ela não fosse obrigada a escolher entre a segurança de um marido e ser uma proscrita ou excêntrica.* (*O conselho de Stendhal a sua irmã Pauline.*) *Em Paris ou qualquer cidade grande eu seria considerada um tanto excêntrica, um tipo errante, e encontraria um lugar no teatro e entre artistas. Por que estou escrevendo desse jeito? Não quero nada além do que tenho. Estou feliz na minha casinha entre árvores e rochas, com a cachoeira e o vento cantando sua música para mim.* Mas esse trecho fora escrito depois de ela recobrar certo equilíbrio.

Durante meses — não, mais, anos, pelo menos dois anos, pois é difícil determinar o ponto em que o tom de seus diários muda —, Julie delirou. Estava bem louca. Foi quando mandaram Rémy para a Costa do Marfim como soldado e sua filha morreu. Ela ficou completamente desequilibrada: *Todos os nossos equilíbrios são tão precários, basta um mero toque para nos fazer rodopiar e cairmos num torvelinho.* Algumas de suas páginas são rabiscos misturados, apenas uma frase ou outra é legível. *O Diabo... o Diabo... quem é o Diabo, se faz música tão doce?* Ela rabiscou variações dessa frase em muitas páginas: eram equivalentes verbais da música em si.

Existem páginas cobertas com o nome de Rémy. *Rémy, Rémy, Rémy,* escrevia, borrando as letras com lágrimas. As páginas que escreveu sobre Paul são secas e o tom é irônico.

Mas sobre ele escrevia em retrospectiva: portanto as histórias sobre a crua dor do passado não são confiáveis. Nem todos os comentários são autoirônicos. *Quando penso em Paul,* escreveu quando já amava Rémy, mas ainda estava cheia de dor porque Paul tinha ido embora, *sinto um sorriso em meu rosto. Retenho o sorriso e olho no pequeno espelho. O que vejo é uma curva raivosa, até perversa em meus lábios. Não me reconheço nesse sorriso. Lembro-me que mamã me deu uma boneca. Tinha vindo da "casa grande" — quer dizer, meu suposto pai havia trazido de Paris. Era linda. Tinha longos cachos dourados e olhos azuis. Usava um vestido daqueles de depois da Revolução, quando as pessoas ricas retornavam a Paris e a moda zombava da guilhotina: tinha uma fita vermelha em volta do pescoço. Era uma boneca cara. Quebrei a boneca e enterrei. Mamã disse: O que está fazendo? Respondi: Matei Marie. Mamã me olhou daquele jeito. Às vezes, sinto esse olhar em meu rosto. Não estava brava. Queria entender. Ficou olhando enquanto eu colocava uma pequena cruz no túmulo. Depois, coloquei uma oferenda de bananas e vinho ao lado da cruz, para os espíritos da floresta e para Vaval. Não sabia, na época, que em certas partes do mundo os velhos espíritos, e mesmo os velhos demônios, haviam se tornado parte do cristianismo. Disse a mamã: "Eu não matei Marie, Vaval é que matou". Mama não disse nada. Estava sorrindo. É esse o sorriso que tenho no rosto quando penso em Paul. Mas foi ele quem me matou. Acreditei que ia morrer quando o mandaram embora. Olhei para ele, fardado, quando veio se despedir de mim. Estava chorando e eu também. Mas pensei: Quando ele for morto lá haverá sangue nessa bela farda. Mas ele não foi morto. Está fazendo uma brilhante carreira no exército na Indochina. Seu pai me contou, quando veio ver como eu estava passando. É um homem bom, o pai de Paul. Contou-me que ele próprio teve de desistir da moça que amava, forçado pelos pais. Perguntei se achava que os pais eram compelidos a fazer os filhos sofrerem da mesma maneira que haviam sofrido. Ele disse: "Eu sinto muito; acredite, sinto muito". Tinha lágrimas nos olhos. Lágrimas baratas.*

No período de desequilíbrio de Julie, a música que compôs soava, como dizem os russos, como gatos arranhando o coração. Depois, ela se recuperou, e escreveu sobre Deus e o Diabo como uma verdadeira cria do Iluminismo. E no entanto continuava acreditando que ouvia vozes nos ruídos do rio e do vento. *Ninguém chama de louco alguém que gosta de enxergar rostos no fogo.*

Teatralmente havia uma dificuldade: condensar a música "arranhada" que ficava entre a música trovadoresca e a música do "segundo período" de modo que fosse apenas sugerida. Mas seria honesto comprimir o período de raiva e desespero em alguns compassos apenas, quando ela própria dizia que aquilo era a pior coisa que lhe havia acontecido? A arte, porém, precisa ser um engano, um truque de prestidigitação, como sabemos todos. Usando o tempo como medida, era honesto, pois anos haviam transcorrido antes da amizade com Philippe e sua sensata proposta para o futuro dela, anos em que ela compôs a música que era toda sons puros e frescos, e pintou seus quadros mais encantadores. Havia também outra dificuldade. Afinal, o mestre impressor tinha um filho, Robert, que ela encontrou apenas uma vez, mas que tinha tanto potencial para reavivar tudo aquilo a que ela havia renunciado. Na peça, ele nem era mencionado. Havia coisas demais: pontas soltas demais, falsos começos, possibilidades rejeitadas — em resumo, vida demais, de forma que tudo teve de ser amarrado. A parte do diário de Julie onde imaginava como a vida de casada com Philippe a sufocaria não constava da peça. Em vez disso, sua rejeição a ele ficava numa canção: *Bom homem, você não é para mim, bom homem, não sabe quem canta para mim à noite, entre as rochas...* Essas palavras estavam em seus diários.

O terceiro ato, portanto, era o ato do mestre impressor. Como se percebe, a forma da peça acabou mesmo sendo: primeiro ato, Paul; segundo ato, Rémy; terceiro ato, Philippe.

Durante o terceiro ato, Bill Collins e Andrew Stead, os dois antigos amantes de Julie, ficavam sentados à margem da ação, assistindo. Às vezes, sentavam-se um de cada lado de Sarah, e ela era obrigada a se dividir. Com a presença de Bill apenas, permitia-se submergir num banho de cálida simpatia, sem mencionar o resto, enquanto Andrew parecia frio e pouco generoso. Mas sentada só com Andrew, quando Bill não estava, olhando Bill através dos olhos dele, o jovem então era mesmo bom demais, e Sarah sentia-se inquieta. "*Pretty baby*" — ela encontrara as palavras da canção em sua boca ao acordar, não uma, mas diversas vezes. Não se podem ignorar essas mensagens das profundezas. Não os "instantâneos" — quando se enxergam as pessoas que se ama e com que se está acostumado, como se fosse pela primeira vez.

Colocar-se reciprocamente em molduras ou poses foi, sem dúvida, a característica daquela semana. Mary estava fotografando o terceiro ato: já havia tirado todas as fotos possíveis do primeiro e do segundo ato. O elenco era fotografado junto e separado, dentro do edifício e fora, em restaurantes e ao lado do canal. Centenas, milhares de fotos. Talvez trinta ou quarenta delas seriam usadas. A prodigalidade, o desperdício, era inevitável.

Uma dificuldade era que nem Andrew Stead, nem Richard Service fotografavam tão bem quanto Bill, que dominava todas as fotos em que aparecia. Mary tirou fotos em que "desligou Bill", conforme dizia. "Vamos lá, se apague um pouco", dizia a ele, que ficava vermelho e perdia o jeito, como sempre.

"Fotogênico", Molly suspirava, e Mary ecoava: "A câmera adora ele". "A câmera não pode evitar apaixonar-se por ele", disse Molly. E Mary: "Não dá para evitar amar esse homem".

Sarah viu as duas mulheres brincando e cantando "Mad about the boy" — sem se importarem com o fato de Bill ter acabado de entrar na sala, diante delas: certamente não era nenhum bobo. Sandy Grears estava olhando as mulheres, sorrindo. Todas as linhas de seu corpo gritavam que ele tinha de se controlar para não se juntar a elas. Bill hesitou, depois com toda a leveza entrou na brincadeira de "Mad about the boy". Isso permitiu a Sandy ser o quarto participante. Houve uma sequência maluca de membros e cabelos voando pelo ar, absolutamente inadequada para as sílabas arrastadas de "Mad about the boy".

Bill atravessou correndo a sala até onde Sarah estava calmamente sentada em sua cadeira e deixou-se cair no lugar de Stephen, com um ar risonho e direto que não tinha nada a ver com o queridinho que mandava cartões lindinhos do Bambi, mas que *era* o bailarino e cantor satírico que acabara de representar, que era aquela carícia sinuosa e brutalmente cínica.

Ela sentiu um desejo furioso. (*Fúria*: boa palavra, como *queimar*.) Mas por que descrever isso, uma vez que todo mundo já sentiu alguma vez a mistura de ansiedade, incredulidade e — no pico da doença — a doce e penosa submersão na dor de saber que é inconcebível não se poder conseguir algo tão terrivelmente desejado, saber que, se você renunciar à dor, renuncia também à esperança de plenitude.

Sarah não se lembrava de ter sofrido tanto quanto agora. Mas sabia que já havia sentido aquilo, porque relembrava os "instantâneos" da infância. Não conseguia comparar aquele grau específico de paixão com nenhuma outra coisa de sua vida adulta, só com os amores de criança. Depois do menininho que ficara tentado não por ela, mas pela casa na árvore, tinha estado quase permanentemente apaixonada por um menino depois do outro. Adolescente, fantasiava beijos: não conseguia acreditar que aquela felicidade logo seria dela, "quando fosse gente grande". (Esse era o eufemismo que todos usavam na época para "quando tiver seios".) A questão era que, por mais maravilhosos, hábeis, satisfatórios que os beijos tenham sido depois de adulta, nenhum jamais teve a magia a eles atribuída em sua imaginação quando ainda era jovem demais para beijar. Portanto, agora: "Se você me beijasse, seria minha primeira vez...", disse Sarah a si mesma. Satiricamente. E disse a si mesma que, se ainda era capaz de rir, então é porque estava bem. O pobre Stephen não conseguia rir. O Green Bird estava rindo feito louco, como também o grupo que ensaiava *Julie Vairon*. Roger Stent havia enviado um fax a Sonia: "Suponho que não vão proibir minha entrada em *Hedda Gabler*. Se fizerem isso, revelarei a todo mundo que o seu teatro impede a entrada de críticos por causa de uma única crítica negativa".

De Sonia para Roger Stent: "Você nunca escreveu uma única crítica positiva, nem média, em toda sua vida. Você não gosta de teatro. Não sabe nada de teatro. Enfie uma coisa na sua cabecinha: o Green Bird não precisa de você, nem da *New Talents*. Vá se foder".

Nos ensaios da quarta semana, passou-se a peça inteira, mas ainda sem os músicos. Que chegariam na sexta-feira.

Nessa última semana, aconteceu algo novo. Os personagens principais — Julie e sua mãe, Sylvie, os três amantes e os dois pais — já não eram jogados em cenas sucessivas de confrontos, em geral dois a dois, mas foram absorvidos por um conjunto de personagens menores que, pouco notados nas primeiras semanas de ensaios, demonstravam agora o quanto determinavam destinos. Como na vida. Em casa de madame Sylvie Vairon haviam estado muitos jovens oficiais, aqui sugeridos por um apenas, George White. As explicações do programa — cujo rascunho já tinham em mãos — esclareciam que as duas mulheres costumavam receber toda noite um grupo grande de jovens oficiais. Isso atribuía a George White uma importância que aparecia na maneira como se portava e num exagero de sua atitude em relação às duas mulheres, pois o correto jovem oficial não aprovava o amor romântico de Paul. Depois, havia o enfrentamento não apenas com o pai de Paul (George White de novo), mas com sua mãe, que, apesar de nunca aparecer no palco, era sempre uma presença fora de cena, um rochedo de retidão e censura. Quando começava o segundo ato, havia a mãe de Rémy (que dizia exatamente duas palavras, *Não* — duas vezes), o pai de Rémy (Oscar Friend, que, por mais forte que fosse em cena, na vida real era um homem tímido, geralmente sentado num canto lendo um livro), e também o irmão de Rémy, George White. Na vida real, havia quatro irmãos, todos mais velhos que Rémy, que muito provavelmente pesavam tanto sobre ele a ponto de tornar essencial seu amor por Julie. A economia teatral determinava que houvesse apenas um irmão. Isso significava que o amor de Rémy acabava parecendo menos determinado pelo Destino (a família) do que na vida real, uma escolha mais romântica (os cordões invisíveis das marionetes), se bem que, como George White havia lido os diários e sabia dos quatro irmãos, tentava sugerir em cena a força da pressão familiar. No estabelecimento de Philippe havia vinte e tantos gráficos, aprendizes e vendedores, e era impossível que suas diversas reações deixassem de afetar Julie. O interior da gráfica era mencionado apenas nas notas do programa. O namoro de Philippe e Julie transcorria na praça pública (um banco de jardim). Só uma vez se mostrava a atitude dos empregados de Philippe, quando seu gerente (George White) trazia um recado da loja, demonstrando uma gélida atitude para com Julie, a correta polidez com que ela retribuía sugerindo todo o resto.

No que dizia respeito aos moradores da cidade, a plateia ia ter de usar mais a imaginação. A vida de Julie fora infernizada pela vigilância desconfiada dos moradores. Eles a encaravam nas ruas e murmuravam imprecações quando cruzavam com ela por acaso (ou de propósito) na floresta. George White representava essa gente invisível. (Ele reclamou que todos os seus papéis eram de gente que censurava Julie, quando ele próprio a adorava.) Na França, a coisa iria melhorar, porque Jean-Pierre prometera arranjar uma multidão de figurantes.

Na sexta-feira chegou a música, encarnada num tenorino, nas três moças e nos músicos. Os instrumentos eram um violão, uma flauta, uma charamela e uma viola — a *vielle* de antigamente. A peça que, sem música, era "demais", "excessiva", um "pastiche" e "lacrimosa" — esta última observação de Bill, enquanto passava atenciosamente os lenços de papel a Molly — mudou, distanciando-se das lágrimas. A história contada naquele palco, ou melhor, naquele insípido salão de igreja, onde um raio de luz solar às vezes destacava uma cena ou um personagem, passou a ser um aspecto da música. Na sala da Martinica, a balada convencional, cuja função era exibir os encantos de Julie aos jovens oficiais, quando acompanhada pela música que tinha como contraponto frases do "segundo período" de Julie, funcionava como um comentário, até mesmo cruel, da época em si e a tornava tão remota quanto aqueles intérpretes elisabetanos que dançaram um minueto em Queen's Gift. O grupo ficou desconcertado e até meio desanimado quando viu que o eixo da peça se deslocava da esfera pessoal. Molly McGuire — como ela própria — caiu em prantos. "Então para que tudo isso?", perguntou. "Por que eles tiveram de sofrer tudo aquilo? Para quê?"

"Boa pergunta", disse Bill, baixo, mostrando — como costumava fazer sempre — como podia se distanciar do "galinho" que Stephen criticara. E passou o braço pelos ombros de Molly para consolá-la como um irmão.

À medida que a história ia se desenrolando, ia ficando mais forte a impressão de que todo o sofrimento e mágoa constituíam um acompanhamento bastante convencional para as canções trovadorescas e, depois, para a música do último período, na qual anjos ou demônios cantavam a transitoriedade.

"Muito boa pergunta", disse Henry a Sarah, ao final do ensaio, como se Molly tivesse acabado de chorar e feito sua pergunta naquele momento. "Você sabia que isso ia acontecer?"

"Sabia, mas não tinha certeza de que fosse dar tão certo."

"Sei", disse ele. Estava sentado, coisa rara, na cadeira ao lado dela, encostado para trás, momentaneamente relaxado, encarando-a com aqueles olhos escuros inteligentes, sempre prontos a achar tudo pior do que de fato era. Agora, porém, eles estavam úmidos de lágrimas.

"Não fui eu que compus a música", disse Sarah.

"Ah, não sei", disse em tom leve, levantando-se e se afastando. "Não sei mais nada. O que sei é que a velha magia negra me pegou pelo pescoço."

O ensaio geral foi no sábado. E agora, finalmente, *Julie Vairon* estava inteira ali. Principalmente Julie. Os longos cabelos escuros de Molly, com os cachos presos, falavam da indesejada disciplina social. Seus olhos por trás dos longos cílios escuros pareciam negros, com um cintilar africano. Tinha um certo ar de fera, os gestos formais mal controlando uma impaciência que demonstrava achar o bom comportamento social praticamente impossível. Julie tinha voltado à vida e Sarah ouviu Stephen, que fizera um esforço para comparecer, soltar um longo suspiro. "Meu Deus, não é possível."

A coisa toda ia ser um sucesso. "Funciona", sem dúvida.

"Tudo funciona, é ótimo, fantástico", disse Henry, andando de um lado para outro. "Bendita Sarah", disse, abraçando-a no estilo teatral.

Quando Bill veio lhe dar um abraço — parecia um sonho, todo fardado —, dizendo: "Sarah, é maravilhoso, eu não fazia ideia", ela se viu murmurando: Putinho, afastando-se do abraço. Ficou olhando o jovem ir de mulher em mulher, beijando, beijando, beijando, afastando-se depois, isolado, como se traçasse um círculo à sua volta: mantenham distância.

Iam agora se separar para só tornarem a se encontrar na França.

Havia a resistência costumeira das despedidas. Tinham se transformado numa família, diziam. "Com todas as coisas boas da família, e nenhuma da mágoas", disse Sally. Ela insistia que sua própria situação não era muito diferente da de Sylvie. "Não, não sou o tipo de mãe que quer casar a filha com um homem rico, mas minha filha podia ensinar uma lições para Julie." Estava desesperada, apesar de rir, e Richard Service, parado ao lado, passou o braço por seus ombros. Os dois eram amigos — amigos de verdade, sentados juntos sempre que possível, conversando horas e horas. Um casal impossível, porém.

Incapazes de se separar, foram todos jantar depois do ensaio geral. Stephen sentou-se ao lado de Molly, que havia se despido de Julie junto com o figurino. Tentava encontrar nela a mulher que o tinha fascinado durante três horas naquela tarde, e ela sabia disso, sendo muito doce com ele, apesar de não tirar os olhos de Bill. Quanto a Sarah, estava decidida a não olhar para Bill nem uma vez, e conseguiu, mais ou menos. Isso teve o efeito de deixá-lo nervoso, e o tempo todo tentava atrair a atenção dela com olhares intensos.

Parados na calçada, despedindo-se, beijos rolando (Sarah manteve-se fora do alcance de Bill), Stephen disse a Sarah que queria que viesse passar uns dias em sua casa, antes da França. "Se não tiver nada melhor para fazer." Aquilo era tão típico dele que ela teve de rir, ele não entendeu por quê. Como se um convite para ir à sua casa (ou talvez devesse dizer a casa de Elizabeth) não fosse considerado por quase todo mundo como um bilhete premiado.

Nessa noite, Bill telefonou, pedindo conselhos sobre a inflexão de uma de suas falas. Ele sabia que falava bem, e sabia que ela sabia que ele sabia. Seu coração disparou, deixando-a ainda mais zangada. Ali estava, segurando o telefone e dando conselhos profissionais. Nem é preciso dizer que ficou mais brava consigo mesma do que com ele.

Outro que telefonou foi Henry. Os dois gozavam agora o relacionamento mais delicioso do mundo, fácil, brincalhão, íntimo. Ele zombou de si mesmo, dizendo: "Sarah, estou com um problema... É, um *problema*... Não sei o que fazer. Não estou tão satisfeito quanto devia... bom, é mais ou menos o seguinte... com o que Julie escreve sobre Rémy. Poxa, não fazia nem dois dias que os dois tinham se conhecido!".

"É de *Por que quando vejo seu rosto*... etc. que você está falando?"

"Principalmente do etc. Seria de se esperar que ela estivesse cantando pelo sujeito na maior empolgação e o que ela canta é *Por que quando vejo seu rosto o que vejo é triste, solitário? Você me olha através dos anos e está tão sozinho*... o que é isso, Sarah?

"Está nos diários."

"Os dois acabaram de se apaixonar."

"Espere um pouco, está aqui na minha mão." E leu alto: *Por que será que, se nosso amor apenas começou e ele me fala que vamos passar juntos o resto de nossas vidas, pego o lápis para desenhar seu rosto e não consigo desenhá-lo cheio de felicidade, como o vi, mas triste, terrivelmente triste? É a face de um homem só, solitário, esse homem. Por mais que tente retratá-lo como é ao olhar para mim, não consigo, e é esse outro rosto que surge na página.*"

"O que aconteceu de fato com Rémy? Não, eu não li os diários, Achei melhor não ler. Não quero misturar as coisas."

"Três anos depois a família despachou Rémy como soldado para a Costa do Marfim. Voltou para casar com a filha de um dono de terras local. Foi visitar Julie em segredo. Choraram juntos a noite inteira. Depois, casou-se e teve filhos."

"Não se encontraram mais, depois?"

"Se se encontraram, não há registro. Mas ela o via em ocasiões públicas. E dizia que não era feliz."

"História triste", disse Henry, aparentemente tateando com a frase.

"Pensei que todo mundo já achava a história triste."

"Quer dizer, triste eles não terem se esquecido um do outro quando ele voltou depois de três anos."

"Você fala como se achasse impossível uma coisa dessas."

"Não é bem nosso estilo."

"Não é?"

"Nunca passei por nada semelhante."

"Fala como se desejasse isso para você."

"Talvez."

"Quer que leia o que ela escreveu sobre essa separação? *Juntos colocamos sal fervente sobre o que restava do nosso amor, e o lugar que ele ocupava é hoje areia salobra.*"

"Ainda bem que você não fez nenhuma canção com esse trecho."

"O que você acha que diz a música da última fase?"

"Então, ainda bem que não tem letra."

Discutiram possíveis retoques em certas frases e afinal resolveram deixá-las como estavam. A conversa durou mais de uma hora.

Joyce apareceu na manhã seguinte. Evidentemente, estivera dormindo mal. No banheiro, Sarah pegou do chão as roupas imundas que Joyce ia despindo. Estava mais magra e mais branca que um aspargo, com manchas roxas nos braços e nas coxas. Censurando qualquer palavra de conselho ou de crítica que ameaçasse brotar de seus lábios, Sarah pôs as roupas na máquina de lavar, Joyce no banho, fez chá, fez torradas, descascou uma laranja.

Joyce vestiu o melhor peignoir de seda da tia e sentou-se

para tomar chá. Não comeu nada. Quando Sarah lhe perguntou o que andava fazendo respondeu: "Nada". Depois de um silêncio, pareceu se lembrar que normalmente se espera que as pessoas conversem e perguntou a Sarah, como uma criança: "E você, o que anda fazendo, tia?". Tocada por aquela prova de interesse pelos outros, Sarah descreveu a peça e contou a história. Joyce ficou ouvindo, com evidente dificuldade. Depois, crescendo dez anos num minuto, desdenhou: "Acho que era todo mundo louco".

"Eu não discordo."

"Você disse que a história é *recente*?"

Em algum momento por volta da meia-idade, ocorre à maior parte das pessoas que um século constitui apenas o dobro da própria idade. Pensando assim, toda a história se aglomera, e passamos a viver dentro da história do tempo, em vez de olhá-la de fora, como observadores. Há umas dez ou doze vidas de meia-idade viveu Shakespeare. A Revolução Francesa foi outro dia mesmo. Há cem anos, não muito mais, houve a Guerra Civil nos Estados Unidos. Em outra época, pareceria quase outra dimensão de tempo e espaço. Mas uma vez que já se concluiu: Cem anos é o dobro da minha vida, sente-se como se fosse quase possível estar presente naqueles campos de batalha, ou cuidando daqueles soldados. Ao lado de Walt Whitman, talvez.

"Não faz tanto tempo assim", disse Sarah.

Joyce ia protestar, mas resolveu usar de tato, como a tia costumava usar com ela.

"Você disse que vai ser na França?"

"É. Na semana que vem."

"E quanto tempo você vai ficar fora?"

"Umas três semanas."

Imediatamente, Joyce apresentou todos os sintomas de pânico. "*Três semanas?*"

"Joyce, você às vezes desaparece durante meses."

"Mas sempre sei onde você está, entende?"

"Nunca pensou que a gente se preocupa com você?"

"Mas eu estou muito bem. Verdade."

Quase como um favor especial, o trem InterCity interrompeu seu impetuoso avanço na estação campestre onde ela devia descer, em vez de parar em Oxford, porque Stephen queria lhe mostrar uma outra estrada. Ela desceu para a plataforma deserta, saudada por uma explosão de cantos de pássaros, "Adlestrop... era fim de junho... todos os pássaros de Oxfordshire e Gloucestershire..." Onde mais podia ser? E importava alguma coisa que a cabeça dela (como a da maioria das pessoas como ela) estivesse sempre cheia de retalhos de versos, que ela soubesse os primeiros versos de centenas de canções populares? Sua cabeça parecia um daqueles mapas decorativos com pequenos pergaminhos enrolados nos cantos, onde se lê A batalha de Bannockburn, ou Local onde a rainha Elizabeth costumava caçar. Às vezes, porém, essas intervenções eram muito adequadas. Essa manhã tinha acordado com "Oh quem pode levar o fogo nas mãos ao pensar no gelado Cáucaso?".

Saiu da estação ouvindo um cuco que, inspirado por centenas de anos de literatura, fazia, invisível, seus comentários do alto de um imenso carvalho. Stephen estava esperando na perua. Ela se deu conta de que na cidade ele perdia dimensão, ficava menor que ele mesmo, enquanto ali, no seu ambiente, enchia-se imediatamente de autoridade. Mal tinham entrado no carro, ele disse: "Sarah, nem sei como me desculpar por ter imposto tanta bobagem a você.

Vou tentar compensar tudo isso". E começou com um passeio de carro de quase uma hora atravessando campos que eram a essência da poesia em suas encantadoras estradinhas. A Inglaterra, em fim de junho, num dia ensolarado, duas pessoas que sabiam que se gostavam... "Alma minha, existe uma terra muito além das estrelas..."

Stephen divertiu-a relatando o que havia acontecido no Divertimento da última semana ("Chamamos de Divertimentos porque têm certo ar elisabetano"), quando, em vez do público esperado de trezentas pessoas, apareceram mil. Não havia espaço para mais do que metade. Quando alguns jovens ligaram seus rádios e começaram a dançar e cantar, Elizabeth sugeriu que outro gramado seria melhor do que aquele (muito próximo dos cavalos), e a dança e o canto continuou até de manhã. "Não podíamos deixar de admitir que o que aconteceu naquele campo era muito mais genuíno que o Divertimento em si. Afinal, os Tudor eram uma família bem agitada." "E o campo?" "Ah, já ia ser plantado de novo de qualquer forma." Ele não parecia incomodado. "Extraordinário, não acha? Por que será? Imagino que estamos vivendo uma idade teatral de novo. Parece que é assim que nos expressamos. Tem de haver uma razão para isso. De ponta a ponta, todo mundo no país está representando, cantando, dançando, encenando batalhas de mentira, o que significa isso tudo?" Enquanto falavam, ela de vez em quando arriscava um olhar, esperando que ele não notasse. Não era fácil para ele. Aquela tolerância falava a seu favor, mas havia certa tensão em seu rosto, como a contração de uma dor de cabeça. Quando ela perguntou, respondeu que nunca se sentira melhor. Ela tentou acreditar. Era tão bom estar de novo com o Stephen de verdade — ela sentia assim: "Ele voltou a ser ele mesmo"—, era até fácil ignorar a ansiedade.

Ao chegarem em casa, era hora do almoço. Elizabeth e Norah tinham ido passar o dia fora, num festival de música em Bath. Ele perguntou o que Sarah gostaria de fazer, e ela disse que gostaria de conhecer um pouco da vida dele.

"Então acho que não vai mais me achar tão excêntrico."

"Mas faz parte do seu papel ser excêntrico."

O novo edifício, que transformaria aqueles Divertimentos semiamadores em algo maior, estava quase concluído. Ficava perto do vasto gramado — do teatro —, escondido por arbustos e árvores. O projeto havia sido ampliado nas semanas que se passaram desde que estivera ali: estavam pensando em fazer óperas. Até então espetáculos mais ambiciosos eram impossíveis, porque a casa propriamente dita ficava a uns duzentos metros, longe demais para atores, bailarinos e cantores poderem trocar figurinos. Agora, haveria bastante espaço para figurinos, equipamento de luz e instrumentos musicais, além de amplo espaço de ensaios. O edifício fora projetado por um arquiteto de forma a não se destacar das outras construções históricas. Tinha estilo semelhante, sem nenhuma pretensão de aparecer.

Dois pedreiros estavam assentando tijolos numa parede interna. Um montado sobre a parede, o outro jogando os tijolos para cima. Stephen falou com eles e voltou: "Não estão precisando de mim. Às vezes, posso ser útil. Mas não é gente nossa; são de uma firma da cidade".

Caminharam devagar, entre as árvores, afastando-se da casa. Ela estava pensando, sem conseguir evitar, naquele jovem que estava na França, "acompanhado": Bill tinha dito que ia aproveitar para dar uma de turista durante uma semana. Não, ela certamente não conseguia enxergar nenhuma namorada. "Talvez minha namorada venha por alguns dias." Ela imaginou se Stephen estaria pensando em

Molly, que também estava por lá. Depois de alguns minutos de silêncio, ele disse, inesperadamente: "Pensando sobre isso tudo, me ocorreu, sabe, que devo me sentir só. Parece improvável, mas pode ser. Não, não, acredite Sarah, não estou buscando compaixão. Estou tentando entender, sabe?".

"Você sabia que Elizabeth gostava de mulheres quando se casou com ela?"

"Ela não gostava, não na época." Tomando o silêncio por uma crítica, ele se defendeu com uma teimosia, uma determinação, que revelava ter decidido contar-lhe tudo — talvez porque precisasse ouvir como soava a história. "Não, olhe, nós nos conhecemos a vida toda. Nos casamos de fato porque... sabe, nós dois atingimos o sofrimento ao mesmo tempo."

"Bela expressão: atingimos o sofrimento."

"É verdade. Não que eu soubesse na época... entende?, uma coisa que eu esperava não aconteceu."

"Você tinha uma paixão... impossível?"

"Eu não achava que era impossível. Não era impossível. Ela era casada, mas eu esperava que deixasse o marido e se casasse comigo. Mas ela mudou de ideia. E Elizabeth pretendia se casar com um sujeito... um bom sujeito. Amigo meu. Bom, na verdade ele é nosso vizinho. Mas estava noivo e a coisa toda era muito difícil. E ali estávamos, nós dois, Elizabeth e eu."

Sentaram-se num tronco caído, numa sombra seca e quente. A menos de vinte metros, acima deles, do outro lado do dossel de faias, ardia um sol nada inglês.

"Tudo se encaixava. Ela estava com problemas de dinheiro. Um testamento complicado, essas coisas. Se nos casássemos os problemas se resolviam."

"E ficaram felizes?"

"Ficamos... satisfeitos."

"Palavra imponente."

"É, acho que sim. É, sim. Aí eu comecei a sentir..." Durante um longo tempo ele ficou pensando no que sentiu.

"Sentiu que faltava convicção?"

"Isso, exatamente. Comecei a me sentir como um fantasma em minha própria casa — não, quer dizer, não é minha casa. Melhor dizer em nossa casa. Tentei... botar os pés no chão. Aprendi a fazer todo tipo de coisas. Agora sou um bom carpinteiro. Sei fazer qualquer serviço de eletricidade. Posso instalar encanamentos e fossas. Aprendi isso tudo porque quis — entende? Claro que entende. Para fazer parte do lugar. E para parar de... eu me sentia como se estivesse boiando. Bom, sem dúvida foi muito importante para a propriedade. Paramos de perder dinheiro. Não precisamos nunca chamar trabalhadores de fora. A não ser para construções maiores."

"E nada disso adiantou?"

"Adiantou, sim. Até certo ponto. Aí... atingi o sofrimento. É isso. Não consigo entender. Como se existisse um buraco em minha vida e o sangue se escoasse por ele. Sei que é muito melodramático, mas era assim mesmo."

"E quando é que Julie entrou em cena?"

"Ela foi se apossando de mim lentamente. Ouvi sua música no festival — isso você já sabe. Depois resolvi descobrir tudo sobre ela. No começo foi agradável, como uma caça ao tesouro. Depois... foi como *La belle dame sans merci*."

"'Seja o que for, passará'", ela citou.

"Você acha mesmo?"

"Acho. Pelo menos, não é nada diferente do que eu vivi."

Nesse momento ela se sentiu tentada — e quase começou a confissão — a contar sobre o seu próprio estado. Mas estava desempenhando um papel para ele: de alguém forte, a quem ele podia revelar a própria fraqueza, sem medo. Será que a amizade sobreviveria se ela dissesse: "Estou apaixonada a ponto de ter perdido a razão" por um jovem, e um jovem pelo qual ele não tinha o menor interesse? Não, ele estar apaixonado por Julie era uma loucura, sem dúvida, mas uma mulher da idade dela se apaixonar por um belo jovem... Mesmo que o jovem estivesse apaixonado por ela. E estava, até certo ponto. *Apaixonado*: tem gente que guarda um cacho de cabelos ou um pedaço de pano num envelope para olhar às vezes e sorrir com ternura. *Apaixonado*: um fulgor de ternas possibilidades perdidas, como a luz que fica no céu depois que a lua se põe. Aquilo seria adequado à posição dela: na verdade as pessoas iam gostar daquilo. Ah, eu, meu coração docemente partido que dói suavemente como um joelho reumático com a chegada da chuva. Quanto a Bill, ele gostaria talvez de um beijo e de um abraço apertado. (Diante disso, um selvagem e esquecido orgulho sexual levantou a cabeça e observou: É? Pois vou mostrar a ele!) À parte qualquer outra coisa — covardia era a palavra — seria indelicado com aquele homem sofredor que confiava nela (que tinha colocado a mão desesperada entre as dela) dizer: "Eu sou tão fraca quanto você. Pior, sou ridícula", e imaginar que ele fosse acrescentar mais essa carga à que carregava. Já de início, ele teria de superar algumas reações bastante ortodoxas. A maioria dos homens e boa parte das mulheres — jovens que temem pela própria sorte — castigam as mulheres mais velhas com o escárnio, com a crueldade, quando elas demonstram sinais inadequados de sexualidade. No caso dos homens, vão à forra cobrando os anos que viveram sujeitados ao poder sexual das mulheres. Ela se consolou pensando: Quando essa história com Bill já estiver esquecida, ainda serei amiga de Stephen.

Ele disse: "Acho que o que sinto é, não sei, que, se pudesse passar uma noite com ela, uma única noite, só isso, então conquistaria tudo o que pode haver de maravilhoso".

"Uma noite com *quem?*"

"Está bem, está bem", disse ele, mas sem conceder um milímetro sequer ao senso comum.

Ficaram um tempo sentados, em silêncio. Ou melhor, num júbilo de cantos de pássaros. Pássaros que, antes perturbados com a chegada deles, agora já haviam esquecido sua presença. Ela podia sentir os sons, altos, agudos, doces, macios, gorjeando em seus nervos. Com toda a certeza nada como aquilo jamais lhe acontecera antes: aqueles sons, mesmo tão doces, seriam perigosos, deixando-a superexposta? Levantou-se para escapar ao ataque; Stephen levantou-se também, e andaram em direção à casa. Ela foi contando, fazendo daquilo uma coisa engraçada, a história de duas criancinhas e de uma casa na árvore, de sua dor quando criança. Ocorreu-lhe que estava distraindo Stephen, fabricando historiazinhas divertidas, como se faz com um conhecido ou alguém com quem não se quer muita proximidade; a fraude que servimos à maioria das pessoas que conhecemos. Um olhar bastou para ver que ele ouvia compungido; ele observou: "Acho que as experiências da infância são em geral bem terríveis. Não gosto nada de me lembrar delas".

A repreensão lhe fez bem. Significava que ele só ia aceitar o que ela tivesse de melhor.

Elizabeth e Norah voltaram tarde da noite, contando que tinham tido um dia maravilhoso: haviam aprendido coisas muito úteis sobre a organização de festivais. Por que não fazer um festival em Queen's Gift? Ficaram conversando diante da janela de uma sala, olhando a noite encantadora, que relutavam em trocar pela cama. Ambas bronzeadas do verão, cheias de saúde e realizações, duas mulheres bonitas que pareciam ter entrado naquela sala apenas como gentileza a um hóspede: e Sarah pensou que o próprio Stephen parecia mais um hóspede. Ele contou à mulher as últimas notícias sobre o Divertimento que realizariam dentro de três dias: em francês, com música francesa e cantores que eram amigos de Elizabeth, vindos de Paris. Sarah observou então que muito em breve poderiam ter problemas com os sindicatos de atores e músicos se começassem a chamar artistas estrangeiros. Elizabeth disse que depois da expansão, quando o edifício novo entrasse em uso, os Divertimentos não seriam mais considerados amadores, sabia disso. Talvez Sarah pudesse lhes dar alguma orientação. As duas mulheres foram dormir com aquele ar de quem cumpriu um dever social.

Stephen perguntou a Sarah se gostaria de dar um passeio, e caminharam durante uma hora pelos campos, pela floresta, enquanto a lua descia no céu, alongando as sombras. Não conversaram. A Sarah ocorreu que estavam gozando o silêncio. Mais, que ela estava se entregando a ele, como numa cura. Um pássaro voou de uma árvore à passagem deles, e ela se assustou, o barulho dolorosamente alto.

Sarah ficou três dias na casa que estava ali havia quatro séculos. Gostava da sensação de ser uma das centenas — milhares? — de pessoas que tinham passado por ela. Fez diversas coisas agradáveis em seu interior, olhou quadros e mobília, leu sua história. Elizabeth e Norah a levaram para caminhadas enérgicas, enquanto ela dava conselhos sobre questões teatrais. Gostava das duas e, em especial, da exuberância de seus planos para o futuro. Aparentemente, pretendiam convidar o Green Bird para apresentar *Julie Vairon* ali no fim do verão, depois da temporada na França. As acomodações talvez ainda não estivessem prontas, mas tinham dado ordens aos operários para apressarem o serviço. Com isso Stephen achou uma boa desculpa para trabalhar com eles na colocação das vigas do teto. Na última tarde, vendo que Sarah estava observando, ele desceu e a levou para um passeio entre as árvores.

"Acho que você deve achar meio ridículo", observou, a respeito de seu trabalho físico. O que ela achava é que lhe ficava muito bem, ele estava com uma aparência muito melhor, sem nenhuma sombra no rosto. Ele contou, então, que Elizabeth estava grata pelos conselhos. "Era o que nos faltava, na verdade. Isso que você tem — a experiência do aspecto empresarial. Sei que Elizabeth pode parecer bastante despreparada, mas pode ter certeza de que está muito satisfeita."

Sarah não achava que Elizabeth era despreparada: conhecia bem esse tipo de mulher, que conta com a energia da própria competência, não tanto impaciente com os esforços menores dos outros, mas indiferente a eles. Sonia ia ser assim.

"Você acha que Elizabeth e Norah pensam que estamos tendo um caso?", ela se forçou a perguntar, e ele imediatamente ficou vermelho. "Bom, claro, provavelmente, acho que sim. Mas não se preocupe com isso. Tenho certeza de que ela não se importa. Talvez até goste mais de mim por causa disso." E então, numa mudança de humor, até de personalidade mesmo, pois ficou de repente duro e raivoso, disse: "É uma mulher sensata, Elizabeth. Acho que nunca vi ninguém tão sensato. Ela não perde tempo com nenhum tipo de fraqueza". Uma pausa. Longa. Era muito pouco provável que fosse continuar. Mas disse, decidido: "Acho que isso é uma das coisas mais intoleráveis em minha vida: não poder conversar com a mulher com quem vivo há quinze anos do jeito que converso com você".

"Intolerável", ela disse: não estava acostumada àquela linguagem excessiva na boca dele.

"É, a palavra é essa mesmo, acho. Intolerável. Tem muita coisa que considero intolerável, e isso mais do que tudo. Acho que ela não conhece quase nada de mim. Se você está pensando: Mas ela não liga para você... bom, isso já é outra questão. Mas quando uma mulher que você conhece desde que brincavam juntos na gangorra não sabe absolutamente nada sobre você — é, sim, intolerável."

Ao partir, ela sabia que a separação seria só por uns dois dias, porque iam se encontrar no sábado em Belles Rivières.

Os três hotéis da cidade chamavam-se antes Hôtel des Clercs, Hôtel des Pins e Hôtel Rostand. Agora eram Hôtel Julie, Hôtel la Belle Julie e Hôtel Julie Vairon. Os proprietários consideravam pouco importante incomodar-se com a confusão nas reservas, cartas e chamadas telefônicas; só estavam interessados nos benefícios de estarem associados à filha ilustre da cidade. As reservas nos hotéis haviam sido feitas um mês antes da estreia de *Julie Vairon*. Para evitar mal-estares, a companhia fora distribuída igualmente entre os três.

A janela de Sarah dava para a praça principal, composta de casas que se fundiam numa paleta de cores pastéis, branco opaco e creme, cinzas suaves e terracota muito pálida, tão graciosamente marcadas pelo tempo (aparentemente muitas décadas) que só uma parede recém-pintada, um extremo do Hôtel la Belle Julie, brilhava, branca, o que explicava bem por que as autoridades preferiam o desbotado gracioso. O quarto de Sarah ficava na esquina do Hôtel Julie, e dele podia ver as janelas de um quarto no Hôtel la Belle Julie, também no segundo andar, que tinha uma sacada cheia de vasos de oleandros brancos e cor-de-rosa. Ali Bill Collins ficou deitado de sunga o domingo inteiro, e dali acenara um adeus para Sarah antes de deitar-se na cadeira de novo, braços atrás da cabeça. Os olhos escondidos atrás de óculos escuros. Entre Sarah e o jovem havia um pinheiro de casca áspera e avermelhada e aquele tronco grosso absorvia uma tal carga de desejo erótico que ela nem conseguia olhar, preferindo pousar os olhos num plátano que tinha um banco debaixo, onde brincavam umas crianças. Tentou não olhar mais para a perigosa sacada onde viu que Molly havia se juntado a Bill, numa cadeira ao lado. Não estava seminua porque sua branca pele irlandesa não podia ser exposta àquele sol. Relaxava num largo pijama azul, braços atrás da cabeça. Os olhos invisíveis, como os dele. Os dois tinham aquele encanto exibicionista e luxurioso de gatos que sabem que estão sendo admirados. Sarah abandonou-se à admiração dos dois, sentindo-se varada de dor. Não como uma dor de facas: era mais como espetos quentes, ou ondas de fogo. Havia tanto tempo não sentia ciúme físico, que teve de pensar: O que está acontecendo comigo? Será que estou com febre?

Estava envenenada. Um veneno feroz a devorava, a envolvia num manto de fogo, como os mantos usados na Antiguidade para envolver rivais, que não conseguiam mais separar o pano da própria pele. Não só a visão de Molly — igual a Bill, porque jovem — e o quente e áspero tronco da árvore, mas a textura granulosa de sua cortina, que captava uma luz pilosa como o sol sobre a pele, as sólidas curvas das nuvens banhadas na luz dourada do entardecer, o som de um riso jovem — todas e cada uma dessas coisas sugavam o ar de dentro dela, escurecendo-lhe a vista e deixando-a tonta. Sem dúvida estava doente; se isso não era doença, então o que seria? Sentia, na verdade, que estava morrendo, mas tinha de mostrar uma cara boa à noite e fingir que nada estava acontecendo. Não adiantava fingir para Bill, porém. Ao se encontrarem à noite, quando a companhia se reuniu à porta do Les Collines Rouges, a proximidade do contato físico não deixou de passar a informação de que ele correspondia à sensação dela e queria que ela soubesse. Roçou-lhe a face com a boca e murmurou: "Sarah...".

Sentaram-se todos na calçada, as mesas juntas, enquanto o céu ia perdendo a cor e o canto das cigarras soava mais forte à medida que o ruído dos carros e motocicletas diminuía, por não haver mais lugar para estacionar. Trinta e tantos da companhia — ingleses, franceses, norte-americanos, e combinações dessas pessoas, unidas por Julie —, que não queriam se separar. Pediram que a comida fosse servida ali na calçada e, depois de comerem, ali ficaram, bebendo na noite meridional que cheirava a gasolina, poeira, urina, óleo de bronzear perfumado e cosméticos, alho e óleo usado para as *frites*. Cem anos antes o cheiro teria sido produzido pelos aromas liberados pelo sol na folhagem, e pela poeira e pela comida preparada naquelas casas. Nessa noite, havia também o cheiro de poeira molhada: uma mangueira começara a jorrar um borrifo em arco debaixo do plátano.

Era interessante ver o que cada um fazia: ela trocava com Mary Ford olhares equivalentes a fofocas. Ela, Mary Ford, tinha a seu lado Jean-Pierre, não só porque tanta coisa dependia da publicidade, mas porque ele gostava dela. Diante de Bill sentava-se Patrick. Ele não tinha nada a fazer na França, uma vez que estava trabalhando em *Hedda Gabler*, mas insistiu que queria ver o que iam aprontar. Estava dramaticamente emburrado com a popularidade de Bill e com Sandy Grears, que não prestava a menor atenção nele, Patrick. Esses três formavam um triângulo desenhado com tinta invisível num mapa de emoções. À margem do grupo,

Sally e Richard, a bela negra e o calado e reservado inglês, conversavam calmamente. Sarah tinha tido o cuidado de não sentar perto de Bill, mas ao lado de Stephen, sentado num lugar de onde podia observar Molly. O fato de ele não se sentar ao lado de Molly era como uma aceitação de sua situação, o que trazia lágrimas aos olhos de Sarah, mas ela sabia que era por si mesma que chorava. As lágrimas andavam surgindo com demasiada frequência em olhos que, até *Julie Vairon*, raramente as tinham derramado. Stephen admirava a moça sólida, de pele sedosa, levemente sardenta, com olhos irlandeses cheios de bruma, sem dúvida tentando entender o segredo que a transformaria — e eventualmente já a tinha transformado — na flexível e ardente Julie. Quanto a Molly, dificilmente poderia deixar de notar que Stephen sentia atração por ela, mas não fazia a menor ideia das sombrias maluquices que o possuíam. Quando, por alguma razão, os olhos dele não estavam nela, Molly aproveitava para olhar pensativamente para ele. Stephen era um homem atraente. Bonito. Só ali, sentado entre tantos jovens cheios de vitalidade ele era submetido a comparações. Na verdade, Molly gostava bastante de Stephen, ou gostaria se não estivesse fascinada com Bill. Provavelmente, na vida comum Bill seria um jovem não mais convencido que o inevitável, com tal aparência. Hoje absorvia quentes raios de desejo como um painel solar e estava positivamente radioso, com uma autoconfiança complacente, que seria intolerável se debaixo dela não vivesse um garotinho ansioso que às vezes espiava por detrás daqueles olhos adoráveis. A companhia toda tinha consciência de que ao passarem na calçada as pessoas olhavam para trás para se certificarem de que aquele jovem era mesmo tão bonito quanto seus olhos diziam.

Sarah só olhava, a raiva crescendo como um câncer opulento e inexorável. Não sabia o que sentia mais, se raiva ou desejo. Pensava que, se aquele jovem não viesse até ela essa noite, provavelmente morreria, e isso não parecia um exagero de seu estado febril. Sabia que ele não faria isso. Não porque tivesse idade para ser sua avó, mas por causa da linha invisível desenhada em torno dele: *Não toque* — aquele ar sexualmente arrogante que acompanha um estágio muito mais jovem, o fim da adolescência, e que diz: "Não sou para vocês, seus sem-vergonhas, mas se soubessem do *que* eu seria capaz se quisesse...", um olhar acompanhado pelo riso rouco (mas silencioso) de desdém do adolescente, cheio de agressividade, desejo e dúvidas sexuais. Uma castidade impura. Seria por isso (por sua indisponibilidade) que ela o tinha colocado não em seu próprio hotel, mas no vizinho? Ela decidira que havia sido por orgulho ou mesmo certo senso de honra. Mas tinha colocado Molly no mesmo hotel de Stephen, murmurando consigo mesma algo como: *É justo,* querendo dizer que Stephen devia se beneficiar dessa estada no país de Julie mesmo que ela, Sarah, não pudesse. Mas se tivesse feito o que Molly evidentemente queria, a moça teria ficado no mesmo hotel de Bill. (Ela, Sarah, não havia distribuído os quartos, apenas enviado as listas de nomes aos hotéis.) Seria por ciúmes que havia feito isso? Acreditava que não. Primeiro, porque não havia nada que impedisse Molly (ou Bill — bela história!) de andar alguns metros até o hotel do outro. Afinal, ela tinha passado o dia na sacada dele. Mas o critério de Sarah tinha sido: Stephen deseja Molly mil vezes mais do que Bill jamais seria capaz.

Enquanto esses cálculos amorosos se desenrolavam, Sarah conversava e ria e contribuía em geral para o tom agradável da ocasião, e observava Stephen, o coração dolorido por ele e por ela mesma, sabendo que abrigava blocos ou associações independentes de emoções tão contraditórias a ponto de parecer impossível que pudessem conviver dentro da mesma pele. Ou cabeça. Ou coração.

Havia, antes de mais nada, o fato de estar apaixonada. Parece existir uma concordância geral de que estar apaixonado é um estado sem importância, até cômico. No entanto, poucos estados são mais dolorosos para o corpo, para o coração e — pior — para a mente, que ver a pessoa que ela (a mente) deveria governar comportando-se de modo tolo, até vergonhoso. O fato é, pensou ela, recusando-se a permitir que seus olhos pousassem em Bill, e forçando-se a conversar com Stephen, que estava feliz com aquela distração; o fato é que existe na vida uma área terrível demais até para se admitir. Pois as pessoas estão sempre apaixonadas, e nem sempre são amadas da mesma forma, ou ao mesmo tempo. Apaixonam-se por pessoas que não estão apaixonadas por elas como se isso fosse governado por alguma lei, e isso leva a... se o estado em que se achava não fosse rotulado com um inócuo "apaixonada", todos os seus sintomas seriam de doença real.

Dessa ideia ou região central partiam vários caminhos, e um deles conduzia ao fato de que o destino de todos nós, envelhecer, ou ficar mais velhos, é tão cruel que, mesmo gastando tanta energia em tentar evitá-lo ou atrasá-lo, de fato raramente admitimos essa fria e exata conclusão: *disso* — e olhou os jovens em torno — nos tornamos *isto*, um entardecer sem cor, acima de tudo sem lustro, sem brilho. E eu, Sarah Durham, sentada aqui esta noite, cercada sobretudo de jovens (ou de pessoas que me parecem jovens), estou exatamente na mesma situação das inúmeras pessoas deste mundo que são feias, ou estão deformadas ou mutiladas, que têm horrendos problemas de pele. Ou que não possuem essa coisa misteriosa, o *sex appeal*. Milhões de pessoas passam a vida atrás de feias máscaras, ansiando pela simplicidade do amor conhecido pelas pessoas atraentes. Não existe, hoje, nenhuma diferença entre mim e essas pessoas cujo acesso ao amor está barrado, mas esta é a primeira vez que me dou conta de que durante toda minha juventude pertenci à classe sexualmente privilegiada, sem jamais pensar nisso ou fazer ideia do que significava para mim. No entanto, por mais insensível ou frio que alguém seja quando jovem, todos, mas todos mesmo, acabam descobrindo como é estar num deserto de privação, avançando tão depressa para a velhice que é melhor mesmo nem se dar conta disso.

E no entanto, se isso é de fato tão terrível, tão doloroso, a ponto de fazer com que me sinta, sentada aqui, como um miserável fantasma antigo num banquete, por que é que durante duas décadas, ou mais, convivi contente com uma privação que só agora sinto como intolerável? A maior parte do tempo eu nem notava que estava envelhecendo. Não me importava. Estava ocupada demais. Minha vida era muito interessante. Se tivesse mais sorte (quer dizer, se não tivesse entrado no território de Julie), eu poderia ter convivido confortavelmente com algo semelhante a uma luz que vai enfraquecendo até se apagar por completo, ou a um fogo morrendo quase sem que se perceba, chegando à velhice verdadeira quase sem sentir a transição. Suponho que logo estarei curada dessa aflição e poderei olhar para trás e rir. Apesar de, neste momento, o riso ser uma coisa difícil de imaginar. Eu não seria capaz de esquecer o que estou sofrendo agora — seria?

Como posso ter sido tão dura? Quando era moça — e não tão moça —, os homens sempre se apaixonavam por mim, e eu tomava isso por natural, exatamente como Mary Ford sorrindo gentilmente para Jean-Pierre, exatamente como Molly *sendo doce* com Stephen, e como Bill, sentado ali com as mãos cruzadas na nuca, olhando as estrelas (não tão brilhantes quanto eram, com toda essa poluição — as estrelas de Julie eram com certeza muito mais brilhantes), sabendo que estamos olhando para ele, nossos olhos atraídos por ele sem que ele (aparentemente) se dê conta disso. Quando um homem olhava para mim desse jeito especial, olhos ardentes, acusadores, com agressividade, o corpo todo fazendo uma única e flagrante afirmação: *Quero você*, será que nesse momento eu lhe dedicava um único pensamento compassivo que fosse? E no entanto eu sabia como o amor é uma coisa terrível, e não há desculpa para o que fazia. Existe uma arrogância terrível ligada à atração física e, longe de criticá-la, na verdade a admiramos.

Era tarde. Na praça, os numerosos carros estavam se dispersando. Com a saída dos veículos, parecia até que as calçadas e os cafés e os hotéis ficavam mais altos que as montanhas, as estrelas, as árvores. As pessoas estavam se dispersando, relutantes, dizendo que tinham de ir para a cama cedo, que precisavam do seu sono de beleza.

Do carro do hotel, chegando muito tarde do aeroporto, desceram para a calçada vazia Henry, acompanhado de Benjamin Greenfield, o norte-americano que viera para dar uma olhada em seu investimento, ou melhor, no investimento de seu banco. Sarah já estava indo para o hotel (para o sono de beleza) quando Henry a alcançou depressa, dizendo: "Estou morrendo de fome. O avião atrasou. Tenho de comer alguma coisa. Você me acompanha?". Ela estava dizendo que já tinha jantado quando Benjamin Greenfield juntou-se a eles. Sarah já tinha falado com ele por telefone muitas vezes, longamente, e sentiu como se já se conhecessem. Ele também a convidou para uma ceia, mas ela tentou transformar a ceia num possível café da manhã. Henry estava ao lado deles enquanto a conversa transcorria, e de repente Bill estava a seu lado. Abraçou-a com um "Boa noite, Sarah. Quero muito falar com você amanhã sobre um problema com a minha farda". Ela o apresentou a Benjamin, que era o que o ator queria desde o começo. "Nosso patrocinador americano, este é um dos astros de *Julie Vairon*." Benjamin foi levado para a calçada à frente do café, as mesas agora quase inteiramente vazias. Sarah viu como Bill puxou, cheio de deferência, uma cadeira para o homem mais velho e sentou-se, inclinado para a frente. Sarah não quis cruzar o olhar com Henry: sabia que ele estava pensando, como ela: Que profissão cruel. Henry decidiu afinal que ficaria sem jantar. Stephen e Molly se aproximaram. Os quatro foram juntos para o hotel. Sarah parou no saguão, junto com Henry, e ficaram olhando enquanto Stephen levava Molly pelo braço para mostrar-lhe uma vitrine com fotos da Julie verdadeira, que podiam agora ser compradas não apenas como reproduções dos autorretratos, mas também na forma de lenços, pingentes e vários modelos de camisetas. Stephen e Molly estavam de costas para eles. Henry sorriu, irônico, para Sarah. Ela sorriu, irônica, de volta. Esse contato foi como um bálsamo para suas feridas abertas. "Show business", disse Henry, vigoroso, e completou: "E agora, vou telefonar para minha mulher. Um exercício de relatividade, o lance de nosso tempo. Ela deve estar pondo meu filho na cama". Dando um último sorriso a Sarah, subiu depressa as escadas, desprezando o elevador, enquanto Sarah escolhia o elevador, sem olhar para o saguão, onde sabia que Stephen estava arrumando todas as desculpas possíveis para prolongar seus momentos a sós com Molly.

Foi uma noite de sofrimento feroz. Estar apaixonada... é sempre sofrido, a menos que os beijos reais se igualem aos beijos imaginados. Como era odioso: ela não conseguia esquecer a imagem de Bill aproximando-se modestamente, abraçando-a, com um olho em nosso "Creso* norte-americano".

E se Bill aparecesse em sua porta agora? Não apareceria. Mas... paciência. Anos atrás, viúva, tinha passado meses, anos, acreditando que, se não podia mais ter a ele, seu querido e familiar marido, ao seu lado de noite, não havia mais por que viver. Isso logo se transformou em: se não podia dormir abraçada com um homem, então... Logo, e como era de se esperar, chegara a um estado em que dormir sozinha era uma bênção, uma graça, e nem acreditava que tão pouco tempo antes tinha chorado e sofrido por não ter um corpo de homem para acompanhar o seu. Depois disso, anos de serenidade. Assexualidade? Não exatamente, pois às vezes se masturbava, mas não porque ansiasse por algum parceiro específico. Ela aperfeiçoara a pequena atividade de forma que era cumprida rapidamente, como um alívio da tensão, mas sem prazer, mais com irritação pela falta de graça da coisa. Autodepreciativa também, porque o narcisismo que é parte tão ativa do erotismo não podia agora se alimentar das ideias de como era — como era agora: imagens de seus próprios encantos não podiam alimentar o erotismo como, só agora entendia, tinham alimentado um dia, quando se inebriava consigo mesma quase tanto quanto com o corpo masculino que a amava. Não podia tampouco ousar admitir as lembranças de como havia sido, porque estas traziam em si a seca angústia da perda — perigosa, pois será que queria

*Creso foi o último rei da Lídia, na Antiguidade grega, famoso por sua proverbial riqueza e generosidade. (N. T.)

viver acompanhada por múltiplos fantasmas de si mesma, como aqueles velhos que enchem a casa de fotografias de si mesmos quando jovens? Agora, em fantasias cuidadosamente controladas, era uma *voyeuse*, porque algum tipo de orgulho, expresso como escolha estética, a proibia de participar de cenas em que corpos jovens, de homens e mulheres — ou, de qualquer forma, corpos de mulheres e homens — atuassem como figuras centrais, como atores principais, mesmo quando auxiliados por personagens secundários, ambiguamente sexuados. As figuras que imaginava nunca eram de pessoas que conhecia: preferia não lançar mão delas. Esse panorama sexual tinha algo de ritual, de permitido, como parte da vida de algumas pessoas, ou de uma tribo, do passado (ou do futuro?), num local destinado ao fazer amor. Mas podia pensar nesse sexo quase como um sexo impessoal, em parte por sua não participação nele. Decerto tinha tanto a ver com o erotismo real e suas múltiplas submissões ao prazer, à celebração do macho e da fêmea quanto a goma de mascar tem com o ato de comer.

Onde estava agora a mulher cautelosa? Seu ente erótico havia se restaurado como se a porta jamais tivesse sido fechada. Acima de tudo, ela não se dividia mais. Suas fantasias eram agora tão românticas quanto na adolescência, e tão eróticas quanto na fase de "mulher do amor", e diziam respeito a ela mesma, agora, e isso porque, abraçada por Bill, sentira que o desejo dele por ela se anunciava com tanta força. Deitada, com a boca na boca de Bill, seu grosso pênis vermelho dentro dela até atingir seu pulsante coração. Luxúria e raiva a fustigavam em ondas, e a ternura absorvia ambas.

Podia senti-lo ali com ela com tamanha força que não dava para acreditar que não estava ali, que não bateria em sua porta. Assim os mitos e lendas de íncubos e súcubos haviam surgido: criados por essa ânsia poderosa. Duzentos anos antes, ela poderia facilmente acreditar que havia um demônio sensual em sua cama, um demônio todo vitalidade... Aquela vitalidade animal de Bill lembrava-a de quê? De fotos dela mesma, jovem, quando possuía exatamente a mesma robusta atração, a mesma fisicalidade animal e esplendorosa, arrogante e mesmo cruel em suas exigências para com quem olhasse — e desejasse. Se as pessoas se apaixonam pelo que lhes é semelhante (e isso se pode observar, todo dia), ela agora tinha, então, ao menos em parte, se apaixonado por aquela moça cujo porte de cabeça, calmo mas orgulhoso, os olhos olhando diretamente para o fotógrafo, afirmavam: É, eu sei, mas não ponha a mão.

Nem é preciso dizer que seu sono foi cheio de sonhos eróticos. O despertador tocou às oito horas e, quase imediatamente, Stephen ligou do quarto acima do dela, também acordado pelo despertador, contando que não tinha conseguido dormir, mas que tomara um sonífero de madrugada e finalmente sentia sono, se ela por favor podia acordá-lo mais tarde, digamos, às onze horas? "Afinal, eu não preciso encontrar com esse sujeito dos Estados Unidos, preciso?" "Achamos que você ia gostar de conhecer seu copatrocinador." "Claro que sim, Sarah, mas outra hora."

Vestiu-se com cuidado. Uma mulher de certa idade (e mais velha) precisa fazer isso. O que vestiu certamente lhe caía bem. Viu no espelho uma mulher bonita trajada de linho branco, com um ar orvalhado muito distante da aspereza competente adequada à sua idade real. Tudo por causa do elixir que corria em seu sangue. Seu corpo todo estava dolorido, mas não dava para ver. "Incrível", disse em voz alta, e desceu a escada depressa, porque seu estado impedia que se movimentasse devagar. Henry estava no saguão. Deu uma olhada rápida, mas depois seus olhos retornaram para examiná-la melhor, e aprovou o que viu. Trocaram sorrisos de companheiros de armas: se pensar em Bill era vergonha, raiva, veneno, Henry e sua saudável cumplicidade eram o antídoto. Ele ficou olhando ela sair: Sarah podia sentir seus olhos.

Benjamin estava esperando na mesa do café. Ela se sentou, desculpou-se pela ausência de Stephen. Interessante como tudo em torno daquele homem agradável, bonito de uma forma calma e sensata, repudiava a soltura do teatro e mesmo o ar de férias de Belles Rivières. Vestia calças brancas, caras, e camisa branca de linho, que preenchia bem, daquela maneira que parece dizer: Este aqui tem de tomar cuidado com a comida. Os cabelos — grisalhos, devia ter cinquenta anos — eram adequados à sua sóbria posição. Não havia naquele imaculado personagem uma fagulha sequer das excentricidades no vestir permissíveis na Europa, particularmente na Inglaterra. Estava à vontade, alerta a tudo o que ocorria em torno, que ainda não era muito, pois havia apenas umas poucas pessoas na calçada do café. Uma delas era Andrew, aparentemente observando os carros já rondando a praça em busca de uma brecha para estacionar. Os jeans desbotados e a camisa clara não eram diferentes do que qualquer membro da companhia poderia usar, mas no corpo dele evocavam horizontes. Era uma figura austera e solitária: no momento em que ela pensou isso, o garçom trouxe a ele um grande prato de ovos e presunto que começou a comer com gosto. Ele não viu que ela e Benjamin estavam ali, ou não queria vê-los. Se já é interessante ver quem se senta ao lado de quem numa companhia que está trabalhando junta, mais interessante ainda são os momentos em que um dos membros escolhe a solidão. Quando ela estava a ponto de voltar sua atenção para Benjamin, Andrew levantou a mão num gesto de saudação, sem olhar para ela.

Estava decidida a não levantar os olhos para a sacada onde podia ver Bill: a mera possibilidade de ele estar lá exercia uma tal força gravitacional sobre seu corpo que suas costas pareciam uma zona sensorial independente. Por cima do ombro de Benjamin, viu que Andrew virou a cadeira: estava agora olhando direto para ela. Será que esperava ser convidado à sua mesa? Mas era pouco provável que quisesse cortejar o rico patrocinador. De um lado, porque não era seu estilo, independente a ponto de ser belicoso, por outro, não precisava disso. A integridade é tantas vezes fruto do sucesso.

Benjamin estava contando a ela que seu banco, ou cadeia de bancos, investira dinheiro em seis peças ou, como dizia, empreendimentos teatrais. "Assumimos o financiamento de seis empreendimentos teatrais. Devo confessar que a sugestão partiu da esposa de nosso presidente. Ela tem interesse em arte. E de início não reagimos com a devida generosidade. Mas ela continuou insistindo e logo a ideia começou a ganhar força. Pelo menos não precisei de muito esforço para convencer a diretoria. Não temos esperança de ganhar muito dinheiro, essa não é nossa maior preocupação."

"Espero que não perca dinheiro com nossa peça."

"Às vezes, perdemos dinheiro em empreendimentos de risco, por que não perder com uma boa causa? Essa acabou sendo a nossa posição. De qualquer modo, minha função é financiar novos empreendimentos e isso não é assim tão diferente. E me faz viajar para lugares bonitos e conhecer gente bonita." Ele fez um ligeiro mas firme aceno de cabeça, naquele estilo norte-americano, como a batuta de um maestro: É aqui que você entra. No caso, ele queria enfatizar que o cumprimento era para ela. Agradeceu com um sorriso. Estava apreciando aquela manhã, conseguindo esquecer o estado em que se encontrava. Estava também intrigada. Na terra dela, aquele homem seria chamado de "homem de negócios", sempre com um ligeiro tom reprovador. Se fosse inglês, e precisasse se defender dos gentis preconceitos de sua nação, ele teria confessado qual era seu trabalho, mas estaria agora falando de seu hobby, da plantação de rosas ou da coleção de vinhos finos, insistindo que isso é que lhe dava real prazer. Benjamin, não precisando desculpar-se por nenhuma deficiência, falava com energia e prazer sobre o próprio trabalho. "Não fico sentado dentro de um escritório, felizmente; não quero que pense que..." Passava nove décimos de seu tempo envolvido com o dia a dia de novos negócios, alguns arriscados. "Há dez anos faço isso, de forma que já tenho uma boa coleção, e me orgulho de ter sido padrinho de alguns deles."

"Gostaria muito de saber", ela estimulou, pois, enquanto ele estivesse falando, os esplendores e misérias de sua própria condição ficariam sob controle.

"Então, o que me diz da ideia de uma fábrica de vidro produzindo cópias exatas de obras-primas do passado? Usando algumas técnicas antigas e algumas novas? 'Obras-primas do passado', esse é o nome do projeto. Olhe, na hora em que você vir uma daquelas coisas, vai querer para você, mas são caras demais a não ser para vitrines de museus. E os museus estão comprando — faculdades, escolas. Milionários... Acha exclusivo demais? Vamos para o extremo oposto. Temos outra fábrica que produz determinado componente. Tem mais ou menos um milímetro quadrado, mas vai revolucionar toda uma sequência de processos da tecnologia de computadores... mas devo confessar que não é tão estimulante." Na verdade, ela achava estimulante, mas não era essa a imagem que ele queria fazer dela. Ninguém espera que artistas se interessem por tecnologia. "Que tal a ideia de comprar uma casa toda mobiliada, completa? Com o jardim também — de qualquer estilo, um jardim de cactos, um jardim japonês, qualquer coisa. Quem sabe com a formalidade francesa. Ou um jardim campestre inglês... você pede, nós fazemos. Confesso que é preciso ter muito dinheiro para encomendar um dos nossos jardins." Ele contou essas ideias e outras mais, enquanto tomava rápidos goles de café da xícara que tinha sempre pronta na mão, como se tomar sua dose de cafeína fosse o item mais importante de sua agenda nesse momento. E o tempo todo olhava o rosto dela, contente de ver que estava interessada. Evidentemente, gostara dela. Bem, e ela gostara dele — palavras banais para processos misteriosos. Acabou sendo um jogo. Ele descrevia esta ou aquela ideia financiada por seu banco e ela demonstrava o grau em que se interessava, não necessariamente sincera, mas adequando-se ao que ele parecia esperar. Se você cede à maneira como a pessoa o vê, acaba aprendendo muito sobre essa pessoa. Logo estavam rindo muito mais do que seria de se esperar daquele encontro sóbrio e objetivo, em parte porque ela estava se receitando o riso como terapia, e em parte porque suas emoções estavam mais agitadas que uma maré forte numa piscina pequena. Quanto a ele, a alegria do teatro, o charme o tinham fascinado, e ele já estava enfeitiçado por Julie. As cadeiras à volta deles estavam agora todas ocupadas, sobretudo pelos membros da companhia, que sorriam diante daquela cena agradável, seu Creso divertindo-se com Sarah. O sorriso seco e analítico de Andrew parecia ter grudado em seu rosto enquanto observava abertamente os dois.

Então, exatamente quando Sarah estava dizendo a Benjamin que ele ia gostar do que veria no dia seguinte, pois era impossível imaginar o efeito da música encaixada na ação, deu-se um corte, uma ruptura: ele havia marcado o avião para Londres para essa noite. O que significava que não ia assistir *Julie Vairon*. Pensara que haveria um ensaio à tarde, mas ela explicou que era apenas um ensaio técnico em que os atores estariam simplesmente marcando seus lugares. "Então você vai embora sem assistir."

Por sua expressão, ele não parecia achar isso um desastre total como ela achava. Chegou a observar que tinha certeza de que iriam fazer tudo certo — uma piada, mas ela não riu. Ocorreu a ela que podia estar vendo as coisas um tanto fora de proporção. Viu Jean-Pierre do outro lado da praça, indo para o escritório. Pediu licença e disse para ele não sair do lugar, porque tinha de conhecer o lado francês da produção. Caminhou depressa na poeira debaixo do pinheiro e do plátano, a praça já seca outra vez, apesar de ter sido molhada na noite anterior. Parecia haver centenas de cigarras nas árvores, todas cantando alto. Alcançou Jean-Pierre, e explicou que estava fora de questão deixar o patrocinador norte-americano, que investira tanto dinheiro, ir embora sem ver a representação. Implorou a ele para inventar alguma coisa que detivesse Benjamin. Depois caminhou depressa, cheia de uma energia de que não dispunha senão quando apaixonada, até seu hotel, pois era hora de acordar Stephen.

Na sacada acima da multidão na calçada do Les Collines Rouges, um jovem deus, que sabia o que era, todo carne bronzeada de sol, brilhante, cabelos negros lustrosos, olhar ardente, estava parado entre as flores assistindo à caminhada de Sarah e esperando que o visse. Por sorte, ela só o viu no último momento, e seu aceno foi displicente. A mão que ele levantara com a palma voltada para ela, distribuindo bênçãos sensuais, caiu ao longo do corpo, rejeitada. Estava genuinamente ferido.

Ela subiu para seu quarto e telefonou a Stephen. Ele tinha acabado de acordar e sugeriu que ela subisse. Ela foi. Stephen entrou no banheiro e ela sentou num pequeno sofá, coberto de cretone campestre que combinava com o papel de parede florido, e pediu café. Sentia o coração leve, toda a sua miséria num outro país — o país da noite.

Foi até a janela e olhou para baixo, através das cortinas ingenuamente belas, para uma mesa onde se sentavam Bill e Molly. Em frente a eles, Sally e Richard. Desejou estar com eles. A vida grupal é como uma droga.

Sandy, o iluminador, ia passando, parou ao lado de Bill e entregou a ele algo que parecia uma fotografia. Bill olhou e riu, uma jovem risada sonora que ouvia a si mesma e se aprovava. Sarah jamais saberia o que era aquela foto, ou por que Bill a achara tão engraçada, mas a cena ficou tão fortemente gravada nela, por causa de seu estado, que sentiu que jamais a esqueceria. Henry passou pelas mesas, parando brevemente para cumprimentar a todos antes de dirigir-se ao fim da praça, onde, numa rua lateral, ficava o Museu Julie Vairon. Na noite anterior, ele havia dito que ia visitá-lo de manhã. Sarah viu Benjamin e Jean-Pierre saírem de uma loja e caminharem depressa atrás de Henry. Stephen saiu do banheiro e parou ao lado dela, olhando para baixo, para Molly, evidentemente. Sarah e Stephen ficaram lado a lado, olhando Molly e Bill, que agora fingiam disputar a posse da foto.

"Cruel", observou Stephen afetando indiferença.

"Cruel, mas nada comum", ela concordou.

"Mas cruel de qualquer forma. E eu não ligo a mínima para essa Molly, não mesmo."

Ela citou:

Você acredita que é por sua causa, jovem convencido,
Que à noite eu choro?
É mais porque tantas vezes disse
Não, não, não, exatamente como você agora,
Achando que toda a minha vida
Seria de amanheceres e beijos doces e quentes.

"De quem é? Algum romano menor? Mas ela não me disse um não. Eu não ousei pedir. Enquanto isso, vou de mal a pior. Noite passada, tive de me conter para não escrever uma poesia."

Sarah resolveu não contar que os versos que dissera eram resultado da noite em claro.

As autoridades municipais, ou talvez os donos do café, resolveram que esse era o momento de ligar os alto-falantes. A música vinha do pinheiro e devia incomodar as cigarras. A música trovadoresca de Julie, ou seja, as canções de amor, encheram a cidade e fizeram vibrar cada molécula do corpo de Sarah.

"Que coisa extraordinária", disse Stephen. "Ela toma conta da gente."

"'Música é o alimento do amor.'"

"Alimento disso?", ele falou, exatamente com a mesma mistura de irritação e desejo que ela sentia.

Grupos de pessoas se deslocavam pela praça na direção do museu. Dentre elas Molly e Bill, Richard e Sally. Henry estava junto. Tinha reaparecido e estava conversando com Jean-Pierre. E onde estava Benjamin? Sarah explicou a Stephen que era indispensável segurar Benjamin na cidade para uma apresentação pelo menos. Mas Stephen disse que não via por que forçar o norte-americano a ficar contra a vontade. "Ah, mas não será contra a vontade. E você não entende dessas coisas. Vocês patrocinadores ricos têm de ser mantidos alegres e felizes porque vamos precisar de vocês de novo no ano que vem. Sem falar do ano seguinte."

"Felizes!"

"'Não se pode brincar com a felicidade'", Sarah citou.

Desceram para a manhã quente, os fedores e perfumes do Sul, o zumbido do tráfego e a música de Julie. Passearam, rindo por bravata, em torno da praça, ambos meio bêbados pela combinação de todos esses estimulantes, e viram Henry e Benjamin se aproximando. Bill e Molly juntos debaixo do plátano.

Stephen parou, incapaz de prosseguir. Essa manhã, parecia um velho miserável. Pior, havia algo frívolo ou fátuo nele. Ela mal podia acreditar que era o mesmo homem forte e impressionante que havia visto em seu próprio ambiente. E provavelmente ela, Sarah, também tinha um ar tolo e patético.

Pegou o braço dele e continuaram andando.

"'Nem um deus apaixonado consegue ser sábio'", disse Stephen.

"É de quem? Eu passo. Mas: 'Quem ama, tem raiva'."

"Byron", ele decifrou na hora.

"'Oh, lírico amor, meio anjo e meio pássaro e todo maravilha e selvagem desejo'", disse Sarah, olhando os dois homens que vinham na direção deles, Henry diminuindo visivelmente o passo para acompanhar o ritmo de Benjamin.

"Browning", disse Stephen.

"Browning, isso mesmo."

"'E acima de tudo evitaria a cruel loucura do amor, o mel de flores venenosas e as dores sem medida...', mas em meu caso isso está longe da verdade."

"Quem senão...?" Bill e Molly aproximavam-se agora. Ela começou a rir: "'Ele vem vindo, ele que é meu, meu doce'", zombou de si mesma, e olhou para Stephen para que ele completasse o verso.

Ele disse, sem rir "'Por mais leve que fosse um passo...'".

"'Meu coração ia ouvir e bater...'"

Henry e Benjamin pararam na frente de Sarah e Stephen, ouvindo, enquanto o casal continuava trocando citações.

Stephen: "'Fosse terra num leito terreno...'".

Sarah: "'O pó que restasse de mim inda a ouviria...'".

Bill e Molly chegaram. Agora estavam os quatro diante de Stephen e Sarah. Foi Bill que demonstrou no rosto uma rica e irreverente apreciação. "Tennyson", murmurou, como um menino na sala de aulas.

"Tennyson, exatamente", disse Stephen. "'Mesmo que por séculos estivesse enterrado...'"

Bill interrompeu, olhando diretamente para Sarah: "'Despertaria tremendo sob os pés, Florescendo em púrpura e vermelho'".

"Que bobagem gloriosa, maravilhosa", disse Sarah, num ataque de riso, enquanto Bill lhe dava um sorriso íntimo e encantador, dizendo entender por que ria tanto e que concordava com ela.

Benjamin observou, judiciosamente: "Acho que, se é bobagem ou não, depende de se estar ou não apaixonado".

"Eu diria que isso é um resumo preciso da situação", disse Stephen. O olhar que deu para Molly fez com que ficasse vermelha, depois sorrisse e virasse o rosto. Ele insistiu: "'O tempo estava longe, em algum outro lugar'".

"'Não adianta, meu doce amor, não adianta, meu encanto'", disse Sarah, muito ríspida.

Benjamin pegou Sarah pelo braço e disse: "Sarah, seu cúmplice Jean-Pierre me convenceu a não assistir o ensaio técnico desta tarde. Muito gentilmente ele vai me levar para visitar o castelo dos possíveis parentes de Julie. Só que o rapaz a recusou, pelo que ouvi dizer. Um jovem não muito honrado".

"O palácio Rostand", disse Sarah. "É lindo. E isso quer dizer que vai estar conosco amanhã."

Ele hesitou. Tinha decidido ir embora, mas não conseguiu resistir àquele momento, à convocação brincalhona dela e, sem dúvida, à música, cantando o amor pela cidade inteira. "É, vou ficar para o ensaio geral amanhã. É o que você quer, não é?"

"É o que eu quero, sim", disse Sarah, rindo diretamente para ele, excitada com aquele excesso de tudo e sabendo que estava se comportando como uma menina. Inadequada. Ridícula. Nesse momento, ela não se importava com Bill, parado de um lado, divertindo-se com a maneira como ela estava sendo tão impiedosamente charmosa com o banqueiro.

Stephen e Sarah então continuaram devagar, e os outros ficaram parados, ouvindo os dois prosseguirem com o jogo.

"'É bom amar em grau moderado, mas não é bom amar à loucura.'"

"Só Deus sabe. Quem?"

"Plauto."

"Plauto!"

"Tive uma ótima formação, Sarah."

"'Ouvi as sereias cantando, uma para a outra. Não creio que cantem para mim'", disse Sarah, certa de que ninguém havia dito essas palavras num tal deserto de desolação.

"Mas elas estão cantando para mim, essa é a questão", disse Stephen.

Haviam chegado à pequena rua onde ficava o museu. As casas tinham todas os tons de uma falésia de giz, cinzentas, pálidas, lavadas, as venezianas, um dia marrons brilhantes, desbotadas em um tom de bege manchado e escamado, como chocolate que ficou esbranquiçado. Os telhados — no mesmo padrão de telhas usadas pelos romanos, entretravadas em ondulações rígidas — eram das cores do solo da região, ferrugem e sanguíneo e laranja esmaecido. As sacadas brilhavam contra esse fundo discreto, cheias de vasos de gerânios e jasmins e oleandros, e abaixo delas, ao longo de um dos lados da rua, uma linha de vasos de todos os tamanhos e formas, todos floridos. A rue Julie Vairon parecia decorada para um festival em honra de Julie.

O museu, que tinha menos de um ano, ficava numa casa onde se acreditava que Julie havia dado aulas, apesar de ser absolutamente possível que tenha sido na casa vizinha. Não importava. De cada lado da entrada havia limoeiros brilhantes em jardineiras verdes recém-pintadas. Do lado de dentro da porta, uma mão estava virando uma placa onde se lia: "Aberto". Henry e os outros tinham voltado à praça porque haviam encontrado o museu fechado. Era uma porta grande, uma mera folha de vidro e aço na parede de pedra de meio metro de espessura, que levava ao andar térreo da velha casa. Uma dúzia de vitrines guardava cuidadosamente objetos agrupados. Numa delas, pincéis e crayons, desenhos inacabados, um metrônomo, partituras. Em outra, um lenço amarelo de seda e ao lado dele luvas pretas de tecido, muito gastas. As luvas pareciam ter deslizado naquele momento das pequenas mãos de Julie, e Sarah ouviu Stephen prender a respiração. Estava com o rosto branco. As luvas eram vivas; ali estava Julie, sua pobreza, suas tentativas de conforto, sua coragem. Seus diários estavam detrás de vidros, junto com cartas dirigidas principalmente a clientes a respeito de partituras, ou marcando poses para retratos. Nenhuma carta à mãe havia sobrevivido: seria possível que madame Vairon as tivesse levado consigo e elas tivessem morrido também na lava do monte Pelée? Nenhuma carta de Julie a Paul ou a Rémy, apesar de ser pouco provável que essas cartas tivessem sido destruídas. As cartas de Paul e de Rémy haviam sido agrupadas em livros e ali estavam, empilhadas, prontas para serem consultadas por biógrafos. As de Paul eram longas, desesperadas e incoerentes de amor, e as de Rémy, longas, meditativas e apaixonadas. Aparentemente, Philippe não lhe escreveu cartas. Mas também ela o via quase todo dia.

As paredes estavam cobertas com seus desenhos e quadros, muitos retratando a ela mesma e à casa. Os autorretratos não eram de forma alguma favoráveis. Em alguns chegava a caricaturar-se como jovem dama, vestida para dar aulas em casas como aquela. Poucos a mostravam negra e brilhante, com roupas como as que usavam as criadas da casa de seu pai, fartas saias coloridas, blusas de babados, bandanas. Ela se retratara como árabe, de véu transparente sobre a parte inferior do rosto, olhos convidativos — quadro reproduzido no pôster de Queen's Gift que havia perturbado Stephen. Mais velha na época de Rémy, seus autorretratos a mostram como uma mulher capaz de tomar seu lugar àquela mesa, ombros nus e colo moldado em renda, mãos passivas pousadas no colo — uma dócil feminilidade. O desenho da bacante nua tinha seu lugar numa parede lateral, não visível de imediato ou facilmente, como se as autoridades houvessem decidido que tinha de estar em algum lugar, mas sem chamar atenção. Mas a Julie que ela própria e a posteridade haviam escolhido havia sido desenhada e pintada infinitamente, em aquarelas e pastéis, em carvão e a lápis: a moça crítica, feroz e arredia, e a mulher independente estavam não só nas paredes, mas podiam também ser compradas na forma de cartões-postais.

A filhinha também estava ali, uma criaturinha com os olhos negros de Julie, mas, como se não tivesse morrido. Julie a retratara em diversas idades da infância e mesmo crescida, pois havia retratos duplos de Julie quando jovem com a filha, uma garota encantadora — as duas parecendo irmãs; e de Julie na meia-idade, com uma menina como ela própria, jovem.

E ali, ao lado de um desenho de um frágil bebê todo olhos, sozinha debaixo de um vidro, havia uma boneca, com um cartão pregado nela, escrito na caligrafia de Julie: *Sa poupée*. Não era muito mais que uma sugestão de boneca, só uma trouxinha de couro branco, a cabeça careca e costurada no cocuruto, como uma sutura. Não tinha olhos. Mas aquele farrapo de boneca tinha sido amado até a morte: o couro estava gasto e o retalho vermelho do vestido, rasgado.

Stephen e Sarah ali ficaram lado a lado e choraram, incapazes de se conterem e sem ao menos tentarem.

"Eu *nunca* choro", disse Sarah. "É essa maldita música amaldiçoada."

"Tempo de chorar e tempo de rir", disse Stephen. "Não aguento mais esperar o tempo de rir. Pelo amor de Deus, vamos sair daqui."

Saíram para a rua, ruidosa com a música e o rugir das motocicletas. A companhia estava sentada às mesas do café, debaixo de guarda-sóis. Estavam fazendo uma brincadeira, numa imitação ou caçoada de Sarah e Stephen.

"'*Você precisa de amor*'", disse Bill, gravemente.

"'*Me basta sonhar*'", disse Sally. E Richard a seu lado cantou: "'*Sonhar, sonhar, sonhar*'".

"Olha, você tem voz", disse ela.

"'*Que comece a dor do amor*'", disse Mary Ford, soltando o verso no ar com um sorriso.

"'*Este é o momento certo, o lugar certo*'", disse Molly para Bill.

"'*Um dia a mais no Paraíso*'", cantou Bill.

"'*Você é minha tentação*'", disse Andrew para ninguém em particular, e acrescentou: "'*Te amo, amor*'", levantando um copo na direção de Sarah e depois, pensando melhor, na de Stephen também.

"'*Virando e revirando*'", disse Molly para Bill.

"'*Ob-la-di, od-la-da*'", Bill disse, sedutor, para Molly.

"'*Só quero estar com você*'", disse Sally para Richard, cantando em seguida, e ele cantou: "'*Tarde demais, minha hora chegou... sinto arrepios na espinha*'". Sally respondeu de volta: "'*Filho do homem, olhe o estado em que você está... Filho do homem, será que algum dia você há de vencer...*'". Richard pegou a mão dela e beijou, e as manteve entre as suas. Ela tirou a mão e suspirou. Ambos tinham lágrimas nos olhos.

"'*Você disse que me amava, só por delicadeza*'", disse Molly e perguntou a Bill: "'*Por que você me olha com esses olhos?*'".

Bill exclamou: "Deus me livre, *grandes bolas de fogo*!", e ficou muito vermelho, parecendo um menino de dez anos de idade. Levantou-se de um salto e disse: "Vou dar um mergulho".

Molly cantou, como se fosse o primeiro verso de uma canção: "Vou dar um mergulho porque estou tão apaixonada por ele". E riu alto, vendo que Bill se zangava. Bill esperou, para ver se as mulheres iam com ele, mas elas não se mexeram. Foi Sandy quem se levantou, dizendo: "Eu vou também". Os dois jovens se afastaram, e as mulheres caíram num ataque de riso, que soava raivoso, malicioso mesmo. Percebendo elas próprias aquele tom, controlaram-se. Um silêncio, no qual todos escutaram as multicamadas de ruído da pequena cidade.

Henry assistira, sem participar. Levantou-se, então, e disse: "Já chega. Sarah, Stephen — como podem ver não chegamos a seu nível". E brincando, cantou, bastante bem: "'*Fuja da realidade, abra seus olhos, olhe para o céu*'". Todos aplaudiram. Ele agradeceu com uma reverência. "Stephen, estava esperando você para dizer que acho que devia almoçar com o nosso patrocinador americano. Jean-Pierre mandou convidá-lo."

"É uma ordem?"

"É, por favor."

"Tudo bem. E Sarah tem de vir também."

"Acho que vou deixar por sua conta", disse Sarah.

"Insubordinação", disse Stephen. E pegou o braço de Sarah, enquanto Henry insistia: "Mas eu preciso de Sarah, preciso dela no ensaio". E agarrou o outro braço dela. Stephen soltou Sarah e disse: "Muito bem, onde é que devo encontrar o meu co-Creso?".

"Lá dentro. Ele disse que está quente demais aqui fora."

Stephen entrou no café, onde uma *jukebox* uivava e batia um ritmo. Saiu logo em seguida junto com Benjamin, sacudindo a cabeça como um cachorro que sacode a água das orelhas, sorrindo, mas com uma cara bem enjoada.

"Esse é o verdadeiro conflito de gerações", disse Sally. "Barulho. Eles têm tímpanos de aço, esses meninos."

"Vão ficar todos surdos", disse Stephen. Ele e Benjamin se retiraram para a calma do hotel.

Depois, finalmente, a companhia inteira saiu para um mergulho. No lugar onde antes Julie passeava com o seu mestre impressor nos jardins da cidade, havia agora um estacionamento, piscina, quadras de tênis, um café. Restavam algumas acácias sombreando os lugares onde se jogava o *jeu de boules*.

Sarah sentou-se com Henry debaixo de um guarda-sol e conferiram as palavras que deviam ser ditas pelos figurantes locais, traduzidas por Jean-Pierre. Uma comissão havia se apresentado a ele, protestando por não acreditar que seus avós tivessem tido a grosseria de dizer as coisas que Sarah escrevera para eles. Que estavam todas nos diários, "Temos de mudar o tom", ordenou Henry. "Senão, perdemos os figurantes. Estão trabalhando de graça. Pela glória de Belles Rivières."

Depois, subiram de carro até o teatro, deixando de lado o almoço. Os técnicos franceses estavam trabalhando com Sandy, fixando cabos e alto-falantes às árvores e também à casinha, frágil como uma casca de ovo. Num espaço aberto, perto da casa, havia cadeiras arrumadas em alas. Será que aquele espaço existia antes? Não, haviam cortado árvores, nogueiras e duas oliveiras. As cigarras cantavam por toda a floresta.

"Efeitos sonoros que não podíamos prever em Londres", disse Henry.

"Mas ela deve ter composto suas músicas ouvindo as cigarras."

"Será que as cigarras é que inspiraram a música? Pode ser verdade para algumas canções."

Nesse momento, Sandy veio pedir orientações a Henry e os dois se afastaram. Sarah sentou-se sobre um barranco de terra áspera debaixo de um carvalho-turco, aquele primo pobre dos magníficos espécimes do Norte. Henry logo veio se juntar a ela. Sentou-se, apoiando as mãos para trás, e observou todo o cenário que no dia seguinte se encheria de vida. Mas sem os ensaios necessários com o pessoal da cidade — o povo —, que teria apenas uma hora de reunião na praça da cidade, na manhã seguinte, para serem instruídos a observar George White e fazer o que ele fizesse. Henry estava muito ansioso. Ela o acalmou com piadas e a frase: "'Uma tonelada de preocupação não paga nem uma grama de dívidas'".

Ele retrucou o ditado com uma canção das paradas de sucesso. "'*Alegria! Nada de preocupação...*', conforme disse meu filho ontem à noite no telefone. Minha mulher e meu filho, os dois: 'Alegria! Nada de preocupação'." Ele comprimiu os lábios num não sorriso.

"Então sou eu que digo agora, vai dar tudo certo, e você vai se sentir melhor."

"Por estranho que pareça, funciona quando é você quem diz."

Logo depois um ônibus trouxe todo o grupo para o teatro. Sarah queria aproveitar o ônibus para retornar à cidade, mas Henry disse: "Vai me abandonar?" — de modo que ela ficou, nos retalhos de sombra de uma arvorezinha seca, ao longo do interminável ensaio que começava e parava e voltava atrás, enquanto os técnicos de som e luz trabalhavam com Henry. Os cantores não estavam cantando, apenas falando as letras, e os atores repetiam suas falas sem nenhuma emoção. Brincavam muito, para aliviar o tédio. Em determinado momento, quando o aparelho de som soltou um guincho e emudeceu, permitindo que se vissem os cantores e atores simplesmente mexendo a boca, as palavras quase inaudíveis, Bill repetiu a Molly as palavras que havia lhe dito antes:

O pó que restasse de mim inda a ouviria,
Mesmo que por séculos estivesse enterrado;
Ao sentir seus passos eu estremeceria,
Florescendo em púrpura e encarnado.

Feito um palhaço, ele fez uma pose, curvando-se para Molly, parada, frouxa, enxugando o suor e a poeira, abanando-se, tentando sorrir. De repente, no lugar do grave e belo jovem tenente ereto em sua farda invisível, apareceu um valentão, e ele terminou gritando os dois últimos versos para Sandy, que estava de pé sobre o que restava de uma parede da casa, o corpo inclinado para a frente, prendendo um grosso cabo elétrico preto sobre um galho. O jovem tinha um corpo de acrobata, que realçava com uma malha azul colante. Perfeitamente consciente de sua aparência, deu uma risada alta e igualmente anárquica, no momento exato em que isso tinha a capacidade de tornar todos os presentes, e toda moralidade e decência, inteiramente ridículos. Todos, os atores no palco — que era, de fato, apenas um espaço na frente da casa em ruínas —, os atores nas "coxias" (as árvores), os músicos e os cantores, riram, nervosos, mas estavam chocados. Bill olhou em torno. Não tivera a intenção de trair-se, apesar da intenção de chocar. Viu que todos olhavam para ele e para Sandy, que agora se equilibrava na parede, os braços estendidos, pronto para saltar e pular para o chão. Henry entrou em cena e gritou, brincando, mas com autoridade: "Então você resolveu fazer outra peça, Bill, é isso?". Bill respondeu, bem-comportado: "Desculpe, não sei o que deu em mim". E tentou abraçar Molly. Mas ela deu um passo para trás, sem olhar para ele.

Bill então lançou um olhar suplicante para Sarah. O que ela sentiu foi-lhe inteiramente inesperado: compaixão sem ternura, seca e abstrata como o olho do Tempo. O rosto dele, à luz do sol do meio da tarde, era uma máscara de linhas finas. Ansiedade. Naquele belo rosto, se ela o olhasse não como amante, mas com os olhos que adquirira vivendo muitos anos, havia, sempre iminente, uma tênue teia de sofrimento. Conflito. Estava lhe custando um alto preço, estava lhe custando demais, ao pobre jovem, aquela decisão de parecer um amante de mulheres, só de mulheres. Um amante de mulheres do jeito que os homens amam as mulheres. Ele gostava de mulheres, sim, com aquela sexualidade instantânea e natural dele; mas nada sabia dos grandes e prazerosos combates, antagonismos e equilíbrios do sexo, do grande jogo. Ela sentiu vir-lhe aos lábios as palavras de Julie: *Você não sabe nem o alfabeto. Apenas essas novas rugas sob os seus olhos sabem falar comigo.* Mas aquela súbita, rara, comovente contração do rosto dele ao se sentir ameaçado — aquilo não era nenhuma ruga nova. Certo tipo de compaixão é o começo da cura para o amor. Isto é, do amor enquanto desejo. A compaixão que ela sentiu era inteiramente desproporcional, igual àquelas emoções que circulavam em torno e a respeito de *Julie Vairon*. E não isenta também, por um momento, de certa crueldade: veneno e antídoto ao mesmo tempo. Um quadro de crueldade, de perversa piedade: Você está me causando toda esta dor, tão descuidado quanto um menino inexperiente brincando com explosivos, deixando que toda essa sexualidade que não admite sentir por sua mãe transborde para mulheres mais velhas — ah, sim, eu te vi hoje de manhã com Sally e a maneira como ela reagia a você. Você não apenas deixa acontecer, mas cuida para que haja muitos fogos. Pois então fico contente de ver essas rugas nesse seu rosto lindo... Aquele sentimento era feio, muito distante do olho equânime da compaixão. Ela sabia que era feio, mas não podia evitar, como não podia evitar a compaixão que o contrabalançava, igual à necessidade que se sente de abraçar uma criança fadada, por alguma razão, a ficar à margem do playground, olhando as outras crianças brincarem.

Chegou o ônibus que ia levá-los de volta à cidade. Mais tarde, nas mesas, decidiu-se tudo o que se devia fazer para o concerto daquela noite. Stephen disse que ia levar Benjamin; sim, no dia seguinte Benjamin assistiria à peça com sua música, mas a música de Julie sozinha era outra coisa e ele não podia perder. Andrew concordou, dizendo que sua vida tinha sido transformada pela música dela: todo mundo riu da incongruência daquela observação do gaúcho. Henry não precisava comparecer e resolveu ir dormir cedo. Sarah também. Os dois ficaram sentados ao entardecer, do lado de fora do Les Collines Rouges. Ele disse: "Vou te contar a história da minha vida, porque gosto da sua risada". Era uma história picaresca de um órfão adotado por uma família de gângsteres. Ele fugira deles, decidido a ser pobre mas honesto, e trabalhou em espeluncas até... ele observava o rosto dela para ter certeza de que estava dando risada. "...Então fui resgatado pelo amor de uma boa mulher e aí, *presto,* ou melhor, *voilà,* virei um famoso diretor de teatro."

"Acho que não vai me contar a história da sua vida."

"Pode ser... um dia."

"E onde é que sua mãe entra nisso tudo?"

"Ah, claro", disse ele. "Isso mesmo. Como é que você sabe?"

Ela sorriu.

"Há mães e mães. Eu tenho uma mãe. E você é uma bruxa. Como Julie." Ele já estava de pé, pronto para escapar.

"Então é fácil ser bruxa. Qualquer mulher do mundo teria diagnosticado uma mãe."

Ele se inclinou, olhos nos olhos dela, e cantarolou: "'*Ob--la-di, ob-la-da*'". E completou, agressivo: "Você não acha que a maior parte de nós tem mãe? E Bill, não acha que ele tem mãe?"

"Mais do que qualquer um de nós, eu diria."

"E Stephen?"

Ela ficou realmente chocada. "Engraçado, eu não tinha pensado nisso até agora."

"Hummm. É mesmo, *muito* engraçado. Boa piada, essa." Ele riu. "Vivendo e aprendendo."

"Por que é que não pensei nisso? Claro. Tenho quase certeza de que ele foi mandado para o colégio interno aos sete anos de idade. Sabe? Aqueles dormitórios todos cheios de meninos pequenos chamando a mamãe e chorando durante o sono."

"Estranhos costumes tribais, misteriosos para o resto de nós."

"Quando chegam aos dez, onze anos, mamãe é uma estranha."

"'*Amando uma estranha*'", ele cantou. Depois deu um salto e disse: "Mas estou contente de você estar aqui. Sabia disso? Sabia, sim. Não sei o que faria sem você. E agora vou telefonar para casa".

Quando os faróis do ônibus varreram a praça, ela subiu para seu quarto. Não queria encontrar Bill. Nem Stephen, nem Molly, pois aquele espelho de sua própria situação estava ficando penoso demais. Sentou oculta em sua janela, as luzes apagadas, e ficou olhando o movimento da praça, o grupo de atores sentando-se às mesas lá embaixo, rindo, conversando... vozes jovens. Stephen e Molly não estavam. Nem Bill, nem Sandy. Jean-Pierre estava oferecendo jantar e vinho a Benjamin. Ela foi para a cama.

Acordou, talvez porque a música foi, afinal, desligada. Silêncio. Não por completo; as cigarras ainda faziam seu ruído... não, não eram as cigarras. O esguicho havia sido deixado ligado, circulando seus jatos de água a noite inteira sobre a grama poeirenta debaixo do pinheiro, e o seu cri, cri, cri soava como uma cigarra. A lua era uma fina fatia amarela logo acima dos telhados da cidade. Poeira de estrelas, o odor de poeira molhada. Lá embaixo, na calçada diante do café agora fechado, duas figuras estendidas lado a lado em cadeiras bem próximas. Vozes baixas, depois a risada jovem e alta de Bill. Pela risada ela sabia que não era uma moça ao lado dele: ele não daria uma risada daquelas com Molly, com Mary — com qualquer mulher.

Sarah voltou para a cama e ficou acordada, atormentada entre os lençóis. O ar da noite era quente, porque a água sendo borrifada lá embaixo não ajudava muito a refrescar as coisas. Ocorreu-lhe que estava sentindo mais do que desejo: podia facilmente cair em prantos. Para quê?

Sarah sonhou. O amor é quente e úmido, mas não escalda, nem pica. Acordou como um corpo-fantasma — um corpo ocupando o mesmo espaço que o dela —, deslocado e separado, diminuindo. Um corpo-bebê empapado numa umidade quente e picante, cheio de um desejo tão violento que a dor que sentia se irradiava para seu próprio corpo. Virou-se, mordeu o travesseiro. O gosto seco do tecido de algodão deixou-lhe um gosto amargo na boca.

Deitada de costas na cama, viu uma luz vinda da rua traçar desenhos no teto do quarto. Os faróis de um carro tardio mergulharam em luz do dia o teto, todo modelado com sombras. Ouviu vozes no corredor. Uma era de Stephen, a outra, muito baixa, de uma mulher. Se se tratava de Molly, então boa sorte a ambos: essa bênção, ela sabia, era mais do que podia esperar.

Pelo jeito, seus olhos não estavam inteiramente limitados por aquele quarto mas ainda atentos ao sonho, ou a um outro sonho, pois havia um mundo de sonhos à sua volta e ela estava imersa neles, mesmo sendo ainda capaz de observar de fora essa imersão. Estava muito próxima daquela região onde vivia seu bebê interior. Podia sentir seu desespero. Sentir a presença de outras entidades. Viu uma cabeça, jovem, bela, de Bill (ou de Paul), sorrindo em autoestima, olhando num espelho, mas ela se virou com orgulhosa e sedutora lentidão, e não era a cabeça de um homem, mas de uma moça, uma bela moça cheia de frescor cuja qualidade mais notável e imediata era a vitalidade animal. A moça desviou o sorriso confiante e dissolveu-se de novo num homem. Sarah pousou as mãos na própria face, mas o que seus dedos tocavam era o rosto dela hoje. Debaixo daquela mascara (tão temporária) estavam as faces que tinha tido quando moça, quando menina, e quando bebê. Queria se levantar e ir até o espelho para se certificar do que existia ali, mas sentiu-se presa à cama pelo peso de corpos-fantasmas que não queriam vir à superfície e serem expostos. As cadeiras da calçada estavam vazias. A praça estava vazia. A pequena lua dura tinha sumido atrás dos telhados negros. O esguicho esquecido aberto girava, cri, cri, cri.

Havia palavras em sua língua. Estava dizendo: "...ultrapassando os estágios de sua idade e juventude, entrando no torvelinho... isso, isso, o torvelinho", disse Sarah, não muito certa de estar dormindo ou acordada. Estava mesmo sentada à janela? Estava, e plenamente desperta, mas sua boca dizia: "...estágios de minha idade e juventude, entrando no torvelinho".

Dissolveu-se no querer. Não se lembrava de ter sentido a agonia de desejo que a dominava agora. Com toda a certeza em seus tempos de paixão nunca havia sentido essa necessidade absoluta, peremptória, esse vazio que deixava oco o seu corpo, como se a própria vida tivesse sido tirada de dentro dela.

Quem é que sente esse grau de necessidade, de dependência, e quem tem de esperar desamparado por braços quentes e pelo momento de ser arrebatada pelo amor?

Quatro da manhã. A praça começaria a clarear dentro de uma hora, talvez. Tomou uma ducha. Vestiu-se demoradamente e, pronta para o dia, voltou à janela. Os topos das árvores ficaram rosados, e a luz se derramou sobre a cidade ainda despovoada. Uma velha desceu a rue Julie Vairon e entrou na praça. Usava um vestido de algodão de mangas compridas, branco, com estampa de pequenos buquês roxos, gola e punhos pretos. Os cabelos brancos amarrados num coque. Caminhava devagar, atenta a onde punha os pés. Com um lenço branco, limpou cuidadosamente a poeira do banco debaixo do plátano e se sentou. Ficou ouvindo o som do esguicho e das cigarras, quando começaram a chiar. Quando os pássaros se puseram a cantar, ela sorriu. Gostava de estar sozinha na praça. Não sabia que Sarah a observava de sua janela. A mãe dela também tinha, provavelmente, se sentado naquele mesmo banco, sozinha no amanhecer. E sua avó também, pensando coisas cruéis sobre Julie.

Sarah saiu do quarto e desceu as escadas. Ninguém ainda na recepção. Destrancou a porta principal do hotel e saiu para a calçada. Quando passou, sorriu para a velha, que acenou com a cabeça e sorriu de volta. "*Bonjour, madame.*" "*Bonjour, madame.*"

A casa de Julie na colina ficava a quase cinco quilômetros. Sarah caminhou devagar, porque o dia já estava quente. A poeira rosada se acumulava nos cantos do asfalto, avermelhava os troncos das árvores e a folhagem. Folhas tombavam, emaciadas pela prolongada falta de chuva. O sol surgiu sobre as montanhas e encheu os troncos ásperos dos pinheiros de luz vermelha, lançando sombras debaixo dos arbustos. A paisagem de Julie era dura, seca e austera, nada como as florestas da sua Martinica, onde o perfume das flores era pesado, embriagador. O que havia aqui eram os cheiros ativos de tomilho, orégano e pinho. O asfalto tinha terminado. Sarah caminhou por onde Julie caminhara, pensando em tudo o que a separava da mulher que morrera oitenta anos antes. Quando chegou à casa, o ar quente pegava-lhe na pele. Já havia dois jovens enfileirando cadeiras e catando os detritos do concerto da noite anterior. Aquele lugar aberto, cercado de velhas árvores, parecia o palco adequado para dramas antigos e inexoráveis, como se fosse surgir nele um ator mascarado para anunciar o começo de alguma lenda, em que as parcas perseguiam suas vítimas, em que os deuses trocavam favores em prol de seus protegidos. Era interessante imaginar a pequena história de Julie discutida por Afrodite e Atena. Sarah passou pela casa de Julie, agora sobrecarregada de cabos e alto-falantes, pensando no porquê de imaginarmos sempre essas duas deusas como duas prepotentes diretoras de escola, discutindo a propensão à desordem de uma jovem qualquer. ("Ela podia melhorar muito se quisesse.") Mas se Julie não era uma "mulher do amor", o que seria então? Ela tinha incorporado essa qualidade, reconhecível à primeira vista por qualquer mulher, e sentida imediatamente pelos homens, de uma sedutora e impiedosa feminilidade que torna imediatamente irrelevantes quaisquer discussões sobre moralidade — sem dúvida, seria esse o argumento de Afrodite? Mas a mulher que havia escrito os diários, de quem seria filha?

Vou lhe dizer uma coisa, Julie, dissera Julie a si mesma, uns noventa anos antes de Sarah se afastar devagar da casa dela em direção ao rio naquela manhã quente, *se você se permitir amar esse homem, será pior para você do que foi com Paul. Porque este não é só um rapaz bonito que só se enxerga refletido em seus olhos. Rémy é um homem, mesmo sendo mais jovem que eu. Com ele estarão todas as minhas possibilidades como mulher, para uma vida de mulher, trazida à vida. E então, Julie? Um coração partido é uma coisa, e você já passou por isso. Mas uma vida partida é diferente, e você pode escolher dizer não.* Ela não disse não. E quem foi, qual foi a Julie que disse à outra: *Bem, minha querida, você não imagina que se escolher o amor não terá de pagar por isso?* Mas não foi a filha de Atena que disse: *Componha sua música. Pinte seus quadros. Mas, se escolher isso, não estará vivendo como vivem as mulheres. Não posso suportar essa não vida. Não posso suportar este deserto.*

Pouco adiante estava o rio, com seus poços e suas cachoeiras rasas, e o banco que as autoridades municipais tinham atenciosamente providenciado para as pessoas que desejassem ficar contemplando o triste fim de Julie. Já havia alguém sentado no banco. Era Henry. A curva de suas costas sugeria desânimo. Ele olhava fixamente à frente, e não foi por surdez que não ouviu Sarah se aproximando. Tinha as orelhas plugadas no som. Um walkman no bolso. Com toda a certeza a música que ouvia era o mais distante possível de Julie. Sarah ouviu um pequeno ritmo frenético, depois um uivozinho selvagem, ao se sentar a seu lado e sorrir para ele. Henry tirou os fones e quando a música, não mais dirigida para o seu cérebro, girou em torno dos dois, ele desligou a máquina, envergonhado. Cantou para ela: "*Conte-me o que significa o amor para você, antes de me pedir que te ame*" — palavras de Julie, mas numa melodia que ela não conhecia, visto que não era habitante do mundo em que ele entrava ao plugar os fones no ouvido.

Ele lançou a cabeça para trás e uivou, como um lobo.

Ela sugeriu: "'*Estou uivando para a lua, pois nesta noite de junho estou pensando em você... Em quem? em você-ê*'".

"Nada mau. Foi quase."

"Passou a noite toda aqui?"

"Mais ou menos."

"Mas sabe que vai dar certo."

Ele cantou: "Passou a noite inteira aqui, mas sabe que vai dar certo". E disse: "Sei, sim, mas será que acredito?". Abruptamente separou as pernas e os braços, depois, achando intolerável a posição, cruzou a perna esquerda sobre a direita, depois a direita sobre a esquerda, e cruzou os braços, apertados. Um respingo luminoso cobriu seus rostos com uma camada úmida e fresca. O rio corria depressa entre as árvores da floresta, sobre pedras avermelhadas e laranja, fazendo pequenos redemoinhos e correntes, deixando manchas de espuma rosada nas plantas que oscilavam à beira d'água. Acima da cachoeira havia um grande poço, onde a água era escura e parada, a não ser no ponto em que o fluxo principal nele se lançava, traindo-se numa turbulência rápida que lançava todo o corpo de água contra as margens rochosas, respingando ao cair num outro poço, onde chiava como calda de açúcar fervente entre pedras negras. Não era um poço profundo, mas era o famoso redemoinho que tinha afogado Julie e — segundo alguns moradores da cidade — também o bebê de Julie. (Como podiam dizer uma coisa dessas? Não tinha havido a declaração do médico e o atestado dele? Mas, quando as pessoas querem acreditar em alguma coisa, acreditam.) Abaixo desse poço traiçoeiro, depois de um suave declive entre as pedras, havia outro, grande, escuro e parado, a não ser no ponto em que a água vertia-se para dentro dele. Era o poço em que Julie vinha nadar, mas só à noite, quando, dizia, podia enganar os curiosos.

"Afogar-se ali deve ter exigido muita força de vontade."

"Ela devia estar drogada."

"Ela não fala nada de bebida nem de drogas nos diários."

"Será que contou tudo nos diários?"

"Acho que sim."

"Então volto à minha primeira interpretação. Quando li a peça não acreditei no suicídio."

"Quer dizer que concorda com o povo da cidade? Eles achavam que ela foi assassinada."

"Talvez por eles mesmos."

"Mas ela estava a ponto de se transformar numa mulher respeitável."

"Exatamente por isso. Suponhamos que eles não gostassem da ideia dessa bruxa virar madame Mestre Impressor."

"Você continua achando que era uma bruxa."

"Sabe de uma coisa, Sarah? Eu sonho com ela. Se eu sonhasse com uma gostosona toda peitos e bunda, seria ótimo, mas não sonho. Sonho com ela no momento em que... em que não aguentava mais. Não aguentava mais nada."

Ela virou a cabeça para olhar o sorriso dele, amargo, um tanto raivoso, próximo do rosto dela.

"*Sex appeal* não é só peito e bunda", ela disse, devolvendo a vulgaridade.

Ele encostou-se no banco, deu-lhe um sorriso compreensivo mas ainda raivoso e disse: "Certo, admito que há certa verdade nisso. Claro que como um bom menino americano eu só devia ceder a ninfetas, mas está certo, você tem razão". Levantou-se, agarrou a mão dela e a beijou. Sua mão estava molhada dos respingos. "Sarah... o que é que eu posso dizer? Vou dormir um pouco. Se conseguir. Tenho ensaio técnico às onze. Roy vai ensaiar o povo. E tenho os cantores de tarde. Você vai estar aqui? Mas por que estaria?..."

"Se você quiser."

"'*De papo pro ar numa tarde de sol*'", ele cantou para ela. Depois tornou a enfiar os fones no ouvido e caminhou, ou melhor, correu, de volta à casa de Julie.

Ela foi até a beirada do poço abaixo da cachoeira. Um redemoinho, de fato. Julie deve ter ficado parada ali, olhando a água perigosa, e depois saltado. Não um grande salto, uns dois metros talvez. Dava para ver o fundo rochoso do poço, por entre os redemoinhos. Com toda facilidade ela podia ter caído de pé, depois tombado para a frente, talvez sobre aquela pedra, uma redonda, lisa, e se deixado sugar para além da pedra até o poço mais profundo. Se deixado afogar? Segundo ela própria, sabia nadar como uma lontra.

Sarah sentiu que devia virar a cabeça, e virou. Lá estava Stephen, ao lado do banco, a poucos metros, olhando para ela. Ela foi até o banco e sentou-se. Ele se sentou a seu lado.

"Todos levantamos cedo", ela observou.

"Não dormi. Deve dar para notar." Tinha as roupas amarfanhadas, o cheiro forte, e o rosto, uma máscara trágica. Mais uma vez, Sarah pensou: Nunca, nunca em minha vida senti uma coisa assim — é uma dor que se vê no rosto dos sobreviventes de catástrofes, olhando para você da tela da televisão. "Fui dar um passeio com Molly ontem à noite", disse ele. "Ela foi muito gentil em passear comigo. Passamos por diversas ruas. Estava muito escuro debaixo das árvores."

Ela podia imaginar. Uma rua escura. Ele mal enxergando a moça que caminhava a seu lado sob as árvores. Tinha havido aquela lua mesquinha. Os dois andavam de um retalho de penumbra para outro. Molly usando uma saia justa de algodão branco e uma camiseta justa. Padrões em preto e branco.

Sarah olhou a água correndo. Não aguentava a expressão do rosto dele.

"Incrível, não é? Quer dizer, o que acontece com o orgulho da gente. Ela me beijou. É. Eu a beijei." Ele esperou. Depois disse: "Obrigado por não dizer nada, Sarah". Ela então se virou cuidadosamente. Lágrimas escorriam por um rosto pesado de dor. "Não estou entendendo nada. O que se pode dizer de um homem de cinquenta anos que sabe que jamais lhe aconteceu nada de mais mágico do que um beijo no escuro com...?"

Sarah calou-se antes de dizer: Pelo menos você ganhou um beijo. Naquele momento, qualquer coisa que sentisse pareceria uma impertinência egoísta.

"Essas coisas todas eu perdi", ela ouviu, baixo. Uma brisa que vinha do rio levava embora as palavras dele. "Tive uma vida seca. Não sabia disso até... Claro que me apaixonei, não é isso que quero dizer." O vento, mudando de novo, atirou suas palavras sobre ela: "Que sentido pode ter alguém afirmar que o fato de segurar uma garota entre os braços é capaz de transformar em pó e cinzas tudo o que jamais lhe aconteceu?".

"Julie disse algo assim. A respeito de Rémy." Um silêncio, cheio do som da água. Pela segunda vez naquela manhã ela disse: "Afogar-se ali deve ter exigido muita força de vontade".

"É. Se eu estivesse aqui..."

"Você, ou Rémy?"

"Você não entende. Eu sou Rémy. Entendo tudo o que aconteceu com ele."

"Você foi irmão caçula? Você, Stephen?"

"Tenho dois irmãos mais velhos. Não quatro, como Rémy. Não sei a importância disso. O importante é que... o que eu poderia ter dito a ela para impedir que se matasse?"

"Quer se casar comigo?", sugeriu Sarah.

"Ah, você *não* entende. Essa é a impossibilidade. Ele não podia se casar com ela. Não com aquela pressão toda. Não se esqueça que ele era francês. Os franceses têm essa coisa com família. Nós também temos, mas não tão forte. Podemos nos casar com coristas e modelos — e isso é ótimo. Bom para evolução genética. Mas você alguma vez já viu uma família aristocrática francesa fechar posição sobre alguma coisa? E isso foi há cem anos. Não, era tudo inevitável. Era impossível Rémy não se apaixonar por ela. E até a morte. Porque ele a teria amado a vida inteira."

"É verdade", ela gritou, porque o vento tinha mudado de novo.

"Mas impossível se casar com ela."

"Engraçado como não falamos do tenente charmoso", disse Sarah, pensando em Bill e na vergonha que estava sentindo.

"Mas aquilo era só... paixão", ele gritou. Um silêncio. Ele disse: "Mas com Rémy era vida ou morte".

Ficou sentado, olhos fechados. As lágrimas brotavam debaixo de suas pálpebras. Deprimido. Mas a palavra indica uma centena de tonalidades diferentes de tristeza. Existem diferentes qualidades de "depressão", da mesma forma que de amor. Uma pessoa realmente deprimida, ela sabia disso por ter visto o estado de um amigo, não ficava como Stephen estava agora. Um deprimido fica sentado na mesma posição, numa cadeira ou no chão, num canto da sala, enrolado como um feto, horas e horas. Depressão não tem lágrimas. É como a morte, a imobilidade. Um buraco negro. Pelo menos, assim parecia a quem olhava. Mas Stephen estava vivo e sofrendo. Tomado pela dor. Ela o examinou cautelosamente, agora que podia porque ele estava de olhos fechados, e pensou, de repente, que devia ter medo de si mesma. Ela, Sarah, de maneira inteiramente inesperada, havia sido atingida por um raio vindo do nada, uma flecha do mundo invisível: tinha se apaixonado quando pensou que nunca o faria novamente. E o que poderia impedi-la de cair em aflição, como Stephen — de acabar na dor?

Pegou a mão dele, aquela mão sensível, útil, prática, e sentiu os dedos se apertarem em torno dos seus. "Bendita Sarah. Não sei como é que me aguenta. Sei que devo parecer..." Ele se levantou, e ela também. "Acho que tenho de dormir um pouco."

Foram até a beirada do poço perigoso e ficaram olhando. A água que respingou no rosto de Sarah era, em parte, lágrimas de Stephen.

"Ela deve ter tomado uma boa dose de alguma coisa."

"Foi o que Henry disse."

"É mesmo? Bom sujeito, Henry. Talvez esteja apaixonado por ela também. A julgar pelo que sinto agora não sei como todo mundo não está. É sinal de insanidade minha."

O sol queimava, apesar de ainda ser cedo. Quente, quieto e parado. Sem vento. O vestido de Sarah, que tinha acabado de vestir, já precisava ser trocado, molhado pelos respingos, colado a suas coxas. Ela fechou os olhos, absorta numa memória de um pequeno corpo quente e úmido, cheio de desejo.

"Que bom que a gente não se lembra da infância", disse ela.

"O quê? Por que você disse isso?"

"E ainda menos de quando se era bebê. Meu Deus, ainda bem que esquecemos isso tudo." Stephen estava olhando para ela de um jeito que nunca tinha olhado antes. Porque nunca tinha ouvido aquele tom na voz dela — raivoso e áspero de emoção. Ele não gostou: se ela não se cuidasse, era capaz de ele parar de gostar dela. Mas ela se viu num declive escorregadio e não tinha como se segurar. Contraiu-se como um punho para não chorar. "Eu *nunca* choro", anunciou, levantando-se e limpando as lágrimas da face com as costas das mãos. Devagar, ele estendeu a ela um lenço, um lenço de verdade, grande, branco e bem lavado — devagar por causa do choque que sentia. "Tudo bem", disse ela, "é a figura de Julie que é muito difícil. Nada tão forte quanto o que você sente, graças a Deus." Mas mal conseguiu dizer essas palavras e ele se levantou devagar, para investigá-la. Sarah achou difícil aguentar aquele olhar, aquele olhar que significa que o homem deu um passo para trás para examinar uma mulher à luz de outras mulheres, de outras situações. Pela primeira vez havia vergonha entre eles, e que se aprofundava.

E ele disse, com uma voz que ela jamais tinha ouvido: "Não me diga que está apaixonada por...".

Ela respondeu, tentando um tom leve: "Pelo galinho? Pelo belo herói?". Estava a ponto de confessar, de dizer: Estou, sim, quando a expressão dele a deteve. Estava tão decepcionado — e chocado, com certeza. Ela não ia aguentar aquilo e decidiu mentir, mesmo gritando internamente para si mesma: Mas você nunca mentiu para ele, é horrível, a amizade de vocês jamais será a mesma. "Não, não", disse ela, rindo, tentando mostrar convicção. "Que é isso, não é nada tão grave assim."

"Depois de tudo o que eu confessei, o mínimo que você pode fazer..." Mas isso estava longe de um convite amigável.

"Ah, não vou te contar nada", disse ela, leve, quase sedutora, quando na verdade o que queria mesmo era cair em prantos. Jamais tinha usado com ele aquele falso tom sedutor. E ele detestou, como ela podia ver.

Desceram pela trilha que levava até a casa e ao espaço que era ocupado pelo teatro, agora vazio, esperando pelos ensaios diurnos. Desceram entre as árvores. Ele a examinava disfarçadamente, e ela se sentia péssima por causa do que ele via em seu rosto. Sarah começou a puxar conversa, dizendo achar interessante que, enquanto Julie fazia ali seus desenhos e pinturas, a menos de cinquenta quilômetros de distância Cézanne estava pintando. O trabalho dela não surpreenderia a ninguém dos últimos quatrocentos anos, mas o de Cézanne era tão revolucionário que muitos críticos de sua época não haviam conseguido entendê-lo.

Ela esperava que Stephen embarcasse, para salvá-los, a ambos, daquele terrível embaraço, e ele embarcou, mas sua voz era dura quando disse: "Espero que ao dizer que Dürer não se surpreenderia com o trabalho de Julie você não esteja fazendo uma crítica".

Essa conversa, como tantas, só aparentava ser sobre o assunto visível na superfície.

"A menos que ele se surpreendesse pelo fato de a obra ter sido feita por uma mulher."

Ele bufou de desdém: "Agora você está mudando de assunto".

"Pode ser", ela disse, quase suplicante. "Mas não estava pensando em termos críticos, na verdade." Ele não disse nada. "Mas, se Julie tivesse visto o trabalho de Cézanne, acha que ela ia gostar?"

Uma pausa longa demais. Ele disse, mal-humorado: "Como podemos saber que ela não viu? Os dois estavam sempre por aí".

"Cinquenta quilômetros não é nada hoje. Mas naquela época podia ser um impedimento para um possível encontro dos dois."

Caminhavam depressa demais para a manhã quente, descendo a trilha poeirenta, as cigarras já chiando a pleno vapor. Não se lembrava de ter desejado antes o fim de um encontro com Stephen, mas era o que queria agora. Pensava, criticamente, consigo mesma: Tudo bem quando eu observo Stephen para ver o que ele está sentindo, mas não gosto quando ele me observa desse jeito.

"Acha que Cézanne teria gostado da música de Julie?", ela perguntou, depressa.

"Teria detestado", disse ele com a voz de um juiz dando uma sentença.

"Isso quer dizer que no fundo você detesta a música de Julie?"

"Às vezes, sim."

"'*Não posso suportar esta não vida. Não posso suportar este deserto*'", ela citou, desastradamente, pois não pretendia dizer nada no estilo.

E se fez então um longo silêncio. Stephen estava perguntando a si mesmo se poderia perdoá-la. E perdoou, dizendo: "Acho que eu nunca vivi num deserto".

Ela não conseguiu evitar dizer, estragando tudo outra vez: "Há pouco tempo, eu concluí que havia anos estava vivendo num deserto".

E mais uma vez ele se sentiu incomodado, desejando não estar ao lado daquela Sarah emocional e exigente. "Então não está num deserto agora?", perguntou, esperando uma resposta sincera.

Sarah andou mais depressa. Sabia que a conversa tinha deslizado para o caminho errado, mas tentou soar bem-humorada. "Acho que uma porção de gente vive num deserto. Pelo menos, aquilo que chamam nos atlas de 'Desertos Outros'. Tem o deserto de areia, o deserto real, o verdadeiro, como o Quarteirão Vazio, e 'Desertos Outros'. Um é absoluto. Mas 'desertos outros'... existe uma gradação."

Ele não disse nada. Estavam andando o mais depressa que podiam, mas se passaram uns bons vinte minutos desse desconforto antes que chegassem à praça da cidade. Ali, Stephen a deixou, fazendo apenas um aceno de cabeça, com um sorriso tenso, e saiu quase correndo para o hotel, onde desapareceu, com um ar de alívio no rosto e, também, um pequeno movimento quase furtivo das nádegas, que subitamente anunciaram a Sarah: Oh, *não*, ele acha que estou apaixonada por *ele*. Pois não existe mulher no mundo que não tenha visto, em algum momento de sua vida, um homem escapar com aquele exato arzinho secreto de alívio. Isso a atingiu como uma calamidade total, a pior de todas. O que podia fazer? Estava pensando: Esta amizade é mil vezes mais preciosa para mim do que estar apaixonada, do que o belo herói. Isso eu não posso aguentar. E agora está tudo perdido. Até hoje de manhã tudo entre nós era aberto, simples, honesto. E agora...

Em meio a essa aflição ocorreu-lhe um pensamento que piorava tudo: poucas semanas antes — que pareciam meses, ou mesmo anos — ela podia dizer tudo a Stephen. E dizia. Naqueles dias de verdadeira plenitude, antes de sua primeira visita à casa dele, podia ter revelado, rindo: "Estou apaixonada por um garoto bonito — e então, o que você me diz disso?". "Ah, não amole, Stephen, não é por você que estou apaixonada, não seja bobo." Mas agora... ambos haviam dado um largo passo para longe daquilo que tinham de melhor.

A calçada diante do café estava cheia. Sarah não queria

falar com ninguém. Mas Bill estava sentado com um homem meio gordo, moreno, lustroso, obviamente norte-americano, e sorriu e acenou. Ela estava a ponto de sorrir e ir embora, mas ele a chamou de um jeito casual e dominador, como se chamasse a própria mãe: "Sarah, onde é que você foi?". E disse para o companheiro: "É uma das minhas melhores amigas. Uma pessoa divertida de verdade".

Sarah grudou um sorriso no rosto e se permitiu sentar na ponta da cadeira. Dirigiu seu sorriso ao outro homem, que brilhava de satisfação em toda a sua superfície. Era Jack, contou Bill, que havia dirigido a última peça em que Bill trabalhara. Bill oferecia o quitute a Sarah como se estivesse oferecendo uma caixa de bombons. Mas também estava inquieto, pois sabia que tinha dado um passo errado. Por causa disso, Sarah sentiu pena dele: uma extraordinária mistura de emoções, emoções extravagantes, ridículas; e estava antipatizando violentamente com aquele Jack. Como se importasse alguma coisa ela gostar dele ou não.

"Estou viajando pelo Sul da França. Encontrei Bill a noite passada em Marselha. Ele me convenceu a vir e... *voilà*", disse Jack, tomando posse da França com uma palavra.

O encontro devia ter ocorrido muito tarde da noite — o ciúme mordeu-lhe a espinha quando esse pensamento a invadiu como uma onda. Bill ainda estava ali depois da meia-noite, se foi de carro até Marselha — ele junto com quem? — isso queria dizer... *pare, agora, Sarah.*

Bill sabia que ela sentia ciúme: os olhos dele revelavam isso e também que ele estava aliviado, porque, tendo perdido Sarah, por causa de sua familiaridade exagerada, estava novamente se apossando dela. Ele retomava seu equilíbrio, ela não. Mas ela pensava: Stephen, o que é que eu vou fazer? Não posso perder Stephen.

Levantou-se da beirada da cadeira e disse: "Desculpe, tenho um encontro marcado". Deu a Jack o sorriso que achou adequado e, ignorando Bill (cuja cara caiu), caminhou energicamente para o hotel. Enxergava através das lágrimas. Viu Henry, que estava saindo. Por sorte, estava contra a luz.

"Vai para lá depois do almoço?" Uma pergunta, sim, mas que mais parecia uma ordem.

"Estranho, o meu papel", disse Sarah.

"É verdade. Não está no contrato, eu sei. Mas é indispensável. *Por favor?*"

Decidida a não dormir, mas sim pensar em algum jeito de acertar as coisas com Stephen, ficou dando voltas no quarto, ou melhor, se arrastando e tropeçando, sem enxergar o que estava fazendo. Pensava: Não podia ter dito a ele: "É, estou apaixonada pelo belo herói". Seria imperdoável. E no entanto velhas aos milhares — provavelmente aos milhões — se apaixonam e se calam a respeito disso. Têm de se calar. Deus do céu, imagine só: por exemplo, um asilo, cheio de cidadãos idosos, ou, como se diz carinhosamente, velhinhos, metade deles secretamente enlouquecidos pelo belo galinho que dirige a ambulância ou pela linda cozinheira. Um inferno secreto, povoado por fantasmas de amores perdidos, de antigas personalidades... enquanto a outra metade faz suas piadinhas trocando olhares maliciosos. A menos que sucumbam também.

Não adiantava. Caiu no sono e acordou banhada em lágrimas.

Um táxi a conduziu àquela atmosfera sadia de gente trabalhando, porque ela não queria mais andar naquele calor.

Sentou-se debaixo de uma árvore. Henry veio até ela, e a música da última fase de Julie, alta e fria, apunhalou seus corações.

"Meu Deus, isso é tão bonito", murmurou ele com os olhos rasos d'água.

Ela disse, os olhos úmidos: "Engraçado como nos sujeitamos à música. Jamais questionamos que efeito pode ter".

Ele estava naquela posição do corredor antes da corrida, meio agachado, os nós dos dedos apoiados nas folhas secas para se equilibrar. Os olhos no rosto dela. Olhos que se poderia dizer expressivos.

"Você está falando com um homem que tem ouvido música pop quase o dia todo, desde os doze anos de idade."

"E vai dizer que não te fez mal nenhum."

"Como se pode saber se nos faz mal ou não?"

"Acho que pode nos deixar demasiadamente emocionais."

"É, pode ser. É." Ele se levantou e disse: "Obrigado por ter vindo. Eu agradeço muito". E afastou-se.

Ensaiaram então a música do primeiro período, longe de ser fria e altiva, e voltaram para a música da última fase, ambas acompanhadas pelo contínuo chiar das cigarras. Ouvir a música de Julie assim, desconjuntada, não na ordem de seu desenvolvimento, sem a segurança da progressão temporal, era perturbador, doloroso até, como se os cantores tivessem decidido ser deliberadamente cínicos. Por último, ensaiaram a canção:

Você não me ouviu quando eu disse que não viveria
Depois que você partisse,
Quando você partir levará minha vida...

A nota fazia uma curva na palavra *vida*, uma nota torta, como num blues. Uma questão, sem dúvida, interessante: na música indiana, árabe, na música oriental, pode-se dizer que todas as notas são "tortas", a nota rara é a nota “direita”. Mas na nossa música uma nota “torta” é como a mão que toca as cordas do nosso coração.

O ensaio terminou. Os quatro cantores ficaram juntos debaixo de sua árvore, enquanto os músicos cobriam os instrumentos. Por uns poucos momentos, o grupo manteve em torno de si a atmosfera da música, como se estivesse envolto na penumbra azul-dourada de uma luz de vela, as garotas em seus vestidos folgados de verão, os jeans dos rapazes transformados, por associação e sons, no azul cerúleo das roupas das pinturas religiosas medievais. Mas quando saíram de debaixo da árvore para a luz do sol, falando alto sobre duchas e refrigerantes, viraram gente que anda na rua ou espera na parada de ônibus. Uma limusine esperava por eles. Tinham atraído o jovem chofer para a agradável intimidade do teatro. Ele tinha o braço forte e moreno pousado sobre as costas do assento e virou-se sorrindo para as garotas que se acomodavam. “*Mademoiselle... Mademoiselle... Mademoiselle...*”, disse a cada uma das três cantoras, com o desembaraço de um francês, deixando que olhos ternos demonstrassem quanto as apreciava, e imediatamente as moças anglo-saxãs, carentes de galanteria, que já achavam muito um homem que estivesse loucamente apaixonado por elas dizer: *Você* está *bem*, irradiavam prazer como gatos acariciados, mesmo que fizessem pequenas caretas controladas para lembrar a si mesmas e uma à outra que não deviam se deixar levar por tamanha insinceridade. Ele murmurou um galante “*Madame*” para Sarah e então, sentindo-se incapaz de fornecer saudações individuais do mesmo nível a todo mundo, contentou-se com um aceno camarada para Henry e o tenorino, cintilando os dentes brancos num sorriso geral. Fez a manobra com um guinchar dos pneus. “*Voilà... allons-y... il fait chaud... très*

très chaud...", cantarolou, relembrando a todos que tinha esperado pelo menos meia hora em todo aquele calor, porque o ensaio demorou para acabar, não porque reclamasse daquilo que era seu dever, mas. "*Faut boire*", anunciou. "*Immédiatement. Vite, vite.*" E o carro voou, ou valsou, pela estrada traiçoeira, pipocando loucamente. Chegaram à praça em dez minutos.

Uma luz crepuscular filtrava-se através de uma nuvem alta e fina, tingindo as cores das casas, a areia, o giz, o cinza e o branco pardacento de ossos velhos reverberando como uma paleta completa. O muro do La Belle Julie não era mais uma superfície branca plana, mas demonstrava sua história nas modulações do reboco, reentrâncias e protuberâncias onde o rebrilhar da areia do rio se depositava nas dobras de juntas entre duas áreas de trabalho separadas talvez por décadas. O brilho leitoso foi ficando mais forte — o sol voltou a brilhar e o muro era de novo um brilho branco indiferenciado.

O ensaio geral estava marcado para as sete e meia, portanto ainda à luz do dia. A iluminação do espetáculo fora uma dificuldade desde o começo. As primeiras cenas deviam ser à luz de lâmpadas na sala de estar da Martinica, mas o sol que se punha brilhava nas cordas da harpa sobre as pranchas pousadas na terra rosada. O programa dizia: Martinica, 1882. Noite.

Havia uma dificuldade maior. Seriam trezentas cadeiras no espaço destinado à plateia, e parte delas devia ser ocupada por convidados especiais, sobretudo do lado francês da produção. Não haveria a plateia normal dos ensaios gerais, composta de amigos dos atores e da administração, pois nenhum deles era francês. Porém todos os assentos estavam ocupados uma hora antes de a peça começar e multidões de espectadores subiram da cidade, espalhando-se entre as árvores, à espera. Eram franceses, mas havia também muitos turistas, principalmente ingleses e norte-americanos. Ninguém esperava um tal sucesso com *Julie Vairon*, exceto talvez Mary Ford, que não estava dizendo: Eu falei! — mas agora que a coisa acontecia, ficava evidente que não poderia ser diferente. Jean-Pierre beijou a mão de Mary, depois sua face, muitas vezes. Foram valsando por entre as rochas, numa dança de vitória, enquanto Henry, Stephen, Sarah e o elenco os aplaudiam. Não havia lugares disponíveis para Sarah e os dois mecenas. Trouxeram mais cadeiras da cidade, colocadas entre as árvores.

Entre a multidão corriam murmúrios de insatisfação. Como podiam as autoridades — quer dizer, eles mesmos — ter sido cegas a ponto de não prever o inevitável interesse? Trezentos lugares? Absurdo! *Affreux... stupide... une absurdité... lamentable...* e mais. Ali mesmo se marcou uma reunião para o dia seguinte, no café da manhã, para discutir a popularidade de *Julie Vairon*. A cortina, por assim dizer, ia subir. Sentada onde estava, ao lado de Henry, Sarah sentiu a angústia dele vibrar em sua direção. Ele confessara ter passado mal a noite e por isso ela o encontrara sentado ao lado da cachoeira. Isso ele contou num murmúrio teatral, numa paródia de abatimento, mas seus olhos tinham a sombra da angústia por conta daquilo tudo. Ele tentou um sorriso, não conseguiu, agarrou a mão dela e a beijou. Seus lábios queimaram a pele dela.

Os músicos, acomodados com os cantores em sua pequena plataforma de pedra, começaram a introdução convencional, pois a música dessa parte era uma balada de câmara levada à Martinica junto com as partituras impressas, os vestidos bonitos e as revistas de moda exigidas por Sylvie Vairon, que deixara claro desde o começo, ou seja, desde a concepção de Julie, que, se a menina não ia ser reconhecida como filha legítima, tinha de estar pelo menos bem equipada para conseguir um bom marido.

Molly surgiu entre as árvores. Seu vestido branco deixava os ombros e o pescoço nus e os cabelos negros estavam trançados, presos com uma flor de jasmim. Sentou-se à harpa e tocou. Ou fingiu tocar: a viola fazia os sons adequados. Mas era ela mesma quem cantava: tinha uma bela voz, pequena, perfeita para a sala de visitas de uma jovem dama. Madame Vairon entrou em cena para ficar ao lado da filha, a grande negra magnífica num vestido de veludo escarlate. Depois, um grupo de jovens oficiais — George White e quatro jovens fornecidos por Jean-Pierre, que não tinham de dizer nada, só ficar por ali e reagir, todos belíssimos em suas fardas, curvando-se, um por um, para beijar a mão de madame Vairon. Paul entrou por último. Ele endireitou o corpo, voltou-se, viu Julie — a peça começou.

Henry não aguentou, levantou-se e atravessou a multidão em direção às árvores. Podia ser visto — Sarah o observava — andando de um lado para outro. Depois, virou-se para voltar ao seu lugar, mas era tarde demais, pois já estava ocupado por Benjamin, que acabara de voltar de uma pequena excursão pela região acompanhado pelo amigo de Bill, Jack Greene.

A balada sentimental terminou, e agora a música que acompanhava as cenas de amor entre Paul e Julie eram sem palavras. Assombrosa... sim, podia-se dizer que aquela música era assombrosa, uma palavra tão banal quanto as cenas de amor que estavam sendo representadas, nas quais nenhum movimento, nenhuma frase, nenhum olhar era novo ou podia ser novo. Todos ali — havia bem umas mil pessoas agora, e mais gente empurrava para tentar assistir — já tinham visto ou participado de cenas como aquelas. Era a música que tocava direto o coração, ou os sentidos. A multidão assistia em silêncio. Olhavam Julie com a mesma intensidade com que os cidadãos de Belles Rivières a tinham olhado cem anos antes. Os moradores locais ensaiados por Roy naquela manhã eram desnecessários. Nada podia ser mais poderoso que aquela multidão silenciosa. Então, quando as luzes foram se apagando lentamente, uma projeção de seis metros de altura, mostrando Julie quando jovem, surgiu numa tela que ficava atrás e acima da casa dela. Começou como uma imagem difusa, pois as luzes ainda não tinham se apagado, ganhando substância aos poucos e mudando depois: naquela tela, Julie envelhecia, até se tornar a dama confortável que Philippe cortejara, virando depois uma criança, a filha dela, ou ela mesma. Stephen cochichou no ouvido de Sarah: "Vou sair. Andar um pouco. Vai me fazer bem. Vou telefonar para Elizabeth e contar o que está acontecendo aqui. Quero ver que chance temos de uma temporada decente. Estávamos pensando em três ou quatro dias, mas olhe só isso". Ainda havia gente chegando por entre as árvores, e eles se imobilizavam quando a música os envolvia. Quando Stephen saiu de sua cadeira (Sarah achou que ele mostrava todos os sinais de um homem tentando escapar), Henry tomou seu lugar. Aproximou os lábios do ouvido dela e disse: "Sarah, Sarah, a vida é filha da puta, Sarah..., ela é uma filha da puta. Eu te amo". Isso tudo ele disse no ritmo da música, coisa que ficou teatral, absurda, e ambos deram risada. Mas ele tinha os lábios trêmulos. Todas as devidas ideias se acenderam em sua cabeça: Mas isso não tem sentido nenhum, é culpa do teatro, do mundo do espetáculo, não leve a sério. Mas, ao mesmo tempo, pensou assim: Esta é a terra de Julie: qualquer coisa pode acontecer. Velhas podem parecer jovens, uma garota irlandesa de olhos azuis e ombros redondos e sardentos pode virar uma moça esguia, brilhante, feroz como uma abelha, como nos contos de fadas. Estava abalada, oh, sim, mas conseguiu devolver para Henry, colado nela, um sorriso gentilmente divertido. Que hipócrita.

As cenas da Martinica estavam chegando ao fim. O sol já tinha ido embora, mas alguns raios arbitrários ainda se refletiam na fivela do cinto de Paul, no lenço em que madame Vairon soluçava, nos cabelos de uma das cantoras, que parecia se incendiar. Julie e Paul se afastaram da chorosa mamã, mergulhando nos padrões de luz e sombra da iluminação, que adequadamente indicava uma floresta, visto que a próxima cena era, de fato, ali. Detrás dos atores uma grande janela, para mostrar que a cena era dentro de uma casa e não — como poderia parecer a um olhar literal — ao ar livre. E agora se via uma pequena saleta, onde havia não apenas a harpa, mas também um alaúde, uma flauta doce, uma viola, com flautas e uma clarineta numa prateleira. Um cavalete, com um grande autorretrato em pastel, e uma mesa onde Julie escreveria seus diários foram trazidos pelos quatro jovens que momentos antes haviam sido os oficiais.

O rompimento com Paul, inevitável e talvez a parte menos interessante da história, veio logo, enquanto os cantores cantavam, assombrosamente, palavras que eram todas de Julie, mesmo que de diferentes anos e sobre dois homens diferentes, rearranjadas por Sarah, que, assim como Julie, meio que acreditava ouvir a música daqueles músicos de quase mil anos antes e saber as coisas que deviam cantar.

Por que não me disse o que é o amor para você
Antes de me implorar que te amasse, pois assim perdi
A chance que teria, pobre de mim, de levar
A vida que as moças normais
— Vocês, minhas irmãs? — sabem que levarão.
Não, não há pra mim a suavidade de um amor simples.
Isso o meu sangue duplamente me nega. Nunca para mim
[suave amor;
Você também sabe, como vejo em seus olhos.
E agora não posso dizer: "Diga-me o que é o amor para você".
Nunca para mim a suavidade de um amor simples,
Nunca para mim suave amor.

Houve um intervalo, bastante longo, enquanto Henry falava com os atores e cantores. A música e o canto tinham sido ensaiados para uma plateia de trezentos, não de muitas centenas. Na reunião do dia seguinte teriam de discutir se usariam amplificadores, o que, todos sabiam, transformaria aquela produção modesta em algo mais ambicioso. E a estreia era no dia seguinte, com tanta coisa a ser feita.

Durante esse primeiro intervalo, as pessoas cantarolavam as canções de Julie, e Henry fez uma incursão pela multidão, voltando com notícias de sucesso. E foi de novo, durante o segundo ato, voltando para dizer, satisfeito, que não havia um olho seco na plateia. Enquanto isso, de seu outro lado, Benjamin às vezes fazia um comentário ou outro, buscando um tom que pudesse não ser considerado inadequado, partindo de um leigo em teatro. E não eram. Todos eram pertinentes, e Henry os anotou. Benjamin estava contente também por ter sua participação nessa peça.

O segundo intervalo foi breve, mas durou o suficiente para toda a companhia ficar ansiosa.

O que eles, o público, iam achar da música da "segunda fase" de Julie, aquela música impessoal que contrastava tanto com as canções tristes que tinham ouvido antes? Mesmo não sendo emocional, por que essa música lhes trazia lágrimas aos olhos? Será que ela agia sobre alguma parte desconhecida do organismo, como um coração ou fígado incorpóreo? E o terceiro ato exigia muito da plateia: Julie sozinha, chorando a filha perdida. Julie no ostracismo. O programa dizia que esse tratamento fora escolhido em função da simplicidade dramática, e, de fato, a menina tinha dois anos quando morreu de "febre cerebral" — seja lá o que isso queria dizer. Vinha então o pretendente tão satisfatório e a perspectiva de felicidade — rejeitada. E muitos cidadãos sadios e sensatos haveriam de achar aquilo uma confirmação de que havia realmente alguma coisa errada com aquela mulher.

Quando a curva de um morro baixo finalmente absorveu os últimos raios de sol, todos foram mergulhados numa penumbra quente, a música terminando nas gélidas oitavas da morte de Julie, uma flauta soando, e depois o longo gemido da nota baixa de uma charamela. Imediatamente a noite se encheu do ruído das cigarras, o chiado indicando a hora do aplauso, primeiro esporádico, depois prolongado. As pessoas que estavam sentadas se levantaram para aplaudir freneticamente e, enquanto a multidão se dispersava, elas continuavam batendo palmas, gritando.

Alguma firma empreendedora, ao saber da grande plateia que iria precisar de transporte, havia trazido três ônibus, o máximo que cabia no espaço, que ficariam esperando.

Havia limusines para os membros da companhia: Bill acomodou-se com Sarah, Benjamin sentado do outro lado dela.

"Que sucesso maravilhoso", disse Benjamin.

"Você deve estar muito contente", disse Bill, e beijou a face dela com lábios sugestivos. Furiosa, ela se virou e o beijou na boca, um beijo de verdade, que ele aceitou com um sorriso meio chocado, meio deliciado, olhando embaraçado para Benjamin, que mantinha os olhos fixos à frente, aparentemente atento ao que lhe dizia o jovem motorista, afirmando que *tout le monde* adorava Julie, ela devia ser uma verdadeira estrela, e mal podia esperar para assistir à peça. Os aduladores habituais aos poucos foram mostrando aquele ar satisfeito, complacente, como se tivessem sido alimentados com línguas de cotovia ao mel.

Quando o carro chegou ao hotel ainda não eram onze horas. Stephen tinha deixado um recado para Sarah, dizendo ter falado com Elizabeth. Boas notícias. Podiam fazer uma temporada de pelo menos duas semanas em Queen's Gift.

A companhia espalhou-se pelas mesas nas calçadas, absorvendo turistas e moradores que tinham estado no teatro e pediam autógrafos com aquela determinação calma em conseguir seus direitos, ou seja, um pedaço da ação, do bolo, da propriedade, característica dos caçadores de autógrafos de um lado a outro do mundo. Os atores estavam inquietos, cheios de suspense. Pois mesmo um ensaio geral bem-sucedido ainda não é uma *estreia*, quando todas as cordas se retesam.

Molly saiu do hotel, mais tarde que os outros, e encontrou uma cadeira vazia perto de Bill. Ele imediatamente se curvou para beijá-la. Ela não correspondeu. Assim que o beijo terminou, Bill pegou sua cadeira e foi colocá-la ao lado de Sarah, murmurando: "Você está linda hoje".

Sally apareceu, procurando um lugar. Bill puxou uma cadeira e Sally acomodou-se nela, enquanto seus olhos procuravam Richard Service. Sally vibrava ainda com todas as emoções de ter sido a mãe de Julie, e o negro de sua pele brilhava de calor contra o vermelho do vestido. Bill sorriu carinhosamente para ela e a beijou, mas ela virou a cabeça para que seus lábios ficassem fora de alcance. Ela riu, uma risada toda tolerante, e dirigiu a Sarah algo não muito diferente de uma piscada. Seu sorriso era satírico, lamentoso. Depois observou atentamente Molly, que sofria, e desviou os olhos por delicadeza.

Bebeu então todo o copo de *citron pressé* de Sarah e disse: "Desculpe, querida, mas eu precisava disso". E anunciou: "Agora vou ligar para meus filhos e dormir meu sono de beleza". Tornou a se levantar. A onda de vitalidade continuava nela porque estava voltando a ser a mãe de filhos de verdade. Quando ia saindo, Richard Service chegou e os dois olhares se cruzaram numa concordância. Ela partiu, como um veleiro em pleno luar.

Roy Strether, Mary Ford, Henry e Jean-Pierre estavam tão embriagados do sucesso que não conseguiam ficar sentados, borboleteando em torno dos que estavam sentados, e, quando Benjamin chegou, sugeriram uma viagem às delícias da vida noturna de Marselha. Os olhos de Benjamin consultaram Sarah, mas ela também disse que precisava dormir. Lembrou a todos que tinham uma reunião às oito — tudo bem, então às nove. E afastou-se, com firmeza.

Viu que Bill arrastava sua cadeira para o lado de Molly. Se eu fosse Molly, Sarah pensou, simplesmente iria para o hotel dele, abriria a porta e me enfiaria em sua cama. Ele provavelmente diria: Estou esperando minha namorada, e agora?, sinto muito. Será que eu iria calmamente embora? Duvido muito.

Sentou-se à janela. Adoraria subir e conversar com Stephen, abrindo-se como se faz com um amigo. Devia ter feito isso ontem.

Foi olhar no espelho. Os fluidos que inundavam seu corpo criavam, por trás do rosto de Sarah, o rosto que ela e todo mundo conhecia, um rosto mais jovem, que brilhava, sorrindo. Seu corpo estava vivo e vibrante, mas também dolorido. Seus seios queimavam, e a parte inferior do abdome doía. Sua boca ameaçava buscar beijos, como a boca de um bebê à procura do mamilo.

Estou doente, disse a si mesma. "Você está doente." Doente de amor, e é só isso. Como pode me acontecer uma coisa dessas? O que a Natureza está pretendendo? (Olhos nos olhos com a Natureza, os velhos em geral a acusam — ela? — de inépcia, de incompetência pura e simples.) Mal posso esperar para voltar ao meu velho e sereno eu, com essa paixão toda esgotada. Será que estou presa para sempre neste inferno? Vou ficar doente de verdade se não parar com isso... E olhou a própria imagem, que era de uma mulher apaixonada, não de uma velha seca.

Disse: "Basta". Despiu-se depressa e enfiou-se na cama, onde murmurou, como em algum momento estava fadada a fazê-lo: "'Cristo, que meu amor estivesse entre meus braços...'".

Acabou dormindo. Acordou com beijos fantasmagóricos de tal doçura que eram como a música de Julie, mas surpreendentemente os sons que sussurravam em sua cabeça não era a música "trovadoresca", semelhante ao blues ou ao fado, mas a música posterior, fria, transparente, um chamado para algum outro lugar. Talvez o paraíso com que sonhamos quando apaixonados seja aquele de onde fomos expulsos, onde todos os abraços são inocentes.

Mais uma vez acordou cedo. Vestiu-se antes de o dia lá fora clarear, pensando: Graças a Deus tenho essa reunião e vou estar trabalhando duro o dia inteiro. E não vou estar com Bill; estarei com Henry.

Na calçada, viu Stephen sentado diante do café ainda fechado. Ele olhou abstraído para Sarah, os olhos turvados de preocupação, olhou de novo e disse: "Você andou chorando".

"É verdade."

"O que posso dizer? Sinto muito, muito mesmo."

Era o momento de acertar as coisas. "Stephen, você está enganado. Não é como você pensa."

Ele queria tanto acreditar nela, mas parecia irritado e mal-humorado.

"Stephen, é uma situação absolutamente ridícula. De verdade, juro..."

Ele desviou os olhos, porque estava se sentindo incomodado. Tinha o rosto vermelho. Ela também.

A vida comunitária veio em socorro deles. Enquanto os atores ainda dormiam, o lado administrativo já estava todo de pé, apesar de terem ido passear pelo litoral até tarde. Lá vinha Mary Ford, calma e fresca, vestida de branco. Atrás dela vinha Henry, que se sentou logo ao lado de Sarah. Parecia ter vindo rastejando de alguma batalha. Depois, Benjamin, impecável, de linho pálido. Sentou-se diante de Sarah, estudando-a por baixo de suas sobrancelhas sérias. Logo Roy Strether, bocejando, e junto com ele Sandy Grears. O proprietário do Les Collines Rouges estava abrindo as portas e o aroma de café começou a se insinuar. Um jovem faiscante de avental listrado de branco e azul apareceu do outro lado da praça, equilibrando numa mão várias camadas de bolos e croissants, a outra mão na cintura, para não perder o estilo. Ele também espalhava cheiros deliciosos por toda parte. Passou por eles com graça, sorrindo, sabendo que todos esperavam o momento em que aquilo que trazia chegaria a suas mesas com o café da manhã.

"*Un moment*", ralhou o dono do café, apesar de ninguém ter dito uma palavra. "*Un petit moment, mesdames, messieurs.*" E desapareceu lá para dentro, com ar severo. Graças a Sartre, sabiam que ele estava representando o papel de *Monsieur le Patron*, assim como o jovem representava seu papel.

Sarah não conseguiu evitar um olhar bem desesperado para Stephen e o pegou examinando seu rosto. Horrível. Como a amizade deles podia sobreviver àquela poça de desentendimento?

Ocorreu aos presentes que todos os que eram necessários para decidir a sorte de *Julie Vairon* já estavam ali. Exceto Jean-Pierre.

Com a produção britânica havia realmente um problema — quem estaria disponível? Elizabeth dissera que a última semana de agosto e a primeira de setembro seriam as melhores para ela, para Queen's Gift, porque então o novo edifício já estaria concluído. Ela apontara que não se podia esperar que Julie fosse tão popular na Inglaterra quanto na França, mas que muita gente ainda falava daquela noite do concerto com a música de Julie, e isso era um bom sinal. Stephen disse, desculpando-se, que não deviam considerar Elizabeth uma chata. "Ela tem de ser cautelosa, entendem? Acha sempre que eu me deixo levar pelo entusiasmo."

Os olhos dele encontraram os de Sarah — num sorriso. O coração dela ficou mais leve.

Roy disse: "Henry, você é a chave de tudo. Se não estiver livre, esquecemos a coisa toda. Isso significa ensaios nas três primeiras semanas de agosto e depois a produção em Queen's Gift".

"Vou estar fazendo *Salomé* em Pittsburgh durante o mês de julho — quer dizer, a partir das dez da manhã de hoje, daqui a três dias. Portanto, vou estar livre."

E levantou-se, deu um giro por entre as mesas que começavam a ser ocupadas, chutou uma embalagem para dentro de uma lata de lixo — tiro perfeito — e tornou a sentar-se. Ficaram todos olhando. "*Perpetuum mobile*", disse Roy. "Como é que ele consegue? Como é que você consegue, Henry? Fiquem sabendo que esse sujeito estava cantando e dançando na chuva nos esguichos de Marselha faz três horas. Certo, Henry. Está contratado para agosto."

"Mas os atores...", disse Mary. "Bill vai para Nova York no dia que acabar isto aqui, para começar a ensaiar *Carmen*. Ele não vai estar disponível, nem Molly. Ela vai estar trabalhando o resto do mês de julho e agosto inteiro em Portland. *Pocahontas*. Ela faz Pocahontas."

Mary teve o cuidado de não olhar para Stephen, cujo rosto murchou, mesmo que só por um momento. Ele se recobrou e olhou para Sarah. Um olhar não isento de ironia, o que já era alguma coisa.

"Precisamos de uma nova Julie e de um novo Paul", disse Roy. E bocejou. Era o bocejo alto e descarado de alguém que tinha passado em claro quase toda a noite.

Para as pessoas cujo coração estava se partindo como um ovo, o bocejo soou desdenhoso. Mary Ford começou a rir e não conseguia parar. Levantou a mão num pedido de desculpas. Roy pegou a mão dela e sacudiu para cima e para baixo, displicente e brincalhão.

Mary parou de rir. "Desculpe. Show business. É o show business... de qualquer forma, consultei todo o elenco ontem à noite, e os músicos. Estão todos livres."

"Todos livres, menos os dois importantes. Não importa, alguns Pauls e Julies que testamos eram muito bons." Os olhos de Henry se fecharam.

Benjamin parecia adormecido. As pálpebras de Mary pesavam. Roy bocejou de novo. Quando o garçom finalmente chegou, Sarah pediu café e croissants para todos, mas em voz baixa, como se estivesse num quarto cheio de crianças dormindo.

Nesse momento, chegou Jean-Pierre, com o ar de alguém nada preparado para se desculpar só porque chegara mais tarde que os outros que não tinham nenhuma obrigação de ter chegado cedo.

"Está tudo bem", disse Henry preguiçosamente para Jean-Pierre.

"Eu também fiquei acordado até tarde", Jean-Pierre falou.

"Não tem importância; já resolvemos tudo", disse Mary, maternal.

"Mas a reunião estava marcada para as nove, acho."

O café chegou. Cheiro de sol, de café, de poeira quente, croissants, gasolina, baunilha.

"Não falta quase nada para resolver", disse Roy.

"E posso saber o que foi decidido?", perguntou Jean-Pierre.

Ao som de sua voz, cheia de autoestima ferida, Mary se endireitou na cadeira, deu uma olhada para Sarah, outra para Roy e observou, apaziguadora: "Que café delicioso". Sorriu para Jean-Pierre, que afinal estava apaixonado por ela. Ele decididamente balançou, depois sacudiu as tensões injustas, para não dizer deterioradas.

Mary resumiu o que havia sido resolvido. "E é isso", concluiu.

Diante disso, Jean-Pierre se mostrou como o francês mais tradicional, confrontado com o inefável, não importa como ele se apresente, neste caso como uma bárbara falta de respeito pela forma adequada. Levantou ligeiramente o queixo, deixou pender o maxilar, espalmou as mãos e estremeceu cheio de sensibilidade. "Então, está tudo decidido", proclamou, tendo dado a todos tempo suficiente para apreciar seu desempenho. "Mas sem mim. Sem Belles Rivières."

Uma crise.

"Mas é claro que não decidimos nada sem você. Como poderíamos? Só que, como Henry está indo embora imediatamente e você vai perder os dois atores principais quando terminarem estas duas semanas, é óbvio que não vai poder prolongar a temporada."

Jean-Pierre começou um enérgico discurso, em francês. Dava para perceber pela cara de Stephen e de Sarah — ambos, como se diz na escola, "bons" em francês — que se tratava de um discurso para ser apreciado como uma performance.

"Agora olhe aqui, Jean-Pierre, meu velho amigo", disse Stephen, reprovador, "eu vou acabar achando que você gosta de reuniões."

Diante dessa manifestação de uma outra época, Jean-Pierre apenas pareceu perplexo. Benjamin, homem de mil comitês, fez um sinal para Sarah, depois para Stephen e para Mary, inclinando-se por sobre a mesa e atraindo-os com seu olhar dominador. "Não tenho nada a ver com isso", observou, "mas acho que poderíamos salvar esta situação se de fato tivéssemos algum tipo de discussão mais estruturada. Por exemplo, deve haver sem dúvida decisões financeiras a serem tomadas?"

"Naturalmente, há decisões a serem tomadas", disse Jean-Pierre, já mais calmo. "E se eu tivesse tido oportunidade de me manifestar... ficou decidido que devemos apresentar *Julie Vairon* em Belles Rivières no ano que vem. E muito provavelmente todos os anos. No ano que vem faremos uma temporada de um mês. Por que não dois meses? É tudo questão de publicidade adequada." E inclinou-se ligeiramente na direção de Mary.

Um silêncio. Estavam todos avaliando um compromisso anual com Julie.

Stephen, com a cabeça inclinada para trás, olhava o imperturbável azul do céu mediterrâneo com ar estoico.

Sarah estava pensando: Só por cima do meu cadáver. É uma besteira — todo mundo já terá esquecido tudo então. Talvez até já achem a coisa engraçada... bom, se acharem, vai ser desonestidade.

Henry estava olhando para Sarah quando disse: "Eu vou estar livre, posso garantir". E sua terrível insegurança fez que acrescentasse: "Quer dizer, se me quiserem".

Todos deram risada e Jean-Pierre falou: "Naturalmente. Posso lhe garantir."

"E eu comunico", disse Benjamin, "que vou estar presente na estreia em Oxfordshire em agosto. Vai ser pena perder a noite de estreia aqui."

"*Perder a noite* de estreia", disse Henry a ele. Uma piada, só que Benjamin disse, depressa: "Desculpe", viu que era uma brincadeira, ficou vermelho, mas preservou mais do que nunca o ar de um homem decidido a não se deixar levar por modos sedutores ou perigosos. E disse a Jean-Pierre: "Aqui estarei no ano que vem, pode ter certeza".

Jean-Pierre deu-se conta de que era um momento importante, na verdade uma garantia de suporte financeiro. Levantou-se, inclinou-se sobre a mesa cheia e estendeu a mão. Benjamin a pegou ainda sentado, então se levantou, e os dois homens apertaram-se as mãos formalmente.

"Podemos discutir os detalhes no escritório de Jean-Pierre", disse Benjamin. "Em meia hora talvez?"

"*Talvez* meia hora", disse Mary.

"Tenho de pegar meu avião", disse Benjamin.

"Ainda tem tempo", disse Sarah.

"Não muito", disse Henry.

Nesse momento, como numa deixa de teatro, a conversa das mesas foi encoberta pelo rugir de três aviões de guerra, sinistros, pretos, como gigantescas vespas pré-históricas saídas de um filme de ficção científica, cruzando o céu com a velocidade que anuncia, de modo tão conciso que é fácil esquecer sua passagem, que provêm do mundo da supertecnologia, muito distante de nossas pequenas vidas amadoras.

Os atores começavam a aparecer agora, bocejando bastante. O círculo se ampliou e tornou a se ampliar até incluir todos. Bill sentou-se ao lado de Sarah e perguntou, amuado: "Verdade que vai haver uma temporada na Inglaterra?".

"Duas semanas", disse Sarah.

"E eu não vou poder estar lá. Se eu soubesse."

"Se algum de nós soubesse."

"Mas você vai manter contato, não vai? Temos pelo menos mais duas semanas desta temporada." Ele falava como um jovem amante peremptório. Realmente, podiam ter passado a noite juntos. Molly, olhando os dois, ficou perplexa. Que ficasse, pensou Sarah. E Stephen também. Ele sentia que, devido à proximidade de Bill com a mãe, pelo que podia ver, a coisa de Bill era com Sarah, mas entre Molly e Sarah havia aquele abismo a ser preenchido pela experiência. Molly ainda não sabia que o tempo todo, impalpável, invisível, cinzas choviam pelo ar, cinzas que só podiam ser vistas quando uma boa camada se assentava, nela, em Stephen, nos mais velhos, nos idosos, cinzas e pó desbotando as cores da pele e do cabelo. Sarah sabia que aquele jovem animal lustroso sentado a seu lado a diminuía, diminuía sua cor, por mais que ele a adulasse com os olhos, com o sorriso, cercando-a em torrentes de simpatia. Sarah viu o olhar sério, pensativo, honesto de Molly se deslocar dela para Stephen; o sol não dava a Stephen o brilho que dava aos jovens. Ele parecia descorado, lavado.

Sarah disse a Bill, sabendo que sua voz soava áspera: "Devo voltar para casa daqui a uns dois dias".

"Ah, não, você não pode fazer isso", disse Bill, realmente chateado. "Não pode abandonar a gente." Podia ter dito também "abandonar *a mim*".

"Todo mundo está nos abandonando", disse Molly. "Henry... Sarah..." Ela hesitou, olhando para Stephen. Ele estava de novo olhando o céu.

"Eu vou estar aqui", disse Mary. "E Roy também. Se Sarah voltar para casa, nós vamos ter de ficar."

"Tenho um mês de férias vencido, lembra?", disse Sarah.

As sobrancelhas que Mary levantou indicaram a Sarah que a outra não se lembrava de Sarah jamais ter feito antes questão de suas férias.

"Não, Sarah", disse Henry. "Não se esqueça que eu vou ter de voltar para os novos testes. Posso encaixar na segunda semana de julho. E você vai ter de estar lá."

"Quer dizer, não posso desaparecer em julho?"

Henry sorriu para ela e Sarah sentiu o coração dar um salto.

"Que sucesso incrível, maravilhoso, deslumbrante", disse Mary, preguiçosa em sua cadeira, de um jeito que contradizia sua eficiente roupa de linho. Com uma preguiça que não lhe era nada característica, cruzou os braços na nuca, expondo suaves manchas no linho molhado. Tinha aquele aspecto de um animal expondo partes vulneráveis de si mesmo a outro de força superior. Jean-Pierre suspirou; ela ouviu, ficou vermelha e olhou para o alto, como Stephen. Um a um, todos olharam para o céu. Um gavião solitário circulava, baixo. Foi flutuando mais e mais baixo, até que uma brisa soprou forte e entortou uma de suas asas. O pássaro oscilou loucamente para equilibrar-se, recuperou-se, circulou pego na corrente de ar termal e mergulhou para o topo de um plátano, onde pousou arrufando as penas. Parecia amuado, ofendido, o que fez com que todos rissem.

Já agora as mesas do café estavam tomadas com gente ligada de alguma forma a *Julie Vairon*.

"Nós virtualmente tomamos posse do café, pobre monsieur Denivre", disse Molly.

"*Il est désolé*", disse Jean-Pierre. "Guillaume", chamou pelo proprietário, que atendia Andrew, Sally, Richard e George White algumas mesas adiante. "*Les anglais ont peur que vous les trouviez trop encombrants.*"* Guillaume sorriu com o grau adequado de ceticismo urbano e disse: "*Ça y est!*"**

"Por que *anglais?*", perguntou Molly, exagerando seu sotaque norte-americano. "Eu não sou *anglais*. Quem é *anglais* aqui — além dos *anglais?*"

Ao que Bill respondeu, no mais rústico sotaque do Tennessee: "Eu sou inglês, *mesdames, messieurs,* inglês até a última das minhas moléculas".

Eles riram, mas foi um daqueles momentos, nada incomuns, em que europeus e americanos ocupam espaços geográficos e históricos diferentes.

Os norte-americanos estavam pensando: Molly — Boston. Pelo menos, era aí que vivia agora. Benjamin — costa Oeste, mesmo que sua pronúncia só pudesse ser de Harvard. Henry havia nascido em Nova York, mas vivia, quando estava em seu país — o que era raro —, em Los Angeles. Andrew tinha nascido e vivido sempre no Texas.

Mas os europeus estavam pensando: Molly — Irlanda. Os antepassados de Benjamin só podiam vir daquela região

* "Os ingleses estão com medo de você achar que estão incomodando." (N. T.)

** "É verdade." (N. T.)

culturalmente fértil, às vezes russa, às vezes polonesa, a *shtetl*. Henry — Mediterrâneo. Andrew? Escocês, com certeza.

"Nossos primos americanos", disse Mary a Sarah.

"Nossos primos", disse Sarah a Mary.

Os *anglais* todos riram e os norte-americanos riram por boa vontade. As risadas eclodiam por qualquer razão, em todas as mesas. O moral da companhia subia, levado naquelas correntes que insuflam atores e aqueles que os rodeiam para a embriaguez da estreia. O charme, o encantamento, a delícia de... — do que exatamente? — faziam com que todos subissem aos poucos, as algas aflorando à superfície do mar, espirrando nas rochas secas, expelindo ozônio revigorante.

Continuaram ali sentados, enquanto Le Patron mandava os garçons servirem mais café e a praça ia se enchendo de veículos. Não era só aquela cidade que estava lotada; as cidadezinhas em torno também, e delas os ônibus traziam gente — já traziam gente, às dez da manhã — para participar do ambiente de Julie, de seu tempo, de seu lugar.

Henry logo se retirou para resolver com os técnicos alguns problemas de som, e Sarah, Stephen, Benjamin, Roy e Mary foram com Jean-Pierre até seu escritório. Havia questões financeiras a serem discutidas, principalmente da parte que Benjamin — ou melhor, os Bancos Aliados e Associados da Califórnia do Norte e do Sul do Oregon — teria nos novos planos. A participação de Stephen também, mas conforme ele mesmo apontou, uma vez que era um indivíduo, só tinha de dizer "sim". O dinheiro falava. Primeiro o mais importante. O dinheiro fala antes de os atores falarem.

Depois da reunião, Benjamin partiu para investigar seus investimentos no Festival de Edimburgo. Jean-Pierre insistiu para decidirem como formar um comitê maior para discutir a produção do próximo ano em Belles Rivières. Ele esperava que Sarah fizesse parte. E também mr. Ellington--Smith. Todos se beneficiariam se fizessem reuniões regulares ao longo do ano. A coisa se estendeu até depois das duas da tarde. Quando retornaram às mesas da calçada para almoçar, dava para perceber que os atores e músicos já estavam preferindo ficar juntos, fundindo-se para o grande teste da noite. Henry sentou-se ao lado de Sarah. Quando ela pensou que aquela podia ser a última vez que estaria com ele em Belles Rivières — e seria se ela tivesse algo a ver com o projeto —, foi invadida por um tal sentimento de perda que teve de admitir que, se não estivesse apaixonada por Bill, mostrava todos os sinais de amar Henry. Ocorreu--lhe que estar com Henry era só suavidade, enquanto estar com Bill era sentir raiva e vergonha. Já que sua sina era se apaixonar tão inadequadamente, pena não ter sido por Henry desde o início.

Ao voltar de uma excursão de reconhecimento no fim da tarde, Henry disse que já havia multidões subindo para a casa de Julie e que todos os lugares já estavam reservados desde o meio da manhã. Contou que várias placas desenhadas com muito bom gosto haviam sido afixadas nas árvores, dizendo em francês e inglês: "Permanência permitida", "Respeite a natureza", "Respeite a floresta de Julie Vairon".

Por volta das sete da noite, toda a floresta em torno da casa já estava ocupada por umas duas mil pessoas, a maioria das quais não podia ter outra esperança além de escutar a música. Como não havia "coxias", Stephen e Sarah, como autores, e Henry, como diretor, foram juntos até o ponto onde os atores esperavam entre as árvores, para lhes desejar boa sorte.

Os três se sentaram na última fileira, e dessa vez Henry conseguiu ficar sentado durante toda a apresentação. Tudo maravilhoso! Extraordinário! Fantástico! Esses comentários, e centenas de outros, em várias línguas, era o que se ouvia durante os intervalos, com aplausos intermináveis. E então tudo acabou, e a companhia tornou a descer para o café ao ar livre, todos se abraçando, afetuosos, loucos de euforia, apaixonados, loucamente aliviados. A luazinha de latão, como uma moeda recortada, brilhava sobre a cidade, e o luar resultante era satisfatoriamente climático e equívoco. O Les Collines Rouges anunciou que ficaria aberto até o último cliente, e carros rugiam triunfantes pela cidadezinha. Jean-Pierre não conseguia parar de sorrir. Tinha de se levantar o tempo todo para apertar mãos ou receber abraços de cidadãos ilustres da região, para os quais ele era a encarnação do sucesso da peça. A meia-noite chegou e passou. Jean-Pierre disse que tinha de voltar para casa, para a mulher e os filhos. Henry também se retirou, dizendo que tinha de telefonar para a mulher. Murmurou para Sarah que logo a veria em Londres, com um olhar que encheu de lágrimas os olhos dela. Richard se foi, dizendo que estava cansado, olhando para Sally, mas sem dizer boa-noite a ela. Logo depois, Sally anunciou que já era velha e ia dormir. Sarah ouviu Andrew rir baixinho, percebeu que queria repartir seu divertimento com ela, Sarah, que, ao se levantar, ouviu-o perguntar: "Então, e você, Sarah?". A pergunta era tão improvável que ela resolveu não escutar. Anunciou que também estava velha e ia dormir. Um murmúrio de protesto circulou, porque a festa estava acabando. Bill se levantou de um salto para acompanhar Sarah até a porta do hotel, onde a envolveu num abraço, murmurando que pensava nela como numa segunda mãe. Ela subiu para o quarto fervendo de amor e de raiva.

Ficou na janela olhando a companhia lá embaixo e entendeu que aquela sensação de perda, aquela desolação por ser excluída da felicidade, só podia ter origem em algo que havia esquecido. Teria sido ela também aquela criança que fica fora do playground, olhando as outras? Tinha esquecido. Felizmente.

E logo tudo aquilo seria passado. *Julie Vairon* jamais teria aquela forma outra vez, naquele lugar, com aquelas pessoas. Bom, não era a primeira vez — era talvez a centésima — que ela participava de uma peça, e era sempre triste ver o fim de alguma coisa que jamais aconteceria de novo. Em resumo, o teatro era exatamente como a vida (mas numa forma condensada e fortemente iluminada, forçando a comparação), sempre fazendo rodopiarem pessoas e acontecimentos nas mais improváveis associações, e então — pronto. Acabava. *Basta!* Mas um evento como aquele, como Julie, era algo que nunca havia experimentado antes. Primeiro, porque nunca tinha "se apaixonado" — por que as aspas? Não ia banalizar tudo com meras aspas. Não, havia algo especial naquele grupo de pessoas — devia ser isso —, e, é claro, a música... Sarah ia falando sozinha, perambulando pelo quarto, voltando sempre à janela, de onde viu Stephen sentando-se ao lado de Molly, enquanto Bill... não, agora chega. Foi ao espelho várias vezes durante essa excursão pelo próprio quarto, para um tipo de inspeção que se podia dizer científica. Nem é preciso dizer que a relação de uma mulher com seu espelho passa por modificações ao longo das décadas, mas... alguém devia engarrafar tudo isto, disse em voz alta para o quarto vazio, visível apenas por trás do ombro de seu reflexo (Mulher Olhando Curiosa para Seu Espelho)... É, alguém devia engarrafar estas substâncias que estão me inundando. Provavelmente, já haviam feito isso. Provavelmente, havia poções à venda em lojas de cosméticos e farmácias: se fosse verdade, deviam trazer no rótulo a advertência VENENO — em letras bem vermelhas. Eu não só me sinto vinte anos mais moça, eu pareço...

E escreveu:

Caro Stephen,

eu simplesmente preciso escrever esta carta, apesar de cartas serem coisas traiçoeiras, que podem ser mal interpretadas. Olhe, é verdade que não estou apaixonada por você. Amar uma pessoa é uma coisa, mas estar apaixonada é outra. Ao escrever isso, ocorreu-me que "amar" pode significar qualquer coisa. E eu te amo de verdade. É horrível ter de dizer isso com todas as letras. Mas, se facilita as coisas para nós dois, posso dizer.

Afetuosamente,

Sarah

P. S. Não tolero a ideia de nossa amizade ser afetada por mal-entendidos bobos como esse.

Mas não foi essa a carta que enfiou debaixo da porta de Stephen no andar acima do seu, porque pensou: Não se pode dizer "eu te amo" para um inglês. Stephen vai virar nos calcanhares e sair correndo. Rasgou a carta e escreveu:

Caro Stephen,

eu simplesmente preciso escrever esta carta, apesar de cartas serem coisas traiçoeiras, que podem ser mal interpretadas, e isso me deixa nervosa. Olhe, é verdade que não estou apaixonada por você. Sei que você acha que estou. Gosto muito de você — e isso você sabe. É horrível ter de dizer isso com todas as letras. Mas, se facilita as coisas para nós dois, posso dizer.

Afetuosamente,

Sarah

Foi essa a carta que levou para o andar de cima, torcendo para se encontrar com ele.

Na manhã seguinte, muito cedo, acordou com um envelope deslizando debaixo de sua porta.

Minha querida Sarah,

estou de partida. Inesperadamente vou ter de pegar um voo mais cedo, de forma que não vamos nos ver hoje. Mas logo nos veremos em Londres.

Com *todo* amor,

Henry

Enquanto estava lendo isso, outro envelope deslizou para perto de seus pés, junto à porta. Abriu a porta cautelosamente, mas era tarde demais: o corredor estava vazio, e ela ouviu o elevador descendo.

Querida Sarah,

estou tão triste de você ir embora e a gente talvez nunca mais se encontrar. Você é uma amiga muito especial e parece que nos conhecemos a vida inteira. Nunca esquecerei o tempo que passamos juntos em Belles Rivières e pensarei sempre em você com grande afeto. Quem sabe no ano que vem? Mal posso esperar!!!

Grato,

Bill

P. S. Por favor, não deixe de me informar no caso de outras produções de *Julie* em qualquer lugar da Europa ou dos Estados Unidos????????? Por que *Julie* não pode conquistar Nova York? É uma bela ideia, não é?

Quando estava tomando café, junto à janela, o atendente do hotel trouxe duas cartas.

Prezada Sarah,

antes de deixar as atmosferas e influências fascinantes de *Julie Vairon*, alegra-me dizer que apenas temporariamente, sinto que devo revelar quanto significou para mim estar na companhia de todos vocês, mas particularmente a seu lado. Estou certo de que os aspectos financeiros deste empreendimento resultarão mais gratificantes do que podíamos prever, mas não é isso que me leva a escrever-lhe. Tenho certeza de que você achará improvável se eu disser nunca haver suspeitado que o teatro pudesse oferecer tais recompensas, apesar de, pensando bem, eu ter adorado representar um pequeno papel em *A morte de um caixeiro-viajante* no grupo teatral da escola quando era jovem. Quando penso que tudo isso continuou acontecendo e que nunca participei, só posso lamentar. Portanto, minha querida Sarah — espero que me permita chamá-la assim —, espero ansiosamente nosso próximo encontro na estreia de *Julie* em Oxfordshire.

Até lá,

Benjamin

Sarah!

acho que não vai saber quem sou eu, já que insiste em olhar na direção errada. Estou loucamente apaixonado por você, Sarah Durham! Nunca fiquei tão perturbado desde que era adolescente. (É isso mesmo.)

Somebody loves you
I wonder who

I wonder who it can be.

Seu amante secreto.

P. S. Sempre fui louco por mulheres mais velhas.

Depois do primeiro choque, essa carta lhe pareceu realmente insultuosa. Ia rasgar, os dedos trêmulos, e jogar os pedaços no lixo, quando... Espere um pouco. Segure as rédeas, Sarah Durham. Releu cuidadosamente a carta, observando numa crítica satírica da própria inconsistência as seguintes reações: primeiro, um ataque de falso moralismo. Segundo, irritação, por não poder simplesmente atender àquilo quando estava tão cheia de emoções. Terceiro, a clássica resposta a uma declaração de amor indesejada, a piedade ligeiramente condescendente: Ah, coitadinho, mas não tem importância, ele vai superar.

Quem seria? Por causa do que tinha ouvido a noite passada, mas dito a si mesma ser impossível — "Então, e você, Sarah?" —, tinha de admitir que devia ser Andrew. A quem ela jamais dedicara um só pensamento que não fosse estritamente profissional.

Separou a carta cuidadosamente, para ler depois, quando não estivesse mais tão excitada. Para ser precisa, quando não estivesse mais doente. A carta de Bill, sim, ela rasgou e jogou os pedaços cuidadosamente um a um no cesto, como se estivesse finalmente se livrando de algo venenoso.

Oito horas da manhã. Escolheu um vestido sensato, de algodão azul-escuro, em parte porque pensou: Não vou ser acusada de lobo em pele de cordeiro; e em parte porque um vestido discreto podia talvez deixá-la sóbria. O barulho lá fora já estava tão alto que se sentou por alguns minutos, olhos fechados, pensando naquele jovem pastor antigo em sua montanha — silêncio absoluto, serenidade, paz. Mas, de repente, enfiaram-se no meio desse sonho restaurador os três aviões de guerra do dia anterior, cruzando o céu antigo e fazendo vibrar o ar. O menino levantou a cabeça sonhadora e olhou, mas não acreditou no que viu. Seus ouvidos doíam. Sarah desceu calmamente a escada. Não queria ter de andar. Numa rua lateral havia um pequeno café que acreditava não ser frequentado pela companhia. As mesas da calçada do Les Collines Rouges estavam vazias, a não ser por Stephen, sentado de cabeça baixa, a própria imagem de um homem destruído. Ele não a viu e ela passou em direção à rue Daniel Autram. Fosse quem fosse Daniel Autram, ele não merecia vasos de flores ao longo de sua rua, apesar dos potes cheios de margaridas de ambos os lados da porta do café. O local tinha uma janela que dava para a rua e, a julgar pela aparência, algo como um assento em frente da janela, pois viu dois braços jovens, queimados de sol, tão enfaticamente masculinos quanto os dos jovens de Michelangelo, pousados no beiral. Os antebraços estavam lado a lado, as mãos segurando uma o cotovelo do outro. Os braços nus sugeriam corpos nus. Era a afirmação mais sexual que já se lembrava de ter feito fora da cama, até hoje. Ela estacou ali mesmo, na rue Daniel Autram, crianças passaram gritando na direção de um ônibus que esperava na praça. Tenho de voltar, voltar, respirava Sarah, mas não conseguia se mexer, pois o que via tocava seu coração, como se tivesse recebido só mentiras e traição. (O que era bobagem, porque não era verdade.) Então um dos rapazes se inclinou para dizer alguma coisa ao outro, que também se inclinou para ouvir. Bill e Sandy. Era um Bill que nem Sarah, nem nenhuma outra mulher da companhia jamais vira, com toda a certeza. Com toda a certeza a primeira mãe dele jamais tinha visto sequer um lampejo daquele jovem exultante, triunfante e vivo, cheio de uma sexualidade gozadora e inquieta. E o jovem charmoso, sedutor, afetivo, simpático que todos conheciam? Bem, *aquela* pessoa não tinha nada da energia que ela agora via: aquela energia ele preservava por cautela.

Ela fez um esforço e conseguiu dar dois passos para trás, escapando do perigo de ser vista, e caminhou feito um brinquedo mecânico para a mesa onde Stephen ainda estava sentado. Ele levantou a cabeça, e olhou para Sarah como se estivesse muito longe dali. Lembrou a si mesmo que devia sorrir e sorriu. Depois se lembrou de mais uma coisa e disse: "Obrigado por sua carta. Que bom que escreveu". Ele estava contente, ela podia perceber isso. "Eu tinha mesmo entendido errado."

Sarah sentou-se ao lado dele. Não havia ainda ninguém na calçada. Ela pediu café, porque Stephen nem tinha pensado nisso.

"Recebi outra carta esta manhã", disse ele. "Um dia de cartas."

"Parece mesmo."

Ele pareceu não ouvir, mas voltou a si, dizendo: "Desculpe, Sarah. Sei que sou egoísta. Na verdade, acho até que devo estar doente. Já disse isso antes, não disse?".

"Já, sim."

"O problema é que... simplesmente não sou esse tipo de pessoa, entende?"

"Perfeitamente."

Ele pegou uma carta, escrita em papel do Hôtel Julie, e estendeu para ela com sua grande mão franca.

Caro Stephen,

fiquei lisonjeada quando li sua carta, convidando-me para passar um fim de semana em Nice. Claro que sabia que gostava de mim, mas isso! Não sinto que possa vir a ter uma relação comprometida e duradoura em que duas pessoas se proponham a crescer juntas com base na troca e no desenvolvimento espiritual.

Acredito que posso esperar esse tipo de relacionamento da parte de alguém que conheci em Baltimore na primavera, quando estávamos ambos trabalhando em *A dama do cachorrinho*.

Portanto, deseje-me sorte!

Jamais esquecerei você e os dias que passamos juntos. Só posso dizer que lamento *profundamente* os compromissos que me impedem de ser Julie em Oxfordshire. Porque esta peça tem alguma coisa de muito especial. Todos sentimos isso.

Sinceramente, com meus melhores votos,

Molly McGuire

Sarah tentou não dar risada, mas não conseguiu. Stephen ficou ali sentado, cabeça baixa, olhando para ela, sombrio e até amuado. "Deve ser engraçado mesmo", concedeu. E então, inesperadamente, endireitou o corpo e riu. Uma risada de verdade. "É, está certo", disse. "Choque cultural."

"Não esqueça que eles têm de se divorciar e casar de novo cada vez que se apaixonam."

"É, para os ianques tem de haver sempre um contrato invisível em alguma parte." Ele encolheu os ombros: "Estou sendo injusto?".

"Claro que está sendo injusto."

"Não me importa. Mas devem ir para a cama às vezes só por amor. Claro, estou me esquecendo que ela estava escrevendo para um velho e não queria magoar meus sentimentos."

"Acredito que ela até podia ir a Nice com você... se estivessem em pé de igualdade."

"Quer dizer, se ela não estivesse apaixonada por aquele... será? Mas se ela tivesse ido para a cama com Bill — ou melhor, se Bill tivesse, gentilmente, ido para a cama com ela" — e Sarah notou em si própria um toque desproporcional de malícia, para condizer com o dele — "ela já estaria falando em casamento logo de manhã. De qualquer forma, o sujeito precisa estar realmente apaixonado para pensar que esse tipo de coisa vale a pena. Isto é, Nice e tudo o mais. Portanto, foi bobagem minha convidar. Acabaria sendo apenas um fim de semana sujo."

Ela se lembrou da carta de Andrew e imaginou se ele estaria apaixonado. Porque imaginar que ele estivesse sofrendo de luxúria era uma coisa, e aceitável — mas apaixonado, ah, não, isso ela não desejaria a ninguém. E não queria pensar naquilo. Demais de tudo: estava se afogando no "demais".

O café chegou. Quando Stephen levantou a xícara, ambos notaram que a mão dele estava tremendo. Sem brincadeira, era amor, tentou ela brincar consigo mesma. Stephen pousou a xícara, olhando com crítico desgosto para a própria mão.

"Você pode não acreditar, mas muitas mulheres gostam de mim."

"E por que eu não iria acreditar? De qualquer forma, você não precisa fazer uma avaliação definitiva de sua capacidade de atração só porque uma garota disse não."

"É, afinal de contas, ela é só uma substituta", observou ele, num de seus momentos de calma rusticidade declarada. "Talvez saiba disso."

"Como você disse, é como se dois Stephens diferentes se encaixassem e um dissesse algo que o outro nunca poderia dizer. Ah, não precisa se preocupar, conheço bem esse estado."

"Evidentemente, as pessoas se apaixonam por você. Não sou exatamente o cego que com certeza você pensa que sou." Ele hesitou e sua relutância em continuar fez com que soasse mal-humorado. "Eu queria te dizer uma coisa... Se é pelo gaúcho que você..." Ele não conseguia dizer a palavra. "Se eu fosse você tomava cuidado. Ele é perigoso." Como ela não respondeu, porque não sabia o que dizer, ele continuou. "De qualquer forma, não tenho nada a ver com isso. E não me importo de fato. Isso é que é intolerável. Não me importo com nada além de mim mesmo. Talvez deva procurar um psiquiatra, afinal. Mas o que ele vai poder me dizer que eu já não saiba? Sei o que estou sofrendo — síndrome de De Cleremont. Li a descrição disso num artigo. Significa que você se convence de que a pessoa está apaixonada por você, mesmo que não esteja. O artigo não mencionava nenhum caso de alguém que acreditasse que a outra pessoa estaria apaixonada por você se não estivesse morta."

"Nunca ouvi falar disso." Ela percebeu que ele havia conseguido dizer, com aparente facilidade, que Julie estava morta.

"Diria que existe uma linha divisória muito estreita entre a sanidade e a loucura."

"Uma zona grisalha, talvez?"

A conversa alegrou a ambos — a ela desproporcionalmente. Sarah ficou loucamente feliz. Mas logo teve de deixá-lo para ir ao escritório de Jean-Pierre. Não fazia meia hora que tinha chegado quando Stephen telefonou do hotel dizendo que ia pegar o avião do meio-dia em Marselha e que ligaria para ela quando chegasse em casa.

Sarah esteve ocupada o dia inteiro. A apresentação dessa noite atraiu uma multidão ainda maior. Quando o primeiro ato terminou — ou seja, quando Bill terminou sua representação de Paul por aquela noite —, ele veio sentar ao lado dela, mas encontrou-a só pensando em ir embora. Ela sentia falta de Henry. A simpatia atenciosa de Bill era enjoativa. Preferia aquele jovem cru, inescrupulosamente sexual e vital que tinha vislumbrado de manhã. Na verdade, podia dizer sinceramente que aquele jovem sedutor a entediava, a isso tinham chegado as coisas.

Deixou bilhetes de despedida para Bill e Molly e foi para o seu quarto. Sentou-se à janela e ficou olhando a multidão na calçada. Como era a segunda noite, a tensão diminuíra bastante, as pessoas estavam indo para a cama cedo. Logo não havia mais ninguém lá embaixo e as portas do café estavam cerradas. O quarto estava muito quente. Abafado. Úmido. Noite escura, porque a ácida luazinha se escondera por trás de algo que todos esperavam que fosse uma nuvem de chuva. Podia descer e sentar-se na calçada, sozinha. Desceu pelo hotel, que lhe parecia vazio porque Stephen tinha ido embora e Henry também. Quando estava a ponto de puxar uma cadeira de uma das mesas da calçada, ouviu vozes e recolheu-se, sentando-se debaixo do plátano. Não seria vista na sombra escura.

Um grupo de jovens. Sotaques norte-americanos. De Bill, de Jack. Algumas garotas. Sentaram-se, reclamando do fato de o café estar fechado.

"Adorei, adorei mesmo... é... sabe?...", disse uma voz de moça.

"É... é... sabe, isso é muito legal." Bill. A língua daquele jovem tão articulado estaria paralisada?

"É um barato, entende? Um negócio que... mmmm, é isso aí, entende?..."

"Tipo... parece... o que eu achei é que, sabe?... é demais..." Jack.

Outra moça: "Pra mim foi... é... é, foi uma coisa... de verdade...".

"Maravilha, cara."
"Me deixou assim... sei lá..."
Continuaram assim durante longos minutos, os jovens educados e infinitamente privilegiados daquele rico país. Ouviu-se um trovão e caíram algumas gotas. Eles se levantaram em grupo e correram para seus hotéis.
Bill foi por último, com seu amigo Jack. Bill disse, não mais falando aquele dialeto neandertalês: "É, acho que agora conseguimos equilibrar o terceiro ato".
Jack: "Eu ainda acho que devia ter mais uns quatro ou cinco minutos de Philippe. Para mim, essa parte está ligeiramente prejudicada".
A chuva varreu a praça. Ela correu para o hotel, subiu a escada, entrou no quarto e correu para a janela, embranquecida pela cortina de chuva, torrentes que jorravam formando montículos de água nos cantos escorriam e tornavam a se acumular, cinzentos esbranquiçados quando os relâmpagos piscavam, como se fossem os montinhos de neve que se acumulam à beirada das ruas no inverno. Ali ficou, sentada, aproximando-se — cautelosamente — de profundidades de si mesma das quais preferia muitas vezes não se lembrar. Poucas pessoas conseguem chegar à meia-idade sem saber que existem portas que podiam ser abertas e que ainda podem. Até mesmo aquele seu casamento sensato havia começado de forma bem sensual, e houvera um momento em que os dois haviam decidido não abrir essas portas. O que foi depois batizado de S-M, um nomezinho maroto para um passatempo da moda (sadomasoquismo soava a, e era, uma coisa real, a ser levada a sério), chegara a parecer uma possibilidade. Seu marido já tinha experimentado aquilo com uma amante anterior e descoberto que o amor acabava se transformando em raiva... mais cedo, brincava ele, do que

pelas vias normais: aquilo não servia para eles. Ela, Sarah, havia notado que algumas amigas que "curtiam" S-M tinham acabado sofrendo. Podiam dizer que essas práticas eram todas tão inofensivas quanto um jogo de golfe, mas não era o que o casal havia observado separadamente. Juntos, as menores aproximações haviam despertado reações fortes, como se uma porta se abrisse ao toque de uma campainha pornográfica. Os praticantes entusiastas apresentavam o seguinte quadro: um casal em que "haja respeito mútuo" — isso era importante — pode se permitir a crueldade cuidadosamente regulada, para o prazer de ambos, com a condição de nunca ultrapassar determinados limites. Uma história plausível. Mas seria possível que as emoções de duas pessoas, que, de qualquer forma, estavam sempre no limiar do excesso, no sexo, ou no amor, jamais escapassem ao controle com S-M? (Ou sadomasoquismo?) E com certeza essas práticas não serviam para pais, não? Podem-se facilmente imaginar cenas com o bumbum rosado (da mamãe) e seus gritos de prazer, ou com letais correias de couro preto e seus gritos de dor, as crianças ouvindo tudo. Ou papai, amarrado em posição de frango assado. "Espere um pouquinho, meu bem, vou ver se Penélope está dormindo." Ou então: "Ah, droga, é o bebê". Ou mesmo um casal sem filhos. Ela está tirando a louça da lavadora, ele já estacionou o carro, comem um jantar feito no micro-ondas. "Que tal um pouquinho de S-M, meu bem?" Não. Com toda a certeza, essas delícias só serviam para casas de prazer ou casos passageiros. *Perigoso demais* — mesmo em relações sexuais do tipo comum (tediosas, como sugerem os prosélitos), profundidades ocultas transbordam com facilidade e invadem ambos os participantes com todo tipo de emoções sombrias. Foi na época em que ela e o marido brincavam com a ideia (não com a prática) que tinha descoberto dentro de si mesma, primeiro num sonho, depois como uma possível lembrança, a imagem de uma menina pequena sentada sozinha num quarto trancado pelo lado de fora, uma menininha com uma boneca entre os joelhos, que esfaqueava repetidamente com uma tesoura até jorrar sangue... não, o sangue jorrando foi no sonho, mas a menininha esfaqueando a boneca, isso era uma lembrança real. A criança continuava esfaqueando, esfaqueando a boneca, o rosto levantado, os olhos fechados, a boca aberta num lamento desesperançado.

Era a partir desse nível em si mesma que ela podia responder ao equívoco Bill. Sabemos como um homem é a partir das imagens e fantasias que ele evoca. Esse nível, esse "lugar", tinha a ver (pensava ela) com sua época de bebê. Antes da infância. Muitas e muitas vezes, durante essa estada na terra de Julie, no sono ou no meio-sono, ela tinha visto aquela bela e orgulhosa cabeça de jovem virando-se lentamente, o sorriso gozador, andrógino e perverso, em lentas fusões com o sexo oposto, de moça com rapaz, de rapaz com garota, de menino com menina, de menina com um bebê menino. Em algum ponto, algum ponto lá atrás, talvez antes de a menininha esfaquear a boneca com a tesoura, havia algo... Assim Sarah dizia para si mesma, a meia voz, sentada à janela onde a chuva torrencial escurecia o quarto, transformando a cama numa mera massa escura. Estou com medo. E tenho razão de ter medo, apesar de não saber do que estou com medo. Sei que alguma coisa terrível me espera... ultrapassando os estágios da minha idade e juventude, entrando no torvelinho, sim, o torvelinho, é isso que esta à espera, e eu sei.

O apartamento de Sarah estava cheio de sol e de flores mandadas por Benjamin, agora na Escócia, e por Stephen, agradecendo a ela por tê-lo aguentado. Havia também a tradicional rosa vermelha da paixão mandada por "Adivinhe quem?". Esta ela colocou num copo ao lado das flores de Stephen e Benjamin, contente de não ter confessado seu estado a Stephen, porque senão ela é que estaria agora agradecendo a ele por tê-la aguentado. Sabia que uma única palavra no caminho da confissão a teria feito chorar amargamente. Ah, não, uma certa truculência era muito recomendável. Sentiu que toda aquela alegria ensolarada que a cercava não era adequada.

Sentou-se para atualizar seu diário, pois na França o havia negligenciado, mas depois de algumas horas de inquietas tentativas de concentração descobriu que havia escrito apenas isto:

Imagine só, eu dizia brincando que jamais me apaixonaria outra vez. Agora sinto que devia estar dando sinais de alerta para algum diabinho ou fantasma malandro.

E ao tentar novamente, mais tarde, conseguiu escrever apenas:

Sonhos idiotas. Só ânsia e desejo.

Foi para o teatro, onde encontrou Sonia vibrando com o sucesso e tão ocupada que mal encontrou meia hora para passar com Sarah no escritório. Onde estava Patrick? Sonia respondeu que estava fora, envolvido com algum projeto novo — ele próprio contaria a Sarah. A moça pareceu um pouquinho embaraçada, o que não era nada o estilo de

Sonia. “Mas ele não podia ter saído”, disse Sarah. “Não com nós três na França — não, não, não estou querendo dizer que você não tenha conduzido bem as coisas.”

“Vocês sabem, não sabem, que são um bando de *workaholics*? Você é muito, muito louca”, disse Sonia. “Vocês quatro sempre cuidaram de tudo?”

“É, cuidamos, e parecia funcionar tudo muito bem.”

“Claro que sim, mas pela mão de Deus!”

“E quem está falando?”, disse Sarah, rindo.

“Está bem, certo.” O celular de Sonia tocou, ela se levantou e saiu correndo para atender, dizendo: “Você ainda não viu o meu *Hedda*, Sarah. Quero saber o que acha”.

As críticas de *Hedda* foram excelentes. Os cenários e a iluminação foram particularmente elogiados: obra de Patrick. Dois dias no Green Bird bastaram para revelar a Sarah que a antipatia inicial de Sonia por Patrick havia evaporado: ela o valorizava muito. Eram agora grandes amigos. Mas o que todos estavam comentando era o último episódio da escaramuça com Roger Stent.

Na sessão para críticos e jornalistas, ele chegara cinco minutos antes de subir o pano, disfarçado com uma grande barba vermelha encaracolada. Tinha comprado seu ingresso sob nome falso, na primeira fila da plateia, e ali se sentou, de braços cruzados, olhando em torno com ar beligerante. Claro que estava esperando ser expulso. Ninguém percebeu nada até o primeiro intervalo, quando Sonia, junto com um dos contrarregras, foi se colocar na frente dele.

“Será que ele está querendo fazer um teste?”, perguntou Sonia.

O contrarregra, muito bem instruído, desempenhou solenemente seu papel: “Parece, não é?”.

“Não sei se teríamos alguma função para ele.” E passou

a descrever seus atributos como se ele estivesse à venda num mercado de escravos, terminando por beliscar-lhe a coxa com um ar de desgosto. "Mas é bem carnudo. Talvez pudesse ser contrarregra." E marchou para fora, acompanhada pelo cúmplice. Roger Stent não moveu um músculo durante o ataque. Os espectadores que tinham ficado na plateia durante o intervalo espalharam a história, que acabou ganhando um parágrafo malicioso (e evidentemente impreciso) no *Evening Standard*. O jovem crítico viu-se num dilema bastante trágico. Tinha gostado de *Hedda Gabler*. O fato é que praticamente nunca tinha assistido a uma peça de teatro na vida, e agora estava lendo peças em segredo, fascinado por esse novo mundo. Enquanto isso, o grupo dos Young Turks continuava a proclamar, como artigo de fé, que o teatro era ridículo e, de qualquer forma, estava morto na Grã-Bretanha. O que havia começado como um impulso casual e malicioso do jovem editor da *New Talents* se transformara num dogma inquestionável. Roger continuava sendo aceito pelo grupo só porque ainda parecia disposto a desprezar o teatro. Como todos os comentadores covardes, que por uma razão ou outra não querem se comprometer dizendo que uma peça — ou um livro — é boa ou má, ele chegava a usar até quinhentas palavras para descrever o enredo, terminando assim: "Esta peça maçante sobre uma dona de casa entediada, cujos sintomas poderiam ser curados pelo trabalho, foi bem apresentada, mas por que encená-la afinal?".

Em segredo, ele estava procurando outro emprego, mas o mundo dos jornais e periódicos é pequeno. Tinha se proposto a passar duas semanas no Festival de Edimburgo, onde, acreditava, poderia se entregar a seu novo interesse, sem que seus companheiros ficassem sabendo.

Sarah estava mergulhada no trabalho, e na hora que

resolveu telefonar para Mary Ford e implorar a ela que voltasse, Mary ligou, dizendo que estava a caminho.

"O que é que estou fazendo aqui, Sarah? Não, nem precisa responder."

Ao voltar, ela relatou que *Julie Vairon* continuava sua carreira triunfante, e já havia consultas para reservas de ingresso para o ano seguinte.

As duas mulheres trabalharam como demônios o dia inteiro e, à noite, Mary já estava ao lado da mãe, bastante doente agora. Sarah se viu comprando cremes de beleza, tentando encontrar em seu espelho algum consolo neste ou naquele aspecto de seu rosto, além de comprar roupas jovens demais para ela.

Não quero saber o que sonhei esta noite. Acordei banhada em lágrimas. Podia chorar e chorar. Por quê?

Sou forçada a retomar a mesma pergunta: como é que vivi confortavelmente por anos e anos e, de repente, fiquei doente de desejo — por quê? Privação — de quê? Quem é que fica acordada no escuro, corpo, cabeça e coração doentes por necessidade de calor, de um beijo, de consolação?

Sarah, que durante anos jamais pensara em se casar ou mesmo viver com um homem, que se acreditava feliz em sua solidão, via agora fantasias submersas virem à superfície. Passaria a procurar um homem com quem pudesse partilhar aquele amor que carregava com ela como uma carga que tinha de depositar nos braços de alguém. (Mas as febres que sofria nada tinham a ver com os afetos e satisfações da vida conjugal.) Eus esquecidos brotavam como bolhas num líquido fervente, explodindo em palavras: Aqui estou — lembra-se de mim? Ela disse a si mesma que era como uma crisálida dependurada de um ramo, seca e morta por fora, mas cuja substância, por dentro, perde a forma, ferve e se agita, sem nenhum objetivo aparente, e, no entanto, essa sopa acaba tomando a forma de um inseto: uma borboleta. Estava, obviamente, se dissolvendo em alguma espécie de sopa fervente, que talvez viesse a assumir outra forma em algum momento. Não precisava ser nada como uma borboleta: ela já ficaria contente com um como-era-antes.

Henry abandonou Pittsburgh e *Salomé* para um fim de semana de testes em busca de um novo Paul e uma nova Julie.

Encontrar-se com Henry foi como um daqueles profundos suspiros involuntários das crianças que se veem aninhadas em braços queridos. Henry saudou Sarah com seu grito de *Sarah!* e um sorriso ao mesmo tempo apaixonado e irônico, e ela se apaixonou por ele ali mesmo. Momento interessante, esse em que se vê um homem deslizar para fora do coração enquanto outro escorrega para dentro. Mas isso importava? O sofrimento pelo qual passava evidentemente nada tinha a ver nem com Bill, nem com Henry. As pessoas carregam em si o peso dessa ânsia, geralmente, graças a Deus, oculta e "latente" — como uma ferida interna? —, e então, sem nenhuma razão aparente, só porque sim, ali está ele (quem?), e nele se projeta essa ânsia, na forma de amor. Se os padrões não combinam, não se encaixam, tornam a se afastar, e a carga se direciona para outra pessoa. Quando não mergulha de novo, voltando a ser "latente".

Era um prazer estar com Henry. Havia uma inocência, uma alegria. Inocente? Quando o sexo queimava no ar, com chamas invisíveis?

Durante todo o sábado e a manhã do domingo, Henry, ela e Stephen, junto com Mary e Roy numa mesa separada, estiveram no salão da igreja, vendo Julie e Paul encarnados por uma variedade de jovens, homens e mulheres, todos de tênis e usando alegres roupas esportivas, pronunciando as palavras que Molly McGuire e Bill Collins tinham tornado suas. Uma flautista fornecia a música suficiente para sugerir o resto. Mas enquanto a música de Julie ia e vinha em fragmentos e trechos, ligando as cenas escolhidas por Henry para testar aqueles atores, Sarah mal conseguia tolerá-la, pois cada correr de notas, ou mesmo uma nota isolada, era como aquele acorde de piano tocado para indicar uma mudança de tom, iniciando uma canção, ou uma melodia, que repetia, na cabeça de Sarah, uma outra que nada tinha a ver com Julie. Ela não podia deixar de ouvi-la, tinha de cantarolar: havia dominado seus pensamentos. Teria sonhado aquela canção? Se você acorda com uma melodia ou uma frase na boca, tem de deixar a melodia ou as palavras se esgotarem, não pode simplesmente dizer não a elas ou recusá-las.

"O que é isso que está cantarolando?", perguntou Stephen.

"Não sei", respondeu. "Simplesmente não consigo tirar essa música da cabeça."

Mas Henry sabia, sabia o tempo todo. E cantou, sem olhar para ela:

She takes just like a woman, yes, she does,
She makes love just like a woman, yes, she does,
She aches just like a woman,
But she breaks just like a little girl.

"Bob Dylan", ele disse. E, sabendo que ela ia querer sumir por causa disso, levantou-se e caminhou em direção aos atores.

Stephen disse: "Eu, com a música de Julie tocando na minha cabeça o tempo inteiro, fico muito surpreso de ver que você tem espaço para outras coisas na sua".

Sua reação à atriz escolhida por Henry para fazer Julie surpreendeu Sarah. A garota foi escolhida pelo tipo físico, ao contrário de Molly, que não se parecia em nada com a original. Sarah pensou que, para Stephen, devia ser como se Julie entrasse em sua vida, mas ele apenas observou: "Bom, vamos esperar para ver".

E, quando Henry foi embora, os laços daquela insidiosa intimidade do teatro se romperam, adeus, até o começo de agosto, daqui a três semanas.

Sarah tinha resolvido tirar três semanas de folga, mas mudou de ideia. Estava com medo dos seus demônios. Além disso, havia tanto trabalho a fazer. *Julie Vairon* talvez fosse para o West End, se tivesse sucesso em Queen's Gift: já estavam fazendo consultas a respeito. Falava-se em fazer um musical baseado em *Tom Jones*, mas isso seria muito mais ambicioso do que *Julie Vairon*: será que Sarah estaria disposta a escrever o texto? Ela achava que não. Não tinha energia, mas não ia revelar isso aos colegas. Será que já não tinham bastante em seus pratos? *Hedda* ia se transferir para um teatro do West End, e Sonia se ocuparia disso. Logo começariam os ensaios de *Sweet freedom's children*, uma peça baseada nos últimos dias que Shelley, Mary e seu círculo de amigos passaram na Itália.

Mais uma vez Sonia os acusou de serem *workaholics*, e isso levou a uma discussão sobre trabalho. Será que podiam ser qualificados assim se gostavam do que faziam e nunca encaravam como trabalho? Sonia disse que isso era bem típico deles, ficarem sentados no escritório, discutindo alguma coisa teoricamente quando havia uma crise a ser resolvida. Mas que crise?, protestaram Sarah, Mary e Roy — Patrick ainda não tinha voltado. Sonia disse que tinha uma amiga experiente em gerenciamento teatral, Virginia, batizada em honra de Virginia Woolf. Muito bem, disseram eles, vamos testar a moça.

"Era mesmo bom demais para ser verdade, não é?", disse

Mary. "Nós quatro trabalhando anos e anos sem nenhum desentendimento."

Sarah ia ao teatro todos os dias. Era capaz disso, que significava muito: significava, especificamente, que não estava "clinicamente" deprimida. Graduava o próprio estado segundo uma escala particular. Apesar de a dor parecer pior a cada dia, não chegava nem perto daquela cara de Stephen ao ver o pôster de Julie vestida de árabe em seu jardim, ou à margem da cachoeira na França. Nunca passei por nada semelhante, ela pensou. Pelo menos, não se lembrava. Evidentemente, numa vida longa tinha havido desgraças...

Ela escreveu:

Há algo mais acontecendo, algo que não entendo. Se alguém próximo tivesse morrido, se tivesse me separado de alguém que amo mais que qualquer outra coisa, não poderia estar mais pesarosa do que estou.

Escreveu:

Acho que estou doente de verdade. Doente... de amor. Sei que não tem nada a ver com Henry, nem com aquele rapaz.

Pensou: Se eu tivesse passado por um terremoto ou por um incêndio e todos da minha família tivessem morrido, se, quando eu era moça, meu marido e meus filhos tivessem morrido num acidente de automóvel, acho que não sentiria uma coisa assim. Perda absoluta. Como se até então ela dependesse de algum alimento emocional, como um leite impalpável, que lhe tivesse sido retirado. Sentia doer o coração: carregava uma tonelada no peito.

Escreveu:

Carência física. Estou envenenada, juro. Em Amor, *de Stendhal, uma moça que se apaixona subitamente acredita estar envenenada. E estava. Eu estou. Existe um médico nos Estados Unidos que pode curar quem está apaixonado. Diz ele que o problema é químico.*

Escreveu:

Se um médico me dissesse: Você tem uma doença e vai ter de viver o resto da vida com uma dor no peito, eu continuaria vivendo. Diria: Muito bem, vou ter de me arranjar com uma dor no peito. Tem gente que vive com um braço aleijado ou imobilizada da cintura para baixo. Por que então estou fazendo tanto barulho por uma dor no coração?

Escreveu:

Podia, com toda a facilidade, pular de um penhasco ou do topo de um prédio de apartamentos para acabar com isto. Quem se mata por amor quer é escapar da dor. Dor física. Nunca entendi isso antes. O coração partido. Mas por que uma ferida emocional se manifesta como angústia física? Sem dúvida, é uma coisa bem estranha.

Mas ainda não estava tão mal quanto Stephen. Ele telefonava quase todas as noites, ao fim do dia. Quando a luz se acabava — hora da melancolia. As horas antes do jantar eram duras, disse ele. Era difícil para os animais também: ele podia jurar que os cavalos e cachorros passavam alguns maus momentos quando escurecia. "Nossa cadela, Flossie — sabe? a setter vermelha —, ela sempre vem para o meu lado quando anoitece, querendo carinho. Nós esquecemos que durante milhões de anos todas as criaturas da Terra sempre sentiram medo da chegada da noite."

"E agora não sentimos medo, nos sentimos tristes."

"Sentimos as duas coisas."

Ele perguntava o que ela havia feito durante o dia, contava o que tinha feito, daquele jeito cuidadoso, meticuloso que ela conhecia — mesmo sem querer —, tudo como uma profilaxia contra o vazio causado pela dor. Perguntava o que ela andava lendo e lhe falava dos livros que estavam empilhados em sua mesa de cabeceira, pois não estava conseguindo dormir muito bem.

Falavam por uma hora ou mais, enquanto ele olhava pela janela os campos mergulhando na noite. Dizia que podia ouvir os cavalos se movimentando. Quanto a ela, havia um plátano diante de sua janela, a copa no nível de seus olhos, e através dela enxergava as janelas acesas do outro lado da rua.

Ele veio à cidade e foram ao Regent's Park numa tarde ensolarada, quando o céu, as flores, as árvores e o sol pareciam decididos a celebrar um festival em honra dos dois. Passaram por cenas de prazer, por pessoas passeando, e crianças e cachorros alegres, mas tinham os olhos pesados e abstraídos. Ele ficava botando a mão no bolso em que havia um livro, como uma pessoa que toca um talismã, e, quando ela perguntou o que era, ele lhe entregou *A dinâmica e o contexto da dor*. Ela deu uma olhada e ia devolver, quando ele insistiu. "Não, é muito útil. Por exemplo, eu agora sei que 'internalizei' a figura de Julie. Isso explica o que acontece quando você ouve alguém dizer: Só Deus sabe o que é que ele vê nela."

"'Por isso é o Amor pintado sempre cego...' Mas acho que a literatura é mais útil que... esses livros de receitas psicológicas."

"Eu não disse que não via mais utilidade na literatura. Mas parei em Proust. Ele é o único que consegue manter minha atenção. Pelo menos agora, quando me sinto assim. Engraçado é que antes eu achava Proust autoindulgente."

"E eu andei relendo Stendhal. *Amor.* E ele é bem mais curto que Proust."

"Mas será melhor?"

"Os dois conseguiam combinar a paixão romântica com uma inteligência fria."

"Como Julie."

"Você não diria isso quando nos conhecemos."

"Não." E ele suspirou. Era quase um gemido. Parou, aparentemente contemplando os cisnes que flutuavam brancos sobre seus reflexos. Um silêncio. Que demorou demais.

"Stephen?" Nenhuma resposta. "Quer que eu te empreste *Amor*?"

"Por que não?", disse ele, depois de um bom intervalo. Estava muito distante.

E então começou deliberadamente a puxar conversa. "Você leu o *Werther* recentemente?" Nenhuma resposta. "É um caso interessante. Goethe se apaixonou primeiro por Lotte, depois por Maximiliane von la Roche. Ele próprio disse que Lotte era uma mulher capaz de inspirar mais satisfação do que paixões violentas, mas foi Lotte que ele colocou como heroína." Stephen ainda estava olhando o mesmo trecho da água. Galinhas-d'água nadavam agora no lugar dos cisnes. Avançavam com energia. Ele tornou a suspirar. Difícil dizer se estava ouvindo. "Evidentemente foi Maximiliane que inspirou a paixão violenta, mas não foi o que ele escreveu."

Ela pensou que ele não tinha escutado, mas depois de um tempo Stephen disse: "Está dizendo que ele foi desonesto?".

"Era um romance, afinal. Eu diria que ele foi circunspecto. Imagine se ele tivesse escrito um romance em que o jovem Werther ficasse loucamente apaixonado por Lotte e depois apaixonado por Maximiliane. Acho que os leitores não teriam gostado."

Ela se viu contando, à espera da resposta. Mas ele pareceu levar quinze segundos para ouvir, ou pelo menos para formular uma resposta.

"Acho que não gostariam nem agora."

"Mas Romeu estava loucamente apaixonado por Rosalind e depois por Julieta."

Um, dois, três... ela contou até vinte. "Acho que com isso já nos acostumamos."

Ela pensava: Será que também sou assim? Será que lá no teatro estão tendo de esperar meio minuto para eu responder alguma coisa?

"Stephen, quero te perguntar uma coisa... não, espere." Ele estava começando a se afastar, o rosto contraído. "Você me disse que estava apaixonado por alguém antes de se apaixonar por Julie. Você acredita, agora, que aquilo foi uma espécie de ensaio para a paixão de verdade?"

Ela achou que não ia responder, mas ele finalmente falou: "Mas foi muito diferente".

"Imagine se Goethe tivesse descrito duas paixões, ambas fortes, uma depois da outra, a primeira pela mulher maternal, a figura materna, e a segunda a coisa real, a paixão adulta! Ele não fez isso, de forma que agora um dos arquétipos europeus do amor romântico é uma insípida dona de casa anglo-saxã, mas a verdade verdadeira era uma paixão ardente por Maximiliane. Afinal de contas, todos nós já passamos pela experiência de dizer: Estou apaixonado por Fulano, porque não queremos que ninguém saiba que estamos apaixonados por outra pessoa."

Dava para acreditar que Stephen não estava ouvindo, mas ele falou, sem pausa: "Eles estavam dispostos a se matar por causa de Lotte. Os jovens alemães. Dúzias deles. Atiravam-se de penhascos e debaixo dos cascos dos cavalos".

"Seria por Lotte ser uma figura materna?"

"Não sei se minha amada era uma figura materna", disse, imediatamente, olhando direto para ela como se esperasse que respondesse sim, ou não. Como ela não respondeu nada, ele continuou, parecendo quase alegre. "É, pensando bem, acho que era. Bom, e qual é o problema? Era... Sarah, você teria gostado dela... Se tivesse se casado comigo naquela época..." Ele riu, apesar da resistência, e disse: "...eu não estaria amolando você com a minha loucura este tempo todo". Pôs a mão no braço dela, conduzindo-a na direção do jardim de rosas. Era um homem caminhando com uma amiga numa trilha entre canteiros de rosas numa tarde ensolarada. Estava até sorrindo. Só quando sentiu um peso ser retirado de seu coração foi que Sarah percebeu quanto estava preocupada com ele, e isso a deixou positivamente eufórica.

"Imagino o que os fanáticos por Goethe iam achar de sua teoria."

"Mas foi ele mesmo quem disse: 'É muito agradável quando uma nova paixão desperta em nós antes de a antiga ter se apagado inteiramente'. Nesse caso, a antiga se apagou e a nova aflorou em questão de dias."

"*Agradável*", Stephen disse.

"Ele disse também: 'A maior felicidade está no desejar'."

"Deus do céu."

"E Stendhal não discordaria. Um prazer para almas superiores, era o que ele achava."

"Maluco", disse Stephen. Ele parou no meio do jardim

de rosas da rainha Mary, cheio de gente em volta deles admirando as flores. Tirou o livro do bolso e leu para ela: "A autoimagem do sofredor se identifica com a da pessoa amada. Os fracassos amorosos anteriores, comuns nesse tipo psicológico, reforçam a condição presente porque cada submissão à doença soma todas as esperanças passadas à esperança presente. O sofredor valoriza a doença como garantia de sucesso dessa vez. Lembre-se que Cupido atira flechas e não rosas em suas vítimas". Continuaram caminhando, ele com o livro na mão como um padre com seu breviário ou um escolar empenhado em estudar para um exame. "E isso não fica muito longe de Proust", acrescentou.

"Acho que o prazer de Proust na autoanálise era mais forte que seus sofrimentos por amor. No caso de Stendhal, acho que a análise era uma forma de sobreviver ao sofrimento."

"Como Julie", ele disse, imediatamente e não depois de quinze ou vinte segundos.

"Enquanto Goethe gozava plenamente o drama todo."

"Ele era muito jovem."

"Eu não seria capaz de tudo aquilo quando era muito jovem. Ser jovem já é bem difícil." Mas Sarah estava pensando em si mesma quando criança e não quando jovem.

"Faço o possível para nunca pensar na juventude. Tenho a impressão de que não iria gostar do que lembrasse."

"Sabe que nunca mencionou seus pais?"

"É mesmo? Bom... Acho que não ficava muito com eles. Além disso, separaram-se quando eu tinha quinze anos. Tenho uma boa relação com os quatro. Quer dizer, quando nos encontramos. Meu pai e a mulher dele moram na Itália. Ela é um tanto vazia. Sempre achei que ele deve ter se arrependido de trocar minha mãe por ela. Mas acho que minha mãe não tem nenhum arrependimento. Ela e o...

— ele é um bom sujeito, na verdade. Estão na Escócia. Ele é fazendeiro. Bem mais moço que ela. Uns quinze anos talvez. Os dois se dão muito bem."

Estavam diante dos portões. Ela disse que o acompanhava até o clube onde estava hospedado, mas não era um clube, era um hotel.

"Eu não ia aguentar", disse ele. "Ter de conversar com os outros sócios, entende? Num hotel não se espera nada da gente. A única pessoa com quem sinto vontade de conversar é você. Sabe, Sarah, é engraçado: eu costumava conversar muito com Julie, mas agora parece que é com você."

Uma semana depois, ele estava de novo na cidade. Telefonou do hotel. Sarah achou que a linha estava ruim, mas percebeu que ele é que estava falando com dificuldade. "Queria encontrar com você", declarou, afinal, como se tivesse alguma coisa de particular a dizer.

"Certo — onde?"

Um longo silêncio.

"Stephen?"

"Diga."

"Quer que eu vá até o hotel?"

"Ah, não, *não*. Tem muita gente aqui."

"Então no parque de novo?"

"É, é, no parque..."

Ela entrou pelos portões formais, dourados, caminhando numa tarde brilhante até um homem curvado, sentado, imóvel, num banco. Sentou-se ao lado dele. Ele cumprimentou com a cabeça, sem olhar para ela. Depois foi acordando — ela observando — para conversar. Os planos para *Julie* em Queen's Gift estavam indo bem, disse ele. Sarah contribuiu falando bastante sobre o Green Bird. Sonia estava treinando a moça nova, Virginia. Ela costumava ter uma foto de Virginia Woolf ao lado da cama, mas Sonia fez com que trocasse por uma fotografia de Rebecca West. Isso provocara uma grande melhora: Virginia não usava mais coque na nuca nem roupas penduradas, mas cortara o cabelo e estava mais brilhante e bonita que um periquito, como Sonia.

Depois de algum tempo, Stephen sorriu, e ela continuou. Todo mundo estava trabalhando bastante na nova peça, *Sweet freedom's children*. Sarah achou que ele ia reagir ao título, mas não reagiu. Sugeriu que caminhassem um pouco e ele concordou com a cabeça. Ele se levantou como que por enorme força de vontade, e caminhou como se só a força de vontade o mantivesse em movimento.

"Quero te perguntar uma coisa", disse ela.

Seu tom de voz fez com que ele saísse de sua preocupação a ponto de dar a ela um olhar nervoso: "Eu estava esperando que você me desse a honra de sua confiança". O que queria dizer: Pelo amor de Deus, não.

"Não, não", ela falou. "Não, é uma coisa que diz respeito a você, não a mim... É importante para mim. Você sabe como a gente se dá bem na superfície de tudo..."

"Na superfície! Eu não usaria essa palavra. Por isso sou tão grato a você. Não pense que não tenho gratidão."

"Não, espere... Eu tive um sonho... quer dizer, algo parecido. Você de repente abre uma porta que nem sabia que estava ali e enxerga uma coisa que resume tudo."

"Tudo?", ele disse, desafiador.

Pararam à margem da fonte, olhando pelas barras os esguichos de água, um aglomerado de fúcsias. Peixes, sereias, água. E fúcsias.

"Belas fúcsias", ele observou. "Nunca se deram bem em casa. Mas conseguimos bom resultado com as azaleias."

"Tudo de uma situação. A verdade oculta de alguma coisa. Se você abrisse inesperadamente uma porta, o que acha que veria...?"

Ele respondeu imediatamente: "Veria Elizabeth e Norah, nuas, uma nos braços da outra, e as duas rindo de mim". Ela não esperava uma resposta dessas. Era demais para uma verdade à luz do dia. "E o que é que existe por trás de sua porta fechada?"

Ela respondeu cheia de gratidão, percebendo pela onda de emoção que a invadiu quanto gostaria de conversar sobre a própria situação. "Uma menina esfaqueando uma boneca com uma tesoura. A boneca está sangrando."

Ele ficou pálido. Depois, lentamente, fez que sim com a cabeça: "E quem é a boneca?".

"Bom... podia ser meu irmão mais novo. Mas não sei de fato."

Ela não voltou a falar. Enquanto caminhavam, ele chegou a parar de repente, devido a algum pensamento ou lembrança. Todo seu corpo parecia se encolher diante do que quer que fosse. Ela o pegou pelo cotovelo, para que continuasse andando.

Chegaram aos portões. Ele ia para um lado, ela para o outro. Inesperadamente, ele a abraçou e a beijou. Um abraço gelado e enregelante. Quando se virou ela viu a máscara tomar conta de seu rosto, como se uma mão — com o mesmo gesto usado para fechar os olhos dos que acabaram de morrer, um movimento para baixo que apaga para sempre a luz — tivesse colocado pesos em suas pálpebras e puxassem para baixo os cantos de sua boca.

Sarah ficava no escritório todos os dias das nove da manhã às oito da noite. Estava fazendo não só seu trabalho, mas também o de Mary, Patrick e Sonia. Patrick telefonava sempre, para dizer que estava doente — não, não, não precisavam pensar em nada grave, só precisava descansar. Todos sabiam que estava mentindo. Sonia, valentemente, não contava o que sabia, mas eles adivinhavam. Ele se sentiu culpado por um ou outro plano para *Julie* que eles não tinham aprovado. De qualquer forma, iam ter de lidar com aquilo. Mary visitou junto com Sonia vários teatros de província para ver se havia algo adequado para o Green Bird. Em Birmingham cruzaram com Roger Stent. "Ah, Barbarossa", Sonia disse. "Visitando os pobres?" Era *Oedipus rex*. "Vaca", ele disse. "Isso mesmo", Sonia respondeu.

"Devo acreditar que isso é um namoro", Mary observou ao telefone.

Sarah trabalhava numa mesa e Roy em outra. Era agradável trabalharem juntos, como faziam havia anos. Passavam os dias inteiros juntos, um trazendo café para o outro, repartindo refeições rápidas no café do outro lado da rua. Essa amizade nada exigente era a salvação de Sarah e, ela acreditava, fazia o mesmo por Roy. Ele provavelmente ia se divorciar, mas não queria o divórcio. Sua mulher tinha um amante. O filho estava infeliz.

Sarah sabia que era nisso que ele pensava muitas vezes enquanto estava ali, trabalhando com ela, da mesma forma que seu mundo de febres e fantasias ameaçava encher sua cabeça. Para ela, parecia que tinha se transformado em outra pessoa. Não muito tempo antes teria sentido vergonha de abrigar esses sonhos idiotas. As cenas que, por compulsão, imaginava eram fracas, desprezíveis. Seus amantes do passado — talvez não muito distantes no tempo, mas qualquer coisa do passado parecia de uma outra dimensão — voltavam para dizer que tinha sido a única mulher de suas vidas, a mais notável, a mais satisfatória, e assim por diante. Essas cenas sempre surgiam quando na presença de outras pessoas. Interessante que eram quase sempre com Bill: ela teria tido vergonha de impor essas cenas a Henry. Em suas fantasias, era Bill que sucumbia à inveja e ao desejo dos encantos passados que ele nunca gozaria. Ou cenas de amor — lembranças que não cuidara de espanar durante anos. As cenas se apresentavam dotadas de emoções intensas como um transe — emoções adequadas para os inatingíveis. Estes não acompanhavam os fatos reais, e como cada um enfatizava a memória — território em que ela era tão romântica quanto a fantasia de um rapaz muito jovem, ou uma novela sentimental —, tomando posse dela, Sarah se esforçava para lembrar, nos mínimos detalhes, o que havia realmente acontecido neste ou naquele amor, de forma que suas memórias *en rose* tinham de aceitar o selo de verdadeiras. Esse exercício de corrigir as memórias como falsas ou elogiosas era exaustivo e difícil de realizar, porque a fraqueza de seu atual estado de espírito fazia com que retornasse sempre à adolescência, e a adolescência não admite o que é comum.

Continuava também a se maravilhar com o que tinha de histriônica, algo que durante anos e anos tanto havia recusado; porém, nos momentos de sanidade, sabia que era pela mesma razão que se recusava a sequer pensar em... *Adivinhe quem?* Continuavam a chegar flores, sempre uma só de cada vez, extravagantemente embrulhadas, rosas, orquídeas, lírios, mas, depois de ver quem não tinha mandado (Henry), ela as esquecia. No entanto, o estado em que se encontrava agora fazia as recusas passadas parecerem uma rejeição voluntária de toda felicidade. Ela, uma mulher sexualmente desejável, atravessara anos sendo cortejada e quase sempre dissera não.

Porque não teria havido convicção no sim. Um ou dois ela havia achado divertidos. Boa palavra essa, como *amor*; expressando o que você quiser, o que funcionar. Mas *divertimento* não traz em si aquela outra dimensão de... o quê? A palavra *encantamento* ia ter de servir. Uma dimensão na qual ela agora estava perdida. Bem, quase perdida. Não inteiramente. Estaria melhorando? Notou que com a aproximação do dia de retomada dos ensaios — quando Henry estaria de volta — o peso da dor diminuía. Não muito, porém.

Não existe absolutamente nada como o amor para nos mostrar quantas pessoas vivem dentro de um mesmo corpo. A mulher (ou melhor, a moça) que sonhava com amores passados achava que a Sarah adulta era uma boba por se contentar com tão pouco. A Sarah comum e cotidiana, com a qual afinal ia viver (pelo menos era o que esperava) até o fim da vida, não passaria nem meia hora com aquela mocinha sonhadora. Mas a Sarah que ela era agora a maior parte do tempo, empapada de dor, não tinha muita energia para pensar nas outras, todas atrizes coadjuvantes. Ela simplesmente sentia, sofria, aguentava, num inferno de dor.

Escreveu:

Uma jornada no inferno. Não sei se vou sobreviver a isto.

Escreveu:

Uma descarga profunda. Qual profundidade?

Uma noite, antes de os ensaios recomeçarem, no fim da primeira semana de agosto, Henry entrou no escritório e todo seu desespero foi embora. Ela se viu novamente numa atmosfera de charme, leveza e camaradagem. Estava agora inteiramente apaixonada por Henry. Apaixonada por ele porque ele estava apaixonado por ela, e isso lhe permitia gostar de si mesma.

Quando entrou no salão da velha igreja na manhã seguinte e viu todos os rostos de Belles Rivières misturados às caras novas, foi como se tivesse feito uma curva numa estrada conhecida e se visse numa paisagem onde a luz era uma bênção. As sombras de sua dor estavam quase extintas. Mas estavam de novo no feio salão, que parecia ainda pior depois de Belles Rivières. A coluna de luz com que tinham brincado havia se reduzido a um retângulo de luz de um amarelo sujo junto à janela alta, lembrando a todos que a terra tinha se deslocado em sua elipse em direção ao equinócio. Época em que *Julie* teria terminado, desaparecido, e todos estariam espalhados pelo mundo.

Lá fora, a luz do sol inundava Londres, a Inglaterra inteira, ralentando os movimentos das pessoas e fazendo-as sorrir, e toda a companhia escapava sempre que possível para passear ao longo do canal próximo, ou sentar-se às suas margens comendo sanduíches, tomando sucos. Além disso, os novos ensaios eram um tanto pesados, porque a maioria deles sabia o texto de cor e não era só por causa do calor que todos passeavam por suas falas enquanto Susan Craig e David Boles iam se transformando em Julie e Paul. O novo Paul não chegava nem perto da sedução do jovem tenente que Bill fazia. Era um ator de aspecto agradável, eficiente, que, quando vestisse a farda, seria convincente. Sally observou: "Esse aí não vai nos deixar a todas, pobres mulheres, acordadas de noite", no momento em que se levantava para sua fala como mãe de Julie: "Bem, minha filha, você deve se cuidar se não quiser ser feita de boba".

Será que Sally estava doente? Estava muito mais magra e sorria muito mais que o natural. Richard Service fora substituído por outro mestre impressor. Por que Richard teria saído do elenco? Era o que todos se perguntavam. Sarah havia recebido dele a seguinte carta: "Sinto muito, vão ter de me substituir. Tenho certeza de que não vou precisar especificar a razão. Se não fosse por meus três filhos, esta carta seria bem diferente, pode ter certeza. Meus melhores votos de sucesso para *Julie* na Inglaterra".

O que se espera de senhoras maduras é que guardem seus problemas e sigam em frente.

Quanto à nova Julie, era uma moça de corpo flexível, pele morena e olhos negros. Não havia feito o primeiro teste, senão teria, com certeza, sido a escolhida.

"Ela é um prêmio", disse Henry. "Um presente. E a qualquer momento vamos esquecer quanto Molly era boa."

Stephen só apareceu no final da primeira semana, quando faltavam dez dias para a estreia, e sentou-se ao lado de Sarah, que lhe perguntou: "Então?", e ele respondeu: "É...".

O elenco, sabendo que aquele era o rico patrocinador inglês, responsável pela temporada inglesa, empenhou-se no ensaio. Susan e David, depois Susan e Roy Strether (lendo as falas de Andrew, que ainda não havia chegado), depois Susan e o novo mestre impressor, John Bridgman — um agradável homem de meia-idade que, quando não estava representando, era perito em desarme de bombas —, todos partiam o coração uns dos outros, de acordo com o texto da peça.

Sarah ficou sentada ao lado de Stephen, imaginando o que Susan acharia dele. Homem grande, sério, contido, ficou calmamente sentado em sua cadeira, vestindo um terno de linho esverdeado que anunciava ter sido antes, talvez há muito tempo, uma roupa tremendamente cara, e sapatos nada adequados para calçadas quentes. O problema era que Sarah havia "internalizado" Stephen. Era difícil vê-lo como os outros deviam vê-lo. Quando conseguia, ficava impressionada. Era um sujeito bonito, aquele Stephen, ali sentado de braços cruzados, assistindo inteligentemente àquelas cenas febris.

Ela perguntou: "O que acha de Susan?".

Ele respondeu, sombrio, mas com toda a consciência do absurdo: "Acho que perdi meu coração para Molly".

Ela exclamou: "Está curado".

"'Se você é louco, então seja louco até o fim...' Que canção é essa? Não sai de minha cabeça. Esse negócio psicológico que estou lendo, tenho certeza de que não é intenção deles, mas dá direito à loucura. O que eu acredito — quer dizer, acreditava — é que tinha de ser durão, mas depois de ler algumas páginas comecei a sentir que estaria faltando ao respeito com a classe médica se superasse meu estado sem ajuda. Se compreender melhor quer dizer superar... então o que está escrito lá é que o que estou vivendo é um afloramento de mágoas sepultadas, mas, Sarah, eu não tenho nenhuma porta fechada com uma boneca sangrando do outro lado. O que tenho na minha casa — é, minha casa — é visível o tempo todo. O que é que tem de sepultado nisso?" Ele estava com o rosto a poucos centímetros do dela, mas não a via. "Fico olhando as palavras — você sabe, eles são displicentes com as palavras: mágoa, tristeza, dor, preocupação — mas de uma coisa eu sei; *eles* não sabem do que estão falando. Qualquer um pode escrever mágoa, dor, tristeza et cetera e tal. Mas o negócio é diferente. Nunca pensei que existisse uma coisa dessas... você acha que vai acabar algum dia? Toda manhã eu acordo... num inferno." Ao dizer essas palavras melodramáticas, olhou em torno, depressa, mas ninguém estava prestando atenção neles. "Hoje me descobri pensando assim; o que é que pode acabar com isso para o resto de minha vida? Você fica me dizendo que não acaba. Mas e os velhos? Temos um velho lá em Queen's Gift. Elizabeth vai sempre visitá-lo — ela é boa para esse tipo de coisa. Uma vez fui no lugar dela, quando ela saiu com Norah. Ela dizia que ele estava deprimido. Que palavra! Estava era miserável, isso sim. Na minha opinião, a maioria deles morre é de tristeza."

O ensaio terminou. Diante deles, estavam Susan e Henry, frente a frente. Ele explicava alguma coisa. Os dois se pareciam, criaturas esguias, flexíveis, com brilhantes cabelos cacheados, olhos escuros expressivos, eretos como bailarinos em repouso. Provavelmente vão se apaixonar; ele está disposto a amar (*he's in the mood for love*, Sarah teve de fazer um esforço para impedir que a canção dominasse seus pensamentos). Como eu. É químico.

Henry saiu e Susan ficou ali, linda, as mãos cruzadas diante do corpo, aparentemente indiferente ao resto do mundo. Aos poucos ela relaxou a postura de bailarina e começou a se afastar. Sarah cumpriu com seu papel. Chamou-a, apresentou-a a Stephen. Do alto de sua estatura, Stephen olhou a moça. Cada músculo de seu corpo dizia: Em guarda! Ela o olhou com devoção.

Sally passou por eles. Ela, que até pouco antes fora uma negra grande e bela, estava definitivamente magra, a pele parecia ter perdido o brilho. Como não era, com toda a certeza, daquelas que não se dão conta do que ocorre em torno, com um rápido olhar captou todo o clima entre o homem e a moça, e o breve sorriso que deu a Sarah rendia, com relativo bom humor, uma homenagem à loucura humana. Seu rosto voltou a ficar tristonho, mas ela tornou a sorrir, desta vez um sorriso paciente, porque Henry a interceptou no ato de tirar da bolsa uns sanduíches. "Sally, você tem de comer direito. Sylvie não pode ser magra. Desculpe, mas trate de ir comer um prato de macarrão e uma torta de creme."

Mary, destacada para fazer com que a ordem fosse cumprida, levou Sally com ela.

"'*Love is a many-splendoured thing*'", cantou Sally para ninguém em especial, quando iam saindo.

Stephen foi-se também; não tinha vontade de almoçar.

Sarah ouviu "Sarah" murmurado em seu ouvido. Seu coração derreteu e ali estavam ela e Henry de pé na calçada. Os dois acharam que estava calor demais para almoçar, e foram passear ao longo do canal. Fizeram piadas: era o estilo deles. Henry estava decidido a diverti-la. "Sou bom nisso", ele falou, depreciando os próprios talentos, como sempre fazia, e ela riu dele. Ficaram falando bobagens enquanto o sol de Londres banhava tudo, gente de roupas coloridas passeando preguiçosas, divertindo-se. A hora do almoço evaporou-se. Eu também estive na Arcádia, disse ela a si mesma, sem se importar que parecesse ridículo. Talvez todos tivessem de passar por aquilo para conquistar seu bilhete de entrada à Arcádia.

Henry estava de partida para Berlim na manhã seguinte. Ia dirigir lá uma produção no ano seguinte e tinha de discutir as condições. Brincaram dizendo que ela ia com ele, e de repente houve um momento em que não era brincadeira. Por que não? Ambos queriam isso. Mas quando se tornou uma possibilidade, e depois um plano, as restrições começaram a aparecer, porque havia arranjos a serem feitos e outras pessoas envolvidas. Mesmo assim, quando foram embora depois do ensaio combinaram de se encontrar no hotel em Berlim se não desse mais tempo de pegarem o mesmo voo. Ao telefonar para uma agência de viagens, o entusiasmo dela cedeu. Uma mulher da idade dela repartir um quarto com um homem da idade dele ia provocar comentários. Precisariam de dois quartos. Quando a agência de viagens retornou o chamado, foi para informar que os dois hotéis preferidos só saberiam se teriam vagas no dia seguinte. Claro que podiam chegar a Berlim sem nenhuma reserva, pegar um táxi e ir de hotel em hotel; mas se não fossem no mesmo voo, então... Um fulgor de irritação começou a tomar conta dela. Tudo isso estava a milhões de quilômetros da Arcádia. Achou difícil telefonar para Henry com todos esses problemas e, ao saber que ele não estava em seu quarto, ficou ao mesmo tempo aliviada e desolada. Em vez de fazer tudo o que era preciso para ir a Berlim no dia seguinte, resolveu esperar a ligação dele de Berlim. Precisava ouvir a voz dele, seu chamado de "Sarah!" — isso, tinha certeza, tornaria possível sua ida a Berlim.

Assim que se sentou para esperar, o telefone tocou. Era Anne. "Sarah, você me desculpe, mas vai ter de vir até aqui." "Não posso agora." "É preciso, Sarah. Tem de vir." E desligou antes que Sarah pudesse protestar.

Era uma grande casa familiar em Holland Park. No jardim, ainda iluminado por um fraco brilho de sol, as irmãs de Joyce estavam deitadas, quase nuas, em espreguiçadeiras. Pareciam dois belos galgos jovens. As relações de Sarah com Briony e Nell podiam ser bem descritas como formais: formalizadas nas discussões sobre Joyce, nos rituais de trocas de presentes e convites para o teatro. Elas reclamavam que a tia parecia achar que tinha só uma sobrinha. Eram meninas inteligentes, que haviam se saído bem, algumas vezes mesmo com brilhantismo, na escola e depois na universidade. Ambas tinham bons empregos, uma num banco, outra como química num laboratório. Nenhuma das duas era ambiciosa, e haviam recusado possibilidades de promoção porque significariam trabalho pesado. Estavam agora no meio da casa dos vinte anos e moravam com os pais, dizendo francamente, e muitas vezes: por que sair de casa, onde tinham tudo pronto e podiam economizar? Eram ambas ignorantes, produto de um período particularmente ruim da história da educação britânica. Nenhuma das duas era capaz de evitar o riso ao afirmar que não sabiam que os russos haviam estado do nosso lado na última guerra, ou que os romanos haviam ocupado a Grã-Bretanha. Dentre as coisas de que nunca tinham ouvido falar estavam a Revolução Norte-americana, a Revolução Industrial, a Revolução Francesa, os mongóis, a conquista normanda da Grã-Bretanha, as guerras com os sarracenos, a Primeira Guerra Mundial. Isso havia se transformado num jogo: se Sarah mencionava, por acaso, digamos, a Guerra das Duas Rosas, elas exibiam um sorriso bobo: "*Mais* uma coisa que nós não sabemos; ah, meu Deus". Não tinham lido nada e só sentiam curiosidade pelas lojas das cidades que visitavam. Para agradar a Sarah, Briony havia dito que tinha tentado ler *Anna Kariênina*, mas que tinha chorado. Aquelas duas bárbaras adoráveis apavoravam Sarah, porque ela sabia que eram representativas de sua geração. Pior, uma hora na companhia delas punha Sarah pensando: Afinal, para que é que as pessoas têm de saber alguma coisa? Evidentemente as duas se davam muito bem pensando só em roupas e divertimentos. Tinha-se gasto com a educação de ambas dinheiro suficiente para manter uma aldeia da África durante vários anos.

Sarah subiu até a parte de cima da casa, onde Anne tinha uma saleta particular. Quando viu Sarah, suspirou, depois sorriu, apagou o cigarro, lembrou-se que Sarah não era uma paciente e acendeu outro.

Foi direto ao assunto: "Alguma coisa aqui é sua?".

Sobre a mesa, havia uma profusão de coisas. Uma grande colher de prata. Uma moldura de prata. Um colar de âmbar. Algumas moedas antigas. Uma pequena bolsa vitoriana de malha de ouro. Um cinto ornamentado que parecia de ouro. E muitas outras coisas.

Sarah apontou o colar e a moldura. "Joyce?", perguntou. E Anne fez que sim com a cabeça, expelindo a fumaça numa sala já densa de fumo. "Encontramos tudo isso escondido no quarto dela. A polícia vem dentro de uma hora para levar tudo o que não for seu."

"Ela não vai ficar rica com isso aí."

"Não deixe nada exposto, Sarah. Cartões de crédito, talões de cheque, nada assim."

"Ah, claro que ela não iria..."

"Na semana passada ela falsificou minha assinatura num cheque de três mil libras."

"Três mil libras...", Sarah sentou-se.

"Exatamente. Se fossem trinta ou mesmo trezentas... E não, eu não acho que seja nenhum pedido de socorro, nenhuma dessas besteiras que as assistentes sociais dizem. Ela vive num tal mundo de sonhos que deve achar três mil e trezentos tudo a mesma coisa." A voz de Anne falseou, ela tossiu e acendeu outro cigarro. Encheu um copo com o suco de uma jarra e fez um gesto convidando Sarah a fazer o mesmo. Mas não havia outro copo.

"Então o que é que aconteceu?"

"Resolvemos tudo com a polícia. Foram ótimos. Depois passamos um sermão nela. Só depois nos ocorreu que o que dissemos foi só: Da próxima vez não tente conseguir uma soma tão grande — se quer ser ladra, pelo menos seja eficiente. Porque se ela está tomando drogas vai acabar roubando, não vai?"

Anne riu, sem esperar que Sarah desse risada com ela. Sarah achou que a cunhada estava mais do que cansada; possivelmente estava até doente. Os cabelos pálidos caíam sobre o rosto ossudo. Aquele cabelo que tinha sido macio, dourado, brilhante. Como o de Joyce.

"O que é que vamos fazer?"

"O que podemos fazer? Hal disse que eu devia desistir do meu trabalho e ficar cuidando dela. Mas não vou fazer isso. É a única coisa que me mantém sadia."

Sarah se levantou, pegou as coisas que eram suas.

Anne disse, então, numa voz baixa, intensa, trêmula: "Não pense muito mal de mim. Você simplesmente não sabe... não faz ideia do que é estar casada com Hal. É como estar casada com uma espécie de grande bola de borracha preta. Nada que você faça deixa marca alguma na superfície dela. O mais engraçado é que eu já o teria largado há muito tempo se não fosse por Joyce. Bobagem. Achei que ela ia melhorar. Mas ela sempre foi um fracasso".

Sarah deu-lhe um beijo de despedida. Não era bem seu estilo, mas Anne ficou contente. Lágrimas encheram seus olhos já congestionados.

"E os seus dois, como estão?"

"Bem. Recebi cartas dos dois esta semana. E George telefonou ontem à noite. Talvez traga todo mundo para o Natal."

"Maravilhoso", disse Anne, sonhadora. "Assim é que tem de ser. Tudo no seu lugar, os dois estão bem e pronto. Você nem pensa muito neles, não é?"

"Ultimamente eu tenho andado tão..."

"Eu sei. Tem mais no que pensar. Eu passo o tempo inteiro preocupada. E sempre me sinto culpada quando estou com você, porque foi você que assumiu o encargo todos esses anos. O *fato* é que eu teria de ter parado de trabalhar se você não fizesse o que fez. O *fato* é que eu falhei com Joyce."

Ao sair, atravessando o jardim, Sarah viu que as espreguiçadeiras estavam vazias. Ocorreu-lhe que as duas filhas sadias nem tinham sido mencionadas. Briony e Nell diziam sempre: "Ah, não precisam se preocupar conosco, *por favor*. Nós somos só as saudáveis. *Nós* somos um sucesso. *Nós* somos viáveis".

Os músicos chegaram. Sarah e Henry sentaram-se lado a lado à sua mesa de armar, cheia de cadernos de anotações, partituras, copos de plástico manchados de café e as mensagens de fax de todo o mundo que o show business não pode dispensar nem por meio dia. Ela estava decidida a não sentir nada quando a música começasse, mas uma doce lança alada penetrou diretamente no plexo solar de Sarah e ela voltou para Henry os olhos úmidos.

"Sabia que alguns filósofos dizem que a música devia ser proibida numa sociedade bem organizada?", perguntou.

"Qualquer música?"

"Acho que sim."

"Passei o fim de semana com os fones de ouvido. Anestesia. Para o caso de não ficar bêbado o suficiente... quando era menino aprendi a usar a música como anestesia... ouvindo."

A flauta sustentou uma nota longa enquanto o tenorino fazia um contracanto, "entortando" a nota meio tom acima, e mantendo-a enquanto a voz acompanhava.

"Será que o que a gente quer mesmo é ficar sentado aqui, chorando como bebês?", perguntou Sarah. Ele respondeu: "Não temos alternativa". Henry se levantou de um salto, correu para ajustar a posição dos atores, voltou depressa à sua cadeira, que deslocou para ficar mais perto de Sarah.

"Essa utopia sem música... e se alguém resolver cantar só porque sim?"

"Cortam-lhe a cabeça, acho."

"Lógico."

De repente, Henry acusou: "Você não telefonou".

"Telefonei, sim. Você tinha saído."

"Fiquei esperando você aparecer o fim de semana inteiro."

"Eu não sabia onde você estava."

"Deixei o nome do hotel no teatro."

"Eu não sabia. E por que não me ligou?"

"Liguei. Você tinha saído."

"Fiquei sentada esperando o fim de semana inteiro..." Porém tinha havido aquelas duas horas com Anne. Ela disse: "Eu precisava de estímulo".

"Mas você sabe que..."

"Não faz mesmo ideia de por que eu precisava de estímulo?"

"Talvez *eu* precise de estímulo."

"*Você* precisa, sim." O riso dela foi só para si mesma. Amou Henry porque ele não entendeu o que ela queria dizer. Ou fingiu não entender.

Ele disse então: "E eu fiquei aliviado de você não ter ido, além de ter ficado muito... bêbado".

"Eu sei. Eu também."

E ele disse, inesperadamente: "Sou um homem casado, Sarah".

"Eu sei disso."

"Sabe?" Ele caçoava dela e de si mesmo. "E deve saber também que tenho um filho pequeno..." E riu de si mesmo outra vez.

Ela riu, enquanto o Atlântico inteiro se despejava entre eles.

"Sarah, quero te dizer que nada, nada no mundo é mais importante para mim do que meu filho."

"E o que é que isso tem a ver com..."

"Tudo", disse ele, desesperado.

Do outro lado do salão, atores e músicos lutavam, se abraçavam e faziam bobagens gerais, como era indispensável, para aliviar a tensão.

Sarah se inclinou e beijou Henry nos lábios — um beijo de despedida, mas ele não tinha como saber disso. Servia para mostrar a ambos o que haviam perdido naquele fim de semana.

"Minha família vai vir para assistir a *Julie.* Em Queen's Gift."

"Tenho certeza de que vamos nos divertir muito", ela brincou, mas ele disse, deprimido: "Não acho, não".

Depois, num mesmo impulso, Sarah e Henry se recostaram em suas cadeiras, demonstrando que estavam se divertindo com toda aquela palhaçada do elenco. Os braços de ambos, nus, estavam lado a lado, colados do pulso ao ombro.

De tarde, Susan veio perguntar a Sarah se Stephen ("Sabe?, mr. Ellington-Smith?") viria assistir aos ensaios naquela semana.

"Vou descobrir para você", disse Sarah, vestindo seu personagem de tia confortável.

"Queria que viesse", murmurou a moça com um toque de petulância de criança mimada que combinava bem com seu estilo geral, enfatizado nesse dia por buquês de cachos negros presos de ambos os lados de seu rostinho pálido.

Sarah telefonou para Stephen e disse que Julie estava com saudade dele.

"Está me mandando um recado?"

"Acho que sim."

"Ela gosta de mim?"

"Isso é o seu instinto que tem de dizer."

"Eu vou de qualquer jeito. Sinto sua falta, Sarah."

Na terça-feira, Andrew entrou no salão, vindo direto do aeroporto. Deixou a mala no chão, cumprimentou Henry e foi até Sarah. Sentou-se ao lado dela, focalizando toda a sua energia. Havia passado seis semanas nas montanhas do sul da Califórnia, onde estavam rodando um filme sobre imigrantes mexicanos, ele no papel de um policial norte-americano de cidade pequena. Não tinha como parecer mais deslocado naquele cenário inglês macio, desleixado, afável.

"Suponho que vai me agradecer muito educadamente pelas flores?"

"Acho que em algum momento eu agradeceria, sim."

Ele colocou uma folha de papel na frente dela. "Hotel. Número do quarto. Número do telefone. Estou te dando isso agora porque é claro que não vamos ficar sozinhos nem cinco minutos. Você me telefona, Sarah?"

Ela sorriu para ele.

"Sem esse sorriso, por favor." Com uma saudação que ele tornou cômica — que ficaria bem numa comédia da Restauração —, ele foi se juntar aos outros. Nesse dia, o segundo ato seria remodelado.

Stephen veio na quarta-feira para o ensaio corrido. Na quinta-feira, toda a companhia iria para Queen's Gift. Haveria um ensaio geral na quinta à noite, depois o tradicional dia de descanso na sexta-feira. A estreia seria no sábado.

O ensaio corrido foi bem, mas ver *Julie* ali, naquele salão sem graça, depois do colorido e da variedade da floresta na França, diminuía tanto a peça que todos admitiram que nada poderia superar o país original de Julie como cenário. Isso levantava questões quanto a uma possível temporada em Londres. Toda vez que o assunto vinha à baila, surgia todo tipo de dificuldade insuperável, e logo estavam todos sugerindo como melhorar a produção para o ano seguinte em Belles Rivières.

Stephen e Sarah sentaram-se lado a lado. Na primeira oportunidade, Susan veio se sentar ao lado dele. Conversou sobre seu papel e lançou-lhe olhares que eram curiosos e perturbados, uma vez que a expressão dele não era nada encorajadora. Porém, quando fazia Julie, Stephen a observava atentamente. Estava sentado, como sempre, com todo o seu peso bem distribuído, cada pedacinho do corpo bem consciente do próprio valor, enquanto prestava atenção a cada palavra, a cada gesto. Mas era uma atenção pesada, dando a impressão de uma concentração sob ameaça. A moça — todos achavam — não podia ser mais adequada para o papel de Julie. Uma certa qualidade infantil, ingênua e autoelogiosa desaparecia no momento em que ela se transformava em Julie. Viera até Stephen em busca de aprovação, e ele disse que era uma Julie maravilhosa, maravilhosa, mas de um jeito que a deixou na dúvida.

Depois, ele e Sarah saíram e foram até a margem do canal, debaixo da pesada luz do sol. Uns patos nadavam com toda a energia para escapar de um barco de passeio que vinha vindo, mas o marulho da água fez com que balançassem como brinquedos na banheira de uma criança. As ondas se assentaram e os patos também. Eles mergulharam o pescoço, os pés vermelhos se agitando no ar. "Bom, Sarah", disse ele, afinal, "eu não sei. Acho que desisto. Essa é que é a verdade." E, com um sorriso que era um pedido de desculpas irônico, foi procurar um táxi que o levasse à estação de Paddington.

Henry viu Sarah parada sozinha à margem do canal e veio convidá-la para almoçar.

"Você não entendeu o que eu falei sobre meu filho", disse ele.

"Claro que entendi. Você está dando a ele tudo o que não teve."

"E é só isso?"

"Todas essas coisas terríveis que a gente sente, em geral elas são... é só isso."

"Terrível? *Terrível?*"

"Terrível. O que nos faz dançar."

"Então, pelo menos vamos almoçar."

A plenitude os envolveu, como se respirassem ar fresco, depois de sufocados. Depois do almoço ele foi embora, e quando Sarah ia caminhando para o ponto de ônibus deu com Andrew a seu lado.

"Não está nem um pouquinho interessada em saber por que estou te perseguindo?"

"Acho que dá para adivinhar."

"Dá para adivinhar o objetivo, mas não a razão."

Tinham ambos caído naquele agradável antagonismo sexual que acompanha esse tipo de conversa. Sarah se sentiu bastante revitalizada com aquilo. Estava até pensando: "E por que não?". Mas não haveria convicção na coisa.

"A melhor experiência que já tive foi com minha madrasta. E estou permanentemente tentando repetir a mesma coisa."

"Quando você tinha seis e ela vinte e seis?"

"Eu tinha quinze e ela quarenta."

"Ah, sei."

"Não, não sabe. Continuamos juntos por dez anos."

"E aí ela já era uma velha e você disse muito obrigado e foi-se embora?"

"Ela morreu de câncer", disse ele, com a voz partida. O rosto duro do gaúcho estava agora sério como o de um órfão.

Ela disse: "Ah, *não* me...", mas sua própria voz lhe faltou.

"Então, Sarah Durham", disse ele, exultante. "Quem diria, hein? É, pode chorar, chore."

O ônibus chegou. Ela sacudiu a cabeça, querendo dizer que não podia falar senão cairia em prantos, mas ele entendeu diferente. A expressão que ela viu em seu rosto, ali parado no ponto, decepcionado, enquanto o ônibus a levava embora, não era nenhuma que ela pudesse, ou quisesse, encaixar na imagem que fazia dele.

Se as fantasias eróticas ou românticas que se tem sobre um homem podem revelar como ele é, então era forçada a concluir que sentia por Henry o tipo de amor que, se tivesse seus trinta anos e não — bom, melhor não pensar nisso —, a teria levado (para cunhar uma frase) a uma relação comprometida e duradoura. Na riqueza e na pobreza. Ficou sentada à sua mesa de trabalho, os olhos nos dois jovens do quadro de Cézanne, sem saber se o que via naquele palhaço pensativo era sua filha ou Henry, e metodicamente revisou relacionamentos passados, duradouros ou não. O fato é que não existem assim tantos relacionamentos "reais" numa vida, poucos casos de *amor.* Aquele serviu para um flerte, aquele para um fim de semana, outro para — mas ela não tinha aberto a porta para a perversidade, felizmente —, outro para um ardente erotismo. Mas *convicção*? Henry tinha convicção. (Teria convicção?) Por quê? Tudo o que dava para saber naquele estágio tão incipiente da "relação" (que jamais existiria) era que não tinha havido jogo, nem embaraços, como com Bill, coisas como um banho de água fria na cara e um gosto amargo na boca. As tecelãs invisíveis jogavam suas lançadeiras, tecendo memórias e desejos, par com par, fio com fio, cor com cor. Há um mês, se tanto, estivera "apaixonada" por Bill (não conseguia tirar as aspas da palavra, por mais desonesto que fosse). A ponto de... — é, o torvelinho. Agora, porém, achava tudo aquilo improvável e embaraçoso, mesmo estando decidida a não odiar o pobre jovem e a si mesma, como seria aconselhável. Não ia achar vergonhoso ter se apaixonado por Henry quando tudo acabasse. Uma lembrança *sorridente*? É pouco provável, com tanta angústia, porém a angústia, a dor, nada tinham a ver com Henry.

O amor real, sério, maduro. Ou melhor, um dos habitantes daquele corpo, um tanto arbitrariamente rotulado de Sarah Durham, estava pronto para o suave amor. Estava naquele estado, havia semanas estava nele, em que uma moça se encontra quando está pronta para casar, apaixonando-se por um homem atrás do outro. Mas, depois, ela primeiro abranda, e então esquece o homem que, por assim dizer, farejava antes de a parelha se formar.

Sarah imaginou um casal, digamos, nos seus trinta anos, começo dos quarenta. Estão sentados à mesa de jantar... na Índia — por que não? —, no penúltimo dia do Raj. Sarah voltou pelo menos setenta anos no tempo. Tinha uma foto de sua avó num vestido rendado e formal, com fieiras de contas de cristal espalhando-se sobre um busto farto. Colocou essa mulher como anfitriã num extremo da mesa de jantar; no outro, um cavalheiro fardado. Atrás de cada um deles, criados indianos uniformizados. Um dos convidados para o jantar, uma mulher, diz: "Oh, Mabs, você conheceu Reggie, não? Encontrei com ele em Bognor Regis na semana passada".

Os olhos do marido e da mulher se encontram num olhar duro.

"Sim, conheci Reggie bastante bem", diz a mulher. "Jogamos muito tênis em... deixe ver..."

"Mil novecentos e doze", diz o marido prontamente. Num tom que faz com que os convidados troquem olhares.

Depois, no quarto, a mulher despe sua saia de cauda cor de cinza-pombo e fica em roupas de baixo, sabendo que o marido a observa. Volta-se para ele com um sorriso. Vê a cara dele. Para de sorrir. Dez anos antes — não, tem de ser mais do que isso; o tempo voa — ela imaginara estar apaixonada por Reggie, mas alguma coisa não dera certo, mal podia lembrar-se o que, mas não importava, porque não amava Reggie *de verdade,* não fora para valer, fato que se comprovava por ela estar ali com Jack.

Por um longo minuto, os olhos de marido e mulher, sem ceder um milímetro, trocaram lembranças daquele verão em que ele provou ser mais potente e mais persuasivo — *convincente* — que o desaparecido Reggie. Ele ainda está inteiramente vestido, ela em seus calções rosados de *triple ninon,* o cabelo escuro solto sobre os seios seminus. Reggie está vivo ali naquele quarto quente de Delhi e de repente — puf! — desaparece. O marido a toma nos braços e seus abraços, nessa noite, têm a mais satisfatória convicção. Ela esquece que jamais esteve naquele estado tão bem descrito por Proust quando não sabia por qual guirlanda de moças da praia iria se apaixonar. Podia muito bem ter sido Andrée, mas ela acabou sendo amiga e confidente dele, enquanto uma sequência de eventos psicológicos fez com que fosse Albertine a mulher por quem Proust estava fadado a sofrer tão atrozmente.

Quanto a Sarah, aquela música diabólica a tinha lançado na paixão pelo rapaz perigoso, mas suas necessidades, sua natureza (seu programa secreto), a tinham deslocado para Henry. Portanto, seria Henry o que ela lembraria como "de verdade". E ele o era mesmo.

Para ela, Sarah, Henry seria provavelmente o último amor. Esperava sinceramente que sim. Henry relembraria a inexplicável paixão por uma mulher nos seus sessenta anos. Quer dizer, se não decidisse não recordar — o que seria compreensível. E Andrew? Ela não acreditava que as tecelãs invisíveis estivessem muito empenhadas nesse caso. Havia algo duro e... o quê? — determinado — naquela... o quê? — com toda a certeza não uma paixão. (Nesse ponto, ela se permitiu ignorar a expressão dele enquanto se afastava dentro do ônibus.) Na verdade, não conseguia pensar muito em Andrew.

Ficou sentada, sorrindo à ideia de Henry. Aquele sorriso colocado no rosto de uma mulher pelas lembranças deliciosas de amantes *passados*. Que dure um pouquinho, ela rezou — às suas próprias obscuridades psicológicas, talvez? —, pois quando Henry se fosse haveria um fosso negro à sua espera; podia senti-lo ali, esperando pelo momento em que aquele sorriso sumisse de seu rosto.

E havia Stephen. Ele ficaria. Era para a vida inteira. Mas enquanto ficava ali, sorrindo, naquele exato momento, na casa dele, havia provavelmente um homem infeliz sentado à janela, pensando: Não posso suportar esta vida, não posso suportar este deserto. Dez da noite. O jantar já teria terminado. Provavelmente Elizabeth e Norah haviam saído para algum lugar, como sempre.

Sarah telefonou e quem atendeu foi Elizabeth.

"Ah, é você. Que bom que ligou. Eu ia telefonar para você. Espero que concorde com os arranjos. Evidentemente não podemos acomodar o elenco todo em casa. Mas o hotel é bem confortável. Pensamos em você, em Henry e na garota nova — Stephen disse que ela é muito boa —, e temos espaço para mais duas pessoas. Talvez aquela jovem que não larga da câmera? O que é que você acha?"

"É um privilégio ficarmos nessa sua casa adorável."

"Não sei se vamos poder sempre hospedar as pessoas. Quer dizer, quando estivermos fazendo óperas de verdade. Mas vai ser divertido ter vocês conosco. Vai alegrar Stephen." Uma pausa, enquanto Sarah esperava a comunicação real. "Pobre Stephen, parece tão incrivelmente melancólico."

"É, ele parece preocupado com alguma coisa."

"É." Como Sarah não parecia inclinada a dizer mais nada, Elizabeth prosseguiu: "Talvez seja o fígado. Bom é isso que vou dizer a ele". E deu uma risada gostosa, como uma placa anunciando Mantenha distância. Aí, tendo se comportado exatamente conforme o esperado, em seu papel de ex-colega sensata e direta, desligou dizendo: "Até amanhã, Sarah. Que bom. Estou tão contente com isso tudo. E o jardim está lindo, agora que estamos em agosto".

Uma mulher de certa idade parada diante do espelho, nua, examinando esta ou aquela parte do corpo. Não faz isso há... vinte anos? Trinta? O ombro esquerdo, que ela projeta para a frente, para ver melhor — nada mau. Sempre teve bons ombros. E boas costas, comparadas — há muito tempo, claro — com as da Vênus de Rokeby. (Existem, talvez, muito poucas mulheres das classes educadas cujas costas não tenham sido comparadas, por amantes cegos de amor, com as da Vênus de Rokeby.) Mas era difícil enxergar as costas: o espelho não era grande. Os seios? Muitas jovens estariam contentes com eles. Mas espere... o que tinha acontecido com eles? Uma mulher pode ter seios como os de Afrodite (afinal pelo menos uma mulher deve ter tido), e a última coisa em que alguém vai pensar, olhando para eles, é em nutrição, mas eles se transformam em confortáveis tetas, e a dona deles pensa: Para quê? Para acomodar a cabeça dos netos? Sem dúvida a época certa para aquelas tetas tinha sido quando fora mãe. (*O que* a Natureza estava aprontando?) Pernas. Bom, não estavam mal agora, mas melhor não pensar no que eram. Na verdade, havia tido um bom corpo, e ele mantinha suas formas (mais ou menos) até ela se movimentar. Então ocorria uma sutil desintegração, e certas áreas, apesar das boas formas, cobriam-se de finas rugas veludosas como um pêssego passado do ponto. Mas tudo isso era irrelevante. O que ela não conseguia encarar (mas que tinha de se forçar a enfrentar) era que qualquer moça, por menos favorecida que fosse, tinha uma coisa que ela não tinha. E jamais teria de novo. Era irrevogável. Não havia nada a fazer. Tinha vivido seu trajeto até esse ponto, e dizer "Bom, todo mundo vive", não ajudava nada. Tinha vivido seu trajeto cheia de filosofia, como as pessoas acham que deve ser, e depois a carga de profundidade, e ela era como uma daquelas paisagens em que movimentos subterrâneos trazem à superfície uma dúzia de estratos, criados em épocas inteiramente diferentes e até então separados, revelando montanhas feitas de rochas vermelhas, verde-oliva, turquesa, limão, rosa e azul-escuro, todas numa única cadeia. Com toda a sinceridade, ela podia dizer que uma das camadas, ou várias, não se importava com aquela carcaça que envelhecia, mas havia uma outra tão vulnerável quanto a carne das rosas.

"Rasguei meu corpo para seu vinho saciar, o que o lábio do amante possa recordar...", o que mais?

No entanto, Henry estava apaixonado por ela. E Andrew. Bill havia estado, à sua maneira. *Pelo que haviam se apaixonado?* E então não pôde suprimir uma ideia: num grupo de chimpanzés, a fêmea mais velha é muito popular sexualmente. Era melhor olhar por esse prisma.

Na luz — felizmente — penumbrosa em que movia esta ou aquela parte de sua anatomia, seu corpo parecia macio, confortável, os braços daquele tipo que enlaçam facilmente quem precisa de abraços. Joyce, por exemplo. A pobre larvazinha, antes de se tornar uma jovem, estava sempre pronta, ao menor convite, para se enrolar dentro de braços que eram quase sempre os de Sarah. E enfiava imediatamente o polegar na boca. O mundo era cheio de gente, invisível para os que não são do mesmo tipo (é preciso alguém para conhecer alguém), que vive com o dedo na boca. Sarah sabia que tinha tirado o dedão da própria boca: pela necessidade de criar dois filhos com pouco dinheiro e sem pai.

Henry? Um pai como devem ser os pais. Talvez para Henry ela fosse uma boa mãe. Tudo nele indicava que tinha tido de lutar para se libertar de algo tão determinado quanto uma gata louca (enlouquecida, é claro, pelas circunstâncias, e portanto não culpada de forma alguma), capaz de morder os filhotes até a morte, ou acabar por abandoná-los ou matá-los com suavidade. Algo insistentemente hostil o havia colocado numa trajetória de afastamento, até que virou o rosto, afinal, tomando nos braços a criança — ele mesmo — como um escudo... a ideia de Henry passeava por sua cabeça, misturando e combinando semelhanças, coincidências, lembranças, criando uma teia invisível que é o amor, visível — às vezes durante anos — apenas em olhares rápidos como carícias ou silêncios como mãos que se tocam.

Sarah olhou no espelho.

Era hora de:

I think I heard the belle
We call the Armouress
Lamenting her lost youth,
This was her whore's language...[*]

Há duas fases nessa doença. A primeira quando a mulher olha, olha de perto: sim, aquele ombro; sim, aquele pulso; sim, aquele braço. A segunda quando ela se força a ficar diante de um espelho verdadeiro, para olhar fria e duramente para a mulher envelhecida, e se força a voltar ao espelho, mais e mais, porque sente que a pessoa que está olhando é exatamente a mesma (quando longe do espelho) que ela era aos vinte, trinta, quarenta anos. Ela *é* exatamente a mesma que era em menina e em jovem olhando no espelho e contando seus atrativos. Ela tem de insistir que *isso* é assim, *essa* é a verdade: não o que eu me lembro — *isto* é o que estou vendo, isto é o que eu sou. Isto. Isto.

Mas o segundo estágio ainda estava algumas semanas adiante.

Sarah olhou no espelho, elogiando o que via, censurando o que não podia ser elogiado, e pensou em Henry e se permitiu derreter de ternura. Mas a ternura era uma corda bamba, com abismos lá debaixo. Podia se permitir sonhar com os abraços de Henry, mas na mesma hora, mentalmente, punha a situação em palavras, que constituíam matéria de farsa e mereciam apenas uma risada rascante. Uma mulher de sessenta e cinco anos apaixonada por um homem com metade de sua idade... imagine como ela própria teria

[*] Creio ter ouvido aquela bela/ Que nós chamamos de Armadora/ Chorando a juventude perdida/ Em sua língua de prostituta... (N. T.)

descrito isso aos vinte anos. Ou mesmo trinta. (Podia ver o próprio rosto jovem, irônico, cruel, arrogante.) Não adianta dizer: Mas ele está apaixonado por mim. Ele queria ir para a cama com ela, decerto, e se viesse para a cama dela seria paixão, com toda a certeza, mas — ela encarou, apesar de doer horrivelmente — da parte dele haveria, também, curiosidade. Como será fazer sexo com uma mulher duas vezes mais velha que eu? E será que ela diria a esse amante: "Não durmo com um homem faz bem mais de vinte anos. Um espaço de tempo que não parece nada para mim (você já deve ter ouvido falar, é claro, que o tempo vai se acelerando com os anos, e pode até já ter experimentado o começo desse processo), mas para você parecerá muito tempo, quase dois terços de sua vida". Nem mesmo ela — que mais de uma vez havia se prejudicado por sua descuidada franqueza em questões de amor — diria isso a um homem. Mas estaria pensando: Faz vinte anos que não tenho um homem em meus braços. Pela primeira vez na vida pediria para apagar a luz, sabendo que chegaria aquele momento — fazia parte do temperamento dele: impulsivo, impetuoso e sensual — em que ele acenderia a luz para ver aquele corpo que desejava. E — quem sabe? — talvez o corpo envelhecido o excitasse. (As coisas que excitam as pessoas, evidentemente, não são facilmente previsíveis.) Mas será que ela queria aquilo? De verdade? Ela, que havia sido (ela que agora via, perplexa, tudo quanto tinha achado natural) sempre tão segura que jamais sentira um segundo de ansiedade sobre o que um homem podia ver ao acariciá-la, beijá-la, abraçá-la... *Onde estava o seu orgulho?* Mas a ideia dos braços dele bania o orgulho; bastava pensar no olhar dele, na imediata doçura de sua intimidade... ela desejava, sim, tudo o que podia imaginar, mesmo que a experiência tivesse de incluir aquele momento em que a luz se acenderia e haveria aquele rápido — porque cheio de tato — e curioso olhar por todo o seu corpo. E mesmo agora não conseguia impedir-se de murmurar: É um corpo bem melhor que a maioria dos corpos que se veem por aí... Essas violentas conversas consigo mesma a estavam esgotando. Ela aguentou, quase caindo de sono pela excessiva e exigente fadiga do conflito, mas tinha medo de dormir como havia dormido em Belles Rivières, por causa do que podia encontrar em seu sono.

A companhia se reuniu na área do teatro para ver as novas acomodações. Quinhentas cadeiras tomavam o espaço onde as pessoas haviam antes ficado em pé ou passeado ou sentado na grama. As grandes árvores, os arbustos abaixo delas, as flores numerosas em torno do palco, a grama pareciam ingurgitados com o sol de verão, e os rostos de Julie e de Molly e de Susan como Julie estavam por toda parte. O novo prédio, recém-terminado, só podia provocar desânimo à primeira vista. Edifícios gastos parecem habitados: você entra em salas e espaços acolhedores ou neutros. No entanto, o exterior desse lugar parecia empenhado em ser o mais discreto possível, cercado de arbustos que o escondiam, alguns recém-plantados, e o interior era árido, cinzento, cheio de eco, cada cômodo um vácuo.

Dentro de duas horas haveria um ensaio geral, e a companhia teria de representar com segurança, apesar de não terem se apresentado naquele espaço antes, mas todos diziam uns aos outros que a experiência de Belles Rivières os ajudaria e que os novos atores teriam apoio. E era apenas um ensaio, com uma plateia de convidados. Às sete, todos foram para a casa grande, onde Elizabeth e Norah ofereceram um jantar de bufê. As duas mulheres estavam junto às mesas, numa sala que podia ter abrigado atores e músicos em qualquer época durante os últimos quatrocentos anos. Estavam gostando dos papéis que representavam, servindo à Musa, ou às Musas. Usavam vestidos elegantes debaixo dos aventais, discorrendo sobre detalhes da casa, servindo ao mesmo tempo de anfitriãs e de criadas, ao receberem tanta gente, servindo pratos adequados àquela noite quente. Não disseram por que Stephen não estava presente. O anfitrião não estava ali.

Sarah esperava por ele. Susan também, pois enquanto comia, conversando gentilmente, seus olhos vigiavam continuamente as grandes portas atrás de Norah e Elizabeth, por onde entravam moças trazendo mais pratos das cozinhas, e também a grande porta que dava para o jardim. Só no final da refeição foi que Stephen chegou. Uma porta pequena e escondida, que dava para o interior da casa, se abriu e ali estava ele, uma presença imponente, apesar da aparente intenção de entrar sem ser notado. Susan enviou-lhe um olhar por sobre seu prato e, ao ter certeza de que ele a tinha visto, baixou as pálpebras, com um efeito de obediência. Stephen deu uma olhada e piscou para Sarah, mas depois olhou prolongada e sombriamente para Susan. Pegou um prato e começou a se servir de uma coisa e outra, distraidamente, quando Susan se colocou a seu lado.

Sarah estava do outro lado da sala, um copo de vinho na mão, assistindo à cena. Ela era tão linda, aquela moça... adorável... tão jovem... sem dúvida achava tudo natural. Bastava olhar para ela: tencionava lançar flechas em cada pedaço dele, e no entanto, ao mesmo tempo, cheia de incerteza, esforçava-se por defender seu território, olhando-o com admiração. Se ele lhe dirigir uma palavra de rejeição ela derreterá. Bom, aproveite ao máximo, minha querida, Sarah disse num pensamento voltado para Susan, ou Julie, numa onda de emoção que fez surgir nela o desejo de abraçar Susan e Stephen juntos, como se estivessem todos ali para celebrar um casamento ou cantar um epitalâmio... que bobagem estar tão aflita por essas emoções desproporcionais. Desviou o olhar do par e encontrou Henry a seu lado. Ele tinha ficado observando enquanto ela observava Stephen, pois murmurou, e não era uma piada: "Estou ficando com ciúme de Stephen". Era tal sua sensação de inferioridade diante da juventude que pensou imediatamente: Ele está apaixonado por Susan, e adagas de gelo rasgaram seu coração. Mas então se deu conta de que não era assim e podia ter chorado de prazer, porque era dela, Sarah, que ele estava com ciúme. Então, riu, muito além da conta, e ele disse, passado: "Não vejo onde está a graça".

"Então você não sabe onde está a graça? Não? Não sabe por que é tão engraçado?", ela brincou, o rosto a vinte centímetros do dele, como o de Susan junto ao de Stephen. Ele fez uma careta, como se tivesse comido um bocado de algo muito azedo, e disse: "Sarah", reprovador, em voz baixa. Ficaram lado a lado, apenas se tocando. A plenitude, misturada a todo tipo de arrependimento, chegava até eles em quantidades ilimitadas. Naquele momento, Sarah não invejava a moça que admirava Stephen com olhares que diziam, quisesse ela ou não: "Leve-me, leve-me". Bem, os quartos de todos ficavam no mesmo andar. Para Sarah, era inconcebível que Henry não viesse ao quarto dela essa noite, mesmo sabendo que ele não iria porque sua esposa ia chegar logo.

Aí, já era hora de sair para o sol do entardecer, para o ensaio geral. O elenco desapareceu para dentro do prédio novo, Henry junto com os atores.

Stephen e Sarah caminharam juntos até as cadeiras, que já começavam a ser ocupadas pela plateia.

Ele citou: "'Quando um homem está realmente apaixonado parece intoleravelmente tolo'".

Ela disse: "Mas: 'O amor é a mais nobre fraqueza da alma'".

"Que gentileza sua, Sarah."

"Não lhe ocorreu que uma vez que estou apaixonada, e desesperadamente, estou tentando é me consolar?"

"Eu já lhe disse que sou tão egoísta que só me interesso pelo fato de você estar apaixonada porque assim tenho companhia em meu desespero."

"'Aquele que ama é desprovido de toda razão.' Mas: 'Uma hora de amor de verdade vale uma vida inteira sem ele'."

"Ah, mas você está se esquecendo que o poeta falava sobre amor. Não sobre dor. Afinal, é possível estar apaixonado sem desejar a morte."

"É, acho que tinha me esquecido disso."

Ele se afastou para ver o prédio novo em uso, e ela se sentou discretamente no fundo, guardando um lugar para quem aparecesse primeiro. Atrás dela, uma malva rosa espalhava seus ramos dependurados de flores que pareciam borboletas de papel de seda. Um pouco além uma roseira amarela. Em volta, o tapete verde vivo do gramado. Era tudo tão encantador, tão equilibrado, tão inglês, o cenário para a nova produção. Julie, porém, jamais teria se desenvolvido neste sol, neste solo. E ali não se podia esperar aquilo que ninguém havia planejado na França: as centenas de pessoas se ajuntando sob os pinheiros e carvalhos e cedros e oliveiras e rochas ásperas, como espiões ou ladrões — coisa que, na França, havia dado um encanto especial a *Julie Vairon.*

O ensaio começou. Os quatro jovens oficiais em suas fardas atraentes (havia agora três figurantes, que o sucesso justificava e pagava) entraram no palco, onde as duas mulheres esperavam. Mas não eram a mãe e filha de poucas semanas antes. Esta Julie parecia faiscar e incendiar-se. Mas Sally não tinha engordado tanto quanto precisava para a pose de matrona. O vestido escarlate tivera de ser ajustado e ela usava enchimentos, mas era alta, estava bastante magra, e isso tudo dava a suas admoestações e exortações à filha um tom de rivalidade, porque ficava impossível acreditar que os jovens oficiais não a achassem tão atraente quanto a filha. Era interessante, mas não exatamente o que se pretendia.

No mais, tudo correu como antes. Paul cortejou Julie com acompanhamento da insípida balada. Sylvie Vairon chorou quando os planos que havia feito para a filha foram varridos pela paixão. Não havia cigarras, mas um tordo cantou sobre um espinheiro quando os amantes fugiram. Chegaram então ao Sul da França, porque o programa informava isso. Não, não restava a menor dúvida de que Julie se dava melhor naquele cálido solo vermelho, na floresta meridional. Não que a história tivesse se banalizado, apesar de aqueles amores tristes ficarem se equilibrando num limiar, mas sim que o ambiente inglês em si parecia soar como uma crítica à moça. No Sul da França, a Martinica estava próxima, mas aqui se transformava numa ilha tropical, com todas as associações ao capitão Cook e ao hedonismo dos mares do Sul (mesmo que no oceano errado), e Julie e sua mãe não tinham como evitar parecerem vitorianas deslocadas, da mesma forma que a balada sentimental despertou, de imediato, risos críticos por associações que nada tinham a ver com Julie. Quem, naquela plateia, não tinha um avô ou bisavô (lembrado talvez pelas partituras amarelecidas em alguma gaveta ou pelos discos de setenta e oito rotações) atento ao lado do piano onde alguma jovem tocava "Indian love lyrics" ou "The road to Mandalay"? Em Belles Rivières a moça estava em choque com sua sociedade, é certo, mas era uma prima não muito distante de madame de Sévigné, madame de Genlis, uma filha de George Sand; aqui, porém, a moça apaixonada evocava comparações com as irmãs Brontë, mesmo que a vida destas tenha sido sempre envolta em chuva cinzenta. A plateia não se abandonava à história como havia acontecido com a outra plateia, aglomerada nas florestas onde a história havia acontecido de fato, os sons do rio preenchendo as pausas na música, quando as cigarras se calavam.

Henry escorregou para a cadeira ao lado dela e murmurou logo: "É um fracasso".

"Bobagem", disse a confiável Sarah. "É diferente, só isso."

"É, é isso. Meu Deus, é diferente."

Durante o terceiro ato, um calmo entardecer distanciou a história, as insinuações extraterrenas da música da última fase de Julie preencheram os espaços entre as árvores. Em algum lugar, os melros despediam-se do dia. A lua, em seu quarto minguante, surgiu como um arco sobre as árvores negras, uma bolacha embolorada com a borda esfarelada, mas, se dessem as costas ao sol, era uma lua dourada, só um pouquinho assimétrica, que brilhava convencionalmente sobre a morte de Julie. Estrelinhas surgiram então acima da casa com suas muitas chaminés silhuetadas contra o céu de lantejoulas, e Henry disse — já se sentindo melhor — que ia cobrar a mais pelos efeitos especiais imprevistos. "E uma taxa de insalubridade também", murmurou, os lábios na orelha dela, e por um segundo os dois estavam naquele lugar de doce intimidade que não conhece a dor. Então irrompeu o aplauso, entusiástico, mas não arrebatado, como na França.

Atrás do teatro, com sua casa solidamente recortada ao fundo, ao lado de um teixo podado em forma de grifo, Stephen e

Elizabeth desempenhavam com perfeição seus papéis de ricos patronos das artes. Aceitaram os cumprimentos de inúmeras pessoas, amigos e parentes e parentes de amigos, e seu bom humor tinha uma ligeira farpa, devido à natureza arriscada dessa sua empresa, que podia produzir fracassos com a mesma facilidade com que podia produzir sucessos. Junto a um arbusto, não muito distante, sozinha, estava Susan, já com suas próprias roupas, calças pretas justas, camiseta preta de seda, joias de prata, sapatos pretos que podiam ser descritos como "medievais", provavelmente não muito diferentes dos que eram usados nessa mesma casa séculos antes. Ela observava o casal, anfitrião e anfitriã, e seus olhos brilhavam com lágrimas sinceras. A moça tinha aberto seu próprio caminho a partir de uma casinha decrépita em Birmingham, e para ela aquela cena era a apoteose do charme.

Haveria uma recepção para a companhia na cidade, oferecida pela sociedade local de apoio às artes. Stephen e Elizabeth disseram que o grupo tinha de ir. "Nós não precisamos ir, mas vocês, sim. Sinto muito, mas é assim", disse Elizabeth com o autoritarismo jovial que todos esperamos das classes altas. "Nós dependemos da boa vontade. Sem a boa vontade local não sobreviveríamos à primeira temporada."

Havia um ônibus à espera.

Sarah ficou à sombra de um arbusto, gozando os prazeres da invisibilidade, mas Henry veio até ela e disse baixo: "Sarah, eu vou ficar bêbado".

"Acho uma pena."

"Em outra hora, noutro lugar, Sarah."

"Henry, esta é a hora e este é o lugar."

O grito de "Sarah!" que ele soltou então nada tinha de autoparódia, mas com um segundo "Sarah" ele já estava caçoando de si mesmo.

Ela já havia se voltado, lembrando-se daquela legendária vozinha, sempre confiável quando dava más notícias, que lhe dizia: "Não, acabou, definitivamente, para sempre".

"Então, boa noite", disse ela, a voz firme, mas por pouco. E passou diante de Susan, o rosto molhado de lágrimas ao luar. "Não é *maravilhoso?*" a moça perguntou, trêmula, a Sarah. "Não é tudo absolutamente *maravilhoso?*"

E Sarah viu Stephen entrando em casa sozinho, porque Elizabeth havia se separado dele para se transformar na metade daquele outro casal, Elizabeth e Norah, as duas indo sozinhas para algum lugar.

No ônibus, Sarah sentou-se ao lado de Mary Ford, que ia fotografar a recepção. "Uma pena", cismou Mary, "que a gente não tenha juntado Bill e Susan. Seria o elenco perfeito." Mary não estava tão bem quanto poderia estar: sua mãe piorava rapidamente. O médico dissera que devia ser internada numa clínica, mas Mary recusara a sugestão. "Um dia a coisa será comigo", observou.

"E comigo", disse Sarah.

Na recepção, Sarah comportou-se bem, como todo o resto da companhia, conversando o tempo necessário com todos que quisessem conversar com ela, e posou para fotos com uma infinidade de moradores locais, a maioria deles apaixonada pelas artes. Henry apareceu, já alto, mas disfarçando, lançando a ela olhares suplicantes mas aflitos e só meio histriônicos. Depois desapareceu com um sorriso que incendiou o ar entre eles. Bem, pro inferno com ele. Susan estava cercada de homens, como devia estar sempre, com um ar de coisa valiosa, consciente de que podia ser roubada se não estivesse sempre em guarda.

Sarah estava sentada sozinha no ônibus quando Andrew entrou e se recostou no assento diante dela, com um sorriso que não tentava mascarar a raiva, e disse: "Foi você quem providenciou para que eu não ficasse na casa".

"Eu não tive nada a ver com a distribuição dos quartos."

Ele não acreditou. Claro que se ela tivesse falado com Elizabeth... Ainda sorrindo, os braços cruzados no espaldar da poltrona, aqueles olhos de um azul pálido olhando duros, ele disse: "Por que não, Sarah Durham? Só me diga por que não. Você é uma boba". Deu aquela risada curta que se dá diante da estupidez pura, depois tirou os braços da poltrona, olhou-a com firmeza, sem sorrir, e desapareceu. Ela o viu pela janela quando o ônibus partiu. E ele se voltou para lançar-lhe um olhar que a deixou sem ar. É, talvez tivesse sido mesmo loucura dela nesse caso.

Sarah nunca tomava comprimidos para dormir, nem sedativos, nem bebia para ficar com sono ou apagar. Mas nessa noite desejou algo assim. Ficou parada à janela do quarto, sabendo que Henry estava três portas adiante e podia, se quisesse, vir para o quarto dela. Mas ele não viria, porque tinha tomado todas as providências para ficar bêbado. E se a mulher dele não avisasse que ia chegar, trazendo o filho? Pergunta interessante que ela não se sentia capaz de responder. Ficou à janela olhando o luar esculpir sombras negras no gramado. No espaço entre o ombro e o seio esquerdo se aninhava uma dor, um vazio. Havia uma cabeça pousada ali e Sarah fechou os olhos, colocou a mão no lugar. Uma luz cinzenta banhava os arbustos e os pássaros tinham acordado quando ela finalmente conseguiu dormir um pouco. Lábios fantasmagóricos beijavam os seus. Os braços de um fantasma a abraçaram. Quando despertou e foi à janela, ainda era cedo, mas já havia sol por toda parte. Aquele verão surpreendente continuava, como se não estivessem na Inglaterra.

Dois homens apareceram do outro lado de uma pequena cerca viva que cortava, com alguns degraus, uma trilha na direção de um campo onde os cavalos sorviam o sol. Eram homens grandes, de movimentos lentos, que pararam para admirar ou avaliar os cavalos. A cena podia facilmente ter uma moldura em torno e ser colocada ao lado de outros quadros do mesmo estilo dependurados nas paredes daquela casa. Os dois caminhavam em volta dos cavalos, paravam para conversar, continuavam, afagavam um animal, dando um tapa no traseiro de outro, foram até uma cerca para olhar alguma coisa, e voltaram. Isso durou uma boa meia hora, enquanto o sol ia ficando mais forte e as roseiras do canteiro abaixo da janela de Sarah iam brilhando mais confiantes a cada minuto. Os homens vinham agora em direção à casa. Pararam para examinar o tronco de uma faia, andaram em torno dele, continuaram avançando, curvaram-se sobre um arbusto que, a julgar pelos gestos dos dois, estava crescendo no lugar errado, endireitaram o corpo, um de frente para o outro, conversando. Essa conversa também durou alguns minutos. Mais uma vez continuaram avançando, na direção dos degraus, e pararam. Atrás deles, uma mulher surgiu entre as árvores, carregando uma sela, indo na direção dos cavalos. Era Elizabeth, o lenço vermelho em sua cabeça como uma minúscula vela navegando no verde. A voz dela soou, alta: "Beauty, Beauty, Beauty...". Uma grande égua negra levantou a cabeça, relinchou e veio na direção dela para comer alguma coisa de sua mão. A mão acariciava a orelha do animal. Os homens haviam se voltado na direção da voz, e agora retomavam a conversa. Desceram os degraus, primeiro um, depois outro. Caminhavam com firmeza sobre aquela terra de que eram donos, onde mandavam. Um dos homens era Stephen. Os dois usavam roupas em tons de terra, as calças enfiadas dentro das botas. Levavam... o que era aquilo? Bastões? Não, Stephen levava um bastão, o outro levava um rebenque. Pararam, conversaram e foram para um lado, entrando num pomar de macieiras. Aí continuaram a andar, estudando as árvores, aparentemente discordando num determinado ponto a respeito de uma delas, pois primeiro Stephen pegou um ramo, indeciso, enquanto o outro apontava com o chicote, aprovando, era o que parecia, o número satisfatório de maçãs nos galhos. Do campo atrás deles vinha a voz de Elizabeth: ela gritava carinhos a seu cavalo, que não estava querendo aceitar a sela. O bicho recuava, refugava, a crina negra brilhante voejando como as franjas do xale de uma dançarina.

O rosto de Stephen estava agora em foco. Os dois homens estavam a uns cinquenta metros de distância. Ele parecia normal e até alegre, com toda a certeza bem-humorado. O rosto do outro era largo, vermelho, enfatizado por sobrancelhas negras. Um rosto que Sarah não sentia nenhuma vontade de ter mais próximo do que agora. Tinha um ar defensivo, de olhos baixos, e lançava olhares sombrios para ambos os lados, como se houvesse inimigos à espreita entre as árvores.

Os homens estavam de novo frente a frente, na trilha de cascalho. As vozes subiam e desciam, mas ela não conseguia entender as palavras. Davam a impressão de estarem discutindo. Elizabeth havia montado o cavalo e circulava agora pelo campo, estimulando e acalmando o animal, a voz soando quase como uma canção ou um cântico. "Isso, isso, isso mesmo, Beauty, então, Beauty, muito bem, vamos, Beauty, vamos lá, calma, quieta, boazinha agora, Beauty."

Os dois homens se afastaram depressa para dentro de um bosquete e ali circundaram um velho carvalho que tinha um ramo apoiado numa vara, pararam, e circundaram o tronco na direção oposta. Estavam discordando. A discussão controlada durou um bom tempo e então os dois voltaram para a trilha. Sarah conseguiu ver agora que o rosto do homem de sobrancelhas negras era tão vermelho porque tinha uma trama de pequenas veias, o nariz inchado como o de um bêbado, aparentemente congestionado de sangue doentio. Os dois falavam. Nada podia parecer mais afável que essa conversa longa e calma. Finalmente o rebenque subiu numa despedida displicente, o homem se afastou de Stephen na direção de Elizabeth. Parou junto à cerca viva, curvou-se para olhar alguma coisa no gramado ensolarado e pisou em cima uma, duas vezes, girando o calcanhar sobre o que quer que fosse, para ter certeza de que estava bem morto. Prosseguiu, cabeça baixa, rebenque a postos. Subiu pesadamente os degraus. Elizabeth falava com o cavalo, acariciando-o para que tivesse paciência. O homem pegou uma sela do gramado onde a tinha deixado para conversar com Stephen, colocou-a sobre um cavalo marrom, amarrou-a, montou pesadamente, e junto com Elizabeth trotaram para os arbustos ao longe. Stephen ficou sozinho na trilha de cascalho, assistindo por cima da cerca viva à cena de sua mulher conversando com o vizinho enquanto cavalgavam juntos.

Stephen estava agora parado ao lado das madressilvas cor de limão que se alternavam com clematites roxas. Ele enfiou o bastão naquela massa florida e imediatamente intensas ondas de perfume subiram até a janela de Sarah. Estava tentando pegar uma bola verde de borracha brilhante que não parecia ter estado ali por muito tempo. Jogou a bola com força a pelo menos uns cinquenta metros de distância, na direção do gramado lateral da casa.

"Bom tiro", Sarah disse acima da cabeça dele. Ele respondeu, sem olhar para cima: "Sabia que você estava aí,

Sarah". Olhou então para ela e deu um sorriso cálido, quase terno. Acenou com a mão e entrou em casa.

Ela estava furiosa consigo mesma, sentindo-se tola. Ficara observando aquele homem vivendo sua vida real por mais de uma hora. Aquele era Stephen, aquela, a realidade de Stephen. Sarah disse a si mesma, e repetiu para forçar-se a entender, que o Stephen homem de teatro, apaixonado por Julie, era apenas um aspecto de Stephen. De repente, Sarah estava pensando o que aquele homem de sobrancelhas pretas e cara vermelha que agora trotava ao lado de Elizabeth lá longe no campo, o que aquele homem, e os de sua classe, acharia do hobby de Stephen, o teatro? Porque afinal de contas a visita de Stephen à França, e os ensaios a que assistia em Londres, e a organização dos Divertimentos, provavelmente não tomavam muito de seu tempo. Sua vida real era ali, na sua terra.

Quinze anos antes, uma conversa mais ou menos assim devia ocorrer em todas as casas próximas daquela ali:

"Elizabeth conseguiu. Queen's Gift vai ser salva."

"Que bom para ela. Então ele tem dinheiro?"

"Tem, muito. Stephen Ellington-Smith."

"Gloucestershire? Os Ellington-Smith de Gloucestershire não estão assim tão bem."

"Não, Somerset. Outro ramo da família de Gloucestershire."

"Ah, então eu sei quem é. Foi colega de escola de meu primo."

"De qualquer forma, é uma maravilha. Seria horrível se ela perdesse Queen's Gift."

Portanto, todos deviam apoiar Stephen, mesmo que o achassem excêntrico. Mas afinal as artes estavam na moda e Queen's Gift não era a única casa de campo das redondezas a promover festivais de verão. Haveria, entre as pessoas que ele devia chamar de amigos, alguém com quem conversar sobre seus problemas secretos? Talvez não ousasse, porque se sua confidente (provavelmente uma mulher) fosse indiscreta ele passaria a ser visto como louco, biruta, miolo mole, maluco. Bem, ele era. Mas era fácil para ela agora girar ligeiramente a vida dele, como se vira um objeto para captar outro ângulo de luz, e tudo o que via era a vida de um nobre de província, Julie como uma pequena mancha escura num cenário colorido de árvores e campos cercando de segurança aquela casa antiga. Igual à própria vida dela, Sarah, que ela havia considerado durante anos como uma progressão competente, proporcional em todas as suas partes, que podia ser girada e vista como uma vida estoica, terminando agora, na velhice, em dor e fome de amor — sabia, porém, que não era assim que ia pensar dentro de muito pouco tempo. Dentro de semanas, talvez, seu estado presente iria parecer uma febre temporária. E então... *aí* estava a questão: sua preocupação com Stephen era como uma espécie de doença. Sentiu a ansiedade invadi-la ao pensar nele. Da mesma forma que ao pensar em Joyce. *O que é que havia com ela, Sarah, afinal?* Por que procurava cargas para carregar?

Então houve o café da manhã, servido na mesma sala do jantar da noite anterior. Mary Ford estava lá. E Roy também. Duas pessoas grandes, competentes, saudáveis, consumindo placidamente sensatos cafés da manhã. A outra pessoa era Andrew. Ele não tinha nenhum direito de estar ali. Teria passado a noite em algum ponto da casa? Talvez sentado num banco em algum canto enluarado — é verdade, Sarah *quase* usou essa palavra — diante da casa que abrigava seu amor — ela própria. Ele não estava comendo nada. À sua frente havia uma xícara de café preto. O rosto tão pálido quanto possível debaixo do bronzeado. Secou Sarah com um longo e deliberado olhar, cheio de ironia. Se estava sentindo ódio por ela, com toda a fúria do amante desprezado, então o que ela via em si mesma era aquela reação primitiva (será que havia sentido aquilo desde a puberdade?) do *amour propre* ultrajado que se expressa na frase *Que audácia a dele!* Quantos anos tem a menina que sente essa mistura de indignação e desprezo diante da impertinência de algum velho (talvez de trinta anos de idade) que ousa julgar-se digno dela? Treze? Serviu-se de café, de costas para ele, tentando recuperar algum senso de adequação, sem falar de algum humor, e ouviu uma porta bater. Quando se voltou ele tinha ido embora. Deliberadamente, Sarah olhou para Mary e Roy para ver se eles queriam fazer algum comentário, mas nenhum dos dois olhou para ela.

Mary disse então: "Acho melhor eu ir ver se consigo tirar umas fotos. A luz está boa agora". E Roy disse: "Sarah, eu vou ter de me afastar um pouco. Tenho duas semanas de férias. Essa história do divórcio está acabando comigo". E saiu.

Sarah disse a si mesma que aquilo pelo que esse bom amigo estava passando era tão mau quanto o que ela própria sentia, mas não adiantou nada.

Henry chegou. Tinha péssima aparência, o que Sarah achou muito bem-feito. Ele atirou uma dúzia de flocos de milho numa tigela e se sentou na frente dela. Ficaram olhando um para o outro. Existe um estágio no amor em que os dois se olham incrédulos: como essa pessoa tão comum pode estar me causando tanto sofrimento?

"Tudo bem", disse Henry, em resposta às mil acusações silenciosas da retórica do amor (que não é preciso arrolar aqui uma vez que todo mundo já lançou mão delas alguma vez), a primeira das quais é sempre a incrédula pergunta: Mas, se você me ama, como pode ser tão duro? "Tudo bem, fiquei bêbado e isso não ajudou em nada. Pluguei aqueles fones de ouvido que você despreza e pus a música tão alto que não podia nem pensar, e quando acordei hoje de manhã ela ainda ainda estava berrando em meus ouvidos. Tudo bem" — repetiu porque ela estava rindo dele —, "consegui sobreviver à noite."

"Está esperando que eu te dê parabéns?"

"Devia."

Ele até parecia estar mesmo esperando que ela fizesse isso, mas Sarah teve de fechar os olhos porque a parte inferior de seu corpo estava se dissolvendo numa poça morna. Ele perguntou: "Você também vai a Stratford hoje? Sabia que todo mundo vai até Stratford?".

"Não, não vou a Stratford com você."

"*Sarah*", veio a censura baixa, que ele não conseguiu impedir e, depois, já parodiando: "Você não vai, *não vai* a Stratford comigo?".

"Não. E ao que tudo indica a nenhum outro lugar", disse ela, enquanto as lágrimas faziam a sala e o rosto de Henry se distorcerem num caleidoscópio líquido.

"*Sarah!*" Ele deu um salto, como se fosse até o bufê, e virou-se mesmo naquela direção, mas voltou atrás e ficou parado diante de sua cadeira numa postura de acusação feroz, que ela não conseguia entender se era dirigida a ela ou a ele mesmo. Em seguida, assumiu visivelmente o controle de si mesmo, foi até o bufê, serviu-se de café, que bebeu ali mesmo, como uma poção consoladora ou narcótica, voltou e sentou-se. Tudo o que ela via eram dois olhos feridos, acusadores. Ela piscou e a toalha branca e brilhante, a prataria e o rosto de Henry se dissolveram e tornaram a ganhar forma.

"Que confusão", Henry disse, de repente.

Isso estava tão de acordo com o choque cultural que ela começou a rir. Pareceu-lhe muito engraçado estar pensando: Ah, meu Deus, se eu pudesse revelar tudo isso a alguém — quem? Stephen? E disse, em voz alta: "Quer dizer que eu fico num quarto sonhando com você — se se pode dizer assim — e você em outro quarto fica sonhando comigo. Mas isso não é uma confusão?".

Ele riu, mas não queria rir.

"Bom, se quando eu era moça", ela falou, a voz já controlada, "alguém me dissesse que quando fosse — *não* vou dizer velha — sentaria para argumentar com um jovem apaixonado por mim... Acho que posso afirmar que você está apaixonado por mim sem faltar com a verdade?"

"Acho que pode, sim. E não sou assim tão jovem, Sarah. Logo estarei na meia-idade. Já percebi que as garotas hoje em dia não me enxergam mais. Aconteceu recentemente. Olhe, foi um mau dia para mim quando me dei conta disso."

"Argumentando com ele para que dormisse comigo, acho que cortaria meu próprio pescoço. Mas para dizer em outras palavras — incrível quantas vezes essa frase acaba sendo útil — 'Sabemos o que somos, mas não sabemos o que seremos'. E graças a Deus não sabemos."

"Shakespeare, sem dúvida."

Susan entrou do jardim. "O ônibus para Stratford já está aqui", disse ela, obviamente decepcionada com alguma coisa, que só podia ser o fato de Stephen não estar ali.

Henry levantou-se, dizendo: "Este americano carente jamais assistiu a *Romeu e Julieta*".

"Pena que não é o *Sonho de uma noite de verão*", disse Sarah.

"Piada desperdiçada comigo, porque também não vi essa."

Susan ficou chocada com o tom raivoso dessa conversa:

olhou de um para o outro com o sorriso tímido de um pacificador sem muita esperança. "Você não vem, Sarah?"

"Não."

"Não, ela não vai", disse Henry, acusando-a com um olhar. "Divirta-se", completou, amargo.

Sarah tomou emprestado o carro de Mary e foi até Cotswolds visitar sua mãe. Foi um impulso. Ocorreu-lhe que passava horas pensando nas cordinhas que manipulam as marionetes e em seus manipuladores, e que afinal nada impedia que perguntasse a respeito a sua mãe. Por que nunca havia feito isso antes? Era o que se perguntava enquanto dirigia, pois a ideia a havia dominado com toda a força e persuasão de uma novidade. Era absurdo não ter pensado antes em perguntar. Tampouco iria dizer a ela: Por que sou assim?, ao que a mãe responderia: Ah, eu estava imaginando quando ia me perguntar. Mas, ao pensar no encontro que ia ocorrer, a dúvida começou a se instalar. Tinha boas relações com a mãe. Distantes, mas boas. Afetivas? É, afetivas. Sarah ia visitá-la três ou quatro vezes por ano e telefonava de vez em quando para saber como ia indo. Ia muito bem, alerta, ativa, independente. Vivia numa pequena aldeia tanto tempo quanto Sarah em seu apartamento. Briony e Nell gostavam dela e às vezes iam visitá-la. A única pessoa que ela realmente queria ver — Hal — não a visitava nunca. Ocorreu a Sarah que não podia perguntar: "Por que meu irmão, seu filho, é um ser humano tão deplorável?". A mãe ainda o adorava. Estava sempre se gabando do famoso dr. Millgreen, mas sobre o trabalho de Sarah era discreta.

Quando Sarah chegou, a mãe estava trabalhando no jardim. Ficou contente de ver a filha. Assim como Sarah aos sessenta e cinco anos aparentava cinquenta num dia bom, também Kate Millgreen, com mais de noventa, aparentava ativos setenta. Sentaram-se para tomar chá numa sala em que cada objeto falava a Sarah de sua infância, mesmo que não conseguisse ligar a nenhum deles lembranças específicas, tão eficientemente as havia bloqueado. A mãe achou que Sarah tinha vindo para ver como ela ia indo. Os velhos sempre têm medo dos filhos, que podem querer decidir sua sorte, e ela ficou, portanto, um tanto defensiva, falando dos vizinhos e do jardim, e informando que felizmente sofria apenas de um ligeiro reumatismo.

Agora quc Sarah estava ali sentada com aquela mulher muito velha que fazia com que se lembrasse da velha no banco da praça naquela manhã em Belles Rivières, com seu vestido de algodão estampado e cabelos brancos presos num coque, estava pensando: Quero que ela se lembre de coisas que aconteceram há mais de sessenta anos.

Tateou: "Me diga uma coisa, que tipo de criança eu fui?", e a mãe ficou desconcertada. Segurando a xícara de chá, franziu a testa e tentou se lembrar. "Você era uma menina boazinha", disse, afinal. "É, era, sim."

"E Hal?" E ao perguntar pensou: Por que nunca penso em meu pai? Afinal de contas, eu tive pai.

"Ele estava sempre doente", disse a velha, afinal.

"Qual era o problema dele?"

"Ah... tudo. Ele teve tudo quando era criança. Bom, faz tanto tempo... não me lembro agora. Houve uma época que teve ameaça de tuberculose. Uma mancha no pulmão. Ficou de cama durante... acho que um ano. O tratamento era assim naquele tempo."

"E o meu pai?"

Mais uma vez a mãe se surpreendeu. Não gostou da pergunta. Seus olhos, azuis, diretos, acostumados a não fugir de nada, censuraram Sarah. Mas ela tentou responder: "Bom, ele fazia tudo o que era preciso".

"Era um bom pai?"

"Era, claro que era."

Sarah percebeu que não ia chegar a nada. Ao sair, beijou a mãe como sempre e disse, como sempre, que se as coisas ficassem demais para ela, vivendo sozinha, que podia vir morar com ela em Londres, tinha muito espaço. Como sempre, a mãe respondeu que esperava cair morta antes de precisar que alguém cuidasse dela. Mas sentiu nitidamente que a resposta era brusca demais e acrescentou: "Muito obrigada, Sarah. Você é sempre muito gentil".

Era?, pensou Sarah. Seria uma pista? Isso me parece um pouco suspeito.

Quando estava estacionando o carro, ela viu Stephen e os três meninos se afastando da casa. Levavam pás, pés de cabra e uma escavadeira. Elizabeth estava numa grande horta com um jovem que devia ser o jardineiro, vestido de jeans e camiseta vermelha. Ela ainda usava as roupas de montaria — camisa verde, culotes verde-oliva — e o lenço vermelho que prendia os cabelos. As faces rosadas estavam em chamas. Segurava a ponta de um catálogo de plantas enquanto o jovem segurava a outra. Ambos contentes e animados com a tarefa. Elizabeth convidou Sarah a admirar a horta e ela aceitou. Depois, Sarah viu Stephen e os meninos bem longe, junto a um chalé ou casinha sem teto. Aparentemente aquele ar de abandono era temporário, pois quando Sarah se aproximou, Stephen estava junto de um buraco profundo, levantando com um pé de cabra uma pedra que obstruía a inserção da estaca do novo portão. Os três meninos observavam o pai trabalhar. A pedra soltou-se, Stephen deu um passo atrás, os três meninos removeram a pedra. A um sinal de Stephen, os três a cumprimentaram educadamente. Por cima das cabeças louras, Stephen deu a ela um sorriso que revelava estar contente de ela estar ali.

Uma estaca grande e sólida jazia na grama, evidentemente restaurada. Era de carvalho, marcado pelo tempo e recentemente tratado com creosoto. Stephen e o menino mais velho, James, a levantaram e colocaram no buraco. Os quatro recolheram as pedras que haviam sustentado a estaca antiga, lascada e apodrecida, e, quando a nova estaca se achava ereta em seu leito de pedras, os três meninos pegaram as pás, encheram o buraco e calcaram com os pés a terra até ficar firme. O trabalho estava terminado. James disse ao pai: "Mamãe disse para a gente voltar para casa ao meio-dia. Disse que temos de fazer a lição".

"Então, podem ir. Não esqueçam as ferramentas. Guardem direitinho no lugar."

Os três meninos colocaram as pesadas ferramentas nos ombros e marcharam para casa, sabendo que estavam sendo observados. Stephen colocou no ombro a estaca velha, equilibrando-a com uma mão, e eles também se dirigiram para a casa.

"Estou cuidando para que tenham todas as habilidades físicas que eu tenho", disse, como se ela o estivesse criticando.

"Para o caso de eles terem de ganhar a vida como trabalhadores?"

"Quem sabe, hoje em dia?"

"Quem era aquele homem que estava conversando com você hoje de manhã?"

"Fiquei mesmo pensando o que é que você ia achar dele. Bom. É Joshua. Nosso vizinho. Arrendou um dos nossos campos. Estávamos discutindo a renovação do contrato para o ano que vem." Uma pausa. "É ele o sujeito com quem Elizabeth queria se casar." Ele deixou bastante tempo para ela absorver todas as implicações do que dissera, e chegou a dar uma olhada ou duas, para vê-la no processo. "Uma pena. Elizabeth teria gostado de ser marquesa. Lady Elizabeth. Ele é extremamente rico. Muito mais do que eu. E seu casamento não deu certo, portanto teria sido melhor se tivesse ficado com Elizabeth. É isso."

"Gosto não se discute."

"Os dois têm muito em comum. Cavalos de corrida — é isso o que ele faz. E Elizabeth é boa com cavalos. Mas ela quis a mim. Se tivesse ficado com Joshua, estaria no lugar absolutamente perfeito para ela." Estavam se aproximando da casa. "Pobre Elizabeth. Como posso censurá-la por causa de Norah? Na cabeça dela, não seria justo ter se casado comigo e depois voltado para Joshua. Ele não diria não, tenho certeza. Mas Norah... é uma coisa que fica dentro dos limites do jogo limpo." Ele parou e apoiou uma ponta da estaca no chão, equilibrando a outra com a mão grande e forte que parecia de um trabalhador. Usava roupas velhas e gastas. Cheirava a suor de trabalho. Olhava judiciosamente a casa. "Uma bela casa", observou.

"Nem se discute."

"Acha que aquela moça me vê separado da casa?"

"Está me perguntando se Susan te ama só por você mesmo? Claro que não."

"E você?"

"Não se esqueça que te conheci muito antes de conhecer a casa."

Ali ficaram no silêncio campestre. Pássaros. Um ou outro inseto. Um jato rugindo muito alto. Um trator em ação em algum campo distante.

"Você sabia que Susan pensa em se casar comigo? O que é que você me diz disso?"

"Ah — fantasias."

"E se eu estivesse mesmo pensando em me casar com ela?" Ele tornou a levantar a estaca e foram para o lugar onde havia lenha empilhada, pronta para o inverno. Acomodou a velha estaca roída de vermes à pilha e limpou as mãos uma na outra. "De qualquer forma, é ridículo. Estou possuído pelo ridículo. À noite, eu acordo e me pego rindo. Estou pior que você, Sarah. Alguma coisa está acontecendo..." Ele ficou diante dela, os olhos pregados nos dela. "Sarah, seja como for eu estou morto." Ela não sabia o que dizer. "Acabado", disse ele, afastando-se.

Infelizmente, quando aparições que costumam ficar atrás de portas fechadas, esses momentos de verdade, atingem a vida cotidiana, parecem tão pouco prováveis que tendem a ser ignoradas. Mau gosto. Exagero. Melodrama. São, muito simplesmente, de uma textura diferente e não podem ser acomodadas. Além disso, ele hoje parecia tão cheio de vitalidade e saúde quanto Elizabeth.

Ela entrou na cidadezinha por ruas interioranas, cheias de sombras. Almoçou sozinha num hotel e pensou no prazer que sentia com aquilo, pensando que viria um tempo em que tornaria a gostar de fazer coisas sozinha, sem sentir que uma parte dela havia sido arrancada porque Henry não estava a seu lado. Caminhou por ruas que pareciam inteiramente desertas, porque não havia nenhuma chance de se encontrar com Henry. Voltou para casa na hora do chá e lá estavam Elizabeth e Norah debaixo da castanheira, uma farta mesa de chá entre as duas. Acenaram para que Sarah se juntasse a elas. Ela obedeceu, sabendo que a competente Elizabeth veria nisso uma oportunidade de conseguir informações úteis. As duas mulheres nada tinham de parecido: Norah era atraente e devotada, como um cachorro afetuoso, e, mesmo quando usava roupas como aquele casaco de linho que vestia agora, elas pareciam sempre macias e maternais, porém, quando os dois rostos se voltaram para ela, aguçados pela expectativa, as duas pareciam irmãs à espera de um belo presente. Sarah aceitou o chá e conversou sobre Belles Rivières, falando principalmente do belo e dramático Jean-Pierre, tão francês e tão inteligente, e sobre pequenas rivalidades do conselho municipal de Belles Rivières a respeito de *Julie Vairon*. Descreveu os três hotéis, o Les Collines Rouges, a casa onde Julie havia vivido e o museu. Contou que Cézanne tinha morado e trabalhado não muito longe de lá, e viu como a citação do nome do pintor agradou às duas, assinalando um território pouco familiar. Falou de tudo e de todos, menos de Molly, mas sabia que Elizabeth era astuta demais para não suspeitar de algo como Molly. Ela divertiu as duas, em proveito delas e de si mesma, porque era muito útil reduzir o torvelinho emocional de Belles Rivières a umas poucas anedotas, na maioria engraçadas.

As sombras já tinham dominado o gramado quando os três meninos apareceram entre as árvores e Elizabeth bateu palmas, gritando: "Vão tomar banho e jantar. A comida está na geladeira".

Estava agradável demais ali fora para se retirarem para o interior da casa, e ali ficaram debaixo da grande árvore, bebendo xerez ao entardecer.

"Você vai jantar conosco, claro", disse Elizabeth. Não se mencionou o nome de Stephen e Sarah teve de lembrar a si mesma que ele tinha uma vida complicada, com milhares de obrigações e contatos.

Jantaram com toda a calma na saleta ao lado da cozinha e já estava bem escuro lá fora quando os meninos apareceram.

Vestiam roupões vermelhos, curtos, estavam escovados e cheiravam a sabonete. Aquelas criaturas de pele transparente, com seus claros olhos azuis, aquele tímido encanto, mais pareciam anjos que haviam escolhido enfeitar um coro terreno.

"Tomaram banho? Tomaram, sim. Muito bem. Já comeram? Ótimo. Bom, amanhã vai ser o grande dia. Hoje foi a calma antes da tempestade. Para a cama, vocês." Um após outro, os três vieram até ela e ela plantou beijos eficientes nas três bochechas que se sucederam. "Podem ir agora."

E lá foram os três, cheios de decoro, até a porta, quando de repente viraram crianças, numa farra de gritinhos e risadas. A porta bateu atrás deles, e o galope escada acima sacudiu as paredes.

Crianças são sempre crianças, era o que dizia o sorriso de Elizabeth, que suspirou de satisfação. O suspiro de Norah veio como um eco, uma longa expiração que era uma confissão da frustração de não ter filhos. Elizabeth lançou um olhar duro para Norah, que sorriu bravamente, mas com uma pequena careta. A estéril Norah. Elizabeth deu-lhe tapinhas no ombro e um sorriso de estímulo. Norah ficou calada um momento, depois se levantou e começou a tirar os pratos.

A porta se abriu e lá estava James. Ficou olhando para a mãe.

"O que foi?", perguntou Elizabeth. Como o menino não disse nada, mas hesitou, segurando a maçaneta da porta, ela insistiu: "Então? O que é que você quer?".

Estava bastante claro que ele tinha vindo por alguma coisa, que queria alguma coisa, pois os olhos azuis estavam tomados por uma questão, mas depois de um momento disse: "Nada".

"Então vá para a cama", disse a mãe, não sem doçura.

A porta se fechou atrás dele, dessa vez sem ruído. Quase imediatamente ele voltou. Ficou olhando para a mãe. "O que é que está acontecendo, James?", ela perguntou. Ele não foi embora e não disse nada. Havia algo como uma batalha de vontades entre os dois pares de olhos. Então, James pareceu se encolher, mas quando se voltou para ir embora estava teimosamente se controlando.

Sarah tomou todo o cuidado de já estar em seu quarto quando o ônibus voltasse, trazendo os membros da companhia que não estavam hospedados nos hotéis.

Surgiu um envelope debaixo de sua porta: "Sarah. *Porque não?* Você nunca olha para mim. Nunca me vê. Podia te matar por causa disso. Estou bêbado. Andrew".

Tendo dormido muito pouco na noite anterior, Sarah adormeceu instantaneamente. Os sonhos nem sempre têm de ser contrastantes. Seus sonhos dessa noite não podiam ser mais adequados, cenas de uma farsa, homens e mulheres entrando e saindo de portas, quartos errados, quartos certos, algum brincalhão trocando os números das portas, gritos de indignação e risos, uma menina sentada numa cama, chorando alto, a cabeça atirada para trás, os cabelos negros escorridos, um dedo acusador apontado para...

Como o grupo só voltou de Stratford muito tarde, ainda não estava na sala do café da manhã quando Sarah entrou. Ela estava saindo quando Henry chegou e disse: "Sarah...", mas ela foi para dentro da casa, escapando sem responder. Aí viu Stephen subindo uma pequena escada nos fundos, sempre com os três meninos, todos carregando uma variedade de ferramentas. Ele parou no patamar e falou para ela, lá embaixo: "Vamos ter uma lição básica de encanamento".

"'É função do homem rico dar emprego ao artesão'", ela citou. Diante dessas palavras, as três cabeças infantis se voltaram rapidamente, em três alturas diferentes da escada, olhando para ela, os rostos com aquele sorriso deliciado mas meio apavorado com que as crianças acostumadas ao autoritarismo saúdam a rebelião. Eles sentiram que ela estava sendo insubordinada, mas isso definia as escolas deles, não seus pais.

Stephen disse: "Bobagem. Todo mundo deve saber como funciona a mecânica de uma casa. Mas tem um banco bem agradável debaixo de umas faias se você seguir aquela trilha que pegamos ontem e virar à direita".

Os dois meninos menores subiram os degraus, rindo. James ficou parado no patamar e levantou a cabeça para olhar para fora da janela. O gesto era o que se usa para observar alguma coisa, ou cumprimentar alguém. De qualquer forma, durante um longo momento o menino estava longe do mundo, Stephen desceu, pareceu hesitar, depois pousou a mão no ombro dele: "Vamos, filho".

James voltou aos poucos de sua contemplação, sorriu e subiu a escada junto com o pai. Sarah subiu depressa a escada até o patamar e viu pela janela um enorme freixo, sacudindo os ramos ao sol matinal.

Depois, seguindo as instruções, encontrou, bem longe da casa, um banco de madeira debaixo de algumas faias muito antigas. Sentou-se, abrigada pelo verde cálido. *Um verde pensamento numa verde sombra.* Pelo menos o tempo continuava bom. observação que não era nada inconsequente num dia em que uma peça ia ser apresentada ao ar livre.

Contemplou a velha casa. Suas dimensões apequenavam a árvore de freixo, a irmã de James, com seu jeito de estar montando guarda. Ali, a quase dois quilômetros, as massas verdes apenas tremulavam, engolindo ou expelindo pequenas manchas negras, provavelmente gralhas. Sarah já estava ali havia uma hora, ou quase, quando Stephen apareceu. Sentou-se ao lado dela e disse, imediatamente: "Ela veio para o meu quarto ontem à noite".

"Julie?"

"Eu não diria isso."

Ela ficou mascando uma hastezinha de grama e esperou.

"Eu não podia ir até ela."

"Não." Como ele não prosseguiu, ela insistiu: "E então?"

"O quê? Quer saber como eu escapei?"

"Não, não foi isso que eu perguntei."

"Devo confessar que fiquei surpreso comigo mesmo. E dei a ela uma ou duas boas surpresas também, tenho certeza. *Divertido* — como se costuma dizer." Ela não disse nada e ele, então, voltou para ela um sorriso crítico e duro. "Não foi isso que você perguntou? Mas as mulheres esperam que a gente caia... ah, desculpe."

"De minha parte, não."

"Talvez eu me case com ela. É, por que não?", ele divagou.

"Parabéns. Brilhante."

"Por que não? Ela se deslumbra com a bela vida que se vive aqui."

"E ela não vê Elizabeth como um impedimento?"

"Acho que ela não enxerga Elizabeth. Desconfio que ela não ache que Elizabeth tenha alguma importância."

"Eu me lembro que também era assim. Mas era um pouco mais jovem que Susan."

"É. Ela é juvenil. Acho que é essa a palavra para ela. De qualquer maneira, Elizabeth não seria um impedimento, seria?, se eu resolvesse..." Tudo isso dito naquela voz raivosa que ela ocasionalmente ouvia, vinda dele. "Será que Elizabeth tem o direito de reclamar? Ela podia se casar com Norah." E então aquela personalidade o abandonou num longo suspiro que, aparentemente, expeliu toda a raiva. A voz dele ficou mais baixa, num deslumbramento incrédulo, admirativo: "É a juventude dela... aquele corpo jovem".

Sarah não conseguia falar. Andava pensando, com excessiva frequência: Jamais terei de novo o corpo de um jovem entre os braços. Jamais. E a ela essa parecia ser a sentença mais terrível que o Tempo lhe passara.

"Mas, Sarah..." Stephen viu o rosto dela voltado para o outro lado, tocou-lhe o queixo e fez com que olhasse para ele. Ficou olhando, calmamente, as lágrimas que escorriam pelo rosto dela. "Mas, Sarah, a questão é o corpo jovem. Dois por um tostão. A hora que eu quiser. Ela não é..." Ele retirou a mão, deslizando numa carícia consoladora, terna, como se faz com uma criança. Olhou a mão molhada de lágrimas. "Ao mesmo tempo, se eu me casasse com ela, que felicidade, por um tempo."

"E então você teria o prazer de ver Susan se apaixonando por alguém da idade dela, continuando sempre muito gentil com você."

"Exatamente. Você coloca de maneira... Mas ontem à noite eu estava perguntando a mim mesmo... ela é deliciosa, não estou dizendo que não. Mas será que vale a pena? Pegar a mão de Julie valeria mais do que tudo o que houve ontem à noite."

Valeria.

Ela disse, controlando a voz: "Apesar de Henry estar apaixonado por mim... ele, na verdade...".

"Eu já tinha percebido. Pode acreditar."

"Apesar de saber que estou louca por ele, não veio até meu quarto."

"Por causa da mulher, acho." Ela não respondeu, ele continuou: "Você não entende, Sarah. Para um homem monógamo, se apaixonar é... terrível".

"Mas, Stephen, só gente monógama é que é *capaz* de se apaixonar — quer dizer, se apaixonar de verdade." Ela sentiu que a conversa estava indo bem, apesar de sua voz trêmula. "Nós, românticos, precisamos de obstáculos. Que obstáculo poderia ser maior?"

"A morte?", perguntou Stephen, surpreendendo-a.

"Ou a velhice? Entende? Se eu tivesse a idade de Susan, se eu tivesse... então acho que a moralidade não pesaria tanto. Haveria noites de plenitude e depois torrentes de desculpas à mulher dele."

Stephen passou o braço em torno dela. Era uma ação bastante complexa. Por um lado, era um braço (como o dela) que sempre envolvia com toda a facilidade os amigos em prantos. Um dia, havia consolado Elizabeth, que chorava amargamente porque Joshua havia escolhido outra. Um braço que envolvia com toda a facilidade os filhos, mas um braço que preferia talvez não enlaçar aquela pessoa em particular: era o braço dela que devia envolvê-lo. Depois de ter assumido o papel fraterno, ele soltou a firme Sarah. Nunca antes um braço amigo havia deixado tão explícito: Agora estou sozinha. Mas sabia que podia esperar palavras ternas de consolação. Uma espécie de complicado *noblesse oblige* é que as ditaria.

"Tem uma coisinha que você está esquecendo, Sarah. Aids."

O surgimento daquela palavra, como o surgimento da doença em si, tem o poder de mudar o tom de qualquer conversa. Nesse caso, para o riso. Pensando que os sinos das igrejas deviam ter soado muitas vezes por aqueles campos anunciando a peste, e que aquele era só mais um episódio da história, ela não pôde deixar de rir. E disse: "Ah, isso, sim, é um consolo. Coloca tudo em seu devido lugar. É ridículo. *Eu* — aids?".

"Mas, Sarah", disse ele, divertindo-se com a genuína indignação dela, "nós estamos sonhando. Eu jamais diria a Susan: Eu não tenho como ter aids porque tenho sido casto.

Por várias razões não proponho que... porque não se diz uma coisa dessas para uma mulher..."

"Não."

"Mas imagine só. Uma coisa jovem e linda, toda cheia de hesitação virginal, da timidez do verdadeiro amor, aparece em sua cama, pronta para fugir à primeira palavra errada, e imediatamente está perguntando, com toda a eficiência, sobre a camisinha e sobre o que você acha de sexo oral. Eu me permiti dizer: Mas, Susan, você não tem que se preocupar comigo. Ao que ela respondeu: E o que faz você pensar que não tem de se preocupar por minha causa? Eu trabalhei nos teatros de Nova York e das redondezas durante cinco anos... Isso tira todo o romantismo da coisa." Sarah estava dando risada e viu que ele a observava, aliviado. "Você percebe, Sarah, como tivemos sorte... nós?"

"Bondade sua me incluir nesse grupo."

"Pré-aids. Pós-aids. Essa é que é a questão. Nós estávamos livres da velha moralidade. A culpa nunca era mais que o brando estalar de um chicote."

"Ainda somos românticos. Eu estava falando de estar apaixonada, não de fazer sexo."

"A gente não se preocupava tanto com gravidez... e nunca conheci ninguém que tivesse doença venérea. Você conheceu?"

"Não. Acho que não. Não me lembro de ouvir ninguém dizendo: Acho que estou com sífilis."

"Então. Era o paraíso. Vivíamos no paraíso e não sabíamos. Mas essas coisinhas jovens têm mais em comum com nossos avós e bisavós do que conosco. Mortos de medo, coitadinhos. De minha parte, fico pensando se vale a pena."

"Você está querendo me dizer que, quando Susan chegar a sua cama hoje à noite, vai dizer: 'Acho que não vale a pena, volte para a sua cama, minha pequena Susan, seja boazinha'?"

"Bom... não. Mas eu sei, Sarah, exatamente o que *ela* queria dizer com: Falta convicção."

"Stephen, você não vai sentir isso por muito tempo. Assim como eu logo vou voltar a ser aquela senhora severa que diante das loucuras dos outros diz apenas: Que cansativo."

"Você está sempre dizendo isso."

"É, estou. Preciso."

"De qualquer forma, eu nunca fui muito bom para lidar com a dor. Simplesmente não consigo aguentar." Ele parecia estar falando de um joelho quebrado ou de uma dor de cabeça e não daquele punho brutal golpeando repetidamente o coração.

"Só existe uma coisa em que podemos realmente confiar. Graças a Deus. O que sentimos num ano não será a mesma coisa que sentiremos no ano seguinte."

Ficaram sentados em silêncio, ouvindo os próprios pensamentos correndo em trilhos paralelos.

Ao meio-dia, voltaram para casa, passando por uma clareira sombreada, cheia de crianças, umas quinze, mais ou menos, os filhos de Stephen entre eles. A ficção recente nos ensina que uma tribo de crianças só pode ser vista como selvagem em potencial, capaz de qualquer barbaridade, mas era difícil associar isso àquele grupo que acenou e sorriu para os dois adultos. Stephen fez um grande gesto para os filhos e seus amigos, como se estivessem numa praia distante. O rosto de James, acompanhando os dois com o olhar, estava pensativo, valente e teimoso também. Era assim que tinha olhado para a mãe e, de manhã, para o freixo. Os dois iam pensando, como costumam pensar os adultos, com grande desconforto, que entre a paisagem mental da vivência daqueles meninos e as suas existiam abismos de experiência tamanhos que as crianças não faziam a menor ideia de todo o esforço que ainda seria exigido delas. Fora da vista das crianças e da casa, Stephen parou, inesperadamente, e enlaçou Sarah com braços fraternos. "Sarah, acho que você não faz ideia do que significa para mim..." E afastou-se dela, sem olhar para trás, como se qualquer emoção que encontrasse em seu rosto pudesse ser excessiva.

Na sala onde a refeição esperava por eles, Henry já estava sentado, com Susan. Ele se levantou imediatamente e se inclinou na direção de Sarah para inquirir, numa voz áspera que dessa vez não satirizava a si mesma: "Sarah, por onde é que você andou?".

Sarah observou que Susan sorria para Stephen, cujo sorriso de resposta continha ingredientes que a moça devia achar contraditórios. Primeiro, porque estava claro que Stephen estava mais "apaixonado" — por que as aspas? — do que deixava transparecer. Todo o seu corpo estava lisonjeado, prazeroso, parecendo, independentemente de sua vontade, mandar recados a Susan. Seu rosto, porém, estava cheio de ironias, dizendo: Não chegue muito perto. O que ele disse em voz alta foi: "Dormiu bem?". Ela riu, deliciada, ficou vermelha, mas pareceu confusa.

Henry perguntou, com a mesma voz de antes: "Sarah, o que é que você vai fazer hoje à tarde?".

"Vou ao cabeleireiro, na cidade." Ela deu um sorriso, que esperava parecer displicente, àquele homem que amava — ah, sim, amava, pois as tecelãs invisíveis trabalhavam bem —, e seu coração murmurava "Eu te amo" quando passou a ele a bandeja de pão caseiro.

"Cabeleireiro!"

"E você, o que vai fazer?", ela perguntou, apesar de decidida a não fazê-lo.

"Ensaiar umas duas horas com os músicos. Eles estavam um pouco moles ontem. Fico lá das três às cinco." A frase soou como uma pergunta.

"Se eu terminar antes disso, passo lá." Ela pensou que nada no mundo conseguiria arrastá-la até lá e, com igual força, que nada a impediria de ir.

Depois do cabeleireiro, tomou um táxi de volta e foi direto para a área do teatro. Henry estava deprimido, encostado à beira da plataforma dos músicos, as mãos enfiadas nos bolsos, parecendo cansado e desanimado. Estava pálido. Estava doente. Os músicos vinham vindo dos arbustos que escondiam o novo prédio. Quando Henry a viu, disse: "Quieto, coração..." não para ela, mas para as árvores e para o céu. Imediatamente parodiou a si mesmo, numa pose de Romeu sob o balcão de Julieta, um joelho no chão, os braços abertos. De novo em pé, não conseguiu evitar um longo e desesperado olhar para Sarah, mas parodiou isso também, intensificando-o até o ponto do ridículo. Ela não pôde deixar de rir, mesmo se dissolvendo em doce nostalgia por horizontes há muito perdidos.

Quando o ensaio de música terminou, ele veio até ela e disse: "Vamos andar um pouco", quando viu Benjamin, que caminhava decidido na direção deles.

"Lá vem seu admirador", disse Henry, e ela ficou surpresa porque não sabia que ele havia percebido as atenções de Benjamin, mergulhando na sensação de perda ao fugir, sacudindo um arbusto e saltando sobre outro.

Sarah não podia evitar a excitação provocada pelo ciúme de Henry, apesar de ele não ter nenhum direito. Pode-se ficar *gostando*, da mesma forma que se fica apaixonado, apesar de isso ser menos comum. É fácil confundir uma coisa com a outra. Benjamin tinha gostado dela, à primeira vista, assim como ela e Stephen tinham se gostado logo à primeira reunião no restaurante. Poderia dizer que também gostava de Benjamin da mesma forma? Não; bastava fazer a comparação. O que não significava que não gostasse bastante dele.

Benjamin avançou até ela, parecendo deslocado na formalidade de seu elegante terno branco. Tinha o rosto cálido ao olhar para ela, mas quase imediatamente seu olhar se deslocou para o grande círculo de esmeralda circundado pelas árvores, onde os músicos com suas pálidas roupas esvoaçantes sumiam entre os arbustos que escondiam as salas de ensaio. Tinha agora a expressão de um menino que escuta uma história mágica. Benjamin tinha se apaixonado pelo teatro, pelas artes. Decidido a tirar vantagem dos usos e costumes mais soltos do teatro, ele a beijou com intensidade em ambas as faces, e pareceu contente consigo mesmo por conseguir essa liberdade. Ela invejava esse estado dele, de agradável embriaguez. Mas eram tais as influências da experiência recente que ela examinava aquele belo rosto em busca de sinais de dor ou mesmo de ansiedade. Não encontrou nenhum. Estaria certa? Não. Será que não devia, ao menos, estar imaginando por que aquele homem aninhado numa vida tão satisfatória — sem dúvida? — teria sucumbido ao teatro e a seu fascínio? ("Oh, pela vida de um cigano, oh!") O que poderia estar faltando naquela vida dele? Ela não sabia. Como sabemos pouco sobre o que se passa por dentro de nossos amigos mais próximos, sem falar dos conhecidos agradáveis — jamais usaria a palavra *amigo* para Benjamin, uma vez que chamava Stephen de amigo. Roy Strether, seu bom amigo, amigo por quinze anos, estava vivendo num inferno, ela sabia disso e ele sabia que ela sabia, mas, além de Mary, quem mais na companhia fazia a mínima ideia do que acontecia no íntimo daquele sujeito tão afável e competente? Quem das pessoas daquela casa fazia ideia do que Stephen sofria? A esposa não, com a toda a certeza. Provavelmente, Sally iria dizer, mais tarde, que essa época havia sido a pior de sua vida. Tinha insinuado algo semelhante, meio rindo, ao conversar com Sarah. Mas, entre as pessoas que havia semanas trabalhavam com ela todo dia, quem se importava com a perda de Sally? Mary estava péssima: muito mais do que devia, preocupada com a mãe.

Caminharam devagar em direção à casa, enquanto ela ia contando sobre a temporada ali, e sobre os novos membros do elenco. Ela ouviu, ou tentou ouvir, pois seus pensamentos se dispersavam, enquanto Benjamin contava sobre o Festival de Edimburgo. Chegaram à casa na hora do jantar, servido cedo porque a peça logo iria começar.

As duas jovens da cidadezinha, Alison e Shirley, lá estavam, grandes, calmas, louras, de bochechas rosadas, saudáveis como uma maçã, distribuindo sorrisos satisfeitos e maternais em meio à confusão. Estreias não eram novidade para elas. Quanto a Elizabeth, podia-se quase ouvir sua voz dizendo: Esse tipo de coisa é de esperar; afinal, é o teatro... E sorriu para Susan, passando-lhe um prato de verão. "Você é ótima, Susan", todos a ouviram dizer. "Uma Julie maravilhosa." Isso tudo para lembrá-la do que estava fazendo ali, naquela casa — a casa de Elizabeth.

Benjamin afastou-se de Sarah para ir falar com Stephen, e os dois homens ficaram lado a lado, conversando, copos de vinho nas mãos, recusando a comida. Naquele momento, estavam desempenhando seus papéis de patronos das artes, mesmo que não estivessem pensando nisso, modestos demais, sentindo-se privilegiados de conviver com todos aqueles seres talentosos. Os outros, olhando para eles, pensavam: os homens do dinheiro — todos dependemos de suas decisões.

Henry veio até Sarah e disse em voz baixa: "Sarah, recebi um fax de Millicent. Ela chega amanhã. Com Joseph. Vai assistir à sessão de amanhã e vamos embora em seguida".

"Mudança de planos?"

"É. Elizabeth nos convidou para ficar uns dias e nós aceitamos, mas... bom, vamos embora depois de amanhã e depois viajar de carro pela França umas duas semanas."

Ela nada disse e não conseguia olhar para ele.

"Então, é isso, Sarah", disse ele, pousando na mesa o prato de jantar intato. "Agora vou ver como está indo de público."

Ele saiu. Os atores logo o seguiram.

Stephen, Sarah e Benjamin ficaram nos degraus, observando os espectadores que saíam de seus carros e passeavam pelo gramado na direção do teatro. Uma noite perfeita. Nuvens delicadas flutuavam alto, a oeste, as árvores quietas silhuetadas contra elas. Os pássaros discutiam animados nos arbustos. Faltando ainda quase uma hora para começar, as cadeiras já estavam quase todas tomadas.

Sarah viu seu irmão Hal, Anne, Briony e Nell descendo do carro. Não esperava por eles. Ele tinha vindo direto do trabalho, com o terno escuro que usava em suas tardes no consultório de Harley Street. Suas mulheres todas de vestido florido, os cabelos reluzindo no sol do entardecer. Para todos eles uma incursão na vida de Sarah era como férias: para os pais, do trabalho pesado; e as meninas, afinal de contas, passavam boa parte da vida num escritório e num laboratório. Onde estava Joyce?

Sarah acenou para o irmão, cuja figura confiante concedeu em corresponder com uma comedida saudação, como a de um membro da família real, mas, como não agitou os dedos, parecia estar abençoando: dava para imaginar um raio de luz partindo da palma daquela mão na direção do trio sobre os degraus. Através de uma brecha na cerca viva, Sarah ficou olhando enquanto avançavam para a primeira fila. Veio-lhe a imagem da grande bola de borracha preta flutuando sobre a espuma de uma onda lenta em direção à praia. Ele pisava leve, a cabeça erguida, os olhos firmes à frente, e no rosto aquela expressão que Sarah havia estudado a vida toda, apesar de não ser uma expressão passível de estudo: com seu rosto cheio, lábios grossos, olhos protuberantes, era como a figura de proa de um navio. Ela pensara muitas vezes que ele parecia um homem drogado, hipnotizado. Era seu corpo que expressava absoluta segurança, impenetrável satisfação. Um mistério: ele fora sempre um mistério para ela. De onde ele teria tirado essa autoconfiança? Em que ponto dele ficava localizada? Ao chegar à primeira fila, Hal retirou as plaquetas de Reservado de algumas cadeiras — ele não havia reservado lugares — e sentou-se, presumindo que suas mulheres se arranjariam. Lá estava ele sentado, a grande bola negra na praia, enquanto à sua volta a onda se desfazia em espuma.

Na primeira fila, os críticos de Londres ocupavam seus lugares, alguns com aquele ar característico de que estavam fazendo um favor de estarem presentes, outros deslizando furtivamente entre as filas, para o caso de estarem sendo observados ou de alguém vir falar com eles, comprometendo assim sua integridade. A plateia conversava baixo, admirando o céu, os jardins, a casa.

Henry acompanhou Stephen, Sarah e Benjamin aos camarins, para desejar sucesso aos atores. Levaram com eles os fax que Bill mandara de Nova York e Molly do Oregon.

"Pensando em vocês todos esta noite." "Queria estar aí com vocês." O prédio novo, despojado, estava agora lotado de gente e já tomado por uma... é questão de opinião o que havia na atmosfera. Mas o lugar não era mais aquele vácuo cheio de ecos.

Os quatro ocuparam seus lugares, bem ao fundo.

Olhos experientes avaliavam os críticos. Só dois do primeiro time estavam presentes. Elizabeth agradecera a eles em tons melodiosos pela gentileza de terem vindo. Os outros eram de segunda linha, ou aprendizes, entre eles Roger Stent, que procurou cuidadosamente por Sonia, cumprimentou-a severamente com um gesto de cabeça, sem sorrir, como um juiz abrindo a sessão. Ela fez a ele um gesto de "foda-se" para que todos vissem. Havia críticos de duas categorias: de teatro, que julgariam a partir desse ponto de vista; e críticos de música, ali presentes porque Queen's Gift era famosa por sua música e seus Divertimentos, mas que nada entendiam de encenação. Nenhum deles estava equipado para julgar aquela obra híbrida. A plateia era outro assunto, e demonstrou imediatamente gostar da peça e entender. Quando a música trovadoresca começou, o público aplaudiu para demonstrar que não a achava estranha. O programa dedicava uma página inteira a esse tipo de música: sua história, origens nos séculos XII e XIII, influência árabe, instrumentos utilizados, adaptados dos originais árabes, seu inesperado ressurgimento, tantos séculos depois, na música de Julie Vairon, que, podia-se afirmar quase com certeza, jamais a tinha escutado.

Mas essa música entrava no segundo ato e os dois críticos de teatro mais importantes foram embora ao terminar o primeiro, porque tinham de voltar dirigindo ou pegar o trem para Londres. Os dois tinham aquele ar de afronta que os críticos usam quando acham que perderam tempo. Sarah brincou dizendo que as críticas teriam, com toda a certeza, frases como "uma peça insípida"; Mary acrescentou: "falso exotismo", e Roy: "infelizmente o ambiente exótico não resgata essa peça banal do inevitável fracasso".

Os demais críticos de teatro saíram no final do segundo ato, de forma que nada viram da límpida música extraterrena do terceiro ato, que transcendia e até repudiava o pessoal. "Quer saber de uma coisa?", disse Mary. "Aposto como as críticas de todos vão ter o título de 'Ela era pobre mas era honesta'." "Ou então", sugeriu Roy, "'Hoje não posso fugir para casar com você — minha mulher não deixa'." Os críticos de música ficaram até o fim.

Mas a plateia aplaudiu de pé e para eles, pelo menos, *Julie Vairon* era um sucesso, mesmo que não tanto quanto na França.

Durante o segundo ato, Sarah se distraiu porque viu Joyce, com sua amiga Betty e um jovem desconhecido, de pé, ao lado da abertura da cerca viva de hibiscos que servia de entrada para o teatro. Pareciam crianças paradas na porta ouvindo a conversa dos mais velhos. Fácil reconstruir o que havia acontecido. Tinham convidado — não, tinham implorado — Joyce para que fosse com eles ver a peça de tia Sarah, naquele tom de voz exasperado de quem não aguenta mais, que ela tanto temia da parte de sua família, a menina havia recusado, mas tinha contado a Betty, que dissera que até podiam ir. Os três tinham vindo de carona. Mesmo agora que pedir carona era uma coisa arriscada, Joyce implorava transporte, geralmente aos choferes de caminhões estacionados nos postos de gasolina. Joyce contava histórias de quase-tragédias, com aquele sorriso tímido que oferecia aos adultos, em parte para descobrir o que o mundo autoritário pensava disso. Sarah nunca tinha visto Betty senão de passagem, mas agora ali estava ela, exposta. Os três jovens contornaram a multidão sentada, Joyce na ponta dos pés, Betty com bravata, o rapaz esperando ser detido e expulso. Betty acomodou-se num declive de grama, os dois sentaram-se ao lado dela e Joyce ficou acenando e mandando sorrisos frenéticos à tia.

Betty era uma moça grande, as coxas grossas vestidas de jeans esticadas à frente, os braços cruzados sobre os seios sem sutiã. Tinha um ar cético: vocês não vão me impor nada. O rosto era largo, comum, rústico. Os cabelos negros, oleosos. Joyce parecia ainda mais abandonada ao lado dela, pois era evidente que Betty a maternalizava. O rapaz, sentado um pouco afastado das moças, era muito magro, pálido, mole, com um longo pescoço ossudo. As mãos eram tão finas que pareciam transparentes e o rosto estava coberto de manchas vermelhas.

Durante os aplausos, quando a peça terminou, os três desapareceram.

Houve uma festa informal para a companhia e vizinhos, no lado da casa oposto ao teatro. Havia longas mesas com vinho e bolos. Detrás delas, as duas lindas moças louras, Shirley e Alison, serviam os convidados que Elizabeth e Norah recebiam, ao lado de Stephen. A plateia se dispersava em direção aos carros e ônibus que levavam à cidade ou a Londres, mas umas duzentas pessoas permaneceram no gramado. Hal apareceu e foi direto até Stephen, apresentando-se não como irmão de Sarah, mas como dr. Millgreen. Stephen não sabia quem era, mas comportou-se como se fosse uma grande honra recebê-lo em sua casa. Hal recusou o vinho, dizendo que tinha de voltar a Londres para ir ao hospital cedo, na manhã seguinte, e disse, com toda a gentileza, para a irmã: "Muito bom, Sarah". E saiu, sem se voltar para ver se Anne, Briony e Nell vinham atrás dele, ou se talvez tinham preferido ficar e tomar um copo de vinho. Do outro lado do gramado ele parou e voltou-se, aparentemente para analisar a casa, pois tinha aquele seu ar profissional de benevolência generalizada. Várias pessoas correram até ele e Anne. Durante um momento, ficou cercado por um grupo de colegas, ou pacientes, ou amigos, uma figura de suave autoridade. Ocorreu a Sarah que, assim como nunca havia visto quase nada além do lado Julie (sombrio e oculto) de Stephen, nada sabia da vida social do irmão e da cunhada. Sarah não gostava de festas formais e os amigos deles não tinham a ver com ela também. Mas possivelmente havia muita gente que conhecia aquele eminente dr. Millgreen, com sua inteligente esposa também médica, Anne, e as duas lindas filhas, uma família adorável. Se alguém se lembrasse, talvez até observasse: "Uma pena aquela outra menina deles. Parece que é um grande problema".

No momento em que Sarah estava pensando em perguntar sobre Joyce a Hal e Anne, a família inteira entrou no carro e foi embora. Então continuou conversando, como era seu papel, com quem quer que desejasse conversar com ela. Sim, tinha sido gratificante trabalhar naquela peça — se é que era uma peça —, mas havia dois autores, e Stephen Ellington-Smith, o anfitrião, devia ter muito a dizer também. Isso continuou durante uma hora talvez, e a noite já tinha pousado sobre as árvores e arbustos quando ouviu uma voz jovem contar, rindo, que ao sair do novo prédio, depois do espetáculo, havia sido abordado por duas garotas que ofereciam aos membros masculinos do elenco uma chupada por dez dólares. Era Sandy Grears conversando com George White. Sarah foi imediatamente até eles e disse:

"Acho que uma dessas moças deve ser minha sobrinha. Sabe para onde elas foram?". Era difícil aparentar calma, porque a ideia de Henry — que estava no edifício novo junto com os outros — ver-se diante de uma proposta de sexo oral pago era dolorosa demais para aguentar, como se fosse uma piada sexual grotesca e pessoal. Os dois jovens imediatamente mudaram de comportamento, do riso, adequado ao comentário sobre duas vagabundas, para a compaixão pela parente de uma criança problema. George achava possível que as moças estivessem no Old Fox, na cidade, único lugar que ficava aberto à noite. Ele se ofereceu para levar Sarah até lá. Sandy afastou-se e isso permitiu que Sarah perguntasse se havia um rapaz junto com as moças. Havia, sim. George hesitou; evidentemente sabia mais, porém Sarah resolveu não perguntar. Achava difícil acreditar que Sandy pudesse aceitar uma chupada oferecida por jovens pouco saudáveis, mas nunca se sabe. Ficou surpresa consigo mesma ao sentir uma dor genuína — uma dor estética — diante do fato de que alguém que gozara (pela primeira vez, uma palavra absolutamente adequada) da companhia de Bill Collins pudesse chegar a pensar em ter sexo oral com uma pobre menina desamparada.

A caminho da cidade, Sarah contou a George sobre Joyce, e ele demonstrou adequada preocupação. Sua irmã também era um problema. Era anoréxica, às vezes suicida, e isso se arrastava havia anos. Mais uma vez, ali estava aquela indesejada mudança de perspectiva: a vida privada de um colega (nunca muito mais do que um pano de fundo para a vida que você conhece dele, a vida profissional, a vida real, como se prefere pensar) vindo para o primeiro plano e revelando a você as dificuldades e precariedades que esse amigo enfrenta para se manter independente de sua família matriz. Durante algum tempo, a irmã de George tinha morado com ele e a mulher, mas a coisa ficou excessiva quando nasceram os filhos. Agora, infelizmente, ela entrava e saía de hospitais. Sarah e George mudaram o rumo da conversa, uma conversa que ocorre a cada dia com maior frequência, concluindo que, no geral, para cada pessoa inteira, competente, válida, existe a cada dia mais gente incapaz de lidar com a vida e que tem de ser sustentada, financeira e emocionalmente. Os dois discutiram se esse número havia realmente aumentado, ou se talvez não seria apenas questão de esse tipo de pessoa ter se tornado mais visível devido à nossa posição (afinal, bastante recente) de que as pessoas pouco dotadas eram infinitamente perdoáveis. E aqueles que parecem ser inteiros, sadios, independentes, "viáveis", mas que na verdade dependem dos outros? Sarah estava, evidentemente, pensando no próprio irmão, pois o que seria dele se não sugasse o sangue da esposa?

O Old Fox chamava-se a si mesmo de bar, mas era um restaurante com um bar e música alta, tão cheio que não dava para enxergar o outro lado da sala. De repente, ali estava Joyce. Um grupo de jovens se espremia em torno de uma mesa, bebendo. O lugar nem de longe parecia suspeito, e o grupo de Joyce era o único elemento duvidoso ali. Diante da necessidade de fazer alguma coisa, mas sem saber exatamente o quê, Sarah foi salva pela própria Joyce, que abria caminho na multidão, gritando: "É a minha tia Sarah". Segurava o copo de uísque acima da cabeça para protegê-lo. Parada diante da tia, recendendo a bebida, Joyce falou sobre a peça, que adorou. Não olhou para George White. Já estava quase escuro quando a peça terminara, mas talvez ela tivesse por princípio não olhar na cara de possíveis fregueses.

"Como é que você vai voltar?", perguntou Sarah.

"Ah, a gente se vira. Conseguimos chegar aqui, não conseguimos?"

Os dois adultos ficaram ali, ouvindo a coitadinha pronunciar as frases espertas, obrigatórias quando estava perto dos amigos. "Se liga, tia, cê tá encanada na noia errada, a gente tem grana até o osso, a gente está na boa." Tradução: Desculpe, mas você está se preocupando sem razão, temos muito dinheiro, está tudo bem. Durante a conversa, os olhos dela controlavam continuamente a porta, para ver as caras novas que chegavam. Evidentemente, conhecia bem aquele lugar. Seu sorriso, como sempre, parecia fixo. Os olhos eram só pupilas. Drogas dilatam as pupilas. Como o escuro. Ou como o amor.

George viu alguém que conhecia e afastou-se. Afinal de contas, a companhia estava ali havia três dias e aquele era o ponto de encontro dos jovens locais. Ele imediatamente se viu cercado: era afável, bonito, sempre popular.

"Joyce", disse Sarah, baixando a voz. "Você está se lembrando de tudo o que a gente recomendou?"

Os olhos da menina se desviaram, evasivos, e ela disse, animada: "Ah, Sarah, claro. Está tudo bem".

"Que história é essa de sair oferecendo uma chupada para todo mundo?"

Os lindos olhos se agitaram, desesperados. "Quem te contou? Eu não... nunca... por favor, tia..." Então, controlando-se, Joyce citou (quem? Betty talvez?): "'Homem é assim. É disso que eles gostam: uma boa chupada e eles ficam contentes'". Olhou orgulhosa para Sarah, para ver como aquele discurso de sabedoria mundana seria aceito.

Sarah olhou aqueles lindos lábios que se esforçavam para sorrir e disse: "Ah, Joyce, tenha um pouco de juízo".

"Ah, a gente tem, juro. Mas é a grana, entende? O problema é grana." Aí, incapaz de aguentar mais, agitou a mão magra e suja a dez centímetros do rosto de Sarah, deu-se conta de que estava calculando mal as distâncias, oscilou e afastou-se, dizendo: "Até... até...". O que queria dizer era até logo, até logo. E sumiu na multidão para reencontrar os amigos.

Sarah viu Andrew no bar, sentado num banco alto, bebendo. Ele sentiu que estava sendo observado, voltou-se e olhou direto para ela. Deliberadamente virou as costas, olhando para a mulher que estava no banco a seu lado: elegante, de meia-idade, lisonjeada pela atenção dele. Mas não aguentou e voltou a olhar para ela, endireitou o corpo, porque estava bêbado, e veio até Sarah. "Não tenho carro", disse. "Se arrumar um emprestado, você...?" George apareceu. "Não, já entendi que não", e Andrew voltou para o bar.

"Personalidade dramática, o nosso Andrew", George comentou.

"É."

"Quero morrer amigo dele."

Pelo menos os homens, se não as mulheres, consideravam Andrew perigoso.

"Vamos, vou te levar de volta."

Sarah ficou silenciosa no carro que corria pelas pistas sob o luar, pensando, pela milésima vez, que devia haver alguma coisa a fazer com Joyce.

"Está pensando que deve haver alguma solução se você fizer um esforço?"

"É."

"Eu sabia."

Ele não desligou o motor quando ela desceu. Foi-se embora, de volta para o bar, deixando Sarah diante da casa agora escura. Era meia-noite, tarde para aquela região.

Num banco, ao lado de uns arbustos, uma figura tensa e vigilante estava sentada. Sarah caminhou na direção de Henry. Da mesma forma que Susan parecia ter feito antes com Stephen, Henry agora parecia puxá-la com um fio. Sentou-se a seu lado. Ele imediatamente se aproximou, de modo que seus corpos se tocavam dos ombros até os pés.

"Onde é que você estava?"

Ela se ouviu suspirando. Queria dizer: Tão irrelevante.

"Benjamin estava procurando você. Agora já foi para a cama."

Ela girava sua retórica na cabeça: Quantas vezes duas pessoas se apaixonavam uma pela outra ao mesmo tempo? Quase nunca. Geralmente, uma vira o rosto... O que ela disse em voz alta, em voz bem uniforme e convincente, apesar do coração batendo tanto que ele devia estar sentindo, foi o seguinte: "Ao lado de americanos existe sempre aquele momento em que a gente se sente completamente decadente. Você conhece uma pessoa durante anos e, de repente, ali está a sensação. Os bons e íntegros e éticos americanos, os traiçoeiros e decadentes europeus. Como num romance de Henry James".

"Se eu tivesse lido Henry James..."

"No fundo do coração você me acha imoral."

"Não quero saber o que você pensa de mim."

"Ótimo. Agora, eu vou para a cama." Ela se levantou e ele agarrou sua mão. Arrancar a mão da mão dele arrancou ao mesmo tempo grandes lascas de seu coração. Era essa a sensação. Ele se levantou de um salto. Abraçou-a, mas não beijou sua boca; os lábios dele tocaram sua face, enviando ondas de fogo (de *quê?*) por todo o seu corpo, e ela pousou os lábios nos cabelos dele. Cabelos macios...

"Boa noite", disse ela, rápido, e sumiu.

Ficou sentada à janela, devastada. O céu estava cheio de luar, percebeu Sarah quando seus olhos clarearam. Palavras brotavam dentro dela. Ela se viu sentada (os olhos fechados, pois o luar era muito vazio e sem coração), sentindo o toque doce de seus cabelos nos lábios, murmurando: "Nossa, como eu te amei, irmãozinho, como eu te amei". A perplexidade abriu seus olhos. Mas não podia dar atenção ao que as palavras agora lhe diziam. Deitou-se na cama e chorou, amargamente. Bem, aquilo era melhor do que o que estava à sua espera. Lágrimas, mesmo lágrimas amargas, não são o reino da dor.

Acordou tarde, atrasou-se para o café da manhã. Stephen entrou, à procura dos filhos, queria que tivessem uma lição de tiro ao alvo. Benjamin estava sentado diante da refeição. À espera dela. Era a sua vez de parecer irônico: acreditava que ela ficara até tarde na cidade, retida por atraentes tentações. Henry entrou, logo depois dela, serviu-se de café, e veio sentar-se a seu lado com a xícara. Sarah não olhou para ele.

Benjamin disse: "Tenho de ir embora às duas, para pegar meu avião".

Stephen disse: "Então, sugiro que Sarah mostre as terras para você".

Benjamin disse: "Se Sarah tiver tempo".

"Claro que tenho tempo", disse Sarah, mas depois de uma pausa, porque não tinha entendido imediatamente o que ele dissera.

"E Henry, talvez você e sua mulher queiram jantar conosco? A comida não é ruim no Blue Boar. A peça termina por volta das dez, podemos chegar à cidade às dez e meia."

"Nós adoraríamos", disse Henry. "É um pouco tarde para Joseph, mas ele aguenta. Está acostumado a dormir tarde."

Stephen não tinha pensado em levar a criança para jantar e disse: "Tenho certeza de que Norah pode cuidar dele para você".

"Acho que ele não vai me deixar ir sozinho. A gente não se vê há mais de um mês."

"Como você preferir. Vou fazer as reservas. E Sarah... você vem também, claro."

Os meninos apareceram nesse momento e Stephen disse a eles: "Vamos lá, meninos. Tiro ao alvo".

Os quatro saíram.

Sarah sentiu que não ia conseguir tomar o café. Tinha a boca já amarga com a sensação de perda. Disse a Benjamin: "Vamos?". Benjamin se levantou e aquele homem sólido, em seu terno de linho creme inacreditavelmente perfeito, imaculado, impecável, conseguiu fazer aquele adorável salão parecer pobre. Ele perguntou a Henry, com extrema polidez: "Você não quer vir conosco?".

"Tenho muita coisa para fazer", Henry respondeu.

Benjamin e Sarah saíram para passear pela propriedade. Iam pegando os atalhos que encontravam, sentavam-se em bancos para admirar a vista, encontraram um campo com cavalos pastando, uma dúzia deles debaixo de um salgueiro, à beira de um riacho. Um campo de trigo amarelo e tão macio que convidava a uma carícia, recortado contra o céu azul. Num barracão, ou oficina, uma segadora que parecia um inseto gigante sacolejava, funcionando, enquanto dois jovens de macacão azul se debruçavam sobre ela com latas de óleo.

Era o último dia, o último dia — Sarah pensou. Paisagem, céu, cavalos, segadora, tudo era Henry. Henry. O egoísmo chocante do amor a esvaziara de tudo que não fosse Henry. Ela dizia a si mesma que Benjamin merecia pelo menos gentileza, e tentou conversar convenientemente, mas sabia que suas palavras acabavam se desfazendo em falta de atenção, seguida de silêncio.

Benjamin tentou entretê-la com seus "projetos", lembrando-se que isso tinha funcionado bem em Belles Rivières.

"Vamos ver se é atraente para você, Sarah. Um lago da Caxemira, uma réplica exata, com barcos de moradia, músicos, os barqueiros importados da Caxemira. Vai ser no Oregon. Muita água — precisamos encontrar o lago certo."

"É muito atraente", disse Sarah, sabendo que soava indiferente.

"Ótimo. Agora que tal uma máquina que emite íons negativos? O aparelho fica dependurado numa base móvel que se pode levar de quarto em quarto. A poeira é atraída por ele e depositada numa bandeja na parte de baixo. Em uma hora, mais ou menos, o ar está livre de poeira."

"Muito atraente. Acaba com o trabalho doméstico."

"Ideia de minha mulher. Está trabalhando com uma empresa que fabrica ionizadores. Ela é física. Está desenvolvendo a máquina."

"Pois eu compro uma já."

"Vou falar para ela te mandar uma."

"E o lago da Caxemira? Foi ideia de sua mulher?"

"Tivemos a ideia juntos. Estivemos na Caxemira faz três anos, antes da guerrilha, de tudo isso. Apresentei a ideia para um grupo hoteleiro em que estamos interessados e eles gostaram."

"Mas você parece achar a ideia um pouco frívola."

"Talvez achasse, no começo. Mas meu conceito do que é frívolo ou não parece ter mudado." Nesse momento, ele teria gostado de dirigir a ela um olhar mais profundo que as palavras, mas ela não podia se permitir encarar seus olhos.

Parecia ter espadas enfiadas nos olhos, que podiam facilmente dissolver e escorrer por seu rosto.

Caminharam na direção de umas árvores de onde se ouviam vozes e um tiro ocasional. Pararam entre os troncos à margem de uma clareira. No centro do espaço gramado havia um grosso poste de madeira que, por causa desta nossa época, os fez pensar imediatamente num homem ou mulher de olhos vendados, esperando os tiros. Antiquado? Será que a ideia de um poste pertencia a uma época mais antiga, mais formal, ou mesmo mais civilizada? No poste havia um alvo caseiro. A alguns metros, abaixo deles, à esquerda, estavam Stephen, os três filhos, dois outros meninos e duas meninas.

Encostado num tronco de carvalho, um sortimento de armas. A cena era notável por sua mistura de casual — o alvo feito em casa, as roupas de Stephen e dos meninos — com o ritual rígido do tiro ao alvo.

As crianças estavam reunidas em grupo alguns passos atrás do menino que segurava a arma: ele tinha acabado de dar seus tiros e estava levando a arma de volta para o pequeno arsenal ao pé da árvore. Seguravam pela coleira os dois setters vermelhos, agitados, sacudindo o rabo na grama. O menino que ia atirar em seguida foi levado até a árvore por Stephen, que estava escolhendo cuidadosamente uma arma adequada à sua idade e grau de habilidade. Todos os movimentos eram monitorados por Stephen: tambor para baixo, segure assim, pise assim. O menino se colocou no posto de atirador, Stephen a seu lado, um pouco recuado, dando instruções que não se ouviam àquela distância. O garoto levantou cuidadosamente o rifle, mirou, atirou. Um buraco negro apareceu no alvo, um pouco afastado da mosca. "Muito bem", foi provavelmente o que o menino ouviu, pois ao juntar-se ao grupo parecia satisfeito.

Uma menina de uns doze anos foi, então, com Stephen até a árvore. Escolheu um rifle, sem nenhuma orientação, caminhou para o lugar certo com Stephen, que era muito menos cuidadoso com ela do que tinha sido com o menino, fez a mira e atirou. Aparentemente acertou na mosca, pois não houve modificação no alvo. As crianças gritaram cumprimentos e Stephen pousou a mão brevemente no ombro dela. Os cachorros latiram e saltaram. Ela retornou ao grupo e outro menino, Edward, o caçula de Stephen, foi até a árvore com o pai. A arma que recebeu parecia ser de ar comprimido. Dessa vez, Stephen monitorou cada pequeno movimento: posição da mão da frente, colocação do ombro esquerdo... do ombro direito... posição da cabeça... dos pés. Intensa concentração. O tiro apareceu como um buraco escuro na margem do papel branco com seus anéis concêntricos. O grupo estava tão empenhado na atividade que nem notou os dois espectadores, que continuaram seu passeio.

"Seria muito bom se nós também nos empenhássemos tanto em ensinar nossas crianças a atirar. Talvez seja ignorância minha, mas por que eles precisam saber atirar nesta terra verde e pacífica?"

"É uma habilidade social."

"As meninas também?"

"'É preciso lembrar quem a moça poderá desposar' — é uma citação."

Benjamin riu.

"Pois é, jamais teria sido necessário que minha filha aprendesse a atirar." Como ele parecesse confuso, ela esclareceu: "Não somos aristocratas".

"Mas sem dúvida poderia ser útil. Você não disse que ela mora na Califórnia?"

"Não é esse tipo de tiro. Aquelas crianças jamais vão atirar em nada que não seja faisão, galinha-do-mato, veado. Isto é, se não estivermos em guerra."

"Confesso que algumas vezes este país me parece um anacronismo."

"Quando eu for visitar seu lago da Caxemira em Oregon vou te lembrar que me disse isso."

Ele riu. Sarah estava tão longe do riso que podia se atirar no gramado e ficar chorando ali mesmo. Terminaram o passeio e ele disse que já era hora de ir embora. Ela o acompanhou até o carro. Sentindo-se culpada, teve de ser efusiva. Podia ouvir a si mesma puxando conversa, mas nem sabia sobre o quê. Ele disse que voltaria à Inglaterra em novembro. E partiu com um ronco de motor do carro possante. Para o aeroporto. Depois para a Califórnia. Para o agradável trabalho de financiar ideias atraentes e assistir a elas enquanto se tornam realidade. Um mágico moderno.

Só Stephen e Sarah estavam almoçando. Henry tinha ido buscar a mulher e o filho. Elizabeth e Norah visitavam amigos. A companhia havia alugado um ônibus para fazer uma excursão pelas aldeias de Cotswold.

Nenhum dos dois tocou na comida.

"Sarah, eu sei que sou um chato, mas tenho de perguntar... quando seu marido morreu, você ficou muito triste — algo assim?"

"Eu mesma tenho me perguntado isso. Fiquei infeliz. Muito. Mas imagino de que jeito... O que mais pode não ter me deixado *realmente* triste? Quer dizer, a tristeza adequada ao fato. Pelo que vejo, você continua consultando seus livros?"

"É. Mas por trás dessa ideia existe uma suposição. Se

você deixa de sentir a emoção certa, ela se acumula. Bom, para mim isso parece uma bobagem."

"Quem pode saber?"

"Por que não se casou de novo?"

"Eu tinha dois filhos, esqueceu?"

"Isso não seria empecilho para mim, se eu quisesse mesmo uma mulher."

"Mas a gente não se conhecia na época."

Ele se permitiu um sorriso, fez um gesto impaciente, e acabou se rendendo a uma gargalhada. "Pena que não nos apaixonamos um pelo outro", disse. Uma nuvem vaga de um resto de ansiedade cruzou seu rosto, mas Sarah o tranquilizou com uma sacudida de cabeça. "Porque na verdade somos tão excepcionalmente... compatíveis."

"Ah, mas isso seria sensato demais." Ela então o enfrentou, dizendo: "Mas estou me lembrando de uma coisa. Quando eu tinha relações amorosas, nunca levei meu parceiro para o meu quarto. Para a cama em que tinha dormido com meu marido. Era sempre no quarto de hóspedes. Aí, um deles fez questão disso. Disse assim: 'Estou cansado de ser tratado como convidado. Você continua casada, sabia?'. Foi o que bastou para acabar tudo. Ele foi embora".

"Você teve muita sorte, Sarah. No começo, acho que Elizabeth e eu nos demos bastante bem, mas nunca..."

"Você diria que essas duas mulheres estão casadas?"

"Diria, sim. Sem dúvida, elas deixam todo mundo de fora." Sua voz soava dolorida. Uma vespa zumbia alto, investigando uma porção de maionese num prato. Isso forneceu a desculpa para ele se levantar, pegar o inseto com uma faca e ir jogá-lo no jardim. Mas voltou, decidido a continuar, e continuou. "Isso inclui as crianças." Uma pausa. "Elizabeth nunca foi uma mulher maternal. Nunca fingiu ser. Por que toda mulher teria de ser maternal? Muitas não são." Uma pausa. "Eu tento compensar isso com os meninos."

"Acho que Norah gostaria muito mais de servir de mãe para os meninos."

Ele demonstrou no rosto que não era nenhuma novidade para ele. "Bom, eu não vou impedir." Stephen empurrou o prato, escolheu um pêssego de uma fruteira e cortou-o, metodicamente. "Acredite ou não, sinto pena dela. De Norah. Ela é meio prima de Elizabeth. Não teve sorte, o casamento não deu certo."

Os dois deixaram morrer o assunto. Existe gente que parece atrair a insensibilidade ou, pelo menos, a negligência. Tudo, todos pareciam sempre mais importantes do que Norah.

"Quando você vai embora, Sarah?"

"Amanhã. Jean-Pierre vem ver a apresentação de hoje. E vamos discutir tudo em Londres."

"Eu também vou para Londres."

"Vai deixar... Susan? Eu não teria essa força de vontade."

"Não tem nada a ver com força de vontade." Ele polvilhou açúcar sobre as macias fatias de pêssego, pegou a colher, pousou no prato e empurrou-o para longe. "A única coisa que eu não pedi foi que Julie declinasse uma boa trepada. Você é bom de cama, ela diz. Não posso negar que fico lisonjeado." E ele sorriu para Sarah, um sorriso verdadeiro, afetivo, inteiro. "Ela é uma coisinha dura. Mas não sabe disso. Fica dizendo que eu sou sexista. Com uma risadinha coquete. Eu disse que não via nada de novo nas ideias dela. As mulheres sempre acharam que para se redimir o homem precisa do amor de uma boa mulher. Ela me fez uma verdadeira palestra, todo aquele discurso feminista. O problema, Sarah, é que ela é bem burra."

Outra vespa, ou a mesma, pousou no pêssego cortado e

começou a se afogar na calda de açúcar. Foi abandonada à própria sorte.

"Sarah, a minha vida não leva a nada — não, escute. Se eu tivesse ganho o dinheiro, seria muito diferente. Foi meu avô quem ganhou tudo."

Ela estava surpresa demais para falar.

"Tenho inveja de Benjamin. Ele usa o dinheiro."

"E você não?"

"Eu mantenho as coisas, qualquer um faria isso." Ele se levantou. "Prometi aos meninos que íamos andar a cavalo."

"Eu vi você, hoje de manhã, ensinando os meninos a atirar."

"Se fosse possível saber o tipo de vida para o qual eles estão sendo educados. Quisera eu saber. Na escola, aprendem todas essas novidades — computadores. Além das coisas normais. James sabe dirigir. Sabe ler um mapa e usar uma bússola. Sabem atirar. Sabem andar a cavalo. E vou cuidar para que não dependam de artesãos para fazer o encanamento para eles — esse tipo de coisa. Não são nada artísticos, nem musicais. Todos se dão bem nos jogos, na escola. Isso ainda é importante."

"Sabem ler?"

"Boa pergunta. Mas é pedir demais hoje em dia. James tem uns livros no quarto. Norah ainda lê histórias para os menores. Mas talvez saber atirar acabe sendo a coisa mais útil. Quem sabe?"

Meio da tarde. O carro de Henry deu uma freada crocante no cascalho. Ele saltou para abrir a porta para a mulher. Desceu uma mulher pequena, quase invisível por causa da criança grande que levava no colo. Ela o colocou no chão, e o menino, de seus três anos, correu para os braços do pai com gritos deliciados. Agora era possível descobrir que Millicent era bonita e loura, se é que a palavra era adequada para o casquete ou pelego de cabelo amarelo que, como o da Alice da história, descia até a cintura. De dentro dele um rostinho decidido sorria enquanto Henry girava e girava com o filho, antes de colocá-lo no chão e Joseph se recusar a ficar de pé. Agarrou-se às pernas do pai até Henry tornar a carregá-lo no colo. Millicent ficou olhando em torno. Era uma inspeção competente, mas acima de tudo democrática: ela se recusava a se sentir diminuída pela magnificência ancestral. Olhou sorridente a grande escada, onde Stephen, Elizabeth, Norah e Sarah estavam esperando. Tinha um ar filosófico. Têm uma dura tarefa, as esposas, maridos, entes queridos em geral dessas almas aventurosas que tão inquietamente (e com tanta frequência) mergulham nessas poções embriagadoras e têm de ser recuperadas para a vida normal: convencidos a retornar, a descer, e serem reintroduzidos na — realidade é a palavra que sempre usamos. Norah desceu as escadas para ajudar a carregar as inúmeras malas, maletas, sacolas, de brinquedos, de roupas, de revistinhas indispensáveis ao bem-estar de uma criança contemporânea. (Isto é, crianças de certos países.) Ela e Millicent se arranjaram com tudo, porque os braços de Henry estavam ocupados e iam permanecer assim. Ele e o filho tinham o rosto radioso.

Feitas as apresentações, a família subiu; Norah junto com eles para mostrar o caminho. Minutos depois, ela desceu e se juntou aos outros na sala de estar menor, onde o chá os esperava. Seu sorriso, como tantas vezes, era valente, desta vez devido à cena terna que havia observado. Elizabeth e Stephen já estavam sentados, e Mary Ford chegou, trazendo desculpas de Roy, que tinha voltado para Londres. Sua esposa decidira, afinal, não ir morar com o novo amante, e ele esperava convencê-la a voltar para casa e refazer o casamento.

Estava cheio de argumentos, de estatísticas também, uma delas provando que cinquenta e oito por cento dos homens e mulheres que se casavam de novo lamentavam ter rompido o primeiro casamento e preferiam não ter se divorciado. A companhia toda presente ao chá desejou sorte ao pobre Roy: ele de fato não parecia nada bem ultimamente, todos concordavam. Todos lhe desejaram sorte por cerca de meio minuto, porque Norah observou: "Sinto dizer que Millicent vetou o restaurante. Parece que o menino está muito cansado. Mas eu sinto que ele ficaria muito bem comigo. Todo mundo acha que sou ótima com crianças".

Mary disse: "Acho que estamos defrontando com o bom e velho choque cultural outra vez. Bom, eu fico do lado deles. Adoro quando estou na Itália ou na França e a gente vê todo mundo, da vovó ao bebezinho, jantando fora".

"De minha parte", disse Elizabeth, "acho estranho eles pensarem em levar uma criança de três anos para jantar fora com adultos."

Stephen disse: "Mas para eles não é jantar fora. É normal comerem em restaurantes".

"Acho que é porque vão embora amanhã. Vou telefonar para o restaurante e cancelar", disse Elizabeth. Quando fazia algo prático, todo o corpo dela se enchia de vitalidade, as ancas se moviam com um ar de intensa satisfação interior, suas mãos pareciam prontas a agarrar a situação e tomar conta dela. "A próxima emoção", disse ela, voltando do telefonema, "é o seu francês. Não acham que a gente devia sair com ele para jantar?"

Sarah disse: "Você parece não saber que estar nesta casa já vai ser emocionante para ele, como para todos nós".

"Acho que para nós ela já é natural. Droga. Eu queria sair para jantar. Vão ter de comer os restos que tivermos em casa."

"Não tem importância, meu bem", disse Norah. "Eu te levo para jantar quando todo mundo for embora." Ela falou emocionalmente, e o "meu bem" escapou sem querer. Ficou envergonhada e Elizabeth não olhou para ela.

Stephen disse depressa: "Muita cozinha e jantares nestes últimos dias. Eu avisei que podia ser demais, mesmo sendo ótimo".

"Eu gostei", disse Elizabeth, sorrindo para todos. Então sorriu para Norah, só para ela. As duas mulheres começaram a falar sobre as pessoas com quem tinham saído para almoçar, num tom intensamente social, e a conversa acabou em fofocas sobre os vizinhos, inclusive Joshua. Stephen estava ouvindo as mulheres com aquela expressão que se vê na cara de maridos e esposas — e amantes — excluídos da confiança de seus parceiros, quando eles falam em presença de outros. Era o olhar de um espião cansado. Elizabeth e Norah disseram então que estavam pensando em tirar uma semana de férias quando *Julie Vairon* terminasse. Stephen observou que talvez não estivesse em casa. Elizabeth disse: "Não tem importância: os meninos já terão voltado para a escola".

O cascalho anunciou uma nova chegada. Era Jean-Pierre, que apertou a mão de todos, beijou a mão de Elizabeth, depois deu beijinhos no rosto de Mary, um, dois, três. Durante alguns segundos, os dois ficaram suspensos num tempo só deles. Mais uma vez, era preciso mostrar a propriedade, e logo, porque Jean-Pierre iria embora cedo no dia seguinte, junto com Sarah. Os dois passearam à luz do fim da tarde, e Jean-Pierre se admirou, com polido entusiasmo, diante de tudo o que via, como era de esperar. Estava deslumbrado, disse, era magnífico, e continuou falando até ver a área do teatro, quando começou a demonstrar dúvidas. O que era de esperar.

As cadeiras não eram numeradas: o público não reservava lugares?

Não era necessário; todos se sentavam onde encontravam lugar vago. E, se chegassem atrasados, pior para eles, que assistissem de pé. Só reservamos a primeira fila.

Os caminhos que levavam ao teatro não estavam marcados. Havia pôsteres por toda parte, como é que as pessoas sabiam aonde ir?

"Não se preocupe, elas descobrem sozinhas", garantiu Norah, maternal.

E não havia um lugar definido para bebidas. Deve haver bebidas disponíveis?

Stephen disse que aquele tipo de coisa era muito bem organizado por Elizabeth e seu pessoal. Havia vinho, sorvete, refrigerantes, doces, servidos em bandejas durante os intervalos, por voluntários da cidade próxima, que apreciavam o contato com o mundo do teatro.

"Claro que às vezes eles não aparecem", disse Elizabeth, se divertindo em provocar Jean-Pierre. "Mas, se eles não vierem, eu, Norah e os meninos podemos preencher as falhas."

Diante disso, Jean-Pierre encolheu os ombros dramaticamente. Decerto não aprovava a ideia de os donos daquela casa imponente servirem como criados. Mas seu gesto era mais pelo gosto do estilo ou do drama. O que os franceses esperam dos ingleses é uma queda da excelência paradigmática de que são os guardiães naturais para todo o mundo, e aquela indiferença inglesa não provinha de nenhuma inabilidade inata de adaptar-se ao superior quando se veem diante dele, mas de escolha. O que se pode esperar?, é o que dizia aquele encolher de ombros.

O costumeiro jantar pré-apresentação, às sete horas, foi servido à mesa na sala menor, e não em pé em torno de um bufê, porque a maioria dos atores havia telefonado dizendo que ia comer na cidade.

Stephen, Elizabeth e Norah ficaram a uma ponta da mesa, Susan sentada em frente de Stephen. Jean-Pierre ao lado de Mary. Sarah providenciou que se sentasse no meio, com cadeiras vazias de ambos os lados, numa demonstração de como se sentia: mas para ela essa demonstração era tão dramática, para não dizer autopiedosa, que mudou depressa para ficar ao lado de Joseph, sentado perto de Millicent, na ponta oposta a Elizabeth.

Enquanto estivera lá em cima, com Millicent, Henry havia confessado seu mau comportamento, como era de esperar. Solução bizarra, mas quem não sabe algo sobre complexos de Édipo e o choque que podem ser. Além disso, para uma mulher jovem e bonita aceitar que o marido sentia atração por uma mulher com idade suficiente para ser mãe dele, ou dela, não chegava a ser necessário o máximo em termos de tolerância matrimonial. Havia um arzinho atraentemente bem-humorado no rosto de Millicent. Ao mesmo tempo, como Henry, um sujeito honesto, não tinha minimizado a extensão de seu pecado (que, teve o cuidado de esclarecer, não chegara nem a um beijo), Millicent ficou avaliando Sarah com toda a intenção de dar o devido crédito. Sarah tinha certeza de que a ligeira — o mais ligeira possível — indicação de incômodo se devia a, como diz o provérbio, "Se um é bom, dois é melhor". Mas Millicent era uma pessoa inteligente e todo seu comportamento dizia: Eu compreendo tudo. E continuo no controle. De meu marido. De meu filho. Da situação. Quanto a Henry, não havia abdicado de seus direitos, enquanto tais. Seus olhos não deixavam de informar Sarah que ia se despedir amanhã, e que ele se lembraria.

Os "restos" acabaram sendo um faisão refogado, com seus acompanhamentos, o que constituiu um problema para Joseph. Susan e Mary ofereciam a ele pedaços disto e daquilo para compensar aquela carne desconhecida que ele se recusava a comer. A criança estava extremamente excitada, descontrolada, adorando ser o centro das atenções.

Millicent deu uma ordem ao marido: "Dê suas batatas para ele".

Henry imediatamente colocou duas das batatas de seu prato no prato do filho.

"Mas ainda tem batata na travessa", Elizabeth protestou.

"Dê sua água", Millicent ordenou. Henry colocou seu copo de água na frente de Joseph, mas tomou rapidamente um gole de vinho, marcando um ponto.

Millicent pegou o pãozinho do prato de Henry, passou manteiga, cobriu com a geleia de groselha do prato de Henry e apresentou ao menino. Joseph colocou as mãos em torno da pilha de comida em cima de seu prato e riu e gritou, o rosto vermelho, os olhos excitados, cheio de perversa alegria.

Elizabeth indicou com os olhos que Henry devia se servir de mais comida, mas Henry sacudiu a cabeça e empurrou o prato. O faisão que havia nele, Millicent comeu, esticando o garfo para pegar bocado após bocado, apesar de haver faisão em seu próprio prato. Em seguida, comeu calmamente sua própria comida. Henry estava de novo pálido e desanimado, mas quando olhava para o filho seu rosto se amaciava de amor. Sorriu para Sarah, com os olhos cheios de lágrimas.

Joseph ficou de pé em sua cadeira e começou a rolar um caminhãozinho sobre a toalha da mesa. Millicent disse a Henry: "Você pega".

Obediente, Henry contornou a ponta da mesa por trás da mulher, carregou o filho, mas, em vez de voltar a seu lugar, sentou-se ao lado de Sarah. O menino se inclinou, passou a mão no cabelo dela e rodou o caminhãozinho sobre seu braço, para cima e para baixo.

Stephen, Elizabeth e Norah só observavam, vibrando juntos uma suave reprovação. Com toda a certeza se podia afirmar que seus três meninos nunca, jamais, haviam feito aquilo. Onde estavam eles? Em algum campo, ou no andar de cima, e quando a apresentação começasse iriam jantar na cozinha com Alison e Shirley. Haveria muita risada, muita diversão e doces roubados das bandejas arrumadas para o público. Talvez já estivessem na cozinha. Alison e Shirley entraram para tirar os pratos, e ambas estavam excitadas, com um ar de que estavam contendo o riso. As duas serviram o pudim no bufê e saíram. Da cozinha, antes de a porta se fechar, ouviu-se: "Ah, seu malandro!...". Foram todos convidados a se servir. Millicent se levantou, serviu a si mesma, ao marido e ao filho. Colocou dois pratos na frente de Henry e Joseph. Era um pudim leve, cremoso, receita do século XVII, especialidade de Norah. Jean-Pierre serviu o próprio prato e o de Mary, pedindo a receita para levar para sua mulher, enquanto a criança comia seu pudim com gritos de prazer. Quando seu próprio prato estava vazio, ele puxou o prato do pai, com um arzinho maroto. Sem olhar para Henry, Millicent retirou o prato vazio do filho e ajeitou o prato de Henry. Joseph comeu o pudim do pai. Millicent comeu seu pudim. Pensativa e calma, sem olhar para ninguém.

Apenas audível, porque fora de cena, era como se alguém desse uma risada — um riso selvagem, anárquico, zombeteiro, cético —, e contra tais forças da desordem uma jovem norte-americana reafirmou os direitos da civilização dizendo, humilde mas firmemente: "Henry, leve Joseph para a cama, faça ele escovar os dentes e dê boa-noite antes de ir para o teatro".

Lá fora, as pessoas estavam chegando à plateia. A propaganda de boca já tinha se espalhado e os amantes da música e do teatro estavam dispostos, como em Belles Rivières, a assistir de pé ou de longe. Depois, formaram filas para cumprimentar Stephen e Elizabeth.

Sugeriu-se, depois, que todos fossem de carro até uma estalagem que servia bebidas no gramado à margem de um rio. Millicent disse que gostaria de ir. Todos esperaram para ver se ela mandava Henry ficar com a criança, excitada demais para dormir, mas Henry foi até o carro com Joseph no colo, passando o menino à mulher e juntando-se à procissão de carros cheios com os membros da companhia, seus amigos e, a essa altura, os amigos dos amigos.

Espalharam-se pelos gramados, bebendo ao anoitecer, vigiados por árvores antigas, Jean-Pierre louvando a suave beleza da Inglaterra. Ele era do sul, nunca vivera acima de Lyon, e pela primeira vez era apresentado aos encantos sutis de um verão do norte. Joseph finalmente adormeceu, foi embrulhado no paletó do pai, aninhado no colo do pai. Sarah se colocara a uma boa distância de Henry, perto de Stephen, que tinha Susan a seu lado. Susan acabara de saber que Stephen iria embora no dia seguinte, sem data para voltar. "Talvez só depois do fim da temporada", ele disse. Seus olhos estavam vermelhos. As lágrimas enchiam seus olhos com a mesma frequência com que andavam enchendo os olhos de Sarah e Henry e, evidentemente, os de Mary e Jean-Pierre. Mas Henry estava com o rosto virado para o outro lado, olhando os gramados da margem do rio ao entardecer. A noite caiu e foram todos envoltos em suas bênçãos.

De volta à casa, Sarah confirmou com Jean-Pierre que

era bom partirem cedo. Despediu-se de todos que não ia encontrar em Londres. Houve muitas expressões de "Até o ano que vem, em Belles Rivières" — o que agradou a Jean-Pierre. "Porque a verdadeira *Julie Vairon* tem de ser na França. Não posso deixar de dizer — aqui não é a mesma coisa."

E ele estava absolutamente certo: todos concordavam.

Henry subiu com a criança no colo, sem olhar nem para a direita nem para a esquerda.

Sarah correu para seu quarto, encerrando as despedidas. Não dormiu. De manhãzinha, desceu a escada e lá estava Jean-Pierre, esperando nos degraus, olhando os tordos e melros ocupados nos gramados. Caminharam até o estacionamento, enquanto uma mão de ferro se apertava em torno do coração de Sarah. Quando estavam saindo, viu Henry na escada, procurando por ela. Estava sozinho. A última imagem que guardaria dele seria seu rosto pálido, os olhos negros amargos, ardentes.

Rodavam depressa, mas não tão depressa a ponto de impedir que Sarah percebesse, num pequeno desvio, um grupo de jovens em torno de uma velha perua que exibia de um lado, em rabiscos amadores de tinta vermelha, o letreiro: *Chá e lanches*. Pediu a Jean-Pierre para parar. Disse: "Não demoro um minuto", e saiu do carro, batendo a porta com força para chamar atenção. Joyce, Betty e o rapaz desconhecido, que pareciam ainda mais pálidos e doentes ao sol forte, mais uma meia dúzia de outros, viraram-se para olhar para ela. Sarah não podia se sentir mais absurda descendo daquele carro elegante, emblema do mundo do trabalho interessante, do sucesso, do dinheiro. Joyce a saudou com aquele previsível sorriso hilário, de quem só recebe boas notícias da vida, das quais sua tia Sarah era a provedora-mor. Betty cheirava mal mesmo a distância e parecia estar de ressaca, com os olhos vermelhos e um ar de valentia doentio. Sarah sentiu dois impulsos fortemente conflitantes: pegar a menina no colo, como se fosse uma criança; ou sacudi-la com toda a força. O rapaz infeliz ficou olhando, piscando, os olhos fracos por causa da luz.

"Então, Joyce", perguntou Sarah, firme, "você está bem?"

"Ah, tudo bem, obrigada, que bom te ver", disse Joyce, animada.

"Quer uma carona de volta?"

"É muita gente."

Um ácido sorriso de não-está-entendendo-não? apareceu no rosto de Betty e em outros também, quando Sarah disse: "Não é para todo mundo; não tem lugar".

"Ah, não, Sarah, a gente vai ficar junto."

"Então me telefone", disse Sarah. Mas, depois de se afastar alguns passos, voltou e deu dinheiro a Joyce, pensando: O que adianta vinte libras para alguém que tentou roubar três mil? Joyce ficou parada com as notas na mão, até que Betty as pegou, com um ar de dona de casa.

"Aquela de cabelo bonito é minha sobrinha", disse Sarah quando partiram, achando muito bom ele não saber que havia oferecido uma carona em seu nome.

"Sarah, devo confessar que é uma surpresa ver você com esse tipo de gente."

"Você não tem nenhum parente pouco respeitável?"

O alçar de ombros insistia em afirmar que na França as coisas eram mais bem organizadas, mas depois de um momento ele contou, com um suspiro, que seu irmão mais novo, de dezesseis anos, estava criando problemas para sua pobre mãe.

"Drogas?"

"Acho que sim. Mas até agora não das piores."

"Então, boa sorte."

"Boa sorte é o que todos precisamos", disse Jean-Pierre, num breve comentário ao tempo em que vivemos.

Sarah foi direto para o teatro. No escritório, encontrou as críticas dos diários. Ainda era cedo para os semanários. Havia duas intituladas: "Ela era pobre, mas honesta". "Um cenário exótico não consegue esconder..." "A Martinica é, evidentemente, o lugar ideal para um pacote turístico." "Como feminista, tenho de protestar..."

À tarde, houve a reunião para decidir o futuro. Estavam todos presentes. Mary Ford tivera de voltar de Oxfordshire de trem. Roy interrompera suas férias. Ele contou que a mulher dissera já ter tido homens suficientes para a vida toda, mas estava confiante em que o aceitaria de volta, pelo bem das crianças. Patrick estava presente, e Sonia e Jean-Pierre. E, no último minuto, Stephen.

Nas poucas semanas transcorridas desde o fim da temporada na França, Jean-Pierre havia trabalhado muito. Apresentou projetos, não possibilidades. *Julie Vairon* seria encenada no ano seguinte durante os dois meses principais da temporada turística, julho e agosto, mas se pensava em começar antes, em junho. Ele já havia verificado a disponibilidade de Henry, Bill, Molly, Susan, Andrew. Henry era o mais importante e estaria livre. Bill não, o que era uma pena, visto que era mais adequado para o papel do que o novo Paul. Tanto Susan como Molly estariam livres, o que lhes deixava uma difícil escolha. Se quisessem os mesmos músicos, teriam de contratá-los já. Tinham de acertar com os cantores imediatamente: era talvez o elemento mais importante. Andrew estaria comprometido com um filme. Pena. Seria difícil encontrar outro Rémy tão bom.

E agora tinha de revelar uma coisa de que talvez não gostassem muito. As autoridades municipais já haviam decidido construir um grande estádio, para duas mil pessoas, na floresta em torno da casa de Julie. Se é que se podia chamar de casa aquela casquinha. Não, ele insistia em que lhe dessem ouvidos: sabia que a coisa não soava bem, mas só porque a ideia era nova para eles. Ele próprio tinha tido dificuldades para aceitar, no começo.

"Vão cortar as árvores?", Mary perguntou.

"Só é preciso cortar umas nove ou dez. Não são árvores bonitas."

Fez-se um silêncio, enquanto Jean-Pierre, seguro de si e de seus planos, foi se colocar com muito tato à janela, de costas para eles, enquanto todos se olhavam: quer dizer, os Quatro Fundadores se olhavam. Patrick parecia estar se contendo. Sonia não havia estado em Belles Rivières. Stephen parecia estar mantendo em suspenso qualquer juízo.

Naquele silêncio, muitas coisas se esclareciam. Jean-Pierre e as autoridades municipais tinham todo o direito de decidir o que fazer com a maior atração da cidade. Os ingleses não tinham o direito de dizer uma palavra. Claro, a ideia original havia sido deles, mas isso não era uma coisa que pudessem reter por muito tempo mais. Não era culpa de ninguém — como sempre. A culpa era dos deuses do turismo.

Jean-Pierre se virou e disse: "Sabemos que é um choque. Não é a melhor coisa que podia acontecer — estou falando por mim agora. Mas ponham-se no meu lugar. *Julie* vai trazer prosperidade para toda a região".

"Com certeza não faltam visitantes a essa região da França", Sarah disse.

"Não, é verdade. Mas Belles Rivières é só uma cidadezinha. Não tem mais nada, só *Julie.* Haverá novos hotéis e restaurantes — já estão sendo projetados. E isso pode afetar todas as cidades da área."

"Você não falou nada da língua", disse Stephen. De todos, ele devia ser o mais profundamente afetado pelas notícias da destruição da *Julie Vairon* original — mas isso, só Sarah sabia.

"Claro que temos de discutir esse aspecto. Durante algum tempo pensamos em retomar o francês, mas mudamos de ideia. Pode parecer absurdo, mas achamos que isso podia até atrair má sorte. *Julie* teve tanta sorte. Mudar completamente... mas existe uma outra razão, que é mais importante. A maioria dos turistas que vêm à nossa região da França no verão fala inglês. E isso definiu tudo."

Ele esperou, mas ninguém disse nada.

"Agora tenho de deixar vocês. Preciso pegar meu avião."

"Até o ano que vem em Belles Rivières", disse Roy, numa piada que parecia feita para durar. Mary e Jean-Pierre olharam um para o outro e Sarah se lembrou do ar desesperado de Henry naquela manhã, quando estava partindo.

"Ah, não, temos de discutir tudo antes disso. Espero ver vocês todos... Sarah... Stephen... e você, Mary..." Ele fez um aceno de cabeça a Patrick e ocorreu a todos que, como Patrick não havia estado em Belles Rivières, aquele aceno, com um sorriso especial, encerrava mais significados que qualquer um deles podia supor. E Patrick tinha mesmo um ar culpado. "Todos vocês. Nós vamos marcar uma reunião para discutir tudo. Vou telefonar para Benjamin assim que chegar ao meu escritório. Stephen... vai ser uma tristeza se você resolver não participar." Isso queria dizer que, se Stephen saísse, haveria outros anjos dispostos.

Jean-Pierre deixou uma atmosfera de luto. As plateias que enchessem o novo estádio no ano seguinte e — supostamente — nos anos subsequentes veriam um teatro de sucesso, elegante, mas só as pessoas que tivessem estado lá no primeiro ano — o que estava em curso — saberiam a raridade que *Julie* havia sido, um evento magicamente perfeito que em seu princípio não parecera mais promissor que centenas de outros, tinha ganhado corpo e forma no que se podia considerar uma série de meros acasos, um depois do outro, tocados pelos ventos do céu, e então... mas só havia uma coisa a fazer diante do desvanecimento de uma maravilha: colocar uma trava no coração.

E, afinal de contas, era apenas teatro.

"É só teatro", disse Mary, interrompendo o silêncio num tom de desânimo.

Agora, afinal, tinham de decidir se iam mostrar *Julie Vairon* em Londres. Mas aparentemente essa decisão já estava tomada, pois mal a discutiram.

"Agora, pode ir falando", disse Sarah a Patrick.

Patrick olhou para todos, sorrindo. Cheio de afeição, sim, mas cheio de uma culpazinha marota.

"Sarah... adivinhe o quê... você não vai adivinhar... vai querer se matar... ou me matar... Não se pode mais fazer uma heroína vítima — lembram? Vocês se lembram? Bom..." Ele hesitou, deu a Sonia um olhar de cômico desespero e continuou: "O que vocês acham da ideia de um musical?".

"Um musical!", Stephen protestou.

"Não diga nada", Roy falou, tomado de fúria. "O que temos é essa patética mestiça da Martinica que se apaixona pelo lindo tenente. Ele larga dela. Ela ganha a vida dançando cancã em Cannes. Lá, o nobre Rémy a vê..."

"Complicado demais", disse Patrick, displicente.

"Sem Rémy?", perguntou Stephen.

"Sem Rémy. Ela tem uma filha de Paul. Bota a menina num convento de freiras. Julie ganha a vida como cantora. O mestre impressor quer fazer dela uma mulher honesta..."

"Mas ela se suicida por quê...?", Sarah perguntou.

"Porque sabe que o povo da cidade jamais perdoará a ela ou a ele pelo casamento. Se ele se casar Julie vai arruinar a vida dele. Uma grande cena em que os moradores da cidade cantam que vão boicotar a loja dele e levá-lo à falência. Não vão aceitar aquela puta da Julie. Ela deixa uma carta de suicídio: Não esqueça a minha Minou! E se joga debaixo do trem. Igual a vocês sabem quem. Última cena: o mestre impressor e Minou, já agora uma jovem núbil pedida em casamento por um jovem e belo tenente."

"Você está brincando", disse Stephen.

"Ele não está brincando", Sonia disse, irritada. Pelo tom, dava para perceber que ela já estava envolvida pela ideia do musical.

"Não estou brincando", disse Patrick. "O libreto já está escrito."

"Você que escreveu?"

"Eu que escrevi."

"Será que ela tem direito a uma certa inteligência?", perguntou Roy.

"Claro que não", Sarah respondeu.

"Eu esperava que você e Stephen ficassem muito mais incomodados", disse Patrick, obviamente desapontado.

"Bom, eu estou fora", Stephen disse.

"Bom", disse Sarah, levantando-se também, "e quando essa obra-prima vai ser produzida?"

"Ainda precisa compor a música", disse Sonia.

"Não vai ser a música de Julie?", Mary perguntou.

"Estamos pensando em usar uma das canções trovadorescas como tema. Sem a letra, claro. 'Se é triste esta minha canção...' É música de fossa, na verdade."

"Que letra então?", Sarah perguntou.

Mary disse: "Eu te amo, eu te amo".

"Ótimo", disse Patrick. "Brilhante. Tudo bem. Caçoem se quiserem. É possível que a estreia seja em Belles Rivières daqui a dois anos."

"O mal expulsa o bem", observou Stephen. "É sempre assim."

"Ah, muito obrigado", Patrick falou.

"Vamos esperar para ver", Mary disse. "Eles não vão desistir da nossa *Julie* se fizer sucesso no ano que vem."

"Honestamente", disse Sonia, "acho que vocês não deviam entrar em pânico. A coisa ainda não aconteceu."

"Não, mas vai", disse Patrick. "E tem mais uma coisa. A minha *Julie* vai se chamar *The lucky piece*... não, esperem — eu descobri o título por acaso. *Lucky piece** é uma gíria do começo do século XIX. Era usada para indicar uma amante que os namorados deixavam bem de vida. Bom, ninguém pode dizer que a mãe de Julie vivesse numa casca de noz."

A reunião terminou cedo, e ainda havia um resto de entardecer ensolarado. Stephen e Sarah passearam um pouco por Regent's Park. Stephen disse que ia visitar seu irmão em Shropshire. Depois, iria talvez ver amigos em Gales. Ela reconheceu aquela necessidade de movimento. Se não tivesse tanta coisa para fazer no teatro, Sarah compraria uma passagem de avião para qualquer lugar.

Não havia como evitar o que tinha diante de si. Ela se sentou e pensou que a família já devia estar rodando por

* O duplo sentido se perde na tradução. Além do sentido que o personagem explicita, *lucky piece* quer dizer "peça de sorte", com a óbvia alusão à peça teatral. (N. T.)

estradas francesas, poeirentas e queimadas pelo sol de verão. Assim que o carro parasse, o menino estaria no colo do pai. Na verdade, podia ter certeza de que, durante as três semanas que passassem na França, toda vez que o carro não estivesse em movimento Joseph estaria no colo de Henry. Enquanto isso, o corpo dela ia lhe mandando mensagens contraditórias. Por exemplo, aquela sensação de vazio perto do ombro esquerdo pedia uma cabeça deitada ali... seria a cabeça de Henry? Às vezes, parecia-lhe que era a cabeça de um bebê recém-nascido, e nu, uma suave e quente nudez, e ela o apertava com a mão, protegendo aquele desamparo muito maior do que aquela pequena criatura podia abarcar. Havia ali uma infinita vulnerabilidade: a própria Sarah, que era ao mesmo tempo o bebê e quem o protegia. Quando um quente desejo despertou Sarah de um sonho que sabia haver sido sobre Henry, o rosto que pairava sob suas pálpebras era o de Joseph, um sorriso brilhante, maroto, comilão, anunciando que agarraria tudo o que pudesse. Depois, um sorriso íntimo e amoroso — o de Henry. E esses dois fantasmas desapareceram quando ela pousou a mão no vazio macio, e se encheu de um amor desvairado e carinhoso.

Páginas e páginas de seu diário traziam anotações como: "Vazio". "Dor." "É uma *carga* tão grande... não posso aguentar." "Dor desesperada." "Tormentas de desejo." "Quando vai acabar?" "Não suporto esta dor." "Meu coração dói tanto." "*Dói.*"

Para quem escrevia essas mensagens como bilhetes enfiados em garrafas atiradas ao mar? Ninguém as leria. E, se alguém lesse, as palavras só fariam sentido se o leitor houvesse experimentado aquela dor, aquele desespero. Quando ela própria olhava as palavras *dor, desespero, angústia* e outras tais, eram apenas palavras sobre a página e tinha de preenchê-las com as emoções que representavam. Por que se dar ao trabalho de colocá-las na página? Ocorreu-lhe que estava empenhada naquela ocupação comum (ou mesmo emblemática?) de nosso tempo: estava prestando testemunho.

Parou de escrever coisas como: "Nunca soube que existia um tal grau de desespero", e seu diário passou a receber o seguinte: "Trabalho com Sonia e Patrick nos figurinos o dia inteiro". "Trabalhei com Mary." "Mary disse que viu Sonia e Roger Stent jantando juntos no Pelican. Sonia não sabe que nós sabemos." "Patrick foi visitar Jean-Pierre para falarem sobre *The lucky piece*." "Sonia e eu trabalhamos o dia inteiro com..."

Na verdade, Sarah estava trabalhando só metade do que era normal para ela. Acordava de manhã com um gemido e muitas vezes mergulhava de volta para uma... se era uma paisagem de desesperança, pelo menos não era a mesma que habitava quando acordada. Se ficava em casa, dormia a tarde inteira, trabalhava um pouco, dormia às dez da noite. Algumas vezes, arrastava-se para fora da cama de manhã e voltava a deitar antes do meio-dia. Normalmente tinha o sono leve, prazeroso, seus sonhos eram um divertimento, muitas vezes uma fonte de informação. Agora se arrastava para o sono que era ao mesmo tempo um refúgio e uma ameaça, para se livrar da dor — da angústia física — que havia em seu coração.

Ela observava os próprios sintomas com curiosidade também, pois nenhum deles era — decerto? — necessariamente um sintoma de amor.

O pior de tudo é que estava mal-humorada, estourando, ríspida, sem o menor aviso, como se mal conseguisse manter o prumo, desequilibrando-se à menor exigência, a um tom de voz um pouco mais alto. Sentia impulsos de fazer observações sarcásticas e cruéis. Em geral não particularmente crítica, estava crítica com tudo.

Traços desagradáveis que acreditava ter superado havia muito tornavam a aparecer. Ela falava alto em lugares públicos, exibindo-se a estranhos, cujas opiniões não lhe interessavam.

Teve de fazer um esforço para parar de se gabar de amores passados com Mary, mas já tinha revelado o suficiente para envergonhar a ambas: o olhar agudo e rápido de Mary revelou a Sarah que estava entendendo seu estado. Um dia, Mary observou, aparentemente a respeito de Roy, que estava passando um mau momento com a esposa e andava mal-humorado e preguiçoso: "A gente esquece que as pessoas sabem a nosso respeito muito mais do que gostaríamos e nos desculpam muito mais". Falava em proveito próprio?

A música ainda afetava demais a Sarah. Ela se viu desligando o rádio, saindo do teatro quando o ensaio tinha música, fechando uma janela quando uma melodia se infiltrava da rua, porque mesmo uma canção banal e tola era capaz de fazê-la chorar ou aumentar sua dor. Um trabalhador que estava consertando as telhas de seu vizinho começou a cantar a canção de fossa de *Julie*, ou melhor, de *The lucky piece* — a música havia se tornado popular por causa de um programa de rádio. Ele cantava alto, montado na cumeeira do telhado, os braços abertos, como um cantor de ópera à espera de aplausos, enquanto seu companheiro, encostado à chaminé, batia palmas. Independentes de sua vontade, as mãos de Sarah taparam suas orelhas. Ela sentiu que o som a envenenava.

Desde o momento em que acordava, tinha de afastar imagens mentais, sonhos que pareciam uma droga. Depois, sucumbindo, passava horas sonhando acordada, como uma adolescente.

Sentia necessidade de doces, queria comer o tempo todo, e tinha de se controlar se não quisesse ser forçada a comprar um guarda-roupa inteiramente novo.

Palavras que tinham a mais remota ligação com amor, romance, paixão tocavam o mesmo nervo exposto que se mostrava sensível à música, de forma que frases, palavras, histórias que normalmente acharia idiotas lhe traziam lágrimas aos olhos. Quando conseguia ler — era difícil se concentrar —, esperava nervosamente por elas, situando-as na página, capaz de detectar uma delas meia página adiante, pulando essas expressões, forçando os olhos a ignorá-las, a neutralizá-las.

Comprou produtos de beleza que o senso do ridículo a impediam de usar. Pensou até em fazer uma plástica — ideia que em seu estado normal só a faria sorrir.

Começou a fazer uma blusa, de um modelo que não usava havia anos, mas não terminou.

Às vezes, uma conversa qualquer adquiria, sem nenhuma intenção de sua parte, insinuações sexuais, a ponto de todas as palavras poderem ser interpretadas de maneira obscena.

Mas o pior de tudo era a irritabilidade; sabia que não ia sobreviver a ela, estava mergulhando direto para a paranoia, para os ataques de raiva, para a amargura, para a decepção da velhice.

Stephen abreviou sua viagem e voltou a Londres para ver Sarah. Passearam juntos por ruas e parques e até foram ao teatro. Saíram de uma comédia no fim do primeiro ato, dizendo que normalmente teriam até gostado.

Susan havia escrito a ele. Era uma carta de amor, oferecendo tudo. "Nunca amarei mais ninguém como amo você."

"Juro que a culpa é daquela maldita música", disse Sarah.

"Eu achei que era pelas minhas qualidades intrínsecas. Mas acho que colocar um rótulo pode mesmo facilitar as coisas."

Era a mesma necessidade de explodir e falar com rispidez que tantas vezes tomava conta de Sarah.

"Desculpe", disse Stephen. "Estou me desconhecendo."

Uma semana depois, Sarah telefonou para a casa dele e, de início, achou que tinha ligado para o número errado, acordando alguém. Ouviu uma respiração e depois um murmúrio ou resmungo que podia ser a voz dele. "Stephen?", disse. Silêncio. E mais respiração difícil antes de ele dizer, ou balbuciar, o nome dela. "Sarah... Sarah?" "Stephen, está doente? Quer que eu vá até aí?" Ele não respondeu. Ela continuou falando, pedindo, estimulando, por um longo tempo, mas ele não desligava o telefone, nem respondia. Ela falava para o silêncio, a voz soando ridícula porque fazia aquelas observações otimistas e animadoras que exigem um interlocutor igualmente animado para adquirir convicção. Acabou percebendo que ele não estava ouvindo. Talvez tivesse até voltado a dormir ou largado o aparelho. Sarah entrou em pânico, como um pássaro preso numa sala. Tinha o número do telefone da cozinha de Queen's Gift, usado para questões domésticas, mas ninguém atendeu. Ficou sentada um tempo, indecisa, sentindo que devia ir até ele imediatamente, mas dizendo a si mesma que, se ele quisesse que fosse, teria pedido. Além disso, por que tinha de pensar sempre que ele não tinha mais ninguém a quem recorrer? Acabou tomando um táxi para a estação de Paddington, depois o primeiro trem possível, e um táxi até a casa. Pediu para descer no portão, porque chegar sem ser convidada podia parecer dramático demais. Os grandes portões tinham sido recém-pintados de preto brilhante, com toques de dourado, como as "mechas" que os cabeleireiros fazem para realçar a cor dos cabelos. Entrou por um portãozinho lateral, debaixo de um arco de tijolos. Era como se estivesse vivendo uma alegoria de algo, mas não conseguia imaginar de quê. Em seu estado atual, signos e símbolos, portentos, presságios e maldições, comparações adequadas e tolas ganhavam forma a partir de uma voz ouvida na rua, de um cachorro latindo, de um copo que escorregava da mão e se estilhaçava no chão. Sua irritação com esses comentários indesejados e insípidos a tudo o que fazia contribuía para aumentar seu mau humor. Sentia o coração disparado, tomada pela urgência da pressa, sentindo que aquela viagem era absurda. Parecia não haver ninguém em casa. Havia pôsteres de *Ariadne em Naxos* por toda parte e não se via o rosto de Julie em parte alguma. Claro: iam experimentar a ópera. Elenco pequeno e música deliciosa, dissera Elizabeth. Onde estava Elizabeth? Nem na horta, nem com os cavalos, nem em parte alguma em torno da casa. E o que é que Sarah diria se efetivamente a encontrasse? "Olhe, Elizabeth, eu tive de vir, estava preocupada com Stephen." (Estou preocupada com seu marido.) Elizabeth devia ter pelo menos notado que Stephen estava — será que estava, nesse momento? Pior: ele estava muito pior. Depois de vagar por alguns minutos, sentindo-se como um ladrão ou pelo menos como uma intrusa, viu Stephen sentado num banco, sozinho, debaixo do sol forte. Estava curvado, as pernas separadas, as mãos enlaçadas, pendentes, como ferramentas que tivesse esquecido de guardar. A cabeça abaixada, o rosto pingando suor. A cem metros pairava a árvore amiga de James. Debaixo dela, um banco na sombra generosa. Ela se sentou ao lado dele e disse: "Stephen...". Nenhuma resposta. Certo, Sarah pensou, é o seguinte: essa eu já conheço, já vi antes. Desta vez é para valer, a Grande D (como brincam suas vítimas quando não estão sob sua influência), é a autêntica, cem por cento legítima depressão: ele perdeu o controle. "Stephen, sou eu, Sarah." Depois de um longo tempo, pelo menos um minuto, ele levantou a cabeça e ela se viu objeto... não, não de uma investigação, nem mesmo de uma inspeção. Era um olhar defensivo. "Stephen, estou aqui porque fiquei preocupada com você." Ele baixou os olhos, ficou olhando o chão. Ao fim de outro intervalo disse, ou resmungou, apressado, engolindo as palavras: "Não adianta, Sarah, é inútil". Estava muito ocupado no fundo de si mesmo, ocupado com uma paisagem interior e não tinha energia para o mundo externo. Ela sabia disso porque às vezes se via numa versão muito menos radical desse estado. Ficava ausente, ouvia as palavras muito depois de terem sido ditas, sentia-as como uma intromissão, tinha de fazer esforço para fixar a atenção e respondia depressa para se livrar logo da irrelevância. Em reuniões no Green Bird, em conversas com colegas, tinha de esforçar-se para aflorar das profundezas de suas preocupações interiores sentindo dor para ouvir o que diziam e depois escolher palavras adequadas para responder. Mas ao menos conseguia isso e estava melhorando. O estado de Stephen era muito pior do que qualquer coisa que experimentara e seu pânico foi ficando mais profundo.

O que fazer? Para começar, ir para a sombra. Disse: "Stephen, levante-se, tem de sair do sol". Ele pareceu surpreso, mas a mão dela em seu braço o fez levantar-se e, devagar, encaminhar-se para o frescor da sombra da árvore. Suas roupas estavam molhadas de suor.

O que ele precisava era de alguém para sentar a seu lado dia e noite, trazendo copos disto e daquilo, refrigerantes, chá, um sanduíche no qual talvez desse uma mordida, enquanto ela — ou alguém — falava, dizendo qualquer coisa para lembrá-lo que estava num mundo onde havia outras pessoas e que essas pessoas não viviam todas num mundo de sofrimento. Ninguém fazia isso por ela, mas não estava nem jamais estivera tão doente quanto ele estava agora. Cautelosamente, controlando o terror, brotou em sua cabeça a ideia de que, se a dor que sentia era coisa menor comparada ao estado dele, então o que ele estava sentindo devia ser insuportável. Pois muitas vezes tinha pensado que não podia aguentar o que sentia.

Sarah ficou sentada ao lado dele. Enxugou o suor de seu rosto. Pegou suas mãos para ter certeza de que não estava sentindo frio à sombra da árvore. Dizia às vezes: "Stephen, sou eu, Sarah". Fez observações tolas, ao acaso, tentando manter no lugar a paisagem externa dele: "Olhe, os cavalos estão apostando corrida no campo". "A colheita de maçãs vai ser bem boa." Ele não olhava para ela, nem respondia. A menos de cem metros de distância, ela o tinha visto passeando e conversando com seu vizinho Joshua. Teria sido o mesmo Stephen? Era assim que era? Um homem competente e sério que dominava a própria vida? Mais uma vez suas emoções mudaram de direção e ela se sentiu ridícula por estar ali.

Depois de umas duas horas, Sarah disse: "Stephen, vou pegar uma bebida para você". Entrou na cozinha, guiada pelas vozes das mulheres. Shirley e Alison estavam preparando *tartelettes* para a apresentação de *Ariadne em Naxos*. Usavam aventais de plástico escarlate muito pequenos para seus corpos amplos. Essas duas mulheres afáveis, infinitamente saudáveis e confortadoras, trabalhavam uma de cada lado da mesa, sobre a qual havia montes de farinha, pratos cheios de ovos e tigelas de cubos de manteiga dentro de água gelada, compondo uma cena de plenitude, e davam risada porque Shirley tinha sujado o rosto de farinha e Alison, tentando limpá-la, havia esfregado farinha na grossa trança loura de Shirley.

"Ah, desculpe, mrs. Durham", disse Shirley. "Estamos muito bobas hoje."

"Gostaria de levar alguma coisa para mr. Ellington-Smith tomar", disse Sarah.

"Tudo bem. O quê? Suco de laranja? De maçã? De abacaxi? É desse que James mais gosta. Suco de manga — desse eu é que gosto". E Shirley tornou a rir.

"Ora, Shirl", disse Alison, "eu vou acabar tendo de trancar você no armário. Pode se servir, mrs. Durham. Está tudo na geladeira grande."

Sarah escolheu o suco de laranja, pensando que vitamina C era bom para depressão.

"Sabe onde está mrs. Ellington-Smith?"

"Ela e Norah estavam por aqui agora há pouco. Acho que subiram."

Ao sair, Sarah ouviu as duas moças começarem a rir e brincar de novo. Ocorreu a Sarah que ambas pareciam dois ovos recém-postos; e que não tinha a menor vontade de saber se uma delas era mãe solteira e se a outra cuidava de uma mãe inválida.

Stephen não havia mexido um músculo. Ela disse: "Stephen, por favor, beba isto. Com este calor você precisa de líquidos". Colocou o copo no banco, mas ele não o pegou; levou-o aos lábios dele, mas ele não bebeu.

Ela disse: "Vou sair um pouco, mas volto já". Tinha de encontrar Elizabeth. Se não ela, Norah, pelo menos. Era o meio da tarde. Subiu a escada da frente da casa, de onde Henry ficara olhando naquela última manhã, e entrou no hall, depois na sala onde a companhia jantava, depois na saleta onde a família fazia suas refeições informais, depois na parte traseira da casa, não na direção da escadaria principal, mas daquela outra onde vira o James de Stephen parado, olhando para a árvore como se fosse um amigo. Passou por aquele patamar e foi para uma sala que Elizabeth usava como escritório. Teve de fazer um esforço para bater na porta, porque tinha medo de Elizabeth: não de sua raiva, mas de sua incompreensão. E o que ela, Sarah, ia dizer? "Estou preocupada com Stephen — sabe?, o seu marido." E o que Elizabeth ia dizer? "*Muito* obrigada, Sarah. *Muita* gentileza sua."

Nenhuma resposta. Ouviu vozes. Sim, eram as vozes de Elizabeth e Norah. Lembrou-se que não apenas o escritório de Elizabeth, mas também sua sala de estar e os quartos dela e de Norah ficavam naquele andar. Nunca havia entrado naquelas salas. Havia um corredor amplo com as portas de vários quartos, um corredor agradável com papel de parede florido, antiquado. Era suavemente iluminado por uma claraboia e uma janela a meia altura da escada. O cenário era doméstico, íntimo.

Parou na metade do corredor. Sentiu as pernas perdendo as forças. Apoiou-se na parede. Elizabeth e Norah estavam dando risada. Fez-se um silêncio, que Sarah escutou como Stephen escutaria, e mais risos, altos, conspiratórios, e as duas vozes voltaram a falar, e continuaram num murmúrio íntimo, vindo não do escritório, nem da sala de estar, mas do quarto. Não adiantava dizer que Elizabeth e Norah estavam sempre rindo, que as mulheres gostam de rir e estão sempre inventando ocasiões e desculpas para rir, que aquelas duas pareciam colegiais, que gostavam de piadas infantis. Riram de novo. Um pequeno horror gélido foi invadindo Sarah, porque estava ouvindo com os ouvidos de Stephen.

Tudo soava sugestivo, ignorante, cruel mesmo. Mas é claro que não estavam rindo de Stephen. Provavelmente estavam rindo de alguma bobagenzinha. Estavam abraçadas por cima das cobertas, por causa do calor, ou lado a lado, e riam como riam as moças lá de baixo por causa da farinha nos cabelos de Shirley. Mas aquele riso machucava, apertava o coração, como se fosse dela que estivessem caçoando... e, se fosse, tinham razão: ela era o alvo tradicional de zombarias. Por que tinha tanta certeza de que não estavam ridicularizando Stephen? Talvez estivessem. Stephen havia dito que evitava essa parte da casa quando sabia que Elizabeth e Norah estavam ali.

Elas não podiam, absolutamente não podiam, encontrá-la ali. Desceu a escada na ponta dos pés. Parou na escada dos fundos, fazendo e descartando planos, como colocar Stephen num táxi e levá-lo com ela para Londres. Caminhou devagar no calor até a árvore. Quando virou uma esquina onde havia um pilar de tijolos com uma variegada tapeçaria de hera, viu o banco vazio e o suco de laranja intato, no lugar onde o havia colocado.

Chamou uma vez, baixo: "Stephen". Então começou a andar depressa, meio correndo, por trilhas, por campos, procurando por ele, pensando: Vou encontrá-lo agora... Vou vê-lo assim que chegar àquela árvore. Mas os bancos onde haviam se sentado estavam todos vazios, e a clareira da lição de tiro ao alvo não tinha mais um poste no centro. Era um vazio ensolarado, com manchas de sombras das velhas árvores. Era muito mais tarde do que ela pensara, quase cinco horas. Logo a plateia do espetáculo estaria chegando. Pensou que podia escrever um bilhete para Elizabeth e Norah e deixar com as moças da cozinha. Como? Cara Elizabeth, vim até aqui porque estava preocupada com Stephen.

Você devia, talvez... Ou então: Cara Norah, por favor, não se assuste por eu me dirigir a você e não a Elizabeth, mas não posso evitar a sensação de que...

Afinal, saiu pelos portões grandes, desceu a rua, pegou um ônibus e depois um trem para casa.

Nessa noite, telefonou para Stephen. Nunca se sentira tão ridícula e teve de fazer um esforço para ligar. Era porque, por um lado, havia todos aqueles campos, a casa, a vida dele, a mulher dele; havia seus irmãos e amigos por toda parte, seus filhos, as escolas deles, onde ele próprio havia estudado... contra essa malha, essa teia, essa vastidão e proliferação de responsabilidades e privilégios, ela só tinha a oferecer isto: deixe-me trazê-lo para cá e cuidar de você. Só que essa oferta não chegou a ser feita, porque ao atender a voz dele soava normal. Um pouco lenta, é certo, mas não balbuciava mais, nem caía em silêncios intermináveis. Ele entendeu o que ela dizia e garantiu que era capaz de cuidar de si mesmo. "Sei que esteve aqui hoje. Veio me visitar? Se fui grosseiro, me desculpe." Ela disse a si mesma: Talvez eu esteja exagerando a coisa toda.

Dois dias depois, Norah ligou, em nome de Elizabeth, para dizer que Stephen tinha se suicidado, fazendo parecer um acidente quando caçava coelhos. "Os coelhos estão atacando de novo. Entraram no jardim novo — o jardim elisabetano — e comeram tudo até a raiz."

Sarah foi até lá para os serviços funerários, na igreja local. Centenas de pessoas enchiam a nave e o pátio. Ocorreu a ela que nunca havia discutido com Stephen sobre aquilo em que acreditavam ou não, sobre o que ele achava de religião, mas aquele cenário estava, sem dúvida, bem de acordo com aquilo que era: a velha igreja — do século XI, parte dela —, o rito funerário anglicano, aquelas pessoas que moravam no campo, algumas das quais tinham os nomes de suas famílias nas paredes e túmulos da igreja.

Voltou à casa para os costumeiros sanduíches e bebidas. Todas as salas em que entrou estavam lotadas, inclusive a cozinha, onde Shirley e Alison trabalhavam, as duas molhadas de lágrimas. Entreviu os meninos numa sala — os três pálidos e tristes —, ao lado de Norah, mas além desses não encontrou um rosto conhecido. A atmosfera era pesada, soturna e até irritante. Vamos acabar logo com isso. Condenação. Essas pessoas tinham julgado Stephen e o haviam condenado. Sarah acusava a todos de o terem abandonado. Não gostava dessa gente, ou do que via dessa gente hoje. Eram pessoas — quer dizer, as classes altas inglesas — que se sentiam à vontade em bailes, em ocasiões formais, em festivais, usando vestidos longos e tiaras, os homens elegantes em suas fardas, com fileiras de medalhas e condecorações. Mas não tinham talento para funerais. Vestiam roupas escuras desajeitadas e ficavam sem graça e incômodos dentro delas.

Quando a multidão começou a diminuir, Elizabeth convidou Sarah para entrar numa saleta escura onde havia uma mesa de bilhar e todo tipo de arma pelas paredes, desde piques e arcabuzes até revólveres da Primeira Guerra Mundial. Elizabeth ficou de costas para as estantes de armas de fogo, rifles, com um copo de uísque na mão. Parecia pesada e comum em sua roupa preta. Devia guardá-la no fundo do armário, só para funerais.

Estava queimando de raiva, a face escarlate, os olhos inchados faiscando.

"Sente-se, Sarah", ordenou, sentando-se e tornando a se levantar. "Eu sinto tanto. Você é uma pessoa tão serena e controlada..." Ela não disse isso como se considerasse essas qualidades dignas de admiração.

"Na verdade, não sou, não."

"Não estou dizendo que você não está triste por Stephen. Sei que vocês se gostavam. Ah, não pense que eu me incomodo. Não, não me importa isso tudo. Nunca me importou. O que me importa é... a maldita irresponsabilidade dele." Sentou-se então, assoou o nariz energicamente, enxugou os olhos e a face. Mas não adiantava; as gotas que corriam por toda parte eram destilações de pura raiva. "Enquanto os meninos forem pequenos, vou deixar que pensem que foi um acidente. Mas eles já têm suas dúvidas, tenho certeza. É muito ruim para as crianças esse tipo de coisa." Mais uma vez, assoou o nariz. "Ah, droga." De uma bolsa de couro sólida como uma sela e ainda boa para muitos funerais, tirou um pente, um estojo de pó compacto, um batom. Começou a maquiar-se, mas as lágrimas tornaram a jorrar e desistiu. "Tínhamos um acordo. Fizemos promessas um ao outro. Este lugar é uma *sociedade*."

Elizabeth parecia não precisar de nada além de um ouvinte, porém Sarah tentou dizer: "Mas, Elizabeth, você não entende? Ele estava fora de si".

"Claro que entendo, mas..." E ficou silenciosa, suspirando, contemplando (talvez pela primeira vez naquela vida sensata dela) a possibilidade de as pessoas se encontrarem em estados de espírito em que ficam fora de si: não era uma simples figura de linguagem.

Do lado de fora, vinha o ruído de carros partindo, portas de carro batendo, cascalho rangendo sob passos, vozes altas e alegres. "Até a semana que vem." "Você vai estar na casa de Dolly?"

"O que é que vou fazer agora? Claro, sei o que você está pensando — que eu tenho Norah. É, eu tenho Norah mesmo e agradeço a Deus por isso. Mas não posso tocar este lugar sozinha, não posso." Dominada pelo que lhe soava como incredulidade, Elizabeth deu um ganido e as lágrimas jorraram. "Não estou dizendo que vou desistir; não acredito em fugir das responsabilidades. Droga, não consigo parar de chorar. Estou tão brava, Sarah, tão brava que seria capaz de..."

Sarah perguntou com todo o cuidado: "Você nunca achou que era um pouco bom demais?". Referia-se à vida de nosso velho amigo, e Elizabeth a compreendeu.

"Claro que sim. Quem não achava? Quem não acha às vezes que tudo não passa de uma maldita farsa? Mas você não pode simplesmente fugir. E ele fugiu." E com isso, eliminando — pelo menos de momento — a possibilidade de compreender aquele país onde a dor é um rei tão cruel que seus súditos fazem qualquer coisa para escapar, pôs-se de pé, dizendo: "Isto não vai levar a nada. O que eu quero dizer é que vou manter todos os compromissos de Stephen — financeiros, quero dizer. Tenho certeza de que ele gostava de seu pessoal mais do que das outras coisas que fazemos. Não sei bem se o interesse dele por Julie — como pessoa, sabe? — era lá muito saudável. Não sei se você sabia, mas ele estava realmente obcecado com a história. Eu acredito que suicídios devem ser simplesmente ignorados, e não celebrados em óperas e peças de teatro e coisas assim. São um mau exemplo para todos. A maioria das pessoas é realmente muito fraca. Não se pode esquecer isso". Elizabeth passou um pente no cabelo e depois, com ambas as mãos, tentou arranjar os cachos úmidos no lugar — úmidos de lágrimas. Desistiu e enxugou o rosto com lenços de papel. Dessa vez, as lágrimas não tornaram a brotar. "Desculpe o meu estado, Sarah. Vou mandar para você as coisas que Stephen tinha sobre Julie, assim que arrumar tudo. Acho que aquele museu devia ficar com elas. Mas você é quem decide. E tem uma coisa que ele deixou para você. Não, eu não olhei. Vi a primeira página e bastou. Não tenho tempo para esse tipo de coisa mórbida." Entregou a Sarah um caderno vermelho, do tipo usado por crianças, e marchou decidida para fora da sala.

O caderno tinha uma etiqueta grudada na capa, na qual estava escrito a lápis: *Para Sarah Durham.*

O primeiro texto tinha a data da primeira apresentação da música de Julie em Queen's Gift, em junho. Dia após dia ele anotara comentários simples como: "Não sabia que era possível sentir-se assim." "Este desejo é um veneno." "Acho que devo estar muito doente." "Meu coração está tão pesado que é difícil de carregar." "A palavra *desejo* sem dúvida não serve para este grau de desejo." "Entendo agora o que quer dizer ficar doente de amor." "*Meu coração dói, dói.*"

A caligrafia ia ficando progressivamente pior. Alguns textos eram quase ilegíveis. As últimas frases eram escritas numa letra disforme, os finais de palavras substituídos por linhas retas, como um gráfico de ondas cerebrais, espinhoso e cheio de vida, e então, quando a vida começou a sumir, uma longa linha que continuava e continuava.

Os gritos do país da dor são impessoais. Estou só. Estou infeliz. Eu te amo. Eu te quero. Estou doente de amor. Estou morrendo com o coração partido. *Não posso suportar esta não vida. Não posso suportar este deserto.*

São como cantos de pássaros: aqui um melro, uma gaivota, um corvo, um tordo. Ou como as canções de antigamente:

An Englishman once loved a girl,
Oh woe, oh woe…
(Or Ob-la-da, ob-la-di!)
He heard her singing, lost his head,

She was a French girl, wild and free,
Oh ob-la-da, oh ob-la-di.
They told him she was dead.
*Oh woe. Et cetera.**

Em novembro, Benjamin veio a Londres a negócios, e deixou claro que ia ficar mais do que o necessário para ver Sarah. Foi quando ela atingiu o pico, ou os abismos, de dor e não tinha muita energia para nada que não fosse a luta com um inimigo tão forte que se sentia tentada a fazer o que Stephen fizera, simplesmente porque não aguentava mais a dor. "Não sou bom com dor", ele havia dito. Pois bem, ela também não era. Não acreditava na dor. Para que servia? Tornou a ler as anotações do caderno vermelho, aquelas palavras banais, porque seu próprio diário era perigoso demais, e perguntou, junto com ele: O que é que dói? Por que o coração físico tem de doer? O que é esse peso que carrego? A sensação é a de ter uma pedra pesada sobre o coração. Por quê? Ah, Deus.

Como o tempo continuava ameno nesse ano, os dois caminharam bastante por Londres e pelos parques, seguindo muitas vezes caminhos que ela havia percorrido com Stephen. Às vezes, sentia que estava caminhando com dois homens, não com um. Com toda a certeza, Stephen, para ela, não estava morto, porque sentia sua presença muito próxima — melhor tomar cuidado, veja aonde é que isso o levou: será que queria mesmo ser possuída por um fantasma, como ele fora? Quando Stephen morresse de verdade

* Era uma vez um inglês que amava uma mulher/ Ai-ai, ai-ai.../ (Ou Ob-la-da, ob-la-di!)/ Ouviu ela cantando, ficou com a cabeça torta,/ Ela era francesa, livre e solta,/ Oh, ob-la-da, oh ob-la-di./ Disseram que ela estava morta./ Ai-ai. Et cetera. (N. T.)

para ela, será que então começaria a ficar triste por ele? Ou já estava triste por ele agora? Ocupada com esses pensamentos, tinha conversas agradáveis com Benjamin, mesmo que um pouco lentas e distraídas às vezes. Alguns dos "projetos", ela tinha certeza de que ele inventava na hora, mesmo apresentando-os com uma enfática solenidade que fazia parte da brincadeira.

"Que tal uma caminhonete cheia de tecidos e amostras de tecidos que vem até sua casa? Sabia que em Hong Kong e Cingapura fazem um terno sob medida em vinte e quatro horas? Então, você escolhe o tecido, dá uma roupa para ser copiada e recebe a roupa nova em um dia."

"Com esse você ganha uma fortuna, garanto."

"Tem certeza? Então, ouça esta. Estamos pensando em fazer renascer Leamington Spa and Bath e Tunbridge Wells — construiríamos academias de ginástica e clubes esportivos e fazendas naturais e toda essa nova terapia de água fria. Tudo o que se precisaria é que algum VIP fizesse esses lugares entrar na moda outra vez. Como a família real de seu país fez com os velhos spas."

"Isso e um monte de dinheiro. Está me dizendo que pode fazer tudo isso e ainda mais o seu lago da Caxemira?"

"Devo confessar que o lago da Caxemira acabou sendo um pouco demais para nós. O dinheiro anda mais curto que antes."

"Mas restaurar todos os spas na Grã-Bretanha — para isso dá?"

"Eu acredito que sim", ele falou. "Estamos numa pequena queda, mais nada. Tenho certeza de que o mercado volta a se aquecer depois do Natal."

Era assim que os homens do dinheiro falavam em 1989, pouco antes da nova Depressão, ou, se quiserem, da Recessão.

Ele falou também sobre sua família. Ficou claro que ele e a mulher, juntos, ganhavam muito dinheiro. Os filhos, um rapaz e uma garota, estavam na universidade e iam bem. Mostrou fotografias deles e de sua casa e dos Bancos Associados e Aliados da Califórnia do Norte e do Sul do Oregon. Fez isso como se procurasse relembrar a si mesmo e a ela o valor e a riqueza de sua vida. E no entanto já havia passado um bom tempo desde que ele a vira nos glamourosos cenários de Belles Rivières e Queen's Gift. Como é que a via agora? Ainda glamourosa, a vida dela ali em Londres. No momento monótona a um grau insuportável, parecia a ele tão sofisticada e mundana quanto os livros de memórias sobre o teatro. Que ele disse estar lendo. O apartamento de Sarah devia lhe parecer pequeno, pobre, comparado à grande casa em que ele vivia? Mas as salas dela estavam cheias de quadros, livros, lembranças teatrais, fotos de pessoas que conhecia como amigos ou socialmente, mas que ele considerava famosas. O que é que ele achava de sua maneira de viver solitária e casta? Imaginava um amante de muitos anos a postos, e declarou que o invejava.

Sobre a morte de Stephen falou com raiva e reprovação. Não podia entender como alguém que tinha tanto podia querer deixar este mundo. Ela experimentou a palavra *depressão*, mas viu que para ele não passava de uma palavra, que não ia além do usual "Droga, estou deprimido hoje". E se dissesse a ele: "Stephen estava vivendo em desespero havia anos", ou "Ele estava apaixonado por uma morta"? Essas afirmações precisas jamais sairiam de sua boca. Não podia dizer essas coisas àquele homem sadio, sensível e sério. Isso queria dizer que não via Stephen como sensível e sério? Sim, mas sadio, não. Ela examinou a palavra *sério*. O que quer que Benjamin fosse ou deixasse de ser, sem dúvida era sério. Mais precisamente, o humor e a ambiguidade não estavam entre seus dons. Com ele, Sarah jamais se via naquela fronteira em que as atitudes podem se transformar em seus opostos, bons e maus, revertendo a si mesmas com uma mera risada. Mais de uma vez, ela fez o tipo de observação brincalhona que podia fazer para Stephen, mas tinha de corrigir-se depressa: "Desculpe, estava brincando; não, não foi o que eu quis dizer".

Benjamin refletiu — era o jeito dele — sobre o que ela disse a respeito de Stephen e no dia seguinte voltou com: "Mas por que Stephen fez essa coisa horrível?".

De repente, ela ficou impaciente e disse: "Stephen morreu de frustração amorosa. Existe isso, sabe? Porque frustração — isso é para os psiquiatras. Mas nem tudo é curável. A questão é que ele estava vivendo em frustração amorosa e não aguentou mais".

Positivamente, dava para ouvir Benjamin pensando que frustração amorosa não era coisa de gente séria. "Desculpe, mas não posso aceitar uma coisa dessas."

"Porque você nunca sofreu uma frustração amorosa." Sarah sabia que ele ouvia aquilo como uma observação leviana ou frívola.

Depois de algum tempo, ele disse, tropeçando nas palavras: "Pensei que você e ele... Acho que disse a você que tinha inveja dele".

"Não. Nós éramos amigos." Ela ouviu a própria voz tremer. Mas continuou: "Acredite, era só isso".

Só.

Um olhar arguto: ele não acreditava. Achou que era uma mentira valente. Pôs os braços em torno dela. "Pobre Sarah", murmurou com os lábios em seus cabelos. Deitou o rosto em sua cabeça, depois a beijou na face. Ela se lembrou de um outro beijo e deu um passo atrás, sorrindo. Sorrindo, ele a soltou.

Estavam parados na calçada. Começo de tarde, mas luzes já se acendiam nas casas e falavam de intimidade, de amor, ao coração dela. As árvores da praça em que estavam eram bravias, cheias de ruídos de vento, e no chão havia uma grossa camada de folhas de plátano, eivadas de negro e escorregadias, como pés de pato cortados. Ela pensou: Se eu contasse a este homem, se sequer tentasse contar a ele, abrandando, diminuindo o que venho sentindo desde que o conheci, ele fugiria voando desta lunática.

Despediram-se e ela disse: "Até o ano que vem em Belles Rivières". Ele não reagiu e ela perguntou: "Você assistiu a um filme chamado *O ano passado em Marienbad*? Era sobre pessoas que se lembravam de diversas coisas ocorridas no ano anterior, e o que recordavam eram possibilidades diferentes, possibilidades paralelas também".

Ele afirmou imediatamente: "Acredite, Sarah, não vou esquecer nunca nem um minuto de tudo o que aconteceu enquanto estive com você — com vocês todos". E acrescentou: "É uma ideia bem interessante. Vou pegar o filme em vídeo".

"É a mesma ideia da música 'I remember it well'."

Ela ficou aliviada quando, diante disso, ele riu e disse que se lembrava bem.

Foi por essa época que Sarah recebeu uma carta de Andrew.

Querida Sarah,

estou no Arizona, fazendo um filme sobre um policial fodido, mas que tem um coração de ouro. O que fodeu com ele? A infância dele. Nunca contei para você como foi a minha infância. Seria uma vantagem desonesta de minha parte. Tenho um coração de ouro? Tenho um coração.

Estou morando com minha irmã Sandra. Ela é minha irmã de verdade, da minha mãe de verdade. Largou o marido, meu amigo, Hank. Diz que eles dois não têm nada em comum. Isso depois de vinte anos. Ela tem quase cinquenta. Está começando a vida de novo. Gosto dos filhos dela. São três. Moramos numa casa a menos de vinte quilômetros de Tucson, no meio da areia e dos cactos. Os coiotes uivam de noite. Se a TV quebra, o técnico de Tucson leva uma hora para vir até aqui. Não achava isso estranho até que minha namorada Helen, de Wiltshire, Inglaterra, disse que a gente espera demais das coisas. Mas ela acha engraçadinho. Ou melhor, fascinante. Quando digo namorada, quero dizer uma das mulheres com quem vou para a cama. Minha irmã quer que eu me case com alguma delas. Por que quem é infeliz no casamento sempre quer que os outros se casem? Preferia me casar com ela. Eu disse isso e ela riu da brincadeira.

Acho que não vou conseguir me casar. Levei muito tempo para entender que um homem com a infância fodida que eu tive (veja acima) não vai conseguir nunca a necessária suspensão de juízo.

Soube que Stephen morreu. Era um sujeito e tanto. Belles Rivières e Queen's Gift parecem muito longe. No tempo. Mas principalmente em probabilidade. Você entende isso? Entende, sim.

Minha garota de hoje está chegando. O nome dela é Bella. Você alguma vez já pensou por que quando é só tesão é fácil, mas quando é amor então... algo existe que não ama o amor, suave amor. Ficou surpresa de eu ter dito isso, Sarah Durham? É, achei que ficaria. O que prova o que eu digo.

Se algum dia tiver um momento nessa sua vida ocupada e responsável, eu apreciaria uma carta.

Andrew

Ele juntou duas fotografias. Uma de um autêntico menino pequeno e magrinho, sardento, cabelo raspado à militar e uma carranca. Na mão, uma arma feroz, presumivelmente de brinquedo, visto que tinha seis anos de idade. A outra, de um homem de uns vinte, esguio, bonito, pernas em arco, com o braço sobre os ombros de uma loura esguia, bem mais velha do que ele. A madrasta? A mão no ombro era protetora. O braço dela em torno da cintura dele, a mão agarrando seu cinto.

No Natal, problemas com Joyce. Hal gostava de levar a família para um certo hotel famoso na Escócia para passar o Natal. Convenceram Joyce a ir com eles. Duas noites depois, ela fugiu e voltou de carona para o sul. "É tão injusto da parte dela", disse Anne, como esposa de Hal; mas como ela mesma disse: "Melhor para ela. Eu detesto toda aquela história de se vestir a rigor para jantar e tomar xerez com gente considerada importante".

Joyce apareceu na casa de Sarah uma semana depois. O que havia feito nesse intervalo? Melhor não perguntar. Estava imunda, cheirando mal, o cabelo de fato enlameado. Parecia amarela. Icterícia? Hepatite? Se tivesse de fazer um exame de sangue, seria HIV positivo? Estaria grávida? Sarah fez eficientes pesquisas.

Com seu sorriso casuístico de sempre, que era como Sarah o sentia, apesar de Joyce não ser capaz de entender o que significava, Joyce garantiu a Sarah que não tinha como estar grávida. "Não gosto de sexo", confessou.

Deveria Sarah dizer então: "Ah, bom"? Ou: "Não se preocupe, ainda vai aprender a gostar"? O que ela fez, de fato, foi chorar, lágrimas violentas que a pegaram de surpresa. E que sem dúvida surpreenderam Joyce. "Sarah", ela murmurou, acariciando os ombros de Sarah, que sacudiam. "O que é que foi?", perguntou, infeliz. Como Stephen, ela não gostava de ver Sarah perturbada: a pessoa tem de saber seu lugar no gráfico psicológico e se manter nele.

"Não dá para entender que a gente se preocupa com você?", Sarah rugiu, furiosa.

"Puxa, puxa", disse Joyce. Ficou por perto, enquanto Sarah chorava. Depois, para agradar a tia, tomou um banho. Quando saiu, tinha os cabelos lavados e vestia (pela centésima vez?) o peignoir de Sarah, secando os cabelos com o secador. Sarah não estava mais chorando. Ficou olhando aqueles cabelos perderem o peso molhado e, à medida que Joyce penteava e penteava, irem se transformando em feixes reluzentes de ouro. Ali estava Sarah, como tantas vezes ultimamente, olho no olho com a Natureza. "Para quê? Por quê? Por que se dar ao trabalho de dar a ela esses cabelos quando você já acabou com ela desde o início?" Uma pergunta bem básica, realmente, uma pergunta polivalente, multidirecional. Uma protopergunta.

Primavera.

Sarah percebeu que, em vez de sentir dor a cada momento do tempo que passava acordada, em vez de acordar várias vezes por noite banhada em lágrimas, em vez da labuta da angústia, estava experimentando períodos de dor, muito aguda no fim da tarde e começo da noite, durante duas ou três horas, menos intensa nas horas antes do despertar, apesar de forte. Duas vezes por dia, como uma maré. Estava até tomando aspirina para a dor física da mágoa. Entre uma coisa e outra havia longos períodos vazios em que não sentia nada. Um mundo morto, seco. Pelo menos não sentia dor então, seu coração não estava tão pesado a ponto de precisar estar sempre em movimento ou mudando de posição para aliviar o peso. Nesses momentos de desolação e vazio, comportava-se consigo mesma como a gente se comporta com pessoas que têm uma deficiência ou uma doença que provoca súbitos ataques de dor: sempre alerta contra qualquer coisa que pudesse "provocar o ataque": versos de algum poema emocional, a imagem de uma árvore escura contra o céu estrelado, uma canção sentimental — não conseguia ouvir a canção tema de *The lucky piece* — ou, pior do que tudo, virar de repente para uma rua onde tinha passeado com Henry ou com Stephen. Quando o desejo voltava, era impossível acreditar que Henry não ia entrar em seu quarto ou telefonar, porque ele devia estar precisando dela tanto quanto ela precisava dele. Sarah não se dava mais ao trabalho de dizer que aquilo era loucura. Fosse como fosse, estava passando. Durante os ataques de dor se apegava a essa ideia. Nos momentos de plena calma, nem era possível imaginar a intensidade da dor que havia acabado de sofrer e que sofreria de novo. Sabia que logo não se lembraria mais, a não ser como um mero incidente, como havia sido terrível aquela época. As dores do parto são esquecidas já durante as contrações, quanto mais uma hora, um dia, um ano depois. É fácil entender que deve haver uma razão para a Natureza não querer que as dores do parto sejam lembradas. Mas por que dores na mágoa? Por que a mágoa? Para que serve?

Voltou a visitar a mãe, numa nova tentativa de obter resposta a questões, mas fracassou. Quando sua filha — a filha de Sarah — telefonou da Califórnia, Sarah perguntou: "Você sentia saudade quando era criança? Quando viajava nas férias de verão?". "Não me lembro. É, acho que sentia um pouco." "Por favor, tente lembrar." "Mãe, você não tinha culpa, tinha de trabalhar, não tinha? Às vezes, eu ficava triste porque minha mãe trabalhava. Mas agora *eu* trabalho, não é?"

Em abril, Sarah e Mary Ford foram para Montpellier, onde se encontraram com Jean-Pierre, que as levou de carro a Belles Rivières. O tempo não estava bom, quer dizer, não estava bom se comparado à expectativa que se tem em relação ao Sul da França, onde, em nossa imaginação, os sóis de Cézanne e Van Gogh vertem permanentemente uma luz incomparável. O céu estava de um azul pálido e frio, e o vento lançou gotas esparsas de chuva em seus rostos quando desceram do carro no novo estacionamento, que agora comportava muitos ônibus e mil carros. Haviam demolido um encantador mercado muito antigo para abrir espaço para o estacionamento. Almoçaram dentro do Les Collines Rouges, porque estava muito frio para sentar às mesas da calçada, e subiram à floresta por uma nova e larga estrada, construída para os caminhões que transportavam madeira para o estádio e que seria muito útil para o novo hotel a ser construído na metade do trajeto, com estacionamento próprio. Esse hotel havia sido e ainda era alvo de controvérsias. Jean-Pierre estava nervoso, uma pesada tensão contraindo-lhe a testa, e havia se sentido incomodado ao encará-las no aeroporto. Disse que estava com dor de cabeça e brincou dizendo que tudo o que se referia a *Julie* era agora uma dor de cabeça. As autoridades municipais haviam criado um comitê para lidar com esses problemas e as vontades dele — Jean-Pierre — quase nunca coincidiam com as da maioria. Achava que um hotel grande e moderno — visível agora apenas num espaço devastado cheio de caminhões, guindastes, placas de cimento, escavadoras e restos de carvalhos, oliveiras e pinheiros

— seria um erro, como o estacionamento era também um erro, enorme daquele jeito e destinado não apenas aos hóspedes do hotel. Quanto ao estádio, elas iam ver com os próprios olhos. Já o enxergavam, uma estrutura rústica de madeira amarelo-avermelhada subindo acima das árvores. Murmuraram que talvez ficasse mais bonito quando estivesse marcado pelo tempo, mas ele não respondeu e apenas as conduziu por uma abertura na parede até o centro do anfiteatro. A casa de Julie tinha desaparecido e o que havia no lugar era um grande círculo de concreto vermelho, sem nenhuma graça. Não se enxergava nenhuma árvore acima do estádio. Um vento frio que sacudia os galhos lá fora fez com que desejassem estar usando roupas mais quentes.

"Não é nada do que eu queria", disse Jean-Pierre, quase em prantos. "Acreditem, não é."

A trilha que levava à cachoeira tinha uma placa: JULIE — SEU RIO. Os três desceram a trilha. O rio corria depressa, furioso, porque havia chovido nas montanhas. O poço estava tão cheio de água leitosa e de bruma que mal se viam as pedras. Pararam junto ao parapeito que agora protegia o barranco onde ela havia estado com Henry e com Stephen. Bem, era um lugar adequado para fantasmas, pelo menos hoje, tão desmaiado e frio. Será que fazia mesmo já dez meses? Não, aquilo era uma outra região do tempo, sedutora e enganadora, e se virasse a cabeça veria Stephen sentado no banco, veria Henry sorrindo e ouviria seu murmúrio: "É Sarah!". Virou cuidadosamente a cabeça, para certificar-se de que o banco estava vazio, e passou por ele, conversando com Jean-Pierre sobre o musical. Teve de puxar o assunto, porque ele estava muito envergonhado. Sim, revelou, o comitê gostou do musical. Ele próprio achava deplorável. Mas podia garantir a elas que, pelo menos esse ano, a *Julie* autêntica é que seria apresentada ali durante três meses inteiros. Então pegou a mão de Mary e beijou. "Com a sua ajuda." O musical seria testado no ano seguinte. Ele tinha certeza de que todos iam achar o musical inferior. Claro, Patrick tinha sido esperto, havia incorporado algumas das ideias musicais de Julie, mas de modo muito simplório e cheio de lugares-comuns.

Havia, porém, boas notícias também. A família Rostand queria a versão original de Sarah e Stephen para encenar como parte de um festival planejado para o verão. Em francês, evidentemente, mas gostavam da forma de *Julie Vairon* e do trabalho que Sarah havia feito. Ela concordava? Sarah garantiu que achava delicioso, de coração, e que ajudaria em tudo que pudesse... "Perfeito", disse Jean-Pierre. "Portanto, este verão será bem interessante. Teremos *Julie Vairon* em francês, como devia ser, e *Julie Vairon* em inglês também, para os turistas. Não, faremos tudo para garantir que as duas versões não aconteçam ao mesmo tempo."

Mary tirou fotos de Sarah e de Jean-Pierre separados e juntos, parados no meio do estádio, depois sentados nas primeiras filas de cadeiras, depois nas fileiras mais altas, com a câmera posicionada de forma que as cabeças de Sarah e Jean-Pierre aparecessem contra um pergaminho voejante, uma bandeira metálica dependurada entre dois pinheiros: JULIE VAIRON. 1865-1912. Jean-Pierre disse ser uma pena o rosto de Stephen não poder figurar ao lado do de Sarah diante da bandeira, mas Mary afirmou que não havia problema: podia ampliar uma foto de Stephen e sobrepô-la ao lado de Sarah.

Percebendo que os dois queriam ficar a sós, Sarah disse que ia descer sozinha até a cidade, em nome dos velhos tempos.

No avião de volta, Mary falou: "Achei que já havia resolvido tudo, mas não resolvi nada. Vou ter de passar por tudo de novo".

O que era uma versão telegráfica de: Achei que já tinha aceitado o fato de que não vou me casar ou ter um amante sério para viver comigo, porque minha mãe é doente e está piorando e eu, de qualquer forma, estou ficando velha, meu cabelo está ficando branco, estava bem infeliz mas já me acomodara, só que agora...

"Entendo perfeitamente", disse Sarah.

Às vezes, mulheres recordando loucuras passadas podem cair numa risada rabelaisiana, mas a coisa toda era recente demais. Mais tarde, sem dúvida.

"E tem mais uma coisa", disse Mary. "Não gosto mais de Julie. Acabaram com ela."

"É, ela agora está morta e enterrada, não é?"

E aquele foi o momento, frequente no teatro, em que, depois de meses ou mesmo anos de mergulho total numa história — um Divertimento —, as pessoas que a fizeram simplesmente viram as costas e vão embora.

Sarah voltou da França para encontrar Joyce em seu apartamento. Dessa vez, ela parecia decidida a ficar. Mais uma vez algo havia acontecido, mas Joyce não ia falar nada a respeito. Tinha voltado para casa, dizendo que ia ficar porque "eles não são boa gente" — referindo-se a Betty e sua turma. O pai tinha discutido e berrado, e viu-se afrontado por Anne, que disse que se ele tratasse Joyce mal mais uma vez ela o abandonaria. Hal disse que Anne estava sendo boba. Anne começou a fazer as malas. Hal disse: "O que é que você está fazendo?". Anne respondeu: "O que acha que estou fazendo?". Havia consultado um advogado. E com isso abriram-se as portas do inferno. Sarah ouviu a história toda contada por Briony e Nell pelo telefone. As duas pegavam o fone uma da outra, se alternando. Ambas cheias daquele assombro adequado para relatar um grande cataclismo. "Quando papai parou de berrar, mamãe disse: 'Até logo, Hal', e foi saindo", contou Briony. "É. Só quando ela chegou à porta foi que ele entendeu que ela estava falando sério", disse Nell.

Ele fez promessas. Pediu desculpas. O problema é que Hal jamais imaginara que ele próprio fosse menos que adorável. Pior, provavelmente jamais pensara como seria de fato. Nem sabia o que a mulher queria dizer com "comportar-se direito", mas suas maneiras realmente mudaram, pois tudo o que dizia agora a Briony ou a Nell ou à mulher saía como breves exclamações incrédulas: "Espero que não me ameace com um advogado se eu pedir para passar a manteiga". "Não sei se entendi direito, mas você vai ao teatro sem mim?" "Será que você vai explodir se eu pedir para mandar meu terno para a lavanderia?"

Joyce se transferiu para a casa de Sarah. Anne disse que estava absolutamente cheia dele e que ia se separar mesmo. "Mas eu logo vou me aposentar", disse Hal. "Quer que eu passe meus últimos anos sozinho?"

Ele veio visitar Sarah. Sem telefonar antes. Ficou parado no meio da sala e perguntou, ou anunciou: "Sarah, você já pensou na possibilidade de passarmos juntos nossos últimos anos de vida?".

"Não, Hal, não posso dizer que tenha pensado."

"Você não está ficando nada mais jovem, não é? E já é hora de parar com essa bobagem do teatro. Podíamos comprar uma casa juntos na França ou na Itália."

"Não, Hal, não podíamos."

Ele ficou ali, olhando para algum ponto na direção dela, olhos abertos, ofendidos, as palmas das mãos voltadas para ela, todo o corpo demonstrando como estava sendo maltratado — ele, que estava sempre certo, sempre. Aquele grande homem infantil, com sua barriguinha, seu queixinho duplo, a boca absorta em si mesma, exigindo o resto da vida dela, e mesmo agora incapaz de enxergá-la. Sarah chegou perto dele, parou a menos de um metro, para que aqueles olhos que tinham tanta dificuldade em olhar para os outros finalmente a vissem. E disse: "Não, Hal, não. Ouviu bem? Não. Não. Não. Não. Não. Não, Hal — definitivamente, não".

Os lábios dele se mexeram penosamente. Ele então se virou como se estivesse dormindo e rolou devagar para fora da sala, gritando: "O que foi que eu fiz? Me diga. Se alguém ao menos me dissesse o que foi que eu fiz?".

Anne alugou um apartamento e Joyce foi morar com a mãe.

Briony e Nell se sentiram ultrajadas e não falavam mais nem com Anne, nem com Joyce. Anunciaram que iam se casar com o namorado, mas o pai chorou e implorou que não o abandonassem. Elas acabaram entendendo quanto a mãe as tinha protegido, coisa que jamais haviam percebido. O orgulho não permitiu que perdoassem Anne, a qual, segundo diziam ambas, logo voltaria à normalidade. Sarah servia de portadora de recados.

"O que é que mamãe *falou* quando dissemos que nunca mais vamos falar com ela?"

"Ela disse: 'Ai, ai, quando elas superarem a crise, lembre a elas que têm o meu número de telefone'."

Briony disse, com raiva: "Mas ela está maternalizando a gente".

"Quer que eu diga isso para sua mãe?"

"Sarah, de que lado você está?"

E Nell, mais ou menos uma semana depois: "O que é que elas andam fazendo?".

"Quer saber como é que passam o tempo? Bom, sua mãe está trabalhando, como sempre. Joyce cozinha para as duas. E está tentando aprender espanhol."

"Joyce cozinhando! Ela nunca cozinhou; não sabe nem fritar ovo."

"Pois está cozinhando agora."

"E deve estar achando que vai arrumar um emprego falando espanhol?"

"Eu disse que ela estava tentando aprender espanhol."

Sarah não contou como a mãe delas estava feliz. E deu-se conta de que jamais havia visto Anne senão sofrendo, cansada, exasperada. Anne e Joyce eram agora como duas garotas que saem de casa pela primeira vez, repartindo um apartamento. As duas preparavam quitutes uma para a outra, trocavam presentes, e riam.

Briony disse: "Joyce nunca fala nada? Quer dizer, ela deve estar bem contente consigo mesma".

"Bom, está, sim: diz que seu sonho virou realidade."

"Ah, a gente sabia!"

"Qual é o problema?"

"Essa história de sonho virar realidade. Isso que ela sempre quis: ter a mamãe só para ela."

"Briony, espere um pouco... você não está achando..."

"*O quê?*", gritou Briony, já irritada com a nova dose de desagradável realidade anunciada pelo tom de voz da tia.

"Bom... será que você não entende? Ela não vai ficar em casa, vai?"

"Como? Por que não?"

"Bom, ela vai se encher, não vai?"

"Ah, *não*..."

"Vai ficar indo e voltando de novo, vai continuar tudo igual."
"Mas não é *justo*", disse Briony.

Recebeu de Elizabeth uma carta e um pacote. A carta contava que ia se casar com o vizinho, Joshua Broughton, assim que ele conseguisse o divórcio. Teria Stephen alguma vez falado dele? Conhecia Joshua desde criança. Ia ser agradável tocar as fazendas vizinhas ao mesmo tempo. Contou que manteria seus compromissos com os Divertimentos de Queen's Gift, mas talvez não tão intensamente como quando tinha Stephen para ajudá-la. Não mencionou Norah.

O quadro que mandou junto costumava ficar no quarto de Stephen. Havia também uma foto.

Quando Sarah viu o que era o quadro, sentiu que não havia conhecido Stephen de fato, e que até mesmo a amizade deles havia sido uma ilusão. Era o retrato de uma jovem ousada e sorridente, num elegante vestido branco com uma fita rosa na cintura. Segurava um chapéu de palha no joelho, sentada numa cadeira, debaixo de uma árvore. Podia ter sido pintado por Gainsborough. Havia sido executado por algum pintor menor, a pedido de Stephen, a partir de uma pequena foto, agora amarelada e desbotada, mostrando Julie sentada numa pedra meio na sombra. Vestia camisola branca e anágua branca de babados. Ombros e pescoço nus. Os pés descalços. Os cabelos escuros soltos, esvoaçando para longe do rosto. Pela pose, pelo sorriso, pelos olhos negros apaixonados, estava se oferecendo a quem quer que tivesse tirado aquela foto. A fotografia havia sido colorida e as cores estavam esmaecidas. A árvore por trás da pedra tinha resquícios de um verde enjoativo e a pedra tinha um lado avermelhado. Em volta do pescoço — seria um colar? Bolhinhas vermelhas... não, uma fita. Por que teria amarrado aquela fita no pescoço? Era tão inadequada que chocava. Talvez o homem que tirou a foto — Paul? Rémy? — tivesse dito: "Olhe aqui uma dessas câmeras modernas. É, sei que você estava imaginando o que era essa caixa grande, mas não, não é um instrumento musical. É uma câmera". Ela, sentada à beira da cama, de camisola, a ponto de tirá-la, ou talvez tendo acabado de vesti-la, dizendo: "Ah, não, você não vai me fotografar nua". Ele então disse: "Venha para fora. Vou me lembrar de você sempre na sua floresta". Ela amarrou a fita da caixa de bombons em torno do pescoço. O chocolate era presente de um aluno ou... seria do mestre impressor? Uma caixa de bombons era muito mais do estilo dele do que de Rémy ou de Paul. Provavelmente vendia chocolates em sua loja. O que ela teria dito, experimentando a fita? Ou seria Rémy que disse: "Espere. Amarre essa fita no pescoço. Vai ficar parecendo...". Não, isso não combinava com a personalidade de Rémy. Ou talvez a pessoa que coloriu a fotografia (o estúdio que revelou a foto não podia ser em Belles Rivières, o mais provável é que fosse em Marselha ou em Avignon, porque se alguém em Belles Rivières tivesse visto aquilo...) — teria essa pessoa pintado a fita? Agora, examinando com cuidado, mesmo sem uma lente de aumento (Sarah fez isso, acendendo uma luz forte), não dava para perceber se a fita havia sido pintada depois, tão desbotada a foto estava, tão malfeito era o colorido. Teria a própria Julie pintado a fita ao receber a fotografia? Não era difícil imaginar que fora feita depois, porque era difícil ligar aquela jovem dissolvida em amor, sentada semivestida numa pedra, com aquela fita vermelha que constituía uma afirmação de tipo muito diferente. Ou estaria ela se identificando com a boneca que ele havia enterrado na floresta da Martinica, que tinha uma fita vermelha em volta do pescoço, como souvenir da guilhotina? Se fosse isso, só se podia chamar de *doença.*

Sarah examinava a foto como se fosse uma pista numa história de mistério: Stephen tinha provavelmente passado anos olhando para ela. Mas na parede o que ele havia dependurado fora a pintura. Onde teria encontrado aquela foto? Devia estar no museu. Stephen a teria roubado e agora Sarah a roubava. Pregou-a com um percevejo ao lado do quadro de Cézanne com o jovem Arlequim arrogante e o jovem sério que havia vestido a roupa de palhaço para acompanhar o amigo ao Mardi Gras. O retrato da bela elegante ela guardou numa gaveta.

Andrew escreveu:

Cara Sarah Durham,

depois de minha última carta fiquei noivo.

Minha irmã me disse: Por que você tem sempre de representar a si mesmo? Isso num momento que você pode imaginar.

Eu respondi para ela: *****!XXXXX!...????

Ela me disse: Não seja criança.

Eu respondi: Esse é que é o problema.

Então pedi a mão de Helen. Sua compatriota. Ela disse que os americanos são solenes e não sabem se divertir. Helen trabalhava no estábulo de um rancho aqui perto. Um rancho onde as pessoas vêm para montar a cavalo, comer e fazer sexo. Helen admite que eu sou um bom garanhão. Disse que eu me esforço na coisa. "Por que os americanos têm sempre de se esforçar em tudo?", ela queria saber. Eu disse: Não se pode contrariar a ética do trabalho. Então pedi a mão de Bella. Ela é texana como eu. Durante três meses Bella e minha irmã discutiram os "como". Casa ou apartamento? Em Tucson

— Dallas — San Antônio? Parto natural? Quantos? E quantos filmes vou poder fazer por ano? Como eu devia mudar minha imagem? Dizem que sou estereotipado. Nunca falam de felicidade, e eu nem ouso falar de alegria. Alegria? Quem?

Aprendi uma coisa. Minha imagem está certa desde o começo. Elas me encheram as medidas. Então me mandei. Como pode ver. É solitário aqui.

Andrew

Posta Restante, Córdoba, Argentina.

Sarah escreveu para Córdoba, Argentina, pretendendo manter uma correspondência ponderada, mas quando sua carta chegou à Argentina ele já estava no Peru. Sua carta foi enviada até ele, mas a resposta, uma apaixonada carta de amor em que várias vezes a chamava de Betty (sua madrasta?), chegou quando ela estava em Estocolmo, para a estreia de *Julie Vairon*, e, quando ela resolveu responder, os problemas pareciam insuperáveis. Para onde enviar a resposta? Deveria assinar a carta com Todo meu amor, Betty?

Ao final do ano, era esta a situação do Green Bird: as reuniões não eram mais no escritório do andar de cima, mas numa sala de ensaios suficientemente grande para acomodar todo mundo, pois o teatro agora parecia estar cheio de jovens talentosos e atraentes, um dos quais perguntou: "Quem é ela?" — apontando Mary Ford. "Acho que é uma das fundadoras do Green Bird."

Sonia dominava tudo. Andava incandescente de realizações, com a descoberta da própria inteligência. Sua jovem voz impaciente e confiante e os cabelos brilhantes agora com um corte afro (ela queria se identificar com os negros e com seu sofrimento) pareciam estar em todos os pontos do teatro ao mesmo tempo. Virginia, apelidada de "A sombra de Sonia", estava sempre a seu lado. Nenhum dos Quatro Fundadores ficava muito no teatro. A mulher de Roy tinha voltado ao lar com a condição de que ele "trabalhasse" o casamento, e isso assumiu a forma de férias familiares. Ela estava grávida. Ele estava pensando em aceitar um trabalho em outro teatro. Disse que já bastava estar casado com uma militante feminista, para ter de passar os dias trabalhando ao lado de outra. Mary tinha tirado algumas semanas de folga para ficar com a mãe, que, como resultado disso, estava melhor outra vez. Se Mary passasse todo o tempo em casa, a velha teria uma nova chance na vida. Mary não podia se permitir isso, mas podia trabalhar só meio período no teatro e levar trabalho para casa. Estava, na verdade, adaptando *The egoist*, de Meredith, para o palco, livro que Sonia havia lido e aprovado, dizendo ser um bom reforço à propaganda feminista. Sarah viajava bastante, para discutir *Julie Vairon* e, mais ainda, *The lucky piece*, que fora da Grã-Bretanha ia se chamar apenas *Julie*. *Julie* já estava em cartaz e era um sucesso em uma dúzia de cidades europeias, e, como a demanda por moças belas mas malditas ou ultrajadas era feroz e insaciável, logo estrearia em mais uma dúzia de cidades e estava a ponto de conquistar os Estados Unidos, conforme demonstravam as reservas de ingressos. *Julie Vairon* continuava sem dúvida sendo apreciada, mas por plateias menores e mais seletivas e não em tantas cidades. Em resumo, Julie se tornara, ao lado de miss Saigon, a última de uma longa lista de gratificantes vítimas femininas, e muitas vezes as pessoas que ouviam as duas histórias, a de Julie Vairon e a de Julie, achavam que da Martinica haviam saído duas belas e interessantes moças para tentar a sorte na França. Seriam irmãs, talvez?

Sarah estava contente de continuar trabalhando. Precisava de movimento, pois não queria começar ainda a nova tradução, mais bem-feita, dos diários de Julie, para a qual havia sido contratada. Ainda não era o momento, seria perigoso demais, tinha de se recuperar completamente primeiro.

Muitas vezes, ela e Patrick viajavam juntos, e essa nova fase de sua amizade era a parte mais agradável do novo sistema de funcionamento do Green Bird. Patrick estava tão cheio de uma nova confiança quanto Sonia. Não era mais um *enfant terrible* e tinha desistido de suas roupas ousadas e galantes por causa das críticas de Sonia. "Você já está na meia-idade, pelo amor de Deus", dizia ela. "Vê se cresce." Sonia atacara furiosamente Sarah, Mary e Roy por tratá-lo como um bebê. "Por que fazem isso?", acusava. Patrick se defendeu, dizendo que gostava de ser tratado como bebê, mas Sonia não aceitava. Os quatro haviam travado deliciosas conversas, durante as quais Patrick dissera que seu musical era seu ato de desafio adolescente, que lhe permitia crescer e se tornar emocionalmente independente deles, mas isso tudo pelas costas de Sonia. Muita coisa acontecia pelas costas dela, e os quatro concordavam que provavelmente continuaria sendo sempre assim. A menos que ela mudasse de estilo — de caráter —, o que com certeza era improvável. Ela jamais entenderia por quê. Sonia era a fornecedora-mor das intrigas do Green Bird, principalmente por sua guerra com Roger Stent. Ele havia confessado que a adorava. Será que aceitaria viver com ele? Ela respondera que, apesar de gostar bastante do corpo dele, achava que sua cabeça era um problema. "Não aguentaria acordar a seu lado toda manhã." O que ele podia fazer para que mudasse de opinião?, perguntava ele, como um cavaleiro de antigamente preparado para superar todos os obstáculos por sua dama. "Para começar, podia deixar de ser crítico de teatro. É mais ignorante que um sapo." Ele confessou a ela seu dilema. Se não escrevesse críticas negativas perderia o emprego. Por isso tinha arrasado *Julie Vairon*. Na verdade, havia gostado da peça. "Como é que pode saber? Você não viu o terceiro ato." Ela se recusava a entender as dificuldades dele: tinha sido muito bem-sucedida logo em seu primeiro trabalho ao deixar a universidade. Ele entrara para os Young Turks por mero acaso, mas sem eles o que poderia fazer? Seria apenas mais uma das centenas de esperanças literárias de Londres. Estava cheio de conflitos. Passara a ser reconhecido pelo rascante tom de zombaria dos Young Turks, mas no fundo era um jovem de boa índole que queria ser um crítico sério. Deveria escrever um romance? Já era suficientemente conhecido para ter certeza de que seu trabalho seria resenhado. Mas como podia escrever um romance se tinha de assistir a teatro todas as noites? Tudo que Sonia dizia era: "Ora, pelo amor de Deus, procure outro emprego". Ele perguntou se podia vir trabalhar no Green Bird. Que qualificações ele tinha?, ela perguntou, e sugeriu que fizesse um curso de história do teatro. Por orgulho, ele não podia fazer isso. Além do mais, correria o risco de perder o emprego. Sonia mandou que crescesse — como tinha dito a Patrick. E todos ficavam esperando um novo capítulo do drama, confiantes em que Virginia os manteria informados.

Os Quatro Fundadores se encontravam às vezes em "seu" café, que havia sido invadido pelas "crianças". Mas nem sonhavam usar esse apelido na cara deles. Para começar, tinham de discutir por que *Julie Vairon* — ou Julie — havia colocado um ponto final no velho Green Bird. "Antes de

Julie" e "depois de Julie" — era assim que falavam. Mas não conseguiram chegar a nenhuma conclusão e por fim concordaram que tinha sido um privilégio passarem aqueles anos todos em agradável camaradagem; talvez, enquanto estavam vivendo aquele período, não tivessem entendido inteiramente quanto eram maravilhosos. Mas agora que aquele tempo acabara o que podia ser melhor do que passar as rédeas para Sonia? Era óbvio para todos, menos para ela, que estava destinada a se tornar aquela figura recorrente do teatro: a mulher inteligente, competente, impaciente com a lentidão dos outros, abrasiva, sem tato, "impossível" e tão salutar quanto uma tempestade. Ela teria sempre amigos apaixonados e inimigos igualmente apaixonados.

No começo do verão a angústia de Sarah havia abrandado a ponto de ela poder dizer que havia desaparecido. O que significava que restaram apenas depressões brandas de um tipo perfeitamente comparável a este ou aquele mau momento de sua vida, mas tão distantes do país da dor quanto da felicidade. Ela se via assim numa paisagem como aquela de antes de o sol nascer, perpassada de uma luz serena, plana, verdadeira, na qual as pessoas, edifícios, árvores pareciam estar à espera da definição da luz e da sombra. Uma paisagem recomendada para adultos. Além do horizonte, em algum lugar, havia um ponto, um mundo, de ternura e confiança, e ela estava longe disso não pela distância, mas porque se achava em outra dimensão. Isso estava certo, era como as coisas deviam ser... mas a linha paralela continuava, a linha do sentimento. Pois, se estava distante da dor, estava distante também (suas *emoções* insistiam) daquela intimidade que é como segurar uma outra mão na sua e sentir correntes de amor fluindo entre ambas.

Estranho como as vítimas da paixão ou da luxúria desejam acima de tudo, sempre, ser trancadas juntas em algum jejum ou solidão, só eu e você, só você e eu, por pelo menos um ano ou por vinte; e logo, ou pelo menos depois de uma salutar dose de tempo, esses mesmos entes tão terrível e exclusivamente desejados acabam soltos numa paisagem povoada por amigos queridos e por amantes, todos ligados um ao outro porque reconhecem as exigências de afinidades secretas e invisíveis: se já amamos, ou ainda amamos, a mesma pessoa, então devemos nos amar também. Esse estado de coisas improvável só pode existir num reino ou região apartada da vida comum, como um sonho ou uma lenda, uma terra toda sorrisos. Pode-se quase acreditar que o fato de apaixonar-se tem por finalidade nos introduzir nesse território amoroso com seus beijos paradisíacos.

Ela agora podia examinar não apenas as anotações de Stephen, mas também as suas. Eram palavras numa folha de papel, como a frase de Julie: *Meu coração dói tanto que eu desejaria arrancá-lo de sua miséria como se põe um cachorro para dormir fora. Simplesmente não suporto esta dor.* Palavras numa página, apenas isso.

Ela estava livre, superara a doença e não correria perigo de novo. Não iria a Belles Rivières para os ensaios, nem mesmo para a estreia, mas tentaria — prometeu — dar um jeito de ir ao último espetáculo. Isto é, quando já tivesse toda a segurança de que Henry fora embora. Jean-Pierre pensou que ela não queria ir porque sentia falta de Stephen. Talvez tivesse razão.

Antes de Julie, antes de ter se virado pelo avesso, pensava que o país do amor estava tão longe de seu eu amadurecido e bem equilibrado que ela podia se comparar a uma pessoa parada do lado de fora de um grande portão de ferro, detrás do qual um cachorro rebolava o traseiro, não sem certa graça, um cachorro tolo e inofensivo de que ninguém tinha medo. Agora, porém, sabia que o portão que a separava daquele lugar era frágil, nada mais que pedaços de madeira fina pregados apressadamente, mas atrás dele o que havia era um desses cachorros que são criados para matar. Podia ver o cão com clareza. Do tamanho de um bezerro. Com uma focinheira. Ou seria uma máscara? — a máscara do teatro que muda do riso para uma careta de dor e então volta ao que era antes.

Meados de agosto. Algumas semanas haviam se passado desde que a angústia que a esmagava havia ido embora. Conforme previra, não conseguia se lembrar de sua intensidade, provando que a Natureza (ou fosse lá o que fosse) não precisa que seus filhos se lembrem da dor, improdutiva para seus propósitos, sejam eles quais forem. Ela se descobria em momentos de calma alegria, cobrando vitalidade de pequenos prazeres físicos, como fizera toda a vida, como a sensação dos pés nus sobre a madeira, o calor do sol sobre a pele nua, o cheiro de café ou de terra, o aroma tênue da geada sobre uma pedra. Tinha voltado a ser uma mulher que não chorava nunca, apesar da ideia de chorar só por chorar ser sem dúvida tentadora: parecia que tinha se esquecido de como chorar. Os excessos de emoção dos outros eram para ela uma tentação para julgá-los imaturos. Na verdade, já tinha surpreendido no próprio rosto aquele sorriso que acompanha a frase: Realmente, que *bobagem* — ao ouvir que alguém estava tolamente apaixonado. (Isso significaria que não havia aprendido nada?) Ela monitorava a tristeza, cada vez mais distante, perdendo força, e prestava muita atenção a ela, como se fosse um animal perigoso que poderia atacá-la de algum lugar inesperado. Podia piorar, podia arrastá-la de volta: na cara dos velhos, em seus olhos, via com frequência aquela tristeza seca que agora compreendia. Oh, não, não queria aquilo, recusava aquilo! E a única maneira de manter distância daquele abutre que se alimentava do coração era jamais relaxar a vigilância.

Ainda não podia ouvir a música de Julie, ou a velha música trovadoresca. A dor, para ser "doce", tem de ser suave. A angústia ameaçadora de poucas notas que fossem de *Julie Vairon* ou mesmo a vulgar canção de fossa de *The lucky piece* ou *Julie* — não, absolutamente não. Os sons pareciam ainda muito altos, exagerados, e parecia não haver para ela nenhum lugar seguro. Quanto àquele pastorzinho sentimental de antigamente, em sua paisagem silenciosa soprava nesses dias um pequeno vento, aquele seco gemido que durante milênios enchia de apreensão e deixava os nervos da humanidade à beira de um colapso, quando o grito agudo de um falcão soava como na primeira nota da música do terceiro ato de *Julie*. Pior, um dia algumas folhas de papel foram sopradas montanha acima na direção do menino semiadormecido debaixo de sua árvore e ele ficou olhando para elas, pensando que estava sonhando, os sinais negros sobre o papel, as palavras *dor, coração, mágoa* parecendo-lhe algum tipo de magia aterradora, fazendo-o despertar completamente, só que então o vento já havia soprado as folhas montanha abaixo, sobre a grama, e ele achou que havia imaginado uma aparição. E onde estava o abrigo silencioso que ela almejava? No fundo dos oceanos, os peixes estalavam e chiavam, e as baleias cantavam. No alto espaço, cascalhos colidiam e meteoros ribombavam. No fundo dos poços de minas ou em cavernas profundas? O silêncio do túmulo? Não era de acreditar. Haveria o rugir dos vermes e das raízes escavando.

No entanto, o medo, ou, se quiserem, a cautela, não impedia aquele processo familiar a quem quer que já tenha mergulhado no *porquê* de alguma coisa. Pistas se acumulavam e se encaixavam em seus lugares. Você pega um livro aparentemente ao acaso e ele se abre numa página que fala exatamente daquilo que você está pensando. Você escuta de passagem uma conversa: estão falando daquilo que o preocupa. Você liga o rádio — lá está. Os sonhos de Sarah eram cheios de informações e ela sentia como se estivesse no limiar de... *Conhece-te a ti mesmo,* diz o velho conselho, mas não é fácil decidir o que é que você deve tentar conhecer em algum momento determinado.

Sarah sentou-se num banco de jardim, olhando um banco vazio quase em frente do seu, do outro lado de um caminho largo que levava para fora do parque.

Ao longo do caminho, entrando pelo portão, veio uma jovem empurrando um carrinho de bebê, segurando um dos lados do guidão, com uma menininha empurrando também, usando as duas mãos. Quando chegaram ao banco quase à frente de Sarah, a jovem parou o carrinho na grama atrás do banco, tirou dele um bebê de uns dez meses de idade, e sentou-se no banco. Segurou o bebê sobre os joelhos. A menininha, que tinha uns quatro anos, sentou-se junto da mãe. Era uma linda menininha, vestindo uma roupa de algodão rosa, meias rosa, sapatos rosa, os cabelos pretos, lisos e finos, presos com uma presilha de plástico rosa. Todo esse cor-de-rosa não combinava com seu rostinho ansioso, nem com os olhos que pareciam conscientes demais, como os de uma mulher triste.

A mãe também estava bem vestida. Calças brancas justas e camiseta branca que revelava ombros e braços cuidadosamente bronzeados. Os cabelos tingidos de cor de bronze desciam num frisado da moda. Ela abraçava e beijava o bebê, que ria e tentava agarrar seus cabelos. Ele então tentou pegar seu nariz, e ela riu, afastando o rosto graciosamente. Começou a cantar uma canção de ninar, "Rock-a-bye baby", e, quando chegou no verso "bebê e berço caem então todos ao chão", fingiu deixar cair o bebê. Ele gritou com deliciado terror de mentira: já tinham brincado assim muitas vezes antes. A menina tentava se juntar a eles, cantando "Rock-a-bye baby", mas sua voz se perdia no canto cheio da mãe e nos gorgulhos de prazer do bebê.

A menininha estava sentada bem junto da mãe e levantou a mão para puxar o cotovelo dela, pedindo atenção.

"Ah, não me amole", reagiu a mãe, numa voz tão irritada e cheia de desagrado que era difícil acreditar que se tratasse da mesma voz que usava para amar o bebê. E tornou a usar aquela voz rica, cheia e sexual, beijando o pescoço do bebê com a boca aberta. "Querido, querido, querido", murmurou. "Meu Ned, meu querido, querido Ned." E, afastando a boca do pescoço do bebê, ralhou com a filha: "Já disse para parar. Pare de me amolar, não me puxe assim". E continuou amando o bebê como se a menina não existisse.

A menininha se afastou um pouco da mãe e ficou olhando a cena. Quando a mulher começou a cantar outro verso, dessa vez: "Ao mercado vamos indo, comprar um porco bem lindo", ela de novo tentou se juntar a eles, mas a mãe lhe deu uma palmada dura e disse: "Ah, cale a boca, Claudine".

A criança se congelou, a poucos centímetros da mãe, olhando sombriamente à frente — olhando, de fato, para Sarah, aquela velha sem graça sentada no banco. Não aguentando mais a cena que a excluía, virou cuidadosamente para a mãe, já esperando uma palmada e disse: "Mamãe, mamãe, mamãe", com uma voz desesperada.

"O que foi agora?", respondeu a jovem.

"Quero o meu suco de laranja, quero suco de laranja."

"Você acabou de tomar suco de laranja."

"Quero mais", disse a criança, tentando sorrir, olhando o rosto bravo da mulher, ansiando que a mãe a visse, percebesse sua aflição.

Mas a mãe não olhou para ela. Esticou o braço sobre o banco, para dentro do carrinho, tirou uma caixa de suco e entregou descuidadamente à menina, que a pegou com o cuidado que dirigia cada movimento seu, por menor que fosse. Tentou pegar o canudinho colado do lado da caixa. A mãe ficou observando suas tentativas por cima da cabeça do bebê, apoiada no oco abaixo do ombro esquerdo, o rostinho pousado em seu peito. Observando com uma irritação já habitual, à espera da menor desculpa para explodir. "Pronto", disse, quando o canudinho caiu no asfalto do passeio. "Está vendo o que você fez? Agora vai ter de beber pelo buraquinho. Pronto." E encostou o rosto na cabeça do bebê, ninando: "Neddy é o meu querido, meu querido, meu querido", e depois: "Meu bebê querido...".

A menininha não bebeu o suco. Ficou sentada com a caixa na mão, olhando para Sarah, que percebeu naqueles olhos escuros e nada infantis uma desolação de infelicidade, um mundo de dor.

A mãe: "Por que ficou me amolando por causa do suco se não queria beber? Me dê aqui, vou pôr na mamadeira para o bebê".

Com um gesto impaciente, pegou a caixa da mão da filha, mais uma vez passou o braço por trás do banco, pegou uma mamadeira, verteu nela o suco e, provando um gole, deu o suco ao bebê.

A menina deu um soluço e a mãe, como se estivesse esperando exatamente por isso, chiou: "O que foi *agora*?", e num arroubo de irritação deu uma palmada no antebraço da menina. Ela ficou absolutamente imóvel, olhando a mancha vermelha aparecer na pele. Então soltou um único grito de choro alto, desesperançado, e imediatamente cerrou os lábios — foi incapaz de conter aquele grito.

"Se não se comportar direito, eu...", disse a mãe, cheia de raiva.

A criança continuou rígida, quieta.

A mãe procurou atrás do banco, tirou um maço de cigarros e uma caixa de fósforos e tentou acender por cima da cabeça do bebê. "Merda. Pegue ele aqui", disse, colocando o bebê no colo da menina. "E segure direito, não fique pulando, fique sentada, *quieta.*"

Um sorriso trêmulo surgiu no rosto da menina. Havia lágrimas em seus olhos. Ela segurou o alegre bebê com força e, apertando-o contra o corpo, o beijou. A menininha tinha os lábios colados na cabeça do bebê, nos cabelos acima da orelha. Fechou os olhos. Enquanto estava sentada ali, numa aura de amor, a mãe olhava fixo à frente, aspirando e expirando baforadas de fumaça.

A menininha cantou: "Querido, querido, querido, eu te amo, eu te amo, meu Ned, meu querido Ned", de olhos fechados, os bracinhos finos apertando o bebê, que se assustou de repente e ia começar a chorar. Imediatamente, num único movimento, a mãe atirou o cigarro no chão, pisou em cima e pegou o bebê. "Não aperte ele assim, pare, pare com isso." Pegou o bebê no colo. E o bebê tremeu a boquinha virada para baixo, faltando pouco para começar a chorar.

"Culpa sua", disse a mãe na voz de desagrado que usava com a filha. E rapidamente embalou o bebê e cantou e o beijou para que não chorasse. Então, quando o bebê sossegou, a mãe se levantou, querendo colocá-lo no carrinho, mas ele não aceitou, agarrando-se ao pescoço dela e rindo.

Com a boca rígida e raivosa, a mãe disse à menina: "Você empurra o carrinho".

Foi andando, embalando o bebê sem olhar se a menininha vinha vindo atrás com o carrinho, que teve de manobrar para fora da grama e sobre o caminho. Quando conseguiu, parou um instante para respirar.

Sarah dizia em silêncio àquela criança: "Resista, resista. Logo, logo uma porta vai se fechar dentro de você, porque isso que você está sentindo é intolerável. A porta vai ficar lá fechada a vida inteira: se tiver sorte, não vai se abrir nunca, e você nem vai se lembrar da paisagem que habitou — por quanto tempo? Mas tempo de criança não é tempo de adulto. Você vive numa eternidade de solidão e dor, que é um verdadeiro inferno, porque o inferno é essa falta de esperança. Você não sabe que a porta vai se fechar, acredita que isso é que é a vida e que assim tem de ser: vai ser sempre mal-amada e vai ter de vê-la amar aquela pequena criatura que você tanto ama porque acha que, se amar o que ela ama, ela acabará amando você. Mas um dia vai entender que não importa o que faça, por mais que tente, nada adianta. E nesse momento a porta vai se fechar e você estará livre".

Ela ficou olhando a menina empurrar com cuidado o pesado carrinho agarrando-o com ambas as mãos, avançando na direção da mãe. Por cima do ombro da mulher dava para ver o rosto sorridente do bebê. A mãe não fez a menor tentativa de reduzir o passo, mesmo a menina estando tão para trás. "Vamos *logo*." A menina fez um esforço, escorregou, caiu de joelhos, levantou-se chorando e continuou empurrando o carrinho. Então o bebê foi colocado no carrinho, acomodado em travesseiros, e os três saíram do parque como haviam entrado, a mãe com uma mão no guidão, a menininha segurando com ambas as mãos esticadas para cima.

Será que a mãe de Sarah, a admirável mrs. Millgreen, algum dia agiu como aquela jovem com seus dois filhos? Com toda a certeza, não. O que Sarah havia testemunhado era um extremo de dureza. Mas espere — como é que ela, ou quem quer que fosse, podia saber? A conversa dos velhos tem de ser decifrada pelos contemporâneos. Uma pausa no fluxo de reminiscências pode significar alguma briga monstruosa. Meia dúzia de palavras comuns como "Nós nunca nos demos bem, sabe?" pode indicar décadas de hostilidades implacáveis. "Nunca me esquecerei daquele verão" ou "Nós sempre gostamos um do outro" (seguido de uma risada) podem servir para recordar a paixão mais intensa de uma vida. Um velho suspira por causa de uma longa jornada de tristeza, uma velha tropeça numa palavra ou numa frase porque esteve a ponto de se trair. A jovem no banco: quando estiver velha restará algo de seu desagrado para com a filhinha? Talvez só uma frase: "Meninos são tão mais fáceis do que meninas".

Era o mais provável, apesar de — Sarah pensou, lembrando-se de certos tons ásperos e práticos na voz da mãe — aquela cena do verão passado ter sido ainda mais perfeita: os três meninos que tinham vindo dar boa-noite à mãe com seus roupões vermelhos, curtos, os cabelos louros escovados, o rosto lavado, correndo depois escada acima. Mas James havia voltado duas vezes, ficando parado na porta.

"O que foi, James?"

"Nada."

"Então, suba."

Ao se virar para sair da sala, os olhos dele haviam cruzado com os de Sarah. Não, não era aquela dura desolação, não era dor, mas sim... paciência. Sim, era estoicismo. Ele não tinha quatro anos de idade, nem seis; tinha doze. A porta para ele havia se fechado havia muito e ele esquecera que ela existia. Com um pouco de sorte jamais saberia que a porta estava lá, jamais seria forçado a se lembrar do que havia do outro lado.

Quando a avó de Sarah estava morrendo no hospital — uns bons vinte anos antes —, Sarah passara ao lado dela as tardes e noites de um escuro outono, às vezes junto com sua mãe, filha da mulher moribunda. Na cama ao lado, uma velha pequena e leve como uma folha gritava hora após hora: "Me ajude, me ajude, me ajude", num fio de voz, como o chamado de um pássaro. Às vezes dizia: "Me ajude, mãe" — a palavra *mãe* em duas notas: "Me ajude, mãe?", a segunda nota subindo. "Me ajude" — enquanto esperava por uma resposta que não vinha nunca. "Me ajude... mã-e?"

A avó de Sarah parecia não ouvir. Não falava nada, nem se queixava. Deitada ali, consciente, olhos abertos, meio drogada, sem prestar atenção ao que havia em torno, tampouco à filha e à neta. As horas, depois os dias, passaram e Sarah continuou ali sentada, observando com admiração o estoicismo com que a avó morria, ouvindo os chamados do outro lado da cortina branca: "Me ajude... me ajude, mã-e?".

Quando tudo terminou, a mãe de Sarah disse: "Espero me sair tão bem quanto ela, quando chegar a minha hora".

Passaram-se meses. Sarah está olhando no espelho, exatamente como na noite em que a encontramos pela primeira vez. À primeira vista, não mudou muito, mas um olhar mais atento diz o contrário. Envelheceu dez anos. Primeiro, os cabelos, que durante tanto tempo foram de um metal fosco, mostravam agora faixas grisalhas nas frontes. Tinha agora aquele ar lento e cauteloso dos velhos, que parecem temer o que vão encontrar ao virar a próxima esquina. Sarah havia mudado, assim como as salas em que vivia. Quando a filha telefonou, dizendo que ia trazer as crianças para o Natal, ela enxergou seu apartamento através dos olhos ensolarados e sem problemas da Califórnia. O que parecera difícil durante anos ficou fácil. Vieram os pintores e logo as paredes brilhavam de brancas. Ela limpou todo o lixo, os batentes das janelas limpos e vazios, assim como as mesas e as beiradas das estantes. Sentiu que havia tirado um peso das salas, deixando ela mesma mais leve e mais livre. Não se descartou da reprodução da Cézanne, se bem que não teria feito a menor diferença, de tal forma fazia parte de sua história emocional. Nem da pequena fotografia de Julie. Nenhum dos dois ocupava o lugar principal de sua mesa de trabalho, mas faziam parte de uma parede de fotos e pôsteres no quarto de hóspedes. Ali ficaram seus netos por algumas semanas. Eles rabiscaram um bigode no jovem Arlequim não me toques e óculos no Pierrô pensativo.

Continuava viajando bastante para o Green Bird, porque tanto *Julie Vairon* como *Julie* faziam sucesso em várias partes do mundo. Entre uma viagem e outra vivia num ritmo mais lento que antes. Passava horas sentada, olhando o passado, tentando iluminar os cantos escuros, mesmo que o passado tivesse se tornado um território muito menos produtivo, por causa da morte de sua mãe. A velha tinha visto realizado seu desejo: caíra morta uma manhã enquanto fazia compras. Sarah sofria por ela? Acreditava que não. Acreditava que já havia esgotado a reserva de sofrimento de sua vida. O que a perturbava era não haver interrogado a mãe enquanto podia, no momento certo, quando era muito mais jovem do que no momento em que Sarah havia chegado ao ponto de perguntar sobre a própria infância. Mas talvez Kate Millgreen não fosse capaz de responder. Nunca havia sido mulher muito dada à autoanálise. Bem, Sarah também não havia sido, até aquilo que chamava intimamente de A Calamidade ter se abatido sobre ela: mas uma coisa que levara a um novo conhecimento tão amplo podia ser considerada completamente má?

Um dia, uma ideia brotou em sua cabeça, inteira e pronta, como se estivesse sempre lá à espera de reconhecimento: Devo mesmo acreditar que a angústia horrível, esmagadora, o desejo tão terrível que parece que o coração está sendo apertado por dedos cruéis — tudo isso seja apenas o que um bebê sente quando está com fome e quer a mãe? Será que um bebê, mesmo não muito maior do que um gato, é apenas um saco vazio esperando ser preenchido de leite e depois carregado no colo? Aquele bebê quer mais: anseia por algo que está em sua memória; anseia pelo lugar de onde veio, e quando a carência começa a se manifestar no estômago, pedindo leite, essa necessidade revive uma outra carência, mais grandiosa, como se uma menina pequena que interrompesse o brinquedo, olhasse para cima, visse um céu inflamado de pôr do sol e tristeza, e esticasse os braços para aquela magnificência perdida, chorando por estar tão absolutamente exilada.

Apaixonar-se é lembrar que somos exilados, e por isso é que o sofredor não quer ser curado, mesmo quando grita: "Não posso suportar esta não vida, não posso suportar este deserto".

Outro pensamento, talvez de tipo mais prático: quando Cupido dirige suas flechas (não flores, nem beijos) aos que estão envelhecendo ou aos já velhos, e os lança na dor, será essa uma maneira de sacudir pessoas que estão correndo o risco de viver fora do palco tempo demais, para abrir espaço para o novo?

E com quem compartilhara esses pensamentos? Com Stephen, apesar de saber que a sensação dele, que se fazia tão próxima, como uma presença ou um outro eu, era apenas uma projeção de sua carência. E o que lembrava dele era a doçura da amizade, a leveza, até mesmo a alegria daquelas semanas antes de ele ser assombrado pela megera, antes de o cão negro assassino saltar com todo seu peso sobre seus ombros.

Não pensava em Bill, porque não podia se dar ao trabalho de sentir raiva de si mesma. Além disso, aquela paixão angustiosa parecia agora irrelevante. Um jovem — muito mais jovem que a própria idade, instável como um adolescente — fora encantado por Julie, como todos eles, e, como todos eles, não tinha sido ele mesmo.

Pensou em Henry, sim, mas só naquele plano acima ou além da vida comum, cheio de sorrisos e soltura, onde — se se encontrassem por acaso — retomariam alguma conversa interrompida. Pouco provável, porém: ela tomava todo o cuidado para que isso não acontecesse.

Aquele plano onde um dia vivera seu irmão mais novo, Hal, quando amá-lo parecia ser a única garantia de que havia ou poderia haver alguma esperança de amor.

Seu irmão de agora, porém, decerto não vivia em nenhum outro plano. Tinha adquirido o hábito de aparecer de noite, sem avisar. "Mas, Hal, você não podia ter telefonado antes?"

"Você não tem nada para fazer, tem?"

Gorducho, ele se sentava na poltrona que ela chamava de poltrona das visitas e emanava um quente ressentimento de incompreensão contra ela e contra tudo.

Se ela dissesse que estava ocupada, ele perguntava: "Com quê?".

Ela podia dizer — de bom humor, claro, porque com ele tinha sempre de ser humorada: "Estou escrevendo cartas". "Estou lendo." "Estou pensando num problema do teatro." Se ela persistia, ele dizia: "Então não vou incomodar suas importantes preocupações", e ia embora.

Às vezes, quando chegava e não ia embora, ela ficava olhando para ele, seu irmãozinho, sentado no cadeirão, a boquinha se mexendo, molhada, as mãos gordas se movimentando suaves à sua volta, cheio da confiança de ser o filho amado.

"Mas, Sarah, por que não vamos morar na França?"

"Hal, eu gosto de morar em Londres."

Teve notícias de Briony e de Nell, que eram de novo amigas da mãe e de Joyce — quando ela estava em casa. Anne contou que Hal estava "saindo" com a chefe de fisioterapia do hospital e com um pouco de sorte ela podia até aceitá-lo.

"Parece promissor", Nell disse a Sarah. "Ele falou que vai passar uma semana viajando e nós achamos que ela vai com ele."

"*Por favor*, não seja muito boazinha com ele", disse Briony a Sarah, "senão a gente nunca vai conseguir que ele se case de novo."

SOBRE A AUTORA E O TRADUTOR

DORIS LESSING nasceu em 1919, em Kermanshah, na Pérsia (atual Irã). Seu pai era um capitão do Exército britânico que havia perdido a perna na Primeira Guerra Mundial; sua mãe era a enfermeira que cuidou dele após o retorno a Londres. O jovem casal se mudou pouco antes do nascimento da filha para o Oriente, onde o ex-combatente conseguira um emprego numa filial do Imperial Bank of Persia. Em 1925, Lessing mudou-se com a família para uma fazenda na Rodésia do Sul (hoje Zimbábue), onde viveu até 1949. Após dois casamentos e tendo trabalhado como babá, telefonista, estenógrafa e jornalista, transferiu-se para Londres levando Peter, seu filho mais jovem, e o manuscrito de seu primeiro romance, *The grass is singing* [A grama está cantando] (1950). Na Inglaterra, deu início a uma bem-sucedida carreira de romancista, ensaísta, contista e memorialista, que inclui títulos como *O verão antes da queda* (1973), *Memórias de um sobrevivente* (1974), *O sonho mais doce* (2002), *As avós* (2003) e *Alfred e Emily* (2008). Em seus volumes autobiográficos *Debaixo da minha pele* (1994) e *Andando na sombra* (1997), Lessing relembra como sua atividade literária conviveu intensamente com a militância política e o ativismo pelos direitos humanos em seus anos de formação. Em 2000, foi condecorada pela rainha Elizabeth II com a Ordem dos Companheiros de Honra, distinção atribuída a artistas e pensadores destacados. Recebeu diversos prêmios, entre eles o Príncipe de Astúrias, em 2001, e o Nobel de literatura, em 2007.

JOSÉ RUBENS SIQUEIRA nasceu em Sorocaba, São Paulo, em 1945. Autodidata, estudou direito, filosofia, letras e cinema. Escreveu e dirigiu peças teatrais e filmes de curta e longa-metragem. A partir de 1995, quando a tradução do inglês, do espanhol, do francês e do italiano se tornou sua principal atividade profissional, começou a trabalhar na versão de obras de autores como Mario Vargas Llosa, Pedro Juan Gutiérrez, Vladimir Nabokov, Toni Morrison, David Foster Wallace, Hannah Arendt, Arthur Miller, Paul Auster, Kazuo Ishiguro, J.M. Coetzee, Isaac Bashevis Singer e Salman Rushdie, entre outros.

25 ANOS
DA COMPANHIA DAS LETRAS /
COLEÇÃO PRÊMIO NOBEL

1934 / LUIGI PIRANDELLO
40 NOVELAS

1975 / EUGENIO MONTALE
OSSOS DE SÉPIA

1976 / SAUL BELLOW
HENDERSON, O REI DA CHUVA

1978 / ISAAC BASHEVIS SINGER
A MORTE DE MATUSALÉM

1988 / NAGUIB MAHFOUZ
NOITES DAS MIL E UMA NOITES

1993 / TONI MORRISON
AMADA

1994 / KENZABURO OE
JOVENS DE UM NOVO TEMPO,
DESPERTAI!

1998 / JOSÉ SARAMAGO
O ANO DA MORTE DE RICARDO REIS

2001 / V. S. NAIPAUL
UMA CURVA NO RIO

2003 / J.M. COETZEE
DESONRA

2006 / ORHAN PAMUK
NEVE

2007 / DORIS LESSING
AMOR, DE NOVO

Grafia atualizada segundo o Acordo Ortográfico da Língua Portuguesa de 1990, que entrou em vigor no Brasil em 2009.

TÍTULO ORIGINAL
Love, again

PROJETO GRÁFICO
warrakloureiro

FOTO DA AUTORA
@AFP/Getty Images

PREPARAÇÃO
Carlos Alberto Inada

REVISÃO
Gabriela Morandini
Juliane Kaori

ATUALIZAÇÃO ORTOGRÁFICA
Verba Editorial

Dados Internacionais de Catalogação na Publicação (CIP)
(Câmara Brasileira do Livro, SP, Brasil)

Lessing, Doris
Amor, de novo / Doris Lessing ; tradução José Rubens Siqueira. — São Paulo : Companhia das Letras, 2011.
Título original: Love, again
ISBN 978-85-359-1904-2
1. Ficção inglesa I. Título.
11-09449 CDD-923

Índice para catálogo sistemático:
1. Ficção: Literatura inglesa 823

[2011]

EDITORA SCHWARCZ LTDA.
Rua Bandeira Paulista, 702, cj. 32
04532-002 — São Paulo — SP
Telefone: (11) 3707-3500
Fax: (11) 3707-3501
www.companhiadasletras.com.br
www.blogdacompanhia.com.br

1ª EDIÇÃO [1996]
2ª EDIÇÃO [2007]

EDIÇÃO COMEMORATIVA DOS 25 ANOS
DA COMPANHIA DAS LETRAS COMPOSTA
EM WALBAUM E AKZIDENZ GROTESK
POR WARRAKLOUREIRO E IMPRESSA
EM OFSETE PELA GEOGRÁFICA SOBRE
PAPEL PÓLEN SOFT DA SUZANO PAPEL
E CELULOSE, COM TIRAGEM LIMITADA
DE 3000 EXEMPLARES, PARA A EDITORA
SCHWARCZ EM OUTUBRO DE 2011